落花歌尽
倾天下·下

上木 著

LUOHUA GEJIN QINGTIANXIA

目录 CONTENTS

第五卷　宫廷政变

1. 高阳泪 /3
2. 玉满堂 /10
3. 玄凤剑 /16
4. 祸伏兮 /24
5. 嵩山行 /30
6. 拂前尘 /38
7. 番外·一世情 /49
8. 王子乔 /57
9. 天行算 /67
10. 惆怅客 /76
11. 两相醉 /87
12. 别相惘 /97

第六卷　大漠荒颜

1. 心成灰 /113
2. 何茫然 /121
3. 战洛阳 /129
4. 红豆劫 /138
5. 再遇狼 /145
6. 天与地 /150
7. 月下舞 /155
8. 狼鸣啸 /163
9. 引血咒 /174

第七卷　长相厮守

1. 歌清扬 /187
2. 危旦夕 /194
3. 扬之水 /202
4. 知彼意 /210
5. 嫁衣舞 /215
6. 长相守 /230
7. 勉分离 /236

第八卷　王位之争

1. 恍隔世 /243
2. 剪燕影 /249
3. 花伴眠 /254
4. 登帝位 /258
5. 君不悟 /263
6. 诉君郎 /268
7. 发转白 /272
8. 伤别离 /277

第九卷　十年之约

1. 追寻 /293
2. 倾国 /295

第五卷 宫廷政变

浮生梦,
前世缘。
烟消云散烽火连。
心若牵,
何须念。
相逢是错莫思恋。

高阳泪

　　树叶飘落，它们毫无留恋地随风而去。灰青的天仿佛是一块碧玉，高远得不掺一丝杂质。一行大雁追随着云过的痕迹向南飞去。阳光穿透高高的云层，带着凛冽的风冲向人间。

　　废旧的荒殿门口，洛歌静静地看着里面被铁链绑住四肢的人蹙紧双眉。

　　廊柱粗大得可以挡住洛歌纤细的身体。

　　白衣翻飞，秋风吹得她感觉有些冷了。她转身，眸中杀机闪过。

　　……

　　梧桐树下，风华绝代的白衣人仰起脸，闭上双眼。

　　白衣胜雪，出尘脱俗。

　　他突然抬起手，薄薄的唇荡起了一阵多情魅惑的笑意。食指中指轻轻一夹，一片似火的梧桐叶子便停驻在了他修长的指尖。睁开眼，微微侧过脸来，手拿着叶柄轻轻旋转。他轻笑："陛下，您看这梧桐的叶子很好看呢！"

　　坐在石凳上的女皇，抿茶抬睫。

　　白衣人乌黑的发丝在风中飞舞缠绵，他勾起唇，唇角那只色彩斑斓的蝴蝶和着那纷飞枯黄的叶子翱翔在微凉的风中。

　　女皇的神情微微一滞，她放下手中的玉盏，点了点头："嗯，是很美呢。只是，朕的身体恐怕也要像这枯黄的叶子一般，油尽灯枯。"

　　"陛下怎可说出这样丧气的话！"白衣人蹙起双眉，白衣翻飞地走了过来。他坐在石凳上，伸出手包住了女皇纤瘦又苍老的手。"陛下是天子，定可以千秋万代。"

　　"天子又怎样！"女皇牵唇轻轻一笑，有些浑浊的眼中满是不以为然。"天子也是人。朕能活到现在，也是老天待朕不薄。易之，只是朕无法知道自己还能陪你一起看多少次这落叶纷飞的景象呢。"

　　白衣人听了，低头轻轻一笑，心中不免有些怅然。他猛然抬起头对着女皇灿烂一笑："陛下好久都没有听易之抚琴了吧！不如易之现在就为陛下奏上一曲吧！"

　　女皇微笑，点头："也好。"

　　梧桐树下，有落叶不停地随风飘落下来。它们好像是这世间最孤独的舞者，用生命在风中舞动着自己已经并不年轻的身体。

落叶落在树下抚琴的白衣人的身上。他低眉,唇微抿。修长的手指在古朴的琴面上翻飞,淙淙琴音悲伤寂寥,很合意境。

这曲子名叫《怅悲秋》。

女皇托住下巴,微眯双眼,右手手指在石桌上轻轻敲击。谁也没有发现,她的睫毛正轻轻颤抖,娥眉微蹙,满头银丝在秋风中闪烁着冷冷的光芒。

一声轻灵的笛音激得女皇猛地睁开了双眼,她侧眸望去,却见金色的秋菊中,如仙如莲的她正手执玉笛一边吹奏一边走了过来。

古琴的音色太过寂寥也太过空旷。而这轻灵激越的笛音正好弥补了琴音的悲伤。就好像一望无际的天空中只有浮云划过,而这笛音便似那雨后的彩虹,突然乍现,给人以愉悦的希望。

女皇的唇边勾起了一抹深沉的笑意。

洛歌行至白衣人的身边便停了下来,她垂下眼睑正对上白衣人抬起的双眸。四目交会,白衣人不禁轻轻一笑,弹奏得更加尽兴。

一曲终毕,女皇微笑着鼓掌。

"昌宗易之,你们配合得可真是天衣无缝美妙绝伦啊!来,昌宗喝杯茶暖暖身子!"女皇说着,竟亲自斟了杯茶递与洛歌。

"陛下如此厚待昌宗,昌宗不安。"洛歌连忙跪了下来,伸手举过头顶接住香茶。

"哎,昌宗,此地就你我易之三人而已,何必如此!快起来快起来,坐下吧!"女皇笑着,虚扶起洛歌,眉眼之间满是深意。

洛歌轻轻一笑,顺从地坐在了女皇的对面。

白衣人把玩着手中的玲珑茶盏,目光抬起,玩味地看向身边的洛歌。

"昌宗去了哪里?朕刚命婉儿去唤你,却并未找到你。"

"回陛下的话,昌宗嫌仙居殿憋屈得慌,于是便在附近随便逛了逛。回殿时听到初晴提及此事遂赶了过来。"洛歌低头谨慎回答。

女皇挑眉一笑,若有所思地将目光投向了远处。

白衣人抬起头,面带玩味地看着洛歌,然后伸手指了指她身后那一簇簇金灿灿的秋菊,笑道:"六郎,看你身后那些秋菊像什么?"

洛歌回过头,不禁挑眉微微一笑,转过脸自信道:"自然是像一张张笑脸了,菊花又名'笑靥金',不像笑脸像什么!"

"那陛下觉得像什么?"白衣人扭过脸来兴致勃勃地看向女皇。

"朕……朕觉得这菊花便如朕的这张老脸,满是皱纹。"女皇说着轻轻地笑了起来。

洛歌与白衣人不禁一愣,片刻,他们也随之微笑。

"昌宗以为陛下并不显老，陛下虽已年近八十，但容貌却犹如二十年前一样啊！"洛歌的嘴角漾着多情的笑意。

女皇轻轻地叹了一口气："朕已不再青春，红颜难驻啊！"

"非也非也。"洛歌摇了摇头，笑道："陛下可曾听闻这世上有一奇丸可长驻红颜？"

"哦？什么？"

"驻颜丸！"

女皇微微一怔。浑浊的眸中有一道精光闪过，她端起玉盏，抿了口香茶，起色沉静。"听说驻颜丸早就随着前朝已过世的高阳公主而消失于世。昌宗这话不是白说了吗？"

"倘若高阳公主并没有死呢？"

"啪——"

女皇偏过头，目光凌厉。"婉儿怎可如此不小心！"

上官婉儿惶恐地拾起掉落在地上的拂尘一下子跪倒在地。"陛下恕罪！陛下恕罪！"

"哼，算了！你起来吧！"女皇高傲地挑起眉，目光投向洛歌。"昌宗一定是听谁讹传。好了，昌宗，去替朕拿件袭衣来！"

"是。"洛歌有些不甘心地起身离开。

女皇微眯双眼看向渐行渐远的洛歌冷冷一笑："易之，朕的这个六郎可真不是一般的聪明呐！"

"臣惶恐。"白衣人急忙跪倒在地。

"你这是干什么！"女皇故作惊讶地扶起他，目光意味深长。"易之，朕的许诺不会反悔，你不必惊慌。"

"谢陛下！"白衣人低下头，双眉皱得很紧。

远处，洛歌突然停下脚步。她低下头，目光锐利。

衣角边，枯叶成堆。

是夜，寒鸦立于枝头，冷冷乱叫。

月圆大如银盘。光秃秃的树干上，零星挂着几片枯黄的叶子。月光洒在干黑的树干上，泛起一片冷冷的银色光芒。一截白衣垂落下来，在萧瑟的风中吹摆。笛音曼妙而凄清。

黑暗中的人猛然抬起头，浑浊的眼中大放异彩。

枯叶纷纷飘落和着白衣飞舞。

洛歌坐在粗壮的树干上吹奏玉笛。风扬起她如缎一般的乌丝缭绕着她绝世的容颜。她微眯双眼，目光深沉，一身白衣在黑夜中烨烨生辉。

笛音好似舞动的精灵,穿过银色的月光,穿透萧瑟的夜风,在黑暗中的人的耳边舞蹈。她的身体开始颤抖,泪水汹涌。

高高在上的洛歌不禁挑唇一笑。她放下笛子,从树上跳了下来,震得满树枯叶"簌簌"落下。

"这是前朝太宗时期,宫廷里最著名的舞曲《殇园春》,高阳公主可曾记得?"

她站在栅栏外,冷眼看着黑暗中的人。

高阳公主缓缓地抬起头,双目失神地看着她。

"我虽孤陋寡闻,但前朝高阳公主能歌善舞却是人人皆知。"洛歌轻笑,目光扫过高阳公主神情呆滞的脸。

她的背后,漆黑的树上寒鸦扑棱着翅膀划过圆月。

"公主殿下可知在下是谁?"洛歌低眉,唇角划起的弧度冰冷磣人。

高阳公主突然轻轻嗤笑了一声,她抬起头,妖艳诡异的脸在月光中异常苍白。"我等你很久了,洛歌!"

"你说什么?!"洛歌猛然抓住栅栏靠近她,睁大了一双惊诧的眼睛。

她不是疯了吗?她不是将她错认为是雳曲了吗?怎么……

"我等你……已经很久很久了!"高阳公主轻轻一笑,如血的红唇突然温柔地向上弯起。"洛歌,从你尚未出生开始,我便一直在等你了!"

"等我?为何等我!"

"为了一个人!"高阳公主垂下头,双手被镣铐拉住,手腕无力地下垂着。

洛歌低头看着她,声音低沉:"谁?"

"辩机!"

黑暗中,一滴泪毫无征兆地摔碎在冷冷的秋风中。

丑时,幽黑寂静的小道上。

白衣人拽紧了衣袖,眉峰聚起一道道深深的沟壑。他抬起头,月光如薄纱覆盖在他绝代风华的俊颜上。他猛然侧过头,眸光由银白变成了冰蓝。

小道的另一头,洛歌若有所思地蹙起秀眉,目光深沉,完全没有注意到不远处的白衣人。

"阿洛,你去了哪里?"

白衣人优雅地举手抚着下巴,宽大的白色衣袖在夜风中如旗帜一般飘扬。

洛歌被他突如其来的声音吓了一大跳,待看清来人之后,她不禁有些气愤。

"张易之,你怎么突然冒出来了!无声无息的,吓了我一大跳!"

"你去了哪里?"白衣人固执地看着她,再次问道。

洛歌眸光冰冷,她走上前面无表情。"我去了哪里关你什么事!"

"阿洛,你知道的事情太多了!"白衣人放下手,站了起来。他慢踱到她的面前。两道剑眉深锁。

洛歌猛然抬头,目光凌厉地看着他。"你这是什么意思?难道说……你全都知道了!"

"是。"他轻笑,目光暗沉得恍若一摊黑色的死水。"这大明宫中的一切,没有我不知道的!"

"你骗我!"她握紧双拳,胸膛中的一团怒火奋力燃烧。

白衣人面无表情地看着她,银白色的清冷目光在他风华绝代的俊颜上似水流淌。

"哼!"洛歌怒极反笑,她扭过脸深吸了一口气才仰起脸冷笑着看着他。"张易之,你很会装啊!其实,你并不简单!"

"你若是我,也一定会了解这一切!"白衣人的声音突然异于寻常般的尖利。他扬起手推开她,倔强地偏过头。那双原本温柔如月光般银白的眸子,此时却满是伤痕。

洛歌不禁一愣。

"阿洛,在这皇宫中知道得越多,危险也就越多。你很聪明,但我不希望这种聪明为你带来杀身之祸!听我一言,从现在起,忘掉你所知道的一切,求你!"

他回过头看着她,修长的手覆上她微凉的指尖,似在乞求,他目光灼灼地看着她。

"张易之,你不会明白我所做的一切!"她从他的掌中抽回手,冷冷地别过脸。"你不会明白我。你我,是两个世界的人!"

夜风无声吹过。

白衣人垂下手,魅惑的笑在银白的月光下被无限放大。他勾起唇角,眉眼多情。

"那就请你好自为之吧,阿洛!"

夜很深沉,深沉地如同没有生命的湖水,寂静而又缓慢地流淌在整个大唐王朝的上空。

偏隅一角,有人捻眉苦涩一笑。一粒石子悄然投进心湖,荡起一阵涟漪。他抬起头,满含禅意的眸中划过一道浅浅的伤痕。

记忆中,桃花下,姣美高贵的人儿对他浅笑。十指纤纤抚过那朵朵粉红。风过无痕,花落满裳。她在飞花中起舞。

只是,这一切只是记忆。

比遥远还要遥远的古老回忆,如同发生在上一世另一个人的身上。

"师傅,夜凉露重,当心身体!"

身后温润的男子面目儒雅。他身着青灰色的长衫,静伫在门口。双眼空洞,毫无焦点。

"熙岚,上一次我让你去大明宫是何时?"他侧首,声音低沉却洪亮。

"好像已是两年前了,师傅今日怎会提起此事？"

"我想,有些事情为师的确是逃不掉了……"

桂花的香馥郁甜腻,它们隐在绿色的树叶里轻笑颤抖。风拂过,有桂花朵朵结伴落下。宫人们抖动着圆筛,筛掉那些已经半枯的花儿。

白衣人坐在阳光里悠闲地抿着香茶,他微眯双眼,金灿灿的阳光在他浓密的睫毛上不断跳跃。

有两片金桂随风落在了他的肩头,他侧过脸垂下眼睑,冷冷地扯起嘴角。

"问出什么了？"他抬起头看着面前的人。

洛歌摇了摇头,她拂开下摆在他的身边坐下,端起一杯香茶,吹了吹,猛灌了一口。"自从那晚以后,偏殿的宫女似乎又增加了一批。现在,我连见她一面都很难。"

"阿洛……"白衣人起身,他俯下身子伸出修长的手臂将她围在了两臂之间,他侧过头在她的耳边用无限魅惑的声音轻道:"我们的一举一动这大明宫中会有多少人在看着,你是真不知还是假不知？"

她猛然睁大双眼看着他近在咫尺的脸。

"是,正如你心中所想。陛下老而不昏。你明白我的意思？"

"那又怎样！"她伸出手用力地推开他。

白衣人一个趔趄差点摔倒,他稳住身形云淡风轻地捋平衣角,抬起头看着她不禁嗤笑:"阿洛,你还是这般粗鲁！"

"张易之,你休想威胁到我！"洛歌站起身,双眼冷淡,神色倨傲地看着他。"你以为你这样就可以让我止步吗？张易之,我并非是你想的那样胆小！"

白衣人静默地看着她,白衣在微风中轻扬。他抬起手捋开她腮边的发丝,动作亲昵。

洛歌不禁往后退了一步。

他轻笑:"你很勇敢吗？我怎么看不出来。哼……原来,你可以勇敢到害怕感受别人对你的好,你可以勇敢到无视别人对你的爱。阿洛,你真是又勇敢又无情啊！"

"张易之,你到底是什么意思？"洛歌不禁低吼了一声,目光森然。

白衣人无畏地笑了笑,他优雅地拂开衣袖转过头道:"各位加把劲儿！桂香枕今晚陛下就要用！大家要努力啊！"

宫人们纷纷回过头来,目光痴恋。

阳光下的一对白衣人皆白衣胜雪,衣带当风。一个妖娆如初春的瑞雪。一个清冷如深冬的月光。

这大明宫中最美的风景,莫过二张齐现。

而大唐最俊美的男子,也非二张莫属啊！

众人在心里惊叹。

白衣人妩媚多情地微笑。

笑容鼓励着宫人们更加努力地拼命干了起来。

五王宅,秋风凛冽。

大堂之上,相王李旦坐于上首,诸子按序分列四座。

李成器眉眼淡薄,好像一汪寂静的湖水。李成义豪爽奔放,好像一团燃烧的火焰。李隆基深沉冷漠,犹似一潭黑泉。李隆范可亲可爱,似一缕快乐的阳光。李隆业阴翳低沉,好像急速的夜风。李隆悌……

李隆悌……

小悌……

众人的目光不禁齐齐聚焦在了末位。

他走后,这个家,注定要少很多快乐了。

李旦不禁有些悲恸,淡薄超然的眉宇之间满是哀伤。

李隆基突然蹙眉。

末位旁边的座位也是空的。薛崇简,他去了哪里?

车水马龙的长安街头,偏隅一角,绿衫少年浅笑着从摊上拿起一枚玉佩托在手中把玩,他目光清澈如水,蜜色的眸子在秋日的阳光下独显一片宁静的芳华。

原本喧闹非常的四周因他安静了下来。

众人不忍心吵扰到他。因为,他是那样的清澈,那样的纯净。

如此美好的翩翩少年足以让世人怜惜。

"老人家,这玉佩的穗子可还有别的颜色?"

他的声音如淙淙流水,动听悦耳。

"公子想要什么颜色?让老朽为公子重新编一条吧!"和蔼可亲的摊贩子憨厚地笑着。

眼前的这位公子,气质非凡,一定是个了不得的人物!

绿衫少年轻轻一笑,他指了指手中的白玉,道:"我要与这玉同样的白色,老人家可有?"

"有的!有的!"摊贩子忙不迭地佝偻着身子寻找了起来。

绿衫少年的笑容渐渐凝固,他微蹙剑眉转过头来。

不远处,两名小吏打扮的人物一边高声谈论着一边朝这里走了过来。

"听说下月初七便是太平公主的四十岁诞辰,来宾一定不少且一个个定是非富即贵的人物!"

"那是当然!太平公主是何人,她可是当今皇上最宠爱的女儿啊!"

"嗯,下月初七这千乘郡王府一定是热闹非凡!"

"是啊是啊!"

……

……

绿衫少年听着听着不禁微微出神。

记忆中的母亲大人,仿佛永远停留在二十年前。她优雅,她高贵,她是大唐乃至大周最值得骄傲的公主。

她可以对她的两个继子甚至是任何一个陌生人微笑,独独不会对他。自他出生的那一刻,他似乎就已经注定了有娘生,没娘爱。

她打他,她骂他。可是有时候,他分明能够感受到她望着自己时,那憎恶之外的温柔。

为了谁,为了谁?

现如今,她已四十岁了,芳华不在,对他的憎恶却依旧不减。

他,才是她应该疼爱的啊!

绿衫少年不禁握紧拳头,艰涩一笑。悲伤的潮水在清澈的眸底蔓延。

"公子,公子?"摊贩子小心翼翼地唤了一声。

他回过神来不禁一笑,取过装好穗子的玉佩付了碎银,道了声谢。

长安街头,依旧人声鼎沸,依旧车水马龙。

灿烂的阳光投洒在人间,将他孤寂的影子拉长在拥挤的街道上。

他单薄的肩轻轻颤抖,仰起脸,他双眼氤氲。

有些人,注定是孤独的吧!

所以,他才逃了出来。他不想看到别人一家其乐融融。

因为,他会心痛,会难过。

玉满堂

十一月初七,寒露在秋叶上轻轻颤抖,明亮的灯光在微湿的空气中晕出了一阵模糊的光圈。

远处,大堂之内,仙乐飘飘,觥筹交错。

白玉石的台阶上铺上了一层火红的地毯,地毯的尽头,玉盏银盘珍馐酒暖。每一件器具都是极尽奢华。

今日乃皇上爱女太平公主四十岁的诞辰大日,在座众人个个都无比的尊贵非凡。

丝竹声声,语笑连连。

太平公主与千乘郡王府武攸暨并坐上首。相王李旦次之。依次坐着的便是武家的几位德高望重权倾朝野的王爷。

而其他几桌便是朝堂上的一些臣子宗室辈分稍轻一点的小王爷们。

洛歌举杯,面若寒霜的脸被璀璨的灯光照得更加明丽。她勾起唇角,目光掠过身边的白衣人投向了另一桌。

另一桌,李家几位王爷与武家几位王爷正举盏谈笑。

李隆基身着青色长衫,玉带束发,面色冷峻。他自斟了一杯烈酒,猛地仰头喝下。一阵甘辣之后,他不禁皱了皱眉毛。

"三弟……"李成器伸手拉住了他,轻轻地摇了摇头。

"是。"李隆基颔首,眸光暗沉得好像海底最深的一汪海水。寂静而又神秘,冷漠而又淡然。

"公主殿下!"

白衣人突然站了起来,他巧笑嫣然地拂开发丝魅惑一笑。那笑容好像春风中的飞花,无数迷人的蝴蝶振翅飞舞。

众人不觉呆住,全都安静了下来。

"张大人有话要说?"太平公主笑看着他。

白衣人优雅地搂住了洛歌的双肩娇笑道:"今日乃公主大日,我兄弟二人只准备了区区薄礼,实在是不像话。故我兄弟二人愿为公主殿下合奏一曲,不知公主殿下可否赏光听上一听。"

"哦?"太平公主轻轻一笑,高贵艳丽的脸上挂着一种晃人双眼的灿烂。"常闻二张大人精通音律。既然二张大人有所兴致,本宫自然是求之不得了。"

太平公主话音刚落便有仆人送上了一架焦尾琴与一杆陈朴的竹笛。

洛歌抬起头狠狠地瞪了白衣人一眼,她面带浅笑地站起身,踩过白衣人的脚背,走向了大堂中央。

白衣人皱了皱眉毛,脚面发麻。

"今日我兄弟二人为公主殿下献上的曲子名为《玉堂春》。愿殿下年年有今日,岁岁有今朝!"

白衣人说完拂开下摆坐了下来,洛歌拿起竹笛放置嘴边闭上了双眼。

大堂之中,众人的嬉笑之声渐渐淡了下去,只剩下大堂中央那两个白衣人合奏出的美妙音乐。

李隆基放下酒杯,骨节分明的手指轻抚着玲珑的杯身,他抬起头,微眯起幽黑如同子夜的双眸。

眼中的她，白衣飞扬，发丝轻舞。绝美的脸如同出淤泥而不染的初夏荷花，她闭着双眼，纤长的睫毛轻轻颤抖，容颜上的表情却是淡漠疏离的。

她是一个高傲的人。从看见她第一眼开始就知道。

他不仅知道她高傲，他还知道她冷酷、无情、嗜血、冰冷。她有野心，有仇恨。可是有的时候，她也会脆弱，也会温柔。只不过，这些都不会是为了他。

呵，如此相像的两个人啊！

李隆基的唇角不禁扬起了一丝笑意。

一曲终毕，洛歌睁开双眼，彬彬有礼地朝主桌微微一拜。她直起身子，唇角是一抹自信倨傲的绝美笑容。

白衣人揽住她的肩，无限魅惑地说道："不知公主殿下满不满意我兄弟二人为殿下准备的这支曲子呢？"

"自然是很满意了！"太平公主雍容一笑，她抬手举起酒杯道："本宫要亲自敬二张大人一杯！"

洛歌与白衣人接过酒杯轻轻一笑，便仰头喝下。

酒刚入喉，众人便听见仆人高声通传道："太子殿下驾到——"

众人纷纷离开座位静静垂首。

门外，一身明黄的皇太子李显走了进来。他老远地便伸出双手径直走到太平公主的面前扶起了她欲跪的身子。

"妹妹何须行此大礼！"李显微笑着，满眼的温柔。

"三哥……"太平公主仰起脸，眸中亮晶晶的一片。她对他轻轻一笑道："小妹诞辰三哥能亲自光临，小妹真是不胜惶恐。"

"你啊，竟也跟我说这样生疏客套的话！"李显朗朗一笑，他转过头看向了站在一边垂首的相王李旦。"四弟比我早来一步呢。"

李旦拱手一拜，才抬起头叫了声"三哥"。

"众位请入座吧！"李显转过身微微抬手。

"谢太子殿下。"

洛歌坐在座位上看着主桌上的兄妹三人正猜测着他们的微笑中掺假多少时，却感觉一道灼灼的目光正朝着自己射了过来。她转过脸，不禁微微一愣。

安乐公主李裹儿正一身艳丽的坐在宗室子弟之中，她目光灼灼地看着她，双颊绯红。

洛歌不禁冷冷一笑，扭过脸假装没有看见她。

白衣人碰了碰她的胳膊肘，低声笑道："阿洛。安乐公主正看着你呢！"

洛歌抬起头狠狠地瞪了他一眼。

白衣人不怕死地继续说道："安乐公主对你好像仍是喜欢的呢！你看她那双眼睛，啧啧……满含爱意啊！"

洛歌握住杯身的手微微用力，她不动声色地抬起脚朝着白衣人的脚用力地踩了过去。

"呃……"白衣人的脸色微微一变，眉毛高高地挑起。

"张大人，没事吧！"宰相杨再思一脸古怪地看着他。

"呵呵，没事没事。"白衣人故作轻松地举起酒杯来掩饰自己的窘态。

洛歌冷哼一声，偏过了头。

他们的小动作，李隆基尽收眼底。

他转过脸，看着桌对面一脸爱慕之色的李裹儿。她正双眼直勾勾地看着洛歌，娇丽的脸上满是春色。

李隆基微微蹙眉。

他讨厌她看着她那样的目光，非常……极其的讨厌。

他抽离目光看向洛歌。

她正与身边的一位大臣寒暄，好像是在敷衍，她的脸上带着疏离而又虚假的笑容。

脑海中，那让他想要倾尽一切挽留住的倾世笑容渐渐清晰地浮现了出来。

他蹙眉，心脏莫名地颤抖了一下。

"三弟，你要去哪里？"李成器抬头看向正欲离席的李隆基。

"我想出去透透气。"李隆基微微点了一下头，便走了出去。

这边，洛歌的眉峰突然一跳。她伸出手揉了揉眉心，感觉有些气闷。她举起酒杯微抿了一口醇香的烈酒，不禁蹙眉。

好像……每个人都带了一张面具。

尽管她经历这样的场面已经有无数次了，可是，她依旧讨厌，依旧厌恶。

她转过头看着微笑的白衣人，心底像是有谁在轻轻吟唱，又像风慢慢地拂过花海，感到一种虚幻的美好。

洛歌不禁眯起了双眼。

眼前的他突然转过脸看着她，他冲她举起酒杯，唇边荡着笑，眸中那银白色的温柔似潮水一般，一波一波地拍打着她的心房。

恍惚之中，她好像看见了那个站在阳光中对着自己浅笑的人。他张开双臂在落英缤纷的小道上，眉目儒雅嗓音动人地喊着她，歌儿，歌儿……

洛歌抬起手揉了揉双眼，摇了摇脑袋。再看去时，见到的是白衣人背过身体对着别人魅惑地笑着。

她站起身,悄无声息地走了出去。

沿着回廊慢慢地朝前行走,人声也就越来越稀少。

一名婢女端着托盘小心翼翼地行走在寂静无人的回廊之上。她垂着头,脚步又碎又急。稍不留神,她撞在了一根柱子上。一双手突然伸过来扶住了她,她抬起头发现眼前站着的竟是让万千少女为之心动的昌宗大人。

两抹红霞立马飞上了她的双颊。

洛歌气宇轩昂地站在她的面前,脸上带着一丝魅惑人心的笑意。她故作关心道:"姑娘没事吧!"

"没事……没事的。"小婢女的头垂得更低了。

洛歌伸手指了指托盘中的酒壶与杯子柔声道:"这酒可不可以给在下?"

"可以可以的!"小婢女忙不迭地送上托盘,满面娇羞。

洛歌伸手取过酒壶与杯子道了声谢,便与那婢女擦肩而过。

直到她走出了很远,小婢女才木木地回过头,看向她消失的方向,目光痴迷。

回廊深处,月光清冷。那银白的月光洒在低低的栏杆上反射出了一片冷冷的光华。晚秋的夜风微冷,有人临风而立。夜风扬起他青色的长衫,他微眯双眼,如同子夜的黑眸幽黑暗沉。

洛歌不禁停下脚步微微一愣。没想到,竟能碰见他。

"临淄王!"

洛歌一笑,走了过去。

李隆基有些诧异地回过头来,发现来人是她也不禁微微愣住,待她走到自己的面前才回过神来。

"王爷为何一人躲在此地,怎么不进去喝酒?"洛歌轻笑。

李隆基垂下眼睑看着她,不禁牵起坚毅的唇角:"昌宗大人又为何独自一人呢?恐怕,本王与大人是一样的吧!"

洛歌闻言不禁牵起了唇角,她递过酒杯倒了满满的一杯酒,自己却举起酒壶对他笑道:"既然大家都是同类人,为何不喝上一杯?"

李隆基望着手中的酒杯微微一笑,他举起酒,朗声道:"干杯!"

甘辣的液体冰冷地滑过胸腔却激起了全身的暖意。

李隆基松开双眉,将酒杯朝洛歌凑了凑。"再来一杯如何?"

洛歌的神情滞住,她一笑,举起酒壶又为他斟上了满满的一杯。

"干杯!"

酒杯与酒壶相碰发出了一声清脆的声响,那清脆的尾音在风中飞舞消失殆尽。

他们双双坐在了栏杆之上,双脚凌空。

李隆基仰起脸看着夜空中的一轮明月,双眼清亮,他深吸了一口气,缓缓道:"人,为何而生?"

洛歌轻轻一笑,她闭上眼,声音清冷。"我只知道,我,是为复仇而生。"

"那我呢?我又为何而生?"

"依我看来,王爷……是为权力而生!"洛歌冷冷笑道。

李隆基的眸突然变得阴翳,他侧过脸看着她扬起的绝美容颜,不禁一叹:"权力……或许是吧!"他扬起唇梢嘲讽一笑,然后仰起脸闭上眼接着说道:"生尽欢,死无憾。只是你我都背负了太多。"

夜风凉如深冬那河床上被冰冻的河水,发丝被夜风吹拂又似水一般流淌过她绝美的容颜。

生尽欢,死无憾。

这样的人生啊……注定不是她的人生。

"王爷居然也能发出这样的感叹,还真是让下臣想不到啊!"

"呵……昌宗大人,可……过得好?"他的声音低沉,却很好听。

洛歌的身体突然颤抖了一下,她笑道:"有什么好与不好的。人生,也不过如此罢了。"

"不过如此……"李隆基睁开双眼跳了下来,他走到空地上拾起了两根细细的树干,将其中一支递向洛歌。"本王想与大人比试比试,不知昌宗大人是否愿意呢!"

"当然!"洛歌自信地接过树干跳下来走到他的面前,举起手中的"剑"。

李隆基执"剑"翻身跃来,洛歌轻笑着举"剑"迎了上去,两"剑"相交之时,彼此的脸上都漾起了一阵会心的笑意。夜风吹起路边雪绒绒的蒲公英,它们在风中荡漾着飘飞着,恍若一场细碎的小雪,一白一青两道声音便在细碎的小雪中劲厉地舞动着。

黑暗中,白衣之人靠着墙壁长叹了一口气。他抬起手,手中的珠钗在月光下泛着柔和的光芒,他那风华绝代的脸上满是忧伤。

那些心痛,就让他一人承受吧!

他笑,笑容无声无息地在俊颜上悄然放大。

一场较量下来,不分高低。

洛歌率先收回剑,对着李隆基笑道:"王爷功夫了得,昌宗甘拜下风。"

"你太过自谦了,昌宗大人!"李隆基冷峻的脸上绽放出了一丝浅浅的笑容,那笑容使他原本就英气逼人的脸更加英俊了。

洛歌摇头,丢掉手中的枯枝,坐在枯黄的干草之上。

李隆基走过来,低头看着她道:"我先去了,离席太久恐有不妥,你休息一会儿便也早些来吧!"

"是。"

"对了!"他像是想起了什么,走出几步又折了回来。他伸手从前襟掏出了一方锦帕递给她接着说道:"这是崇简让我带给你的。"

"嗯。"她伸手接过,睫毛轻轻地颤抖了起来。

待他走远,洛歌才将锦帕打开。

墨绿的锦帕中,躺着的是一块通透的白玉。洛歌小心翼翼地将玉拿了起来,玉下那白色的穗子在夜风中飘扬起来。月光洒在白玉光滑的表面上,让它显得更加晶莹剔透。洛歌的手指划过玉身,像是发现了什么,她猛然将玉对准了月光。

温柔的月光中,洛歌的身体突然颤抖了一下。

那玉身刻着让她想要流泪的两个字:"同——心"。

玄风剑

洛歌站在枯黄的草地上静静地伫立着,秀眉上已结出了一层细碎的白色冰晶。她搓了搓手,雪白的斗篷随着她的动作轻轻晃动。她仰起脸,呼出了一团白色的雾气。

远处,白衣人裹紧了白色的斗篷,低着头走了过来。

洛歌连忙抬起头迎了上去。"怎么样?"

白衣人抬眼看着她着急的模样,面色凝重地点了点头,道:"戴上帽子,跟我来。"

弯弯曲曲的小道上,枯黄的草儿在寒风中微微颤抖,光秃秃的树干上,黑色的乌鸦狞笑。

洛歌低垂着头,白色的斗篷将她的全身包裹,只露出了一张冷漠的脸。她脚步轻碎地跟在白衣人的身后。

经过她的一番请求,他终于答应带她去看看高阳公主,机会来之不易,一定要好好珍惜。

一边想着,他们已到了荒殿门口,洛歌的头垂得更低了。

白衣人面无表情地看向宫女紫玳,冷漠道:"奉陛下旨意,此人乃老太婆故人,陛下特命她来劝说老太婆。紫玳姑娘,开门吧!"

宫女紫玳狐疑地看了一眼白衣人,但一见到白衣人那寒若冰霜的脸便立马收回目光,规规矩矩地打开了门。

白衣人接过紫玳递来的一盏灯,便拉着洛歌走了进去。

漆黑潮湿的过道中,不时几只黑灰色的耗子突然穿梭而过。这座偏殿已荒废了太久,不少窗梁都腐烂了,有的壁角上还挂了一层厚厚的蜘蛛网。

冷气寒入骨髓,洛歌不禁打了个寒战。

前面的白衣人突然停下了脚步,他回过头看着她,忽明忽暗的灯光将他的脸照得阴晴不定,他突然冲她伸出手,声音淡然:"把手给我。"

"啊?"洛歌愣住。

白衣人看了她一眼,自顾自地牵起她的手握在掌心。然后,又像是什么都没有发生似的向前走去。

洛歌机械般地被他牵住。

"奇怪,你的手怎么会这么凉?又没有生病。"白衣人一边走着一边说着,双眉微蹙。

……

"歌儿生病了吗?手怎么会这么凉?"

"歌儿手凉是因为没人疼啊!"

"小傻瓜,十三哥哥会疼你啊!手拿来,我来帮你捂暖。"

……

"十三哥哥……"她双眼空洞地低喃了一声。

声音又小又轻,消散在冷冷的空气中,回响在白衣人的耳边。

他的眉,蹙得更深了。

脚步突然止住,他放开她的手,举起灯朝前努了努嘴。"那扇门,推开以后就可以看见她了。你去吧!我在这里等你。"

洛歌木讷地将手背在身后,愣了愣,才道:"你假传陛下旨意,会不会有事?"

"哈!"白衣人突然一笑,笑容中嘲讽更多于邪魅。"你怎么也学会关心我了?"

她瞪了他一眼。

"放心放心,我怎么会有事?我可是陛下面前的大红人!你去吧,别待太久。"他说着,将手中的灯递给她,将她朝前推了一下。

洛歌蹙眉回头看了一眼满脸笑容的他,迟疑了一下,抬步向前走去。

身后,白衣人蓦然皱眉。他低下头看着仍残留着一丝凉气的手掌。终于,叹了一口气。

厚重的门散发着一股浓重的霉味。洛歌伸手轻轻一推,门便"吱呀"一声打开了。一阵潮湿的冷风突然迎面扑来。洛歌伸手挡住,这才没有让那冷风将手中的灯火吹灭。

她半眯双眼,好一会儿,才在黑暗中找到了那个被锁住手脚的人。

"公主殿下,可还记得在下?"洛歌试探性地问上了一句,声音冰冷。

　　黑暗中的人无力地抬起头,沉重的锁链随之发出了一阵"哗啦啦"的声响。

　　"洛歌?"

　　"是。"洛歌淡淡一笑,她护着灯走到面前的木桌旁,举灯照亮了那人的脸。

　　高阳公主猛然皱起眉。她紧闭双眼,显然是受不了这突如其来的灯光。

　　微弱的火苗在她那张妆容精致的脸上,轻轻跃动。洛歌的唇角挂着冰冷的笑意,她看着她如血的殷红的唇瓣,收回了灯。

　　"在下为何到访,公主殿下定也是心知肚明。那么,还请公主殿下与洛某如实相告。"洛歌一边说着一边扫开条凳上的灰尘坐了下来。她仰起脸看着她,纤长的手指有意无意地在木桌上轻轻敲动。

　　高阳公主发出了一声轻笑。

　　"洛歌想知道的,是本宫的前世之事吧!"

　　她慢慢地说着,嗓音沙哑,尽显沧桑与老态。

　　洛歌笑着点了点头。

　　高阳公主抬起头,目光凝重地看着她,唇角挂着一丝若有若无的邪笑。

　　"难道……你不会奇怪?照理来说,我也是个八十多岁的老妪了,却为何面目依旧如同五十年前一样?"

　　洛歌饶有兴趣地看着她,蓦然收起双拳。她站起身,用手挑起她的下巴,冷然道:"驻——颜——丸!"

　　"没错!是驻颜丸。"高阳公主看着她。

　　从窗外散落进来的阳光在阴暗的牢房中呈现出了一种诡异非常的惨白,将她仰起的脸照得恍若透明。洛歌甚至都能看到那苍白的皮肤下"突突"跃动的细小血管。

　　"驻颜丸,世上仅有两颗。一颗被我服下,一颗……被武媚娘苦苦寻找的那一颗,只有我才知道它的下落。当年,太宗并没有将我处死,只是秘密地将我流放。谁知武媚娘这个贱人竟然将我抓了回来囚禁在这里,一关就是五十年!这五十年来我不见天日,每日与虫鼠为伴,与棍棒相交。洛歌,你知道我过得有多么凄惨吗?!"

　　高阳公主越说越激动,身体颤抖得越发厉害。

　　洛歌冷眼看着她,半晌,挑唇露出了一丝冷冷的嘲讽般的笑意。"这么说来,还不如死了算了。"

　　"死?"高阳公主怪笑一声,神情变得狰狞。"我已经等够了!我已经等够了!我何曾不想去死?哈哈……我何曾……不想去死!"

　　"等?等谁?"洛歌警觉地看着她,目光凌厉。

　　"等你!"高阳公主抬起头看着她,浓艳的脸被一股凝重的悲凉笼罩。"我听他的话,等你。"

"听谁的话？"洛歌冲上前去揪住了她的衣襟，声音急切。

"辩机！辩机……他说，只要等到了你，他就会回来找我。洛歌！为了他，我等了你太久太久！"

"为何等我！为何！"洛歌睁大了双眼，惨白的阳光将她的白衣晕起了一层毛毛的光圈。

高阳公主突然大笑了起来，声音凄厉得好像是从地狱中最黑暗的地方传来的厉鬼的哭声。

洛歌惊得往后倒退了两步。

"哈哈哈……无欲无恨！无爱不痴！哈哈哈……佛门清净！伦理纲常！等！等！等！"

"闭嘴！"洛歌跳起来用力地推开她，眸中的杀机如波涛汹涌。她钳住她的手腕，右手扬起用力地给了她一巴掌。"闭嘴！"

"打啊！打死我吧！哈哈哈……"高阳公主睁大双眼，像是看着一件有趣的物什般看着洛歌。她不断地狂笑着，浓艳的脸扭曲着，已近癫狂。

"告诉我，你为何等我！"洛歌怒吼一声，全身上下散发出了一种摄人心魄的肃杀之气，她的白衣在阳光中飞扬，双目如寒刃一般冷酷。

高阳公主并不理会她，仍旧自顾自地狂笑着。

"你！"洛歌怒瞪双眼，正欲扬手再给她一巴掌时，手腕却被人抓住了。回头看时，却发现白衣人正蹙眉看着自己。

"你看不出来吗？她又疯了。"

"什么？"洛歌愣住。

白衣人松开手，指了指癫狂的高阳公主，声音淡然："她的病时好时坏。大部分时间，她都是疯的。你今日能和她说这么多，真是好运气。"

"时好时坏？"洛歌狐疑地看了一眼白衣人，目光落在面前的黑影上。半晌，她松开双眉。"那……她刚才所说的，到底是实语还是乱言。"

"阿洛，我们待得太久了！"白衣人说着，很自然地牵起她的手，举着灯转身准备离去。

洛歌木木地睁大一双眼睛回过头。

惨白的阳光中，无数细小的微尘在那明晃晃的光芒中穿梭舞蹈。黑暗中的人，头发蓬松得如同一堆乱草。她的笑声尖刻凄厉，目光中的憎恨之意浓重。

洛歌猛地打了个冷战。

白衣人回过头看着她，"怎么了？"

"没事。"她像是失了魂一般木然喃喃。

他不禁握紧了她的手。

白衣互相缠绵。

深冬的早晨,呵气成冰,冰冻三尺。

霭霭白雾笼罩着整个尚在沉睡中的花园。那些绿色的树叶与红色的梅花在冷冷的空气中轻轻微笑。

远处,模模糊糊的有个白色人影在微微晃动,风吹散了落在叶子上的轻雾,打开了那薄薄的一面白色雾帘。

梅林之中,有几朵娇艳的红梅随着凌厉的剑风飘然而落。寒气逼人的剑扫过它们,将那些花割成无数朵细小的碎瓣。泛着青光的剑面上,倒映着洛歌挑唇一笑满是邪意的脸。

她腾身跃起,舞出一个剑花。玄风剑在她的手中,仿佛活了一般。人剑合一。这,恐怕就是她能够震慑江湖的原因吧!

反手挥剑,洛歌偏过头不禁冷冷一笑。剑芒"呼呼"扫过,树干上垂下的冰凌应声而落。

满意地收回剑,洛歌不禁抬起头对着已穿透稀薄云层而洒下来的凛冽阳光轻轻地笑了起来。

只有在没有人的时候,她才会这么笑吧!

那笑容在近乎透明的雾中,宛若初夏懵懵懂懂绽放的第一朵白莲,清澈动人,温柔美好。

她提起手中的剑,走到石桌旁倒了一杯冷茶。

手中的剑"呜呜"地轻泣着,好像是谁在哭泣。剑身散发出了一种深沉却又好像忧伤的幽蓝光芒。

洛歌睁大了双眼看着手中轻微振动的剑,不明所以,她像是察觉了什么,猛然抬起头回过身。

五步之外,他的白衣在轻雾中迎着冰冷的晨风飞扬,黑色的发丝好像陈墨在微湿的空气中晕开。他笑看着她,风华绝代的俊颜上银白色的眸子中有着无限的温柔。

真切得好像可以永恒的温柔。

洛歌仿佛遭电击般愣住。

直到他,无限魅惑地轻笑着,优雅地执起她的手,她这才回过神来。

"呀,手很凉呢!"他轻笑,将她纤长的手小心翼翼地包在自己宽大温暖的掌中。

洛歌弯了弯嘴角,面无表情地抽回手,冷声道:"你今日倒起得挺早。"

身后的白衣人哈哈一笑,满不在乎地坐在她面前,双手撑住下巴,目光惜懒地看着她。

洛歌白了他一眼，扭过脸，假装看着远处隐隐绰绰的红梅。

"玄风剑？"

"嗯。"她点头。

白衣人小心翼翼地伸出修长的手慢慢地抚摸着精美的剑鞘，眸中的银白渐渐沉淀，如同一汪深沉的海水，泛着冰蓝色的诡异光芒。

"它会生出荞花，对不对？"

"是。"洛歌回过头困惑地看着他瞬间变得暗沉的脸色。

白衣人低垂着眼睑，浓睫微微颤抖。他突然握紧剑鞘，拔出了剑。

"你要干什么！"洛歌惊得伸手想要拦住他。

可是，迟了一步。

白衣人修长的手指轻轻划过锋利的剑刃。冷青色的剑面上，一串串血珠随着他手指到过的地方，逶迤一路红花。

洛歌呆愣住。

好像冲破了千年的禁锢，剑身突然迸发出了一股骇人的力量。幽蓝的光芒冲破了浅薄的白雾，击退了急速的阳光，斩断了千丝万缕不断飞扬的晨风，灼人的蓝色光芒中，粉白的荞花翩翩起舞，它们沿着蓝色的光柱，诡异地向天空蔓延。

浩浩荡荡的，迷乱了人眼。

洛歌的瞳孔猛然扩大，她垂下头，看见白衣人的中指，源源不断地被玄风剑吸食的血液。那些红色的液体仿佛被什么吸引住，像波浪一般，慢慢地扑向剑身。

"快丢开剑！"

洛歌大喊了一声。

白衣人惊恐地松开手，可是那剑却仿佛着了魔般凌空悬浮，固执地吸取着他的血液。

幽蓝的光芒越来越烈。

洛歌的眼被这阵明晃晃的光芒灼伤，她不由自主地伸手挡住了脸。

"啊——"

白衣人大喊了一声，痛苦得向后仰去。

他的手笔挺挺地被剑身吸引，中指上的血液与身体分离，投向剑刃。他艰难地伸出左手想要拽回被吸住的右手。可是，一切徒劳。

"张易之！"

洛歌突然不顾一切地扑了上去，将玄风剑牢牢地抱在了怀中。

乱花飞舞，幽蓝的光芒将她的身体包裹。那些粉白的花儿好像漫天的大雪，沉睡在她的全身。她的发丝被诡异的狂风吹散，在蓝色的光芒中张狂舞蹈。泪水一滴一滴地跌落在剑面上,将尚未渗透的血珠晕开。她痛苦地皱着眉,绝美的脸苍白一片。

那些让人心痛的无法自拔的回忆,从四面八方汹涌而来,如大江大海,奔腾着怒号着,涌过她的双眼,蔓延她的全身。

……

我爱你我爱你歌儿,我是如此深深地爱着你。

……

她的身体紧紧地蜷缩着,以保护的姿态凌于半空。她好像沉睡了过去,脸上的泪水在渐渐微弱的光芒中,消融。

"阿洛……"

白衣人抬起头呆呆地唤了一声。他伸出双手,接住了她坠下的身体。

她沉睡在他的怀中,身上的衣衫被剑气震碎,血迹斑斑。

玄风剑"当啷"一声从她的怀中掉落在地。剑芒上的一朵粉白色的荞花在颤颤的尾音中,消失。

他呆呆地看着,突然俯下身,唇已吻上了她的眉心。

泪水四溢。

"阿洛,为何?"他轻笑,笑容却似黄连一般苦涩。

他解下外袍包裹住她,将她紧紧地抱在了怀中,好像一不留神她就会在他的怀中消失一样,那般的小心翼翼。

指尖的鲜血仍旧一滴一滴地往外流淌,他浑然不觉。玄风剑静静地躺在冰冷的地上,已经完全没有了先前的那股慑人的诡异煞气。

怀中的她,面色苍白,睫毛轻轻颤抖。

她的唇,慢慢翕合。

"忘不了……我……忘不了你……"

暮色四合。

寂静的仙居殿,好像空无一人。可是往殿内走去,便会看见白衣男子正静静地坐在床边。他微蹙双眉,风华绝代的俊颜上,分不清是忧伤还是紧张。他的手,紧握着她的柔荑。白色的衣袂拂过冰冷的地板,反射出如云一般飘逸的倒影。

床上的她,猛然睁开双眼,眸中的暗红色微光满盈。

"你醒了。"白衣人轻轻一笑,他起身倒了杯暖茶,坐在她身边,扶起她,将茶递了过去。

洛歌的脸色苍白而又阴翳,她眯起眼,眉心蹙起一道深深的沟壑。

他的手,滞在半空,手腕被她用力抓住。

手中的茶杯"咚"的一声掉在了地毯上,滚了几滚,杯中的茶水在毯子上晕起一大圈水渍。

"你是谁?！你到底是谁！"

她钳住他的肩,用力将他推倒在地。

"告诉我,老老实实地告诉我！你,到底是谁！"

她赤着脚站在他的面前,居高临下地看着他,双眼早已燃起了熊熊烈火。

白衣人无畏地发出一声轻笑,他左手撑地右手抬起揉了揉被她弄疼的肩,低垂眉眼道:"你说我是谁呢？我是张易之！奉宸令张——易——之！"

"不！你不是！"她扑过去揪住他的衣襟,看着他的脸,发疯的大叫了起来。"你不是张易之！你不是！你若只是张易之,玄风剑怎会因你而疯狂起来！你若只是张易之,又怎知开启玄风剑的方法就是用血！你不是张易之！不是！"

"那你说我是谁！"他大吼一声用力推开她,冷冷地笑了起来:"怎么？不觉得我很脏么？我就是肮脏的张易之,为权欲而生的张易之,想让大明宫内所有强大的女人拜倒在我脚下的张易之！你说我不是张易之,那谁是？谁有我这样的野心,至高无上的野心！"

她愣愣地仰起脸,看着面目有些狰狞的他。

"玄风剑？我怎知它为何因我疯狂?！剑刃见血,便生荞花。这是你告诉我的！你忘了？你以为我不是张易之,那我是谁？是更加肮脏下流的灵魂吗?！"他俯下身,眯起狭长的双眼,白色的衣角无风自舞,舞乱了她的眼。

四周一片寂静。

昏黄的阳光斜斜地洒了进来。天边,如血的夕阳缓缓泣开。萧瑟的风,吹起来,吹掀如纱的帐幔,翩翩飞舞。

"十三……十三……"她垂下眼睑,抱住双膝,将头埋在了双臂间,轻轻地啜泣了起来:"十三哥哥……十三哥哥……"

原以为她是冷漠的,可以冷漠地拔剑杀死任何一个人。

原以为她是坚强的,就算再伤心也不会掉眼泪。

可是,她的冷漠她的坚强,全因为一个叫做十三的男人而瓦解。

十三……十三……

"阿洛……"他轻唤了一声,突然痛苦地皱了皱眉。

他颤抖着身体,胸口一阵绞痛。嘴角有血丝渐渐蔓延。

"阿洛……阿洛……"他捂住胸口,苍白着脸伸出手,慢慢地向她走去。他蹲下来,抱住她,轻轻地笑:"那男人,对你是如此的重要？他是多么的窝囊,都不能好好保护你。阿洛,你为何如此执著？为什么不放下那段过往？为什么不忘了他？"

她的身体在他的怀中轻轻颤抖,泣声苍凉悲伤。

他闭上双眼,脸越发地苍白,唇边的血丝清晰可见。

"你不是心属平庆王么?为什么还要如此三心二意地对他?你爱的是平庆王!是薛崇简!不是什么可笑的十三!不是!"

她仿佛没有听见他的话语,依旧低声啜泣着。

他无声低叹,仰起脸,豆大的汗珠顺着俊美的轮廓和着唇边的血丝滴落下来。他挣扎着起身,伸出手,将她抱到了床上。

为她掖好了被角,看着她泪流满面的脸,他不禁柔声道:"阿洛,你是冷静的'荞花白幽'啊!忘了吗?"

"你很像他啊!"她转过脸,目光盯在了他那张既熟悉又陌生的俊颜上。闭起眼,她轻叹:"你长得……很像他。"

"可我不是他!"白衣人倏然起身,面目突然变得既害怕又愤怒。"我是张易之!天下间独一无二的张易之!"

"是!你不是他!你不是他!你怎比得上他!怎比得上?!"洛歌睁开眼,冷冷一笑。"早在很多年前,十三就已被我亲手杀死。死人又怎能复活?你,的确不是他啊!"

白衣人木然地看着她。

洛歌偏过头,声音喑哑无力。"你出去吧!我想一个人静一静。"

"阿洛……"他急忙唤了一声,却再也没有说什么,只是静静地退了下去。

床上,洛歌轻轻牵唇,泪水似断了线一般滚滚落下。

玄风剑魔性大发的那一刻,她想到的只是……

保护多年前那个……伤害最深的……十三……

祸伏兮

屋檐下,是曲折的回廊。

大雪弥漫在整个寒冷的冬季,寂静地席卷着一切悲伤。似泪水蒸腾起的那一片浓浓的湿气,融化了一切幸福以外的光景。

有风吹过,雪花打着旋儿和着白色的衣袂飞扬。洛歌闭眼,吸了口冷气,伸出手,任那白色的精灵在纤长的指间快乐地舞蹈。她颤抖着睫毛。仰起脸,雪花便随风落在她倾世魅众的脸上,冰冷冷地化开。

周身陡然变暖,她不禁一愣,睁开眼回过头,看见的是白衣人那双泛着银白色温柔透着无限暖意的眼。

他伸出手替她系好斗篷上的带子,对着她轻轻一笑,继而暖声道:"穿这么点,不怕着凉吗?"

洛歌抬起头看着他,有那么一刹那的恍神,她好像看见了……她摇了摇头,拍掉他的手偏过头,冷声道:"着不着凉干你何事!"

"哈,怎不干我的事情!你可是我最珍爱的弟弟呀!为兄我怎可让弟弟受凉?"他邪魅一笑,优雅地斜眼看着她。

白色的雪花纷纷扬扬,飞过他的脸,便好似沾染了他的妩媚多情,变得更加妖娆起来。

洛歌冷冷地白了他一眼,转过脸,看见不远处正托腮望雪的初晴。她轻轻一笑,裹紧了斗篷举步走了过去。

"晴儿,在看雪啊!"她笑,伸出手为她拂掉了落在发中的雪花。

"是。"初晴受宠若惊,连忙起身垂首站立在一旁,白皙的脸上顿时飞来两片红霞。

洛歌见状,不禁收回手,看着白色的天空,唇边泛着深深的笑意。

"大人……"初晴涩生生地唤了一声。

"嗯?"

"大人……晴儿……晴儿有一事相求。"

洛歌挑眉。"何事?"

初晴深吸了一口气,微微抬头看了她一眼,忙垂首小声道:"远在扬州的奶奶这几日会来长安。晴儿想拜托……拜托大人与掌事的公公说一声,晴儿想去看看奶奶。"

"仅仅是此事而已?"

"是。"

"好,这有何难!"洛歌笑了笑,伸出手搓了搓被冻红的脸颊,抬起头,正看见眉目含笑望着自己的白衣人。

雪花寂静无声地从苍穹中悠然落下。远处,天地一线,白色统领着一切。萧瑟冰冷的风吹起他的白色斗篷,雪花和着他如墨的发丝翩翩起舞。他看着她,双眸如月光下的潮汐翻涌着寂静的温柔。薄薄的唇角,冰蝶破茧,仿佛只要阳光一照,它便会振翅飞去。

洛歌的神情不禁微微一滞。

"阿洛看雪看呆了么?"白衣人无限魅惑地展露笑颜,语气中分明有一丝调侃的意味。

洛歌有些窘迫又有些不服地偏过了头。

"回殿吧!再多待一会儿,恐要真的着凉了!"他一边说着一边脚步轻盈地从她身边走过。

馥郁香甜的气味扑面而来,洛歌蹙眉,左手忽然被他拉住。她一个趔趄差点摔倒。白衣人轻轻一笑,握紧她的手将她向前一拉,这才没有让她倒下去。

"你……"洛歌垂睫看了看被他牵住的手又抬起头看着他。

白衣人含笑不语,转过脸,牵着她向前。

洛歌默然松眉。

掌心竟温暖如春。

窗外,是寂静的夜。

白色的雪如同一只只巨大的怪物蛰伏在大明宫的每一个角落。寒风吹袭,屋檐下的冰凌晶莹剔透地反射出白色的光芒,寒冷冻住一切。

窗内,龙涎香浓烈得如同化不开的蜜糖,浓郁得让人难受。

女皇半卧在床榻上,轻合双眼。

年已八十的她,白发如寒霜一般散落在玉枕上,皮肤好像蒸发了所有的水分般干枯。化了淡妆的脸上皱纹虽不是很多,但仍旧显示出了一种难以掩饰的老态。

她突然睁开双眼,慵懒启唇,声音苍老得仿佛已过千年。"你违背了与朕之间的信约。"

榻下之人,躬身垂首。白衣敞开,露出了健硕的胸膛。他无畏地弯了弯唇角,声音冰冷淡然:"陛下既全都知道了,那么,易之随陛下处置便是了。"

"张易之!你非得惹得朕大动肝火才肯罢休么?"女皇半睐双眼,混浊的眼中,凌厉的目光直逼眼前的俊美男子。"你曾经答应过朕的事情,你一件也没有做到!"

"陛下交与易之的事,易之可以问心无愧地说,做到了!"

"哼!"女皇冷哼一声,坐了起来,身形虽槁枯,却犹存一股帝王的傲煞之气。"朕说的是那个昌宗进宫以后!"

"她是个意外!"

白衣男子平静作答,蹙起的眉间有着一股说不清道不明的情愫。

"意外?哼!好一个意外啊!"女皇冷冷一笑,她站起身,走到白衣人的面前,抬起头看着他。"张易之!你对这个'意外'所做的一切可真是不一般啊!"

"陛下……"

"朕要除掉她!"

"陛下!"

白衣男子猝然抬起头,神色无比紧张。

"陛下不可伤她!"

女皇看着他的双眼,目光凌厉冰冷。她突然发出了一连串低低的笑声。

"张易之,你以为朕不知道你心中所想?你是低估朕了还是太高看了自己!张易之,朕要的只是你能够全心全意地来服侍朕。你的一切都是朕赐予的,你怎能倒戈相向!"

白衣男子垂眼看着面前脸色寒峻,神情却有些激动的女皇,无畏地露出了一丝冰冷的笑意。

"是,易之的一切都是陛下赐予的,易之也只是陛下的走狗而已。可是,昌宗她不一样,她并未违背陛下的意愿,也并未做出对陛下不利的事情。陛下又有何由去除她!"

"凭你!"女皇转过身,猛然抬手,食指凌厉地指向他。她提起裙摆走至案边,取过案上的一本奏折朝他摔了过去。"你看看!你给我好好地看看!"

白衣人抬眸看了她一眼,蹙眉捡起地上的奏折,有些困惑地翻阅了起来。

"这是凤阁侍郎魏元忠的折子。"女皇语气冷漠。她挥手指了指案上堆积如山的奏折,又道:"这些折子多数是参你兄弟二人的。他们奏言你兄弟二人惑乱后宫、扰乱人心、仗势欺人、胡作非为!"

"一派胡言!"白衣男子气吼一声,用力地合上了奏本。他抬起头看着女皇,怒气冲冲。"我兄弟二人深居内宫,他们又怎知我们的所作所为,简直是血口喷人!"

女皇看了看他,冷冷一笑。她转过身,面目有些苍凉。"群臣思唐德久矣。参你们恐怕也只是他们想要这江山易主的开始。易之,你是朕信任的人。朕要保你。你和张昌宗行事应再低调一些,免得被他们抓住把柄。"

"哼!"白衣男子气哼一声,面目不屈而凛然。"这班顽固庸臣!"

"易之,你过来!"女皇坐在床沿,对他招了招手。

白衣男子微微迟疑了一下,终还是举步走了过去。

"为朕抚琴一曲吧!"

女皇笑,笑容里却是满满的沧桑悲凉。

夜凉如水,风过无痕。漆黑的夜,慢慢地淹没了一切。

鸟鸣空灵,日光斜照。

竹林里,清风四起,吹得竹叶如碧波般发出一阵庞然的淫浪。空气清新而又冰冷。大雪初霁,竹林里冷得如同冰窖。冷艳的紫色衣袂静静地翻飞,女子背手而立,容貌绝世,表情寒冷。

"庄主,颜山并无此人。"

女子听罢,如血的红唇轻轻挑起。她眸光一斜,轻启红唇:"玄镇,替我去看看洛歌,看看她……过得好吗。"

"是。"玄衣男子低头领命。他站起身,施展轻功,转眼之间便消失不见。

紫衣女子弯了弯唇角,髻上的流苏随着风吹摆不定。她微眯双眼,眸中翻涌着一种复杂的情绪。

玖冽山庄,江湖第一庄。

庄中有杀手,名曰洛歌。人送名号"荞花白幽"。她手握玄风剑,着月白长衫。杀人之时,荞花纷飞,一剑封喉,滴血不溅。洛歌,身份神秘莫测的——洛歌,却于八年前突然销声匿迹。

玖冽山庄少了她,也就好像太阳失去了光泽一般,虽庄中人才济济,但终没有一个人能够比得上她。

紫衣女子猛然抬手,掌中的银针准确无误地将一片飘然而落的竹叶钉在了竹竿上。

培养这样一个杀手,耗了她多少的心力!她绝不能容忍任何人对她的背叛!绝不!

日沉西山,却仍不见初晴归来。

洛歌不禁再次放下手中的书卷,有些焦急地蹙起了眉。她站起身,揉了揉有些酸疼的后颈。冷风吹了进来,让她猛地打了个寒战。

白衣人放下正在把玩的玉佩,抬起头看了她一眼,漫不经心道:"阿洛,你着急什么!不是还没到关闭宫门的时候吗?"

洛歌瞥了他一眼,有些担忧地说道:"右眼皮跳个不停,好像会发生什么事似的。"

白衣人听了,轻轻地笑了一声。他看着她,柔声安慰道:"阿洛在胡思乱想什么呀!晴儿是个懂事的丫头。再说了,她是你我的人,谁敢动她!"

洛歌冷冷地弯了弯唇角,斜睨了他一眼,冷然道:"就是因为她是我们的人,我才会担心!"

白衣人愣了愣,笑着摇了摇头,没有再说些什么。

夜色将近,天空呈现出了一种暗沉的灰蒙色。

宫女掌灯,那些暖黄色的灯光让洛歌终于按捺不住,她取过斗篷,走了出去。

身后,白衣人无奈地摇了摇头。

通道中,宫女们含羞对着洛歌默默行礼。风扬起她白色的衣角,冷漠如同天空中的孤月。

轻轻蹙眉,眯起双眼。洛歌的眸光突然变得深邃了起来。

甬道的另一头,身着翠绿色民服的初晴正低着头一步一步,步履艰难地走过来。

洛歌的眼眯得更紧了。

眼中,她的身体不停地颤抖着,不停地用手背擦着眼睛,好像哭了。

不祥的预感越来越强。

洛歌加快脚步迎了上去。

"晴儿,怎么了?"她柔声问道。

初晴抬起头,泪眼婆娑地看了她一眼,愣了愣,终于一下子扑倒在了她的怀中大声地号啕了起来。

　　洛歌僵硬着身体,抱着她,伸手有些尴尬地拍着她的背脊,小声问她:"晴儿,怎么了?出什么事了?"

　　怀中的她只顾着自己一个劲地哭着。

　　"大人……大人……奶奶……奶……"

　　她断断续续地说着,一边说一边哭。

　　"奶奶怎么了?"洛歌急急地问着,双眉蹙得越来越紧。

　　"奶奶……奶奶……大人!奶奶被魏大人家的马车给撞死了!"

　　"什么?!"洛歌猛然一惊,她睁大了双眼,声音颤抖无比。"魏大人……是哪个魏大人?"

　　初晴抹掉腮边的泪水,悲恸地大叫了起来:"凤阁侍郎魏元忠,魏大人!"

　　"魏——元——忠!"

　　洛歌咬牙切齿,她恨恨地深吸了一口气,眸中杀机毕现。

　　魏元忠,又是你这个魏元忠!!!

　　……

　　冰蓝色的天空,宽广高远,光秃秃的树杈割碎了那片蓝。成群的候鸟从南方不辞千里地往南飞去。风,依旧凛冽,吹得人微微发冷。

　　"三哥,武姑娘……不好么?"

　　绿衫少年小心翼翼地发问,消瘦的身体在风中轻轻抖动,似要乘风离去。

　　青衫男子看了他一眼,幽黑的眸中是一种赤裸裸的冰冷。他抬起手扶住少年的肩,郑重道:"武姑娘还太小,我们……合不来的。"

　　"三哥!"绿衫少年轻轻一笑,腮边酒窝浅现。他偏过头仰起脸,蜜色的眸中,遥远的蓝色天空澄澈得纤尘不染。"三哥,崇简是支持你的,支持你去做任何事情。三哥既然不喜欢,就推掉吧!"

　　"崇简……"男子无语。

　　少年回过头看着他,俊颜被金色的阳光笼罩,他抓住他的手臂,笑得释然:"总要为自己活一次的,三哥背负的太多了。或许在别人的眼中,三哥是个薄凉冷酷之人,但在崇简的心里,三哥永远都是个可敬可亲的兄长。"

　　男子听了,终于展露笑颜。原本冰冷英俊的脸因为这一笑变得更加俊神飞扬,气宇轩昂。

　　他背手而立,仰起脸对着天空轻轻一叹:"不知她在哪里。"

　　"她?哪个她?"少年不解。

男子只淡笑不语。

蔚蓝的天空中，几朵浮云翩跹舞蹈。

乱花飞舞，清风含笑。月眉一对，星眸一双。绝世佳人，那一笑，让他铭记至今。

她在哪里呢？

她在哪里啊……

嵩山行

杏花百里，桃花一片。蝶在花中舞，春风自有人带笑。华盖飘扬，队伍绵长。

女帝临幸嵩山，一路上前呼后拥。

最抢眼的，莫过于队伍前骑在高头大马上的两位白衣男子。花海一片，蝶蜂相争，簇拥着他们向前。微风徐徐，阳光温暖，照得他们飘扬起的白衣亮闪闪的一片。

白衣人一手擒住缰绳一手撩开吹拂到脸上的发丝，惬意地眯起了双眼，他用力地吸了一口气，轻快地微笑了起来。"许久都未如此清爽过了！"

洛歌斜睨了他一脸陶醉的样子，不禁弯了弯唇角。她抬起手接住被风吹来的两片杏花花瓣，朗声道："人生需如此，乘风何当欢！"

"好一个乘风何当欢！"白衣人大笑着应和，满脸豪情。

洛歌弯了弯唇角，撩开发丝，白衣迎风飘展。

"阿洛腰间的那块玉佩好生漂亮啊！"白衣人低垂着眼睑，还未等她反应过来就探身将她的玉拽了下来把玩起来。

"张易之，你还给我！"洛歌伸手欲抢。

白衣人灵巧地躲过她，将玉放在阳光下眯起眼，仔细端详了起来。

白色的玉在阳光的照耀下更显通透。用手抚摸，一阵暖暖的柔柔的感觉，润泽柔和更是上等好玉。

白衣人弯了弯唇角，目光一转，笑容凝固在了唇角。

"同心？"他冷冷一笑，垂下手看着微愕的她，冷然道："平庆王所赠？"

洛歌不语，垂下眼睑。

"同心……好一个同心玉佩！"他将玉丢进她的怀中，偏过头，不再言语。

洛歌伸手将玉在腰间系好，然后抬起头看着他背过去的身影，不禁皱了皱眉毛。

"张易之，你这是干什么！"

白衣人回过头看着她紧皱的眉毛。愣住。

阳光洒满他的眉梢,他睁大着眼睛,眸如月光下寂静的潮汐,泛着银白色温柔的光芒。他释然一笑,握紧的拳头慢慢地松开。

"没什么!我只不过……在吃些小醋罢了!"

洛歌眼神古怪地看了他一眼,冷哼一声,昂起头,慢慢地朝前行进。

白衣人轻轻一笑,连忙扬鞭跟了上去。

"阿洛,我们来比赛,好不好?"

白衣人的笑脸突然在眼前放大。洛歌一愣,立马伸手推开他。

"要说就说,别把脸凑过来。"

声音冷冷然,白衣人有些无趣地撅起了唇。下一秒,他又立马兴奋地笑了起来。"呐!我们比赛,看谁先到嵩山脚下!"他一边说着一边执鞭朝前一指。

洛歌牵起唇角,冷冷地挑了挑眉。她斜睨了他一眼,嗤笑道:"就你?跟我比?哼!说出去笑掉人大牙!"

白衣人一脸挫败,他仰起脸,对着阳光轻轻一笑,春风吹得他乌黑的发丝在暖暖的空气中微漾。

"有本事就来比一场!我不一定会败给你!"

他说着,朗朗一笑,随即扬鞭轻喝一声,便似离了弦的箭飞奔而去。

洛歌见了,不禁轻轻一笑。她抓紧缰绳夹紧马肚追了上去。

銮驾中,女皇慵懒地靠在枕头上,她眯起双眼,视线中,一双白衣翩翩似舞。

上官婉儿小心翼翼地递上贡茶,女皇接过,浅抿一口,启唇道:"你猜他们谁会赢?"

上官婉儿淡静的神情微微一滞。她微抬起眼睑看了女皇一眼,声音淡薄:"昌宗大人有底子,自然要赢得过易之大人了!"

女皇听了,不禁牵起唇角轻轻一笑。她抬手挥开衣袖,懒懒地闭上了眼睛。

"我看不尽然。"

蔚蓝如洗的天空中,浮云几朵。春风拂起路边的杨柳,荡漾得人心靡乱。花香满片,那些五颜六色极尽美丽的山野花儿在风中颤颤地笑着,直不起腰。

两匹枣红色的高头大马,被系在了路边的大柳树下。

树下一双白衣人,风度绝世,超然脱俗。

春日的阳光本就是非常灿烂的。可是,当荡漾起的杨柳筛下那一束束灿烂时,那阳光却早已黯然失色。白色的衣袂在风中舞蹈,黑色的乌发在灿烂中翩跹。

还有什么能比这更美呢?

"好累啊!好想美美地睡上一觉!"

树下的白衣人一边说着一边打了个哈欠伸了个懒腰。

洛歌偏头看了他一眼,弯了弯唇角,猛灌了几口冷水后,她将水囊递给了他。"喝点水吧!没想到,你骑马倒是有两下子!"

白衣人看了看她淡然的脸,突然痞痞地眨了眨双眼。他接过水囊喝了两口水,然后,他对着她笑:"我只不过比你早到一步罢了。"

"一步也是距离。"洛歌低头伸手拈起一片小野花,慢慢把玩。她抬起头眯起双眼看着远处连绵起伏的群山,淡淡道:"一步的距离也能成天涯海角。"

白衣人不以为然地挑了挑眉,他拔起一根狗尾巴草叼在嘴里,一副懒懒痞痞的样子。他双手垫住后脑勺,倚靠在树干上,闭起了双眼。

风吹起翠绿的丝绦,不时扫过他的眉梢。阳光遗落在他风华绝代的俊颜上,引来一群彩蝶翩跹。

"我不懂得什么天涯海角。我只知道,面对自己深爱的人,明明相识相知相爱却不能相认。这样的痛苦,也是天涯海角的痛苦吧!"

"你这话是什么意思。"

洛歌回过头垂下眼睑看着一脸悠然的他,不禁有些困惑。

白衣人睁开双眸看了她一眼,轻轻一笑:"没什么意思,说着玩呢!"

"你这人也真是奇怪。"洛歌撇了撇嘴,回过头,仰起脸迎上温暖的阳光。

身后的白衣人低低地笑了一声,他开口道:"我再奇怪还能奇怪得过你吗?你才是这世间最让人摸不清猜不透的谜呢!"

"是谜倒也好。留几分神秘,他人也不敢妄自伤害我。"她一边说着一边伸手捉住拂过的柳梢,弯了弯唇角。

"阿洛,若是陛下死了,我们该怎么办?"

他突然坐了起来,靠着她,有些严肃地问着。

洛歌松开手,柳梢又随着风儿荡漾了起来。她微微偏头斜睨了他一眼,冷冷一笑:"女皇死了倒好!我要的只是权力而已!"

"你位居国公,难道还不满足?"

"位居国公?哼!只不过有名无实罢了!"她眯起眼,冷冷地笑了一声。白衣翩翩的有些萧肃。"我要实权!要兵权!我要焚玖冽!杀霁曲!"

"焚了玖冽,杀了霁曲以后,你又能干什么?随便找个男人把自己嫁了,然后乖乖地待在家中相夫教子?"他嗤笑,满脸的嘲讽。

洛歌冷哼一声,冰冷道:"相夫教子?你休要把我同那些庸俗女子归于一类。我是洛歌!是'荠花白幽'!"

"那又怎样?女人都是要靠着男人活一辈子的。"

"男人算什么？若是要靠男人活一辈子,那这女人活着又有什么用？要说靠男人,当今陛下又怎能成为千古第一女帝？你们男人只会吹嘘自己的才能本领,以为可以凌驾于一切之上,以为女人不过是自己招之即来挥之即去的玩物罢了！天下能真正看得起女人,尊敬女人的男人又有几个？！"她站起身,掸掉身上的草屑,垂下眼看了看他仰起的俊颜鄙夷地皱了皱眉。"起来！陛下的銮驾快到了！你快起来！"

白衣人盯着她的脸看了许久,突然灿烂一笑。他摇了摇头,闭起眼又重新懒洋洋地靠在了树干上。

"张易之！"

"呵,自以为是的女人！"他睁开眼看了她一眼,似笑非笑道:"也不知是谁为了一个十三疯疯癫癫的呢！哎呀！真是可笑！"

"你！"洛歌语噎。

"我什么我！"他轻笑,吐掉口中的狗尾巴草,一跃而起。"阿洛,何必那么好强？女人都应该是柔弱的,都应让男人来保护！"

"可我不需要！"

她猛然回过头仰起脸,睁大了眼睛瞪着他,目光倔强。

"什么保护不保护的,只不过是你们男人想要说明自己强大的虚华辞藻而已！我不相信！永远也不相信！"

那个人已经骗过她一次了,她怎么相信？她怎么可能相信？

一切都只是骗人的谎话而已。

"阿洛！"他伸出手,有些不知所措地望着她,脚刚向前迈一步,便蓦然止住了。

明黄的华盖已出现在眼帘,帝王的车队已近在咫尺。

洛歌看了他一眼,便翻身上马,驱马朝着队伍而去。

白衣人看着她渐远的身影,收回自己变得麻木的手,身体突然颤抖个不停。

女皇临幸嵩山。已有三天。

此时正是暮春三月,草长莺飞时节。杨柳依依,百花齐放。整个嵩山呈现出一幅春意盎然的景象。

嵩山行宫外,碧绿的湖水掩映着群山。湖面上,飞云漫游,鸳鸯交颈。女皇坐在岸边的御椅上,唇边含着淡笑,静静地闭着双眼。她的面前,一双白衣人,一个抚琴一个吹笛,配合得天衣无缝,奏出的音乐更是悦耳迷人。

春风暖暖地拂过,空灵的鸟鸣声在这高山上更加动听,湖面上波光粼粼,油绿的水草在水底微漾。

"陛下？"

见女皇闭眼,表情悠然似是睡着了。白衣人不禁试探性地唤了一声。

洛歌闻声放下笛子,扭过头也看了过去。

"怎么不继续了呢?"

女皇慢悠悠地睁开双眼,声音苍老无比。

白衣人淡淡一笑,他站起身走了过去,半蹲下来仰首看着女皇微笑道:"我以为陛下睡着了呢!要是陛下在这外面睡着了,那还不得着凉?"

女皇听了,又慢悠悠地闭起双眼轻轻一笑。半晌,她抬起头目光投向湛蓝高远的天空。

几只黑色的鸟雀儿急速划过,叽叽喳喳地鸣叫着春光的美好。

春风拂起女皇的银丝,她半眯着双眼,嘴角微微向下弯起。

"又是春天啊……"女皇开口,似在叹息。"不知朕还能再赏多少次的春光了……"

"陛下说的这是什么话!"白衣人仰起脸看着天,笑容在俊颜上慢慢绽放。

少了邪魅,多了澄澈。

洛歌看着,不禁愣住。

"易之总会说些胡话来哄朕开心,朕知道自己时日不多了!"女皇顿了顿,喘了口气接着说道:"只是,朕西去之后,朕的江山该怎么办?你们又该怎么办?"

"陛下……"

"将江山重交与李室,朕实在是不甘心啊!"

"陛下又何必这样去想!"洛歌微笑着走了过来,她走到女皇的身边,捋开发丝,眼眸闪动。"陛下将江山还于李室,更能显示出陛下的德爱宽仁。后人也会因此而赞扬陛下!"她蹲下来,仰起头看着女皇,浅笑道:"江山只是身外之物,陛下的悠然心情才是无价之宝啊!"

女皇低眸看着她,挑起唇角,轻笑了一声。那满脸的皱纹也因为这一笑缓缓舒展开来。

"还是六郎会说话!"

"六郎口拙,陛下见笑了。"洛歌低头,轻轻地笑着。

远处,鸟鸣依旧。

宫人们垂首站立,浓绿的树荫为石子路铺满了一层暗色的浅影。风拂过,浅影伴随着"沙沙"的声音微微晃动。湛蓝的天空,高远莫测。白色的浮云轻轻舒卷着,显现出很美好的模样。

女皇沉沉睡去。

洛歌抬起头看着白衣人,轻声道:"怎么办?"

白衣人看了她一眼,突然俯下身,将女皇抱在了怀中。他挺起背,没有看她,擦过她的肩膀径自往寝殿内走去。

洛歌弯了弯唇角,跟了上去。

当天夜里,女皇便发热头晕了起来。

经随行御医诊断,女皇是寒气所侵,五脏受损。

女皇毕竟已是古稀之人,风寒虽是小病,但对于她,却也是难闯的大关。

上官婉儿冷静地看向御医,轻声询问着女皇的病情。宫人们端着水、药,进进出出。

此时的女皇面色异常绯红,她紧紧地闭着眼,苍老的脸上满是痛苦的神色。"水……喝水……"

洛歌连忙跳起倒了一杯暖茶递给了正在扶着女皇的白衣人。他接过,先喝了一口试试茶温,然后托着女皇的脑袋慢慢地喂她喝了下去。

"帕子呢?皇上又出汗了!"他抬起头看着她,厉声问道。

洛歌看着他急切的脸忽然愣住。

"六郎!"白衣人轻喝一声,瞪了她一眼,接过上官婉儿递过来的帕子为女皇擦起汗来。

洛歌垂下眼睑,看着他轻柔的样子,胸口一阵发闷。

转过身,她悄无声息地走出了大殿。

山顶上,好冷。

月光透过浓密的树叶,洒在青石板铺就的路上。于是,脚底便似结了一层晶莹剔透的白色轻霜。身后,是偌大的殿。宫人们进进出出,御医们神色紧张。洛歌回过头,眼前是一片浓黑。她伸出手,月光滚落在她纤长的指尖,温柔的光芒缠绕着她的手指尽情地舞蹈。

……

"歌儿,你要等我。等我闯出一番事业,我一定会带你离开这里,远走高飞。"

"我会带你去看那高冈上的荞花,那世界上最美的花朵……"

"你要相信,我会用生命去保护你,不让你受到任何伤害!"

……

有多久,没有去思念他了?

洛歌轻闭起双眼,眉宇间满是浓郁的忧伤。她颤抖着睫毛,忽然难过得想要掉下眼泪。

他的声音,他的样子,他的温柔,他的宠溺。

她有多久没有想起?

她听得到的,看得到的,只是那个拥有与他一样皮囊的妖娆男子。

他的一举一动,总是很轻易地牵起他的模样。

山风突然大作。

白衣翻飞的"咧咧"作响,她被风吹得站不稳,猛地向后踉跄了两步。

一双手扶住了她。

"阿洛,你好弱!"

白衣人魅惑的声音预料般地响起。

洛歌仰起脸看了他一眼,直起身子,弯下了唇角。

"陛下睡了?"

"嗯。"

"……"

"阿洛,你是不是在生我的气啊!"

"什么?"

"气我刚刚吼你了啊!"

她白了他一眼,向前走了两步才嘟哝道:"我才没有那么小气呢!真是自作多情!"

"没生气就好!"他走过来大大咧咧地揽住了她的肩膀。

彼此的白衣相和着随风迎展。

洛歌挣了挣,抬起头看向他。

他的侧脸沐浴在温柔的月光中。那熟悉的轮廓英俊得让她的身体发颤。他的唇边挂着浅浅的笑意,薄薄的唇微微上扬。

"你喜欢风吗?我喜欢!"

他偏过头垂下眼睑淡笑着说。

"什么?"

"我喜欢风!"他突然张开双臂,仰起脸大吼了一声。

山风张狂,它们吹起他的白衣疯狂地舞蹈,吹起他的墨丝尽情飘荡。

"我喜欢风,因为它自由!"

他看着她,风华绝代的俊颜上满是爽朗大气的笑意。

双袖如旗帜飞扬,猎猎作响。他看着她,轻轻地笑。

"但愿我能乘风飞去。我的前世今生都被禁锢得太久了。我想要自由,想要像风一样的自由。我想带着我最心爱的人游遍天下的俊山秀水,吃遍天下的奇珍美味。我还要带她去看长河落日,去看黄沙翩翩……我还要带她去看我最爱的花朵。"

他垂下头,眉眼含笑,俊颜脱去了魅惑变得丰神俊朗。

他朝她伸出修长温暖的手,深深地看着她,眼中,是万年不变的银白色温柔。

"你愿意和我一起吗?"

你愿意和我一起游遍天下,吃遍天下吗?

你愿意让我牵着你的手看长河落日,看黄沙翩翩吗?

你愿意让我带你去看我最爱的花朵吗?

你……愿意吗?

……

"歌儿,让我来保护你,你可愿意?"

"我愿意……我愿意……十三哥哥,歌儿愿意!"

……

"你没有资格!"

她冷冷地偏过头,胸中一片刺疼。

他的笑容凝固在嘴角,伸出的手僵硬在半空,久久都未放下。

"为什么?"

"因为你的灵魂永远都不可能是自由的!你只能是肮脏的,肮脏地用身体换取一切你想要的!"她的身影发颤,身体发抖。她猛然抬起头看着他,目光冰冷,一字一顿狠狠地说:"自由是身体换不来的!"

"你的想法有多么天真?多么可笑?你要带我走?你永远也逃不出这宫门!"

她冷冷地看着他。

山风越来越大,它们吹乱了她的头发,卷着碎尘拍打着她绝美的脸颊。

她嗤笑道:"张易之,你只是个没有用的男嬖而已!"

远处,大树狂摆起腰肢,树叶发出一阵巨大骇人的音浪。庞然的痛苦,如一只目露凶光的巨兽急速奔来,咬碎他的身体。

他笑,脸色苍白。

"你说得对,我的确没有资格了。我不再是我了。我肮脏我卑贱。我只能踩着女人的背脊靠着自己的身体追求一切挥霍一切!我肮脏!我肮脏!"

他歇斯底里地大笑了起来。

他仰起脸,身体渐渐佝偻了起来。

"我肮脏……我肮脏……"

他蜷缩着身体,脸色苍白得吓人。

"张易之!"

察觉出他的不对劲,原本冰冷着的脸也突然划过一丝慌乱。她蹲下身,摇晃着他的双肩。

"张易之!张易之!"

夜色寂静,月光迷人。

那些银白色的温柔光芒滚落在他的发间,他的白衣上,似凝结成了一个个浑圆饱满的珍珠。

他从臂弯中抬起头,脸色苍白平静。

"阿洛……"

他轻唤一声,然后站了起来,身形摇晃。

迷离的月光投洒在他的俊颜上,凄冷宛然。他的脸,忧伤得恍若一条由泪水汇成的小溪一般,奔流在她的心上,止不住的疼。

他笑,唇边乍现血丝。

"阿洛,如果,一切都不曾发生过,那该多好?"

洛歌愣住。

他浅笑着转身,衣袂飘飞。

"只是我们的劫,却不允许从头来过。"

……

女皇的病情越来越严重了。连续三天高烧不退。夜半之时,竟说起了胡话。几位随行的大臣连夜商量,决定设祭嵩山为女皇祈福,另命人快马加鞭前往长安将此事报于太子显。

而另一边,梁王武三思得知此事后,以陛下之侄的身份连夜赶到嵩山,衣不解带地服侍起女皇。

其心之昭然,路人皆知。

三月三日,由太子显主持祭天。

三月四日,女皇退烧。

三月五日,太子显颁令,赦免天下轻罪者。

三月六日,女皇已可以进些许米粥。

三月七日,太子显领命,护送女皇回都。

原本轻松的嵩山之行却因为女皇的病而变得紧张。诸武与太子之间的关系,也因此变得微妙了起来。

文武百官,人人皆知。

真正的夺嫡大战,开始了……

拂前尘

长安城内,车水马龙。

天气晴好,万里无云。黑色的鸟儿划过万里长空,透过云层,俯冲向喧闹的人间。

茶楼里,洛歌仰靠在椅子上,闭起双眼。

楼下,人声鼎沸,异常喧闹。

门帘被撩开。

峻长的黑影挡住了晴好的阳光,众人不禁眯起眼,侧头望去。

门口,青衫男子容貌英俊,气质轩昂,身材挺拔如松,一看便知是个善武之人。他微蹙双眉,眉宇之间满是一种无法比拟的矜贵之感与摄人心魄的王者之气。他微眯双眼,幽黑的眸如同子夜,可以吞噬一切。

青色的衣角无风自舞。

店小二愣住,他讪讪一笑,连忙搭好巾子迎了上去。

"这位爷,里边儿请——"

"我来找人。"男子冷着脸,目光如刃扫过众人。

店小二听了,不禁撇了撇嘴:"这位客官,本店是喝酒住宿的地儿,不是供客官来找人的……"

话还未说完,面前便突然冒出了一锭金子。

黄灿灿的金锭被阳光照射得发出一阵刺眼的光芒。

众人不禁抽了口气。

纯金啊……

"呃……"

店小二愣了愣,立马取过金子塞进了袖子里。

"客官要找的人什么样儿?可否告知小人?让小人帮着客官找找?"

看着哈腰讨好没骨气的店小二,众人不禁撇了撇嘴。

男子的目光扫过一圈后,落在了店小二的身上,他不禁皱了皱眉。

"我要找一个……一个白衣男子。"

"白衣男子?"

店小二大叫一声,拍着大腿道:"是不是一个脸又俊又冷,身材纤长,白衣翩翩的公子?"

"对!正是她!"

"上面呢!"店小二说着,笑了起来:"小的领客官去找他!"

男子点头,他微微踌躇了一下,才扭过头对着门外道:"萤儿,进来!"

"是。"

门帘再次被挑起。

身着粉色绣蝶锦裙的少女,低垂着眼睑,袅袅娜娜地走了进来。她微微抬头,灵秀的大眼睛流转一圈后,连忙低垂了下来。

"你洛哥哥就在楼上,走吧!"

男子说着,双手背后随着店小二的引领举步而去。

少女小步地跟在他的身后。

众人感叹!

好一个美妙的可人儿!

"噔噔……"

脚步声沉稳有力,是他的步伐。

洛歌猛然睁开双眼,扭过了头。

牡丹屏风阻隔了她的视线。挺拔健硕的身影被阳光投洒在了屏风之上。洛歌挑唇,直起了身体。

李隆基从屏风后走了出来,看见她一副悠然自得的样子,他不禁弯了弯唇角。

"临淄王,别来无恙啊!"

洛歌轻轻一笑,冲他挑了挑眉。

"邺国公似乎也很忙。"李隆基牵起冷峻的唇角,他转过头,轻声道:"萤儿,进来吧!"

洛歌的目光随着屏风上微微晃动的人影不禁微微一跳。

"洛哥哥!"

眼前的少女亭亭玉立。她抬起头,浅笑着看着她。原本稚气未脱的小脸转眼之间变成了眉目如画的玉颜。她看着她,走过去,笑着,突然扑进了她的怀里。

"洛哥哥!萤儿好想你啊!好想你!"

洛歌有些错愕地看着怀中抖动的肩膀,微微一愣,慢慢地,她抬起手,轻轻地拍着她的背脊。

"萤儿,好了好了……别哭了。"她轻轻地笑着,动作越发地轻柔了起来。"真没想到,才五年,萤儿竟出落得这样美丽了。"

她扶起她的身子,抬起她的脸,替她抹掉了腮边的泪水。

方流萤只睁大一双水汪汪的眼睛,静静地看着她。

"萤儿今年也有十七岁了吧!"

"嗯。"

"萤儿……"她看着她,不知该如何开口。

"洛哥哥,有什么话,你就直说吧!"

方流萤看得出她的为难,她困惑地皱着眉仰起脸看着她,清秀的脸在阳光下更显白皙。

洛歌抬头看了看李隆基一眼,叹了一口气,调回目光,她柔声道:"七年前,你舅舅将你托付于我,要我一定要好好照顾你。如今,七年已过,你也从一个无知稚童出落成了亭亭玉立的少女。萤儿,你的终身大事……"

"洛哥哥!"

方流萤猛然大叫一声。她偏过头,神情倔强:"萤儿……萤儿的终身大事……"

"萤儿!"洛歌扶住她的肩,柔声接着说道:"我已替你物色到了一个好人家。那人名叫张亦泽,官居五品鸾台侍郎。我已查过,张亦泽为人正直,相貌俊朗,你和他……"

"萤儿不嫁!"

方流萤抬起头,瞪大一双眼睛,下唇被咬得发白。她抱住脑袋,蹲在地上不管不顾地大叫了起来:"萤儿不嫁!萤儿不嫁!萤儿不要嫁给一个陌生人!不要!"

洛歌低眼看着她,叹了一口气。正欲扶起她,却被一双手给拦住了。

洛歌抬头,是李隆基。

他冲她摇了摇头,然后用手指了指门外。

洛歌会意,跟着他的步伐走了出去。

微风徐徐,阳光灿烂。

凭栏而望,街面上热闹非凡。

李隆基双手撑住栏杆,挺拔的身姿在阳光中更显现出了一股天然而生的霸气。他转过头,冷漠疏离的俊颜上出现了一抹莫名的笑意。

"萤儿不会嫁的。"

"为什么?"她仰起脸,微蹙双眉。

他看着她,勾起了冷峻的唇角,微眯双眼,幽深的目光投向了远处繁华的风光。

"还看不出来吗?你当真是木头?"

"李隆基,你到底要说些什么?"

"她喜欢的是你!她从小到大喜欢的一直都是你!"他回过头看着她错愕的脸,目光变得更加幽深。

洛歌惊讶地睁大了双眼,片刻,她摇了摇头。"不会的,萤儿还那么小,她怎么会喜欢我!"

"小就不知道喜欢人了吗?"他反问一句,脸上带着莫测的笑意。片刻,他轻咳了一声接着说道:"每年一入冬,她便会去做袍子。一入春,她便会裁长衫。一入夏,她便会绣驱虫的香囊。一入秋,她便会缝避风的斗篷。这统统都是做给你的。七年来,从未间断!"他停了下来,看了她一眼,冷冷一笑:"只是这一切你都不知道罢了!"

洛歌抬起头,双眉锁得正紧。"你明知道我不能爱上任何一个人,那你又为何不去阻拦她!"

"爱一个人,阻拦得了吗?"

他笑,似嘲笑似讽刺。

他不也正是这样吗?居然会对一个似梦似幻的女子如此沉迷。就算他拼尽一切力量,他都忘不了她那一笑。

这些,是人能阻拦得了的吗?

"不可以!她绝不能喜欢我!"洛歌踱着步子,神色焦虑。

"为什么不可以?女人喜欢男人,天经地义!"

"你不懂!李隆基,你根本什么也不懂!"她深吸一口气,神色慌乱。女人喜欢男人,可她不是男人!"你不懂!我……我是杀手!是不能有感情的杀手!我这一生太过动荡太过惊险。我怎能让萤儿跟着我受苦!"

"萤儿不怕!"

方流萤站在门口,神色倔强地看着洛歌。她深吸了一口气,轻轻地说:"萤儿不怕,萤儿只要和洛哥哥在一起!萤儿什么都不怕!"

"萤儿,你不明白……"

"洛哥哥说过的,要让萤儿好好地,坚强快乐地活下去!那萤儿就告诉洛哥哥吧!洛哥哥是萤儿坚强的理由!是萤儿能够快乐的理由!洛哥哥你还说过,你会保护我,你会带我回家!其实,在萤儿的心里,有洛哥哥的地方就是家!"

她仰起清秀的小脸,灵秀的双眸中满是与年龄不相符的倔强,清风拂来,她的粉衫飞扬。

洛歌错愕。

李隆基愣住。

乖巧的她,竟也可以如此大胆地向自己爱慕的人敞开心扉!

"萤儿,你不明白爱是什么!"她无奈地笑着,衣衫在风中凌乱飞舞。"你说的,那不是爱。"

方流萤睁大双眼,呆住。

洛歌伸手拂开她落入眼中的发,露出了一丝浅浅的笑容。然后,她擦过她的肩膀,头也不回地离去。

粉衫之人缓缓回头,泪眼婆娑地看着她决绝的背影。终于,她咬唇,泪如断了线的珠子一般不停地滚落了下来。

那不是爱是什么?

七年前,夕阳下。

杨柳依依,柳絮如雪飞扬。夕阳似血向天的尽头泣开。

记忆中,她淡漠地看着远方,目光温柔缠绵。俊美的脸,如同幻影一样美丽。

她拥抱着她,轻轻地说:"就算小舅舅不在你的身边了,你还是要好好地,快乐地活下去。"

她的声音,她的容颜,早已深深地刻入了她小小的心里。

那不是爱,是什么?

夜凉如水,仙居殿外,纯白的梨花随着微寒的夜风悠悠落下。月光洒满树梢,那枝头的花儿便似披上了一层银色的薄纱,显得更加恬静迷人。

静悄悄的大殿中,月光铺满了冰冷的地。

浓黑一片。

殿外,枝头上的梨花嬉笑着飘落,点亮了一切。

梨树下,他慢慢地回过头,对着她温柔一笑。眼眸中那银白色的温柔纯净得如同月光下的流水。风拂起他月白色的长衫,翩翩如蝶。他伸出手,修长而又有力的手。

她睁大了眼睛看着他,忘记了一切。

她木然地朝他走了过去。

他执起她的手,拥抱她,将下巴搁在她的肩上,左手慢慢地抚着她的背脊。他笑,温润如玉的眉宇间满是柔情。

梨花在阳光中静静地飘落,繁盛的,如同飞雪。

"我很想你啊。"

他闭上眼睛,笑容忧伤落寞。

她无措地睁大了双眼,瞳仁收缩得如同针尖般大小。

"我很想你!我很想你啊!你为什么迟迟不肯见我?歌儿……歌儿……"他的声音低沉哽咽,拥抱着她的双手,越来越用力,好像要将她揉进自己的身体中一样。

"我一个人好寂寞啊!我每天守着这棵梨树,盼着你来见我。"

"歌儿,我好没用!好没用!我想给你幸福,却终究是无能为力。"

"歌儿,让我一个人去痛吧!这是我爱你的唯一方式。"

"歌儿,放开一切执念,不要悲伤,不要冷酷,去爱你该爱的人!"

他的身体颤抖着,眼泪沿着俊朗的轮廓流进她的脖子里,让她感到了一阵刺骨的寒冷。

"十三哥哥……"

她闭眼,伸出手抱住他,唇边是苦涩的笑。

"你寂寞?原来你也会寂寞?既然这么痛苦,当初又为何那样狠心地将我丢下?"

"……"

"你让我去爱我该爱的人,那谁才是那个人?"

"十三哥哥……十三哥哥……原谅我,原谅我再也不能像以前那样活下去了。"

她笑，笑意越来越深。

他的手慢慢松开，最终垂落了下来。

他看着她，目光忧伤得让她无比心疼。

"歌儿，不要执着了，我不需要你为我做什么。"他低垂着眼睑，唇角牵起，漾出一丝明朗的笑意。他抬起头看着她，目光清澄。"歌儿，这是我们的劫，忘掉它吧！做你该做的事，去爱人，去被人爱。好好感受吧！"

他说完，竟不再理睬她，只是将手背在身后，仰起脸看着满树的梨花。

洛歌伸手，却发现身体正不断地向后飘去。

她想开口叫他，可是，却不能发出任何声音。

只能默默地，泪流满面地看着梨花纷飞中那一抹孤独的身影。

白光一片，再无知觉。

寂静的大殿，梨花穿过窗悠悠地飘落了进来。

一双白皙的玉足踩在那碎花之上，夜风扬起她的衣衫。她叹气，蹙眉。

月儿挂在树梢，恬静怡然地笑着。梨花映月，独添一抹凄静。

"十三哥哥……你孤单吗？"

她垂下眼睑，纤长的手指抚过窗棂，拈起一两片白色的花儿。

"十三哥哥，谁才是那个人？"她抿了抿唇，眸光忧伤。"不是你吗？歌儿爱的……一直都是你啊！"

窗外，梨花似雪飞扬。

她垂下头，双手攥拳，身体轻轻地颤抖。

夜风吹散了她那如缎的秀发，那些白色的花儿顺着风吹打在她的脸上。她猛然侧首，向后倒退了几步。

一道寒光擦着那些纯白的花儿猝然落下。

洛歌睁大了双眼，警觉地侧过身，向后跃出了一大步。

月光下，窗户旁，黑色的身影魁梧高大。他垂着头，双手举过头顶。手中，是一把寒气逼人的弯刀。

"玖列死士？"

她冷冷一笑，眸中嗜血的红色光芒不停地闪烁着。

黑衣人默不作声。夜风吹起他纯黑色的衣角在空气中微微响动。

不远处的墙壁上，玄风剑低咽，剧烈地震动了起来。

洛歌邪笑着伸出左手，玄风剑"嗖"的一声飞到了她的掌中。

"来找死？哼！"

话音还未落，白色人影便腾空而起。蓝色的剑芒在空中削碎了几朵飞花，便直刺那黑衣人的天灵盖,剑风迅猛毒辣。

黑衣人闪身躲过,却仍被那剑风划破了手臂上的衣衫。他抬起头,举起弯刀挡过她劈过来的剑,咬紧了牙关。

梨花纷飞而过。

洛歌提起剑,反攻起他的下盘。黑衣人猝不及防,挥刀欲挡,却仍是迟了一步,大腿被玄风剑的剑芒划过了一道很长的伤口。

鲜血汨汨地往外冒着,玄风剑酣畅淋漓地吸取着。

黑衣人的脸上布满了豆大的汗珠,他双手握紧刀柄使尽全身的力气朝着洛歌攻了过去。弯刀借着风力,更加迅猛。

洛歌抽回剑挡住直劈向自己的刀身,用力将那刀逼了回去。她跃起,向后退了一步,冷眼看着捂住大腿浑身抽搐的黑衣人。

"我不让你死!"她笑,笑容邪气鬼魅。"回去告诉洛霁曲,她若再派人来干扰我,我见一个杀一个!我已不再是她的棋子,告诉她,我一定会杀了她!"

她说完,转过身侧脸冷笑道:"还不快滚?!"

"洛歌,颜山并无你牵挂的那个人!"

黑衣人毫无表情地说着,冷冷地嗤笑了一声。然后,他飞身跃出窗外。

洛歌闻言,奔到窗边看见黑衣人在月光下如同魑魅一般消失不见。

颜山并无你牵挂的那个人……

什么意思?

她蹙眉。

颜山……颜山……阿荞!

夜入三更。

洛歌坐在窗边,蹙眉思忖着。

阿荞,阿荞她怎么会不在颜山?她去了哪里?还有,姑姑怎会知道她将阿荞送到了颜山?难道……阿荞的失踪与她有关?

思绪混乱得如同一团麻,真是剪不断理还乱。

内殿中,白衣人的呼吸均匀,好像睡得很熟。

洛歌站起身,再也无心睡眠。

她猛然蹙眉,目光凌厉。

黑暗中,有细碎的脚步声正由远到近慢慢传来。洛歌将身体隐在帐幔后,只露出头,警觉地看向大殿门口。

一团浓黑正慢慢移来。黑暗中,洛歌看不清那到底是什么。"嗒嗒嗒"似有水珠落地。一股难闻的霉味被夜风吹来,洛歌不禁掩鼻蹙眉。

就在这时,一阵火光在窗外骤然亮起,兵胄相撞的声音似包围了整个大殿。

"你是谁?"

洛歌从帐幔后走出看着一动也不动的黑影,冷声问道。她点亮灯烛,提灯凑近一看,却发现那人正是高阳公主。

"你……"

"救我!"她仰头看着她,血红的眼中满是乞求。

洛歌眼神冰冷,她想了想,指了指帐幔。"躲到那后面去,我不叫你,你千万不能出来!"

"张大人!张大人!"

殿门被拍得震天响。

洛歌看了一眼身后,回过头,却看见地板上有血渍斑驳,一路蜿蜒。

蓦然蹙眉,洛歌深吸了一口气,走过去,打开了殿门。

"你们这是干什么?出了什么事要这样兴师动众的。"洛歌冷着脸,有些不耐烦。"大半夜的,还让不让人睡觉了!"

"大人恕罪!深夜打扰大人实非下臣本意。"万骑大将军垂头,面色却不卑不亢。"有刺客潜入宫内,我等只是奉命搜查!"

"搜查?那……是不是要进殿来搜?"洛歌冷笑,态度恶劣。

万骑大将军抬起头看了她,冷然道:"请大人配合!"

"吵吵吵!吵什么吵!"

慵懒魅惑的声音骤然响起,洛歌侧头,却看见白衣人正倚在殿门口,神色憎懂,似刚刚睡醒。

夜风吹来,乌发散乱随风飞舞,白衣人擦了擦乱乱的头发,气闷道:"大将军这是干什么呢!大半夜的吵吵闹闹,我要是憔悴了,陛下发脾气,将军你可担待不起。"

他一边说着一边拍了拍脸颊,绝世的容颜被火光照得更加清晰。

"大人……下臣……"

"怀疑我们私藏刺客?哈,大将军,我兄弟二人是吃饱了撑的?你要是搜就进来搜。不过……我奉劝将军,若是损坏了我这殿中任何一样东西,我都要大人吃不了兜着走!"

恶狠狠地吐出最后几个字,白衣人侧身,目光冰冷如刃。

万骑大将军的额上满是豆大的汗珠。

面前二人,是陛下身边的大红人。一句话就能翻云覆雨。可招惹不得,但……

"那里!将军,那里那里!"白衣人大叫一声,伸出手颤抖着指向不远处的黑暗。"黑影!有黑影过去了!"

"什么?！哪里？"

"那里！那里！"白衣人装作受惊的样子,颤抖着伸出手,害怕地缩了缩身体。

"追！"

关上门,洛歌长吐了一口气。要不是他,刚才定要露馅了。

白衣人捅了捅她的背,戏谑道:"阿洛,我帮你这么大的一个忙,你要怎么答谢我啊？"

洛歌抬头看了他一眼,不作理会。她走进内殿,转过身,低声道:"人已走了,你出来吧！"

话音刚落,便听得那帐幔后"咚"的一声响。洛歌蹙眉,一个箭步跨了过去,掀开了帐幔。

高阳公主躺在冰冷的地上,左肩一片殷红,血如小泉似的汩汩往外冒着。

"你受伤了！"

洛歌惊呼一声,连忙俯下身查看她的伤势。

据伤口看来,似乎并不是普通的刀伤或剑伤,反倒是某种利器绞碎了她的肩胛骨一般,血肉模糊。

高阳公主已经说不出话来,她只是勉强地睁开一双混沌无神的眼睛看着她,浓艳惨白的脸扭曲得可怕。

"阿洛,你怎么让她进来了！"

白衣人大呼一声,有些头痛地揉了揉眉心。"你怎么总是揽祸！"

"闭嘴！"

洛歌回过头恶狠狠地瞪了他一眼,冷冷道:"找一些止血的药和干净的布条来,我要救她！"

白衣人没好气地看了看她,转过身,回过头不耐道:"这里不安全,跟我来吧！"

洛歌困惑地看着他走进内殿深处,连忙搀起高阳公主跟了上去。

面前是一张普通的书柜。白衣人回过头看了她一眼,面无表情地伸手移了移那柜子上的灯架,书柜竟应声打开了！

洛歌惊得说不出话来。

"快进去啊！里面什么都有,别说救一个人了,就是救十个人都可以了！"白衣人一边说着一边点灯引路。

洛歌蹙眉跟了进去。

眼前是一间不算大的密室。有床有桌,微弱的灯光将整个密室照亮。洛歌发现,这密室的墙壁上,满是成片成片绽放的荷花。

脚步不觉滞住。

"喂……我说阿洛,你把人放……"

白衣人一边指着床一边回过头说着。他看见她愣着的模样,不禁顺着她的目光看了过去。

满墙的荷花似刚刚绽放,它们迎着初夏的第一缕清风,婀娜娉婷地随风微摆。粉荷之下,是碧绿的河水,水下锦鲤数只,轻笑着欢快游弋。

他亦愣住,皱了皱眉。

洛歌回过神,只当什么也没有发生一般将背上的人轻柔地放在了床上。她接过他递来的药,开始为高阳公主处理伤口。

"原来……你也喜欢荷花啊!"她一边上药一边漫不经心地说着。

白衣人听了,不禁舒展眉目,点了点头,又连忙说道:"嗯。我……我也很喜欢荷花。"

烛火摇曳,一片死寂。彼此沉默着,不知应该再说些什么好。

床上的高阳公主痛得轻叫了一声,她咳嗽了一下,紧闭的双眼慢慢地睁开了。

"这……这是哪儿?"

"仙居殿。"

洛歌面无表情地答着,声音听不出一丝情绪。

高阳公主长舒了一口气,又闭起了眼。好一会儿,她才开口说话:"谢谢你救我,洛歌。"

洛歌伸手指了指她的肩膀,道:"你的伤……是怎么回事?"

"伤?"高阳公主瞟了一眼自己的伤口,轻轻一笑。"武媚娘那些人用匕首捅的。我从那里逃出来,却没想到她竟然发动万骑军抓我。呵呵,我竟那么重要!这次,真的要谢谢你了。"

"公主殿下如果真的要谢我的话,就告诉在下,关于殿下的前世,还有……与在下的关联。"

与她有关?

高阳公主轻轻一笑,死气浓艳的脸竟因这一笑而变得温柔了起来。她看着她,缓缓地伸出手。"扶我起来,我告诉你。"

洛歌挑眉,她牵了牵唇角,伸出手,将她扶了起来,拿了个垫子靠在了她的身后。

高阳公主看了她一眼,深吸一口气,浑浊的眼睛竟比灯光明亮。

"虽已过去了几十年,可我依旧不会忘,到死也不会忘……"

番外·一世情

那年，我十六岁。

我被父皇赐予重臣房玄龄的次子房遗爱为妻。

我带着少女独有的青涩与懵懂开始了我为人妻的生活。虽然，在此之前，我对我未来的夫君有过各种各样的憧憬。他英俊、他博学、他正气、他沉稳。我未来的夫君应该是这天地间最伟岸的男人。

可是，在我看见房遗爱后，我彻底失望。

他懦弱，他诚惶诚恐。

他称我，公主殿下。

我以为，我可以得到他的亲近他的呵护。可是，没有。

他不敢碰我，他将我当成了某种神祇高高地供奉了起来。他只是会疏离而又惶恐地称我为，公主殿下。

我渴望那样的生活：我的夫君可以对我温柔地笑着，轻拥着我看窗外飞雪。我的夫君可以陪着我在桃花深处浅笑，为我摘花戴于发间。我的夫君他可以很亲近地将我搂在怀里，与我一起沉入梦乡。

现实，终究是那样残酷。

我与房遗爱之间，没有夫妻的情爱。有的，只是那份淡漠疏离的君臣之交。

我开始疯狂地寻找，寻找某个出口，尽情地宣泄我对我那冰冷生活的控诉。

我留恋于红尘之中，爱看那虚华猖狂的繁景。

直到某一天，我遇见了他。

那日，正是桃花开满蓝天的时候。

我带着我的婢女游走在那繁花之中。那馥郁的香气使我暂时忘记了那让我痛苦的一切。我只是想在这一片芳香中长睡不醒。

"多情深处香雪海……"

飞花乱舞之中，他出现在了我的面前。

他看着我笑，那种笑不是奉承不是献媚，是那种如天空中和风轻拂白云般恬静真挚的笑容。

他对着我行了一记僧礼，浅灰色的僧袍在飞花中翩跹。

我愣住。

他说:"小姐,你看起来似乎很是忧愁啊!"

小姐？我轻笑。

"忧愁？那你知道我忧愁什么吗？"我嘲讽地嗤笑了两声,高傲地抬起下巴。

他看着我,深邃的眼满是温润。

"无爱不痴,小姐为爱而愁。"

我偏过头,深吸一口气,眼眶微红。

我乃太宗十七女,是天之骄子。在宫中我可以得到任何一个人的爱。我爱我的父皇。他英明神武,宽仁有德。可是,他居然为了嘉奖房玄龄的忠诚而将我嫁给了我从不认识毫无感情的陌生人。

就这样寒冷地过一生吗？我悲哀。

想着,我的眼泪不禁滑出眼眶,和着飞花溅碎在地。

"你哭了!"

他走到我的面前,伸出手,用他那修长白皙的手为我擦起了眼泪。他掌心的温暖让我的身体为之一颤。我抬起头看着他,他亦看着我,目光温柔。他笑,笑容比春光美好。

"小姐,这就是宿命。"

他淡然地背过身,一身粗布僧衣并没有能够遮挡住他那轩昂临风的气质。

"宿命？这就是我的宿命？"

"是。每个人都有自己的宿命。"

"那你会是什么样的宿命？"

"我不知道。或许……我的宿命是长伴我佛吧!又或许……"

"或许什么？"

"没什么。"

他回过头,神情恍惚。

一阵风轻轻吹过,那些滞留在枝头的桃花便随着这风飘然而下,盛大得让人惊叹。

我伸出手,那花儿落满掌心。

"小姐,你……"

"我给你跳支舞吧!"我笑,笑得明媚。

他无措地看着我。半晌,点了点头。

我退后,在离他十步远的地方开始舒展双臂,翩跹而舞。

"由来称独立,本自号倾城。

柳叶眉间发,桃花脸上生。

腕摇金钏响,步转玉环鸣。

悬知一顾重,别觉舞腰轻。"

他笑,轻轻地吟诵着,声音在这春风中温暖得让我融化。

我舞,他看。

衣袂在风中盘旋,飞花靡乱了他的双眼。那一刻,我看着他沉迷的眼神,突然明白了,什么叫爱。

我停了下来,走近他,问:"你是谁?"

他愣住,俊朗容颜上的神情微滞。半晌,他双手合十,浅笑道:"贫僧法号——辩机。"

原来,他就是辩机!原来,他就是那个学富五车才高八斗的辩机!身为玄奘大师最信任最得意的弟子,是他主持了《大唐西域记》的修编工作。

原来,他就是那个大名鼎鼎,连父皇都赞其为"天下之奇才"的辩机!

难怪,他的气质会如此不凡。

我呆住,像木头一般定在了他的面前。

"小姐?小姐?"他伸手在我的眼前晃了晃,轻轻一笑。

我有些羞赧地偏过了头。

"小姐,时候不早了。"他仰起头看了看天色,然后对我柔柔一笑。"贫僧要回去了!"

我定定地看着他,竟有些不舍。

他对我行了一记僧礼,然后转身踏着满地桃花飘然而去。

自那以后,我便似丢了魂儿一般,心里念着想着的,都是他那深邃明亮的眼睛,还有那比春光还要明媚的笑容。

只是,自那以后,我再也没有见过他。

当我再次遇见他时,已是桃花落尽,果香正浓的盛夏。

我带着婢女前往烟火鼎盛的慈恩寺祈福。

那日的阳光很是毒辣,竟一丝凉风也没有。我上完香,便由婢女扶着,撑着伞,慢踱在寺院后的花园里。传说,虔诚地围着这花园走上十圈,心中的愿望就会实现。

我浅笑着低下了头。

我的愿望,是上天还能让我再见他一面。

许是天气太热了,我的脑袋竟变得有些沉了。豆大的汗珠顺着我的面颊滑落下来,我抬起头,向远处望去,视线模糊中,仿佛有一个身着灰色僧袍的人正面色焦急地朝我伸手⋯⋯

(1):徐惠诗作《赋得北方有佳人》

我醒来时,已是未时了。

睁开眼,我看见的便是他的背影。

他正伏在案边,执笔记录着什么。风透过窗,吹起他的僧袍。衣袂飞扬中,他突然轻咳了一下,我这才发现,他似乎瘦了不少。

我挣扎着坐了起来。

他听见声响连忙回过头来看着我。他笑,伸手将我扶起。

"你中暑了。"

他的声音依旧温暖好听。只是,这温暖中分明多了一丝疲惫。

"这里是哪儿?"

我看了看四周,全是书。

他随着我困惑的目光看了过去。半晌,他轻笑出声,说:"这里是我的禅房。乱得……呵呵……书太多了,没法整理。"

我看着他有些不好意思的笑容,也不禁牵了牵唇角。

"我的婢女呢?"

"她回去了,回去为你搬救兵了!"

他言语甚是风趣,逗得我不禁掩唇一笑。

我偏过头,伸手指着他的案子,问道:"你在写什么?"

他看了案子一眼,转过头,说:"那是我正在整理的《大唐西域记》。"

"《大唐西域记》?那……这书一定很有趣吧!"

"嗯,里面介绍了各地的风俗人情,很是精彩呢!"

"那你跟我说说那里面的故事,好不好?"

"小姐发话,贫僧岂敢不从?从哪里开始说呢?嗯……就从我编的这一段开始吧!"

……

我想,就算是死我也不会忘记那个下午。

我不会忘记,当时的阳光是多么的灿烂,夏风是多么的清爽。

我不会忘记,他房间里书墨的香味儿,浓郁得让人彻醒。

我更不会忘记,他那明亮的眸子和侃侃而谈时优雅的举止。

还有他那俊朗的面容,他看着我时温柔的目光,他那清亮温暖的嗓音,他那飞扬俊逸的笑容。

我不会忘记。

穷尽我的生生世世,我也不会忘记。

我想,我是爱上了他吧!

爱上了一个已遁入空门,剔除三千情丝,无爱无欲的僧人!

夜深人静之时,我睁大眼睛无法入眠。

我是大唐的公主,是房玄龄的儿媳。我是一个有夫之妇,我怎可……怎可爱上别人?更何况,那人居然还是个和尚!

我辗转反侧,如芒刺在背。

爱上别人,是谓对爱情不忠。爱上和尚,是谓对礼义不敬。

不……不是这样,我与房遗爱之间根本就没有爱情的存在。这样说来,我又怎能算作背叛?辩机他是男人,我是女人,异性相吸,这本就是天地常理,这,又怎能算是我的不敬?

我释然。可心,却又一阵一阵抽痛了起来。

我喜欢他,那他可也会喜欢着我?他是高僧,而我,只不过是一个爱恋红尘的俗人罢了!

想到这里,我不禁闭紧双眼。

再也不要去见他了!这段孽缘,还是让它尽快消逝吧。

可是,没了他,我仿佛失去了活下去的意义。度日如年,是的,没了他的声音陪伴着我,没有他温暖的眼眸关注,我感觉度日如年!

我害怕!我痛苦!痛苦到脸色苍白,身形消瘦。

我没有想到,他会突然出现在我的面前。

婢女扶着虚弱的我在花园里漫步。我轻轻地呼吸,小心翼翼却又十分贪婪地汲取馥郁的花香。天色阴沉,铅云浮动。阳光被这厚厚的云墙阻隔,无法给我温暖。

我让婢女为我摘了一枝金桂,放在鼻尖仔细地嗅着。刚一转身,我便看见了他。满枝繁花就这样在我的惊诧中掉落在地,碾碎成泥。

"你……你……"

"公主殿下。"他朝我行了一记僧礼,然后,他看着我,目光疏离。"别来无恙,公主殿下!"

公主殿下!多么刺耳!他一定认为我骗了他!

我遣退周遭的下人,整个园中便只剩下我们。

我朝他走过去,在他面前站定。然后,我朝他露出了一个我认为最好看的笑容。"好久不见!你……可好?"

"谢谢公主关心!贫僧很好!"

看着他略显谦卑的模样,我心头一酸,眼泪打着转儿随风落下。

"公主殿下?什么公主殿下!我不是公主,我也不要当什么公主!"我倔强地偏过头,忽略他紧张的目光。"因为这个让人讨厌的头衔,我嫁给了一个我不爱的人。因为这个让人憎恶的称谓,我活得如同行尸走肉一般,一生都不会快乐!"

我擦掉满脸的泪水,看着他那张温柔美好的俊颜,语气忧伤:"我明明就是个不自由的人,却偏偏爱上了自由的灵魂……"

"公主……"

"你走吧!你走吧!你终究是自由的!"

我忍住泪,转过身,心如刀割。我承认我突然有一种想要把他吞下去的冲动。

泪水汹涌,还未等它们滑出眼眶,我便被一阵彻骨的温暖包裹住了。

我抬起头,看见的,是他那双深邃温柔的眼眸。

"对不起!对不起!师傅说我尘缘未了,命有牵挂。原来,那牵挂便是你啊!"他紧拥着我,在我耳边喃喃:"高阳,让我带你自由,让我带你走。"

……

洛歌,你能明白这种心情么?

两情相悦,超越了世俗常理。以为彼此的爱情可以,天长,地久……

你明白,这有多傻么?

……

我爱辩机,我也知道,他同样深深地爱着我。

可是,我与他之间,注定会有世俗人言这道铁门相隔。

辩机他被父皇抓了起来。而我,也被我最崇拜的父皇幽禁了。

我终日坐在窗前,看那繁花落尽,看那月上梢头。我害怕,我忐忑,但愿父皇不要伤害他。

日复一日,半年已过。

我终于被放了出来。

可是,辩机已死。

……

洛歌,你一定没有经历过。爱人死时,我所受过的痛楚。那种痛,如生了锈的钝匕每日每夜割取我心头的肉,鲜血淋漓,让我痛不欲生,终日以泪洗面。

……

我恨我的父皇!恨他处死了辩机,更恨他将我陷入了永远痛苦的不复之地。

我不甘于就这样过尽一生。于是,我与吴王李恪蓄谋反叛。不料,事败。李恪被斩,而我,父皇对我终是有一丝怜爱的。他只是削了我公主的头衔,将我贬为庶民,发配岭南。

去往岭南的路上,我心如死灰。

可没想到的是,我竟遇见了他!

他就站在我的面前,拈花一笑。

此时,正是二月桃花开放的季节。如同我们第一次见面时那样,漫天皆是粉红。那些飞花乱舞着卷起我破碎的衣衫。

我看着他,呆住。

"多情深处香雪海。高阳,你受苦了!"

他伸出手,怜惜地抚摸着我粗糙的面颊。

我惊觉此时的自己是多么的卑贱,我已沦为阶下之囚,我怎配得上他?怎配得上如此出尘脱俗的他?!

我扭过头,眼泪大颗大颗地落下,我泣不成声。

"别哭……别哭……"他轻轻地拍着我的背脊,声音温柔低沉。"怪我吗?我知道你一定怪我!怪我这么多年来明明活着却不找你。高阳,你要明白我的苦衷。当年,你父皇惜才,找了另一个死囚替了我。他告诉我,若是为了你好,就永远不要去见你,在做一名苦行僧,隐姓埋名,云游四海。我真的没有想到,会再次遇见你。高阳……高阳……"

他轻轻地呼唤着我的名字,反反复复,反反复复。

后来,他又走了,带着我的牵挂与思念,再次离开。

临别之时,他让我服下了一粒药丸,又塞给我另一颗。他告诉我,这叫驻颜丸,要我好好保存。

他说:"高阳,你等我,等我啊!"

我含泪点头。

多年以后,武媚娘掌权。

她命人将我秘密地从岭南带回了长安。只为了让我交出另一颗驻颜丸。我不肯,她竟将我幽禁起来。

在那黑暗的地牢中,我一直等待着。却没想到,等来了一个不速之客。

那人,便是你姑姑,洛霁曲!

她也想得到那一颗驻颜丸。

洛霁曲潜入宫中寻到我,逼我交出驻颜丸。我自是不从。于是,她斩掉了我中指,威胁我,若是不交出驻颜丸,她便会将我碎尸万段!

我冷笑,这是我最爱的人交给我的东西,我怎么会交给别人?

洛霁曲无计可施,只得离开。

而我,却依旧被锁在黑暗中等待着。

他再来见我时,已是六年以后。

我蜷缩在牢房一角,抬起头看着他,眼神木讷、呆滞,再也没有一丝生气。他抚摸着我的发,将我拥在怀中,他说:"高阳,对不起!"

我抬起头,却发现,他已是满脸沧桑。

原来,我们早已不再年少,多么可笑,为了等待,我们都韶华尽逝。
"你还爱我吗?"
"爱。"
"那你什么时候带我走?我想离开这里……想离开……"
"高阳,对不起!我无法给你任何承诺。我本就是佛门中人,却因你生爱,再续前尘。高阳,就让我们一起等待吧!等待……我们可以长相守的那一天。"
"不……不要……"
我抓紧他的衣袖,抬起头,泪眼婆娑地看着他的脸,心痛得无以复加。
"等你遇到一个名叫洛歌的女子,我便还会来找你。高阳,记住,遇到洛歌之时便是我们相见之日。或许……到那时,我会带你走!"
他说完,不顾我的号啕转身踏着秋风离去。
……
洛歌,你终于明白了吧,为什么我会等你。其实,等你就是在等他啊!
洛歌,你知道这等待的滋味么?
最初的希望与期待被时间慢慢磨逝,然后,希望变成失望,期待变成沮丧。
等待,有多苦啊!
……
我慢慢地磨掉了武媚娘的耐性。她本就是个狠毒的女人。她对我施以酷刑。鞭笞,这是最常见的惩罚。我常常疼晕过去,一盆辣椒水灌来,我又被激醒。
就这样,我清醒地承受着让人无法忍受的痛苦。
洛霁曲后来又来过几次。
她不愧是杀人成性的魔鬼。
她杀掉看守我的宫女,拿剑逼我,我不从,她便砍掉宫女的手指塞进我的嘴里。看着我呕吐不止的样子,她竟会哈哈大笑。
洛霁曲她不是人!她是魔鬼!对!她是这世上最邪恶最狠毒的魔鬼!
我忐忑不安地过着每一天,身体渐渐苍老,可我这张脸,却仍旧如年轻时那样美丽,甚至,变得更加浓艳。
我等了他几十年,以为自己受够了,该放弃了。可是,夜深人静之时,一想到他明亮的眼眸,温柔的话语,我的心便又止不住地疼,这种彻骨的疼痛一次次激发了我等下去的决心。
这就是我的执著吧!执著地期待着我们的长相守。
洛歌,等到了你,我想……我很快就能见到他了吧!
真好,又可以看见他了。

王子乔

没有风,没有云。

天空湛蓝平静得如同一湖幽水。阳光透过茂密的绿叶伴着蝉鸣,投洒在地上的浓阴里。斑斑驳驳,灿烂非凡。

紫宸殿中,一干文人大臣被屏风层层围住垂首立于大殿中央。屏风上,绣的是青天祥云,栩栩如生。

女皇半倚在贵妃榻上,她撑住太阳穴,目光慵懒。

"陛下,昌宗大人已准备妥当。"上官婉儿低首回答,平静的脸上竟是一片赞叹之色。她微微抬眼,锐利的目光紧盯着女皇。

"嗯。"女皇轻哼一声,她弯了弯唇角,伸出手招了招。"既已准备好了,就出来吧!"

"是。"上官婉儿领命连忙直起身子高声道:"昌宗大人,进来吧!"

她话音刚落,一阵悠扬的笛声随之而起。

众人不禁连忙抬头,目光朝着笛音的方向看了过去。

风由着殿门灌涌进来,纱幔掀起翩翩起舞。精美的屏风阻挡了众人的视线。梁王武三思微微蹙眉,他想了想,恍然大悟。

笛音越来越近。

屏风后,一团斑斓的琼影正慢慢靠近。静立一旁的宫女纷纷上前,小心翼翼地将屏风移换方位。

身着七彩羽衣坐在木鹤上的人赫然出现在众人眼帘。

洛歌放下笛子抬起头冲着惊愕的众人牵了牵唇角,露出了一丝浅浅的笑意。她偏过头,看向女皇慢慢启唇,声音淡然冷漠:"陛下。"

女皇慵懒地抬起眼,目光却一下子定住了,原本浑浊的眸此时却变得异常清亮。

"好,很好!"女皇笑了笑,伸手指向洛歌,说道:"继续吹你的《咏仙乐》!"

洛歌的神情微微一滞,她有些迟疑地抬起手继续吹奏了起来。

"三思,你说六郎是升仙太子王子乔的转世,你看看六郎他像不像?"

武三思听了女皇的话,不禁露出了一丝深沉的笑意。他出列道:"臣以为,六郎之美非人间所有。这般如仙脱俗的气质也非一般人能比。光这一点,也一定与升仙太子十分符合!因此,臣敢断定,六郎的前身一定就是升仙太子王子乔!"

女皇看着自己最器重的侄子,不禁挑了挑眉。她伸手抚上额头,接着说道:"列位一定对王子乔不甚了解,这样吧,三思,你告诉他们这王子乔到底是何许人也。"

"是。"武三思躬身领命。"王子乔乃周灵王太子姬晋,传说王子乔擅长吹笙作凤鸣,引得百鸟来会。此人后随浮丘公登仙而去,成仙后乘鹤临世,人称'升仙太子'。"

"很好。"女皇微笑,她缓缓地坐了起来,由着上官婉儿搀扶至众人面前。"今日朕将六郎扮作王子乔,一是为自己祈福,二是……请各位以此为题赋诗一首!朕要看看,谁最善作诗,谁最有文采,谁能将六郎姿态淋漓于纸。做得好的,必有重赏!"

女皇话音刚落,殿上便炸开了锅。

"赋诗?赞扬张昌宗?哼,可笑!"

"嘘——小点声儿!"

"陛下老糊涂了?"

"好了好了,别说了。"

"咳咳!"

武三思轻咳两声,众人会意,连忙停止了议论。

"好,下面开始吧!陈光世,你先来!"

"臣……臣还未想好。"

"还未想好?"女皇蹙眉,她想了想,目光停留在了魏元忠的身上。"魏卿,你来!"

"臣不会。"魏元忠出列垂首不卑不亢道:"陛下,恕臣愚钝,才疏学浅,臣不会赋这样的诗。"

"不会?"女皇的眉皱得更深了。她目光环视一周,高声道:"有谁想好了?说出来,朕有重赏!"

群臣面面相觑,默不作声。

洛歌深吸了一口气,稳住有些愤怒的情绪。

女皇愠恼地伸出手指着自己的一干臣子,大声道:"平时不是挺会说的吗?长篇大论,口若悬河。劝朕不要做这个不能做那个。怎么今天,连一个屁都放不出来了!"

"臣!臣想到了!"学士崔融突然出列,他摸了把额上的冷汗,抬起头讪笑道:"陛下,臣想到了。"

"说。"

"是。"崔融挺直背,他整了整衣襟,缓声道:"题为《和梁王众传张光禄是王子晋后身》闻有冲天客,披云下帝畿。三年上宾去,千载忽来归。

昔偶浮丘伯,今同丁令威。中郎才貌是,柱史姓名非。

祗召趋龙阙,承恩拜虎闱。丹成金鼎献,酒至玉杯挥。

天仗分旄节,朝容间羽衣。旧坛何处所,新庙坐光辉。

汉主存仙要,淮南爱道机。朝朝缑氏鹤,长向洛城飞。

一片寂静,女皇微眯双眼,似在沉思。

崔融神色紧张地低下头,身形显得越发佝偻。

"辞藻华美,想象合理,倒也是好诗一篇。"女皇食指点唇,蹙起眉头。她想了想,说道:"这样吧,朕赐你绫罗绸缎三十匹吧!"

"谢陛下赏赐。"

"还有谁?还有谁想到了?"

"陛下!"

洛歌放下笛子看着女皇,眉目高傲冷淡。"陛下何苦为难诸位大臣。"

"为难他们?"女皇冷笑,苍老的脸上满是酷戾之色。"连个诗都做不出来又怎么能够助朕打理这大周天下!"

"陛下。"武三思低首说道,"陛下可愿听臣一言?"

"说。"

"臣以为,定是六郎姿态胜仙,以至于让各位同僚无法作诗修饰。况,臣以为六郎之美无法用这尘世间任何庸词俗句来形容。既然如此,陛下这不是在为难大家么?"

女皇听了,微微一愣,但立马,她又哈哈大笑了起来。

"三思说得倒好!只是不知众卿是不是也是这样想的啊!"

武三思冲众人使了个眼色,一片附和之声随之而起。

"陛下。"

洛歌的目光轻轻扫过众人停留在了女皇的身上。她挑起唇角,露出了一丝冰冷的笑意。"六郎为陛下祈福,吹《咏仙乐》便已足够了。无所谓能不能将六郎姿态记录成诗。"

殿外,骄阳似火。

殿内,气氛冷淡。

高高的白玉石台阶上,一抹白影因风微漾。阳光掉落在白色的伞面上,化为了一阵阵晃人双眼的七彩琉璃。执伞之人,抬头微眯双眼,风华绝代的脸平静得如同天空中浮动的白云。风撩起他乌黑的发,迷乱了他那银白色的眼。他微微皱眉,眸中银白的温柔沉淀成海。

神情微微一滞,他低下头,继续朝前行走。

殿内,女皇弯下唇角。

洛歌坐于木鹤之上,她高傲地抬起下巴,目光淡漠疏离,绝美的脸冷淡一片。

一团淡影投洒在殿中冰冷的地上。

众人纷纷回头,洛歌察觉,扭过了脸。

白衣人立于大殿门口,阳光将他白色的身影照射得如同虚幻一般缥缈灿烂。风扬起他乌黑的墨丝在白光中飞洒自如,连同他白色的袂角一齐向殿内迎展。

"陛下,易之来迟了。"

白衣人谦恭地低下头,风华绝代的俊颜上满是妩媚异常的魅惑笑容。

众人不禁叹息。

俊美异常的祸水男子啊!

女皇走过去伸出手扶起他。她冲他挑了挑眉,轻轻一笑:"易之,瞧你急的,看这头汗!"

白衣人不好意思地牵了牵唇角,他看了看女皇,目光流转。

夏风灌涌进来擦过他颀长的身影。他抬眸,眼神微微一跳。

木鹤上的人,神情倨傲。她白衣翩翩,羽衣夺目。飘飞的袂角上绣着的清莲似在这凉凉的夏风中悄然绽放。她察觉到他的目光,亦侧目望向他。

白衣人低低一叹,他对着女皇轻轻一笑,然后举步朝着鹤上之人走了过去。

众人的目光随着他的步伐一点一点移动。

高高的木鹤被造鹤坊制造得栩栩如生。四周屏风上的白云好像真的是从殿外的蓝天上飞流上去的。木鹤置于其中,似真的仙鹤一般载着背上的白衣之人,乘风冲上九霄。

他站住,抬头仰望着她。

她愣住,目光锁定在他的脸上。

"怎么了?"

他的声音磁性悦耳,如同一股暖暖的热流缭绕于众人耳边。他冲她牵了牵唇角,仰起的俊颜上满是妖娆而又温柔的笑意。一双银白色的眸如同月光下的潮汐,泛着点点如星的灿烂。

"六郎,下来!"

他冲她伸出修长宽大的手,掌心向上,掌纹好看。

洛歌的神情微微一滞。

她看着他的脸,熟悉而又陌生的脸,双眼竟有些迷蒙。

……

"歌儿,下来!"

树下的白衣少年张开双臂,神色紧张地冲着树上的小人儿喊着。

夏风阵阵,梨香四溢。浓黑的树荫随着风儿微微摆动。

树上的人儿抱紧了树干,哭得梨花带雨。

"我怕!歌儿怕!呜呜呜……"

"歌儿别怕！来！跳下来！十三哥哥会接住你的！来！"

少年蹲了个马步，双手高举，额上布满了细密的汗珠。

阳光洒在他仰起的脸上，将他眉宇间那股温润儒雅之气照射得更加明朗，给人一种异常安心的温暖。

树上的人儿呆呆地看着他，停止了哭泣。

"来，十三哥哥一定会接住你的！"

少年对她展露温暖的笑颜，眼中那银白色的温柔在浓郁的树荫中翻涌不停。

"你忘了？十三哥哥说过会好好保护你，不让你受到一丁点的伤害！来，相信我！"

……

"十三……"

她蹙眉，神情恍惚。

"六郎？"

白衣人伸手在她眼前晃了晃。

洛歌回神，有些窘迫地皱了皱眉。

"来，下来！"

他将手朝她又凑近了几分。

洛歌看着他伸过来的手，微微迟疑了一下，但只是一会儿，她便将手递了过去。

白衣人见状不禁轻轻一笑，唇边那斑斓的蝴蝶苏醒，乘风飞离。他握紧她的手，带着她向女皇走去。

"陛下。"

他谦恭地低下头，白色的袂角迎风飞扬。

女皇看了看他低垂的头颅，又看了看他们紧握的手，淡淡的黛眉狠狠地纠结在了一起。她冷冷地牵起唇角转过脸，高声道："你们全都给朕退下吧！"

"是。"

一阵窸窸窣窣的声响之后，大殿顿时变得安静了下来。

洛歌微微抬眼，看见的，却是白衣人一张异常平静的脸。她蹙眉，欲从他的掌中抽回手。可是，白衣人却握得更紧了。

女皇转过身，缓缓启唇，语气淡漠得听不出一丝情绪。"六郎婉儿，你们也暂且退下吧！"

"是。"

殿门被打开，洛歌缓缓前进。她想了想，回过头看向身后的白衣人。

他亦抬起头看着她。

薄唇边竟挂着温暖如斯的笑容。

正值盛午,太阳如火球一般挂在天空中,散发着灼热的光芒。风已不再清爽,它如同热浪,一阵接一阵地朝人扑来。

仙居殿,密室中。

洛歌抱肘看着背对着自己的人,若有所思。

如此对立,已快半个时辰了。

"公主殿下?"

洛歌试探性地喊了一声,依旧听不见回答。她不禁有些困惑,于是走上前,扳住了高阳的肩。

"公主殿下……唔……"

洛歌捂唇向后跳了一步。

面前,高阳公主满意地展露笑颜,浓艳妖娆的脸上带着狠毒的笑意。

"你……你给我吃的是什么?!"

洛歌瞪大眼睛,恶狠狠地揪住了高阳公主的前襟。

"洛霁曲,你不是想要驻颜丸么?哼,我就给你驻颜丸,我要让你也尝尝这心老身未老的痛苦!哈哈哈哈……"

"你疯了!"

洛歌用力地推开她,转过身,将食指探入口中,企图将刚刚吞下的东西呕吐出来。

"哈哈哈……洛霁曲!我要让你痛!让你痛!哈哈哈……"

高阳公主癫狂地大笑起来,浓艳的脸恐怖地扭曲成了一团。

洛歌闻声回过头,走过去揪住她的衣襟,恶狠狠道:"你看清楚了!疯婆子!我是洛歌!不是洛霁曲!"

"哈哈哈……我要让你痛!我要让你痛!"

"你!"

洛歌看着不断大笑的她,无可奈何。她松开手转身走出了密室。

小丫头初晴有些胆怯地看着洛歌那张愠恼的脸,不知所措。

"晴儿,有没有催吐的食物?"洛歌坐在桌前,倒了一杯冷茶灌了下去。

初晴微愣,不明所以。

洛歌皱了皱眉,转过头,语气已变得平缓了许多。"晴儿,你去找一些催吐的食物给我,快!"

"唔……是!"初晴听罢,立马小跑着出去。

整个大殿,寂静无声,只剩下洛歌与那个被锁在密室中的人。

洛歌起身,慢踱至窗前。她微眯双眼,双眉紧蹙。

夏风透过窗,吹拂到她绝美的脸上,亦吹散了她那如缎的秀发。仙居殿外的梨树在阳光下剧烈地晃动。浓绿的叶子在风中闪烁着金灿灿的光芒。蝉鸣正浓,青梨在树叶中隐隐可见。

高阳公主居此已快十天了,宫中竟一点动静也没有。

原因,也恐怕只有一个吧!那就是……圣上已知道她被藏在了这里!

洛歌不禁倒吸一口冷气。

刚刚,她吞下的到底是不是驻颜丸?若真是,那岂不是……她不敢想!

远处,树在风中晃动得越发厉害了,它们发出一阵骇人的音浪,竟让洛歌感到了一股从未有过的恐惧。

……

紫宸殿中,摆满了寒冰。

可暑气却依旧不减。

空荡荡的大殿里,只有两个人。女皇,白衣人。

女皇站在白衣人的面前仰起脸看着他,脸上挂着冷酷的笑容。她牵了牵唇角,脸上的皱纹也随之一动。

"张易之,你们也太无法无天了!朕是包容你们,而不是想纵容你们!那个张昌宗一次又一次地破坏朕的计划,朕已经忍她太多了!"

白衣人低着头,沉默,脸色异常平静。

女皇挑了挑眉,深吸了一口气。她看了他一眼,语气淡漠:"你们把合浦公主藏到哪儿了?"

白衣人闻言抬起头看着她,俊颜一片冰冷。

"说!"

"陛下不觉得自己太过分了吗?"他冷笑,风华绝代的脸宛如被冰封住了。"合浦公主这一生已经够苦了,爱上自己不该爱的人,受尽了一生的煎熬。陛下这样对她,不会感到不安吗?"

"你在和朕讲善?"女皇冷笑,满脸的嘲讽之意。

白衣人皱眉。

"张易之,你那双手沾染了多少血腥?你的一句话可以害多少人丧命?你以为你善么?哼!可笑!"女皇冷冷地嗤笑了一声,苍老的脸上满是不屑。

殿外,天空被刺眼的阳光照射成了了无生气的白。

"陛下,你也是懂合浦公主的吧!"白衣人抬起头,挑唇一笑,笑容邪傲魅惑。"陛下若是不懂合浦公主又怎么会一再地想要得到那驻颜丸?"

女皇挑眉。"你这话是什么意思?"

白衣人冷冷一笑,他转过脸,目光穿过窗棂,投向了远处那葱郁的盛夏之景。

"陛下之所以想要得到驻颜丸,无非是想要保住自己的不老容颜。女为悦己者容,陛下也一定同合浦公主一样,是因为爱一个人,才会要那驻颜丸吧!"

"爱一个人……"

"陛下,不是么?"

女皇看着白衣人那张自信满满的脸,不禁笑了起来,她说:"我一个已近八十岁的人了,又怎么会再爱上任何一个人?张易之,你在胡说些什么?"

"陛下……难道不爱易之?"

……

盛夏的花儿开得浓艳。

盛夏的树儿绿得耀眼。

盛夏,那太液池中的粼粼波光将迎风摇曳的清莲映射得如同会笑的美人。它们微微弯腰,粉白的花瓣随着风颤。

盛夏,蓝色的天空中大朵大朵的白云飘过,浮影投射在屋脊上缓缓移动。阳光刺眼,太阳将自己的热芒奋力地撒向人间。

盛夏,如同一篇华丽多情的诗歌。

……

"陛下,难道不爱易之?"

他背过双手,乌黑的墨丝被风吹散席卷着他俊颜上那妩媚异常的笑容,如山顶初雾,如屋檐轻霜,湿润地渲染着一切多情的光芒。

女皇有些诧异地看着他。

白衣人弯了弯唇角,倾世魅众的笑容越发地深了。

女皇轻轻一笑,她云淡风轻地看了他一眼,伸出手戳了戳白衣人结实的胸膛。"你这里都装了些什么?怎么会,什么都知道?"

白衣人轻哼一声,唇角微扬。

女皇的脸色陡然变冷,她目光凌厉地看着他,满脸的冷酷。"张易之,朕要杀了张昌宗!"

"不!"

白衣人的脸风云突变,他睁大了双眼紧盯着女皇,眸中那银白色的海洋早已掀起了万丈狂澜!

"不!张昌宗不能死!"

"朕要杀了她,谁也拦不了!"女皇气愤地提高了音量,她微眯双眼紧盯着他的脸。"为了朕,也为了你,张昌宗在,必定会害了你!她既然对你无意,你也别再期望她会爱上你！杀了她,对你我都有好处！"

"易之不要这样的好处！若是杀了昌宗,陛下也就再也看不到易之了！易之宁愿自己死,也不要昌宗死！"

白衣人扬起下巴,双眉紧蹙。他语气坚定,眸光凛然。

"你给朕滚出去！朕意已决,不必多言！"

"陛下！"

"出去！"

白衣人冷冷一笑,他转身,走至殿门口侧首低声冷然道:"易之会一直跪等陛下,直到陛下改变心意。"

……

洛歌立于廊下,看廊外夏雨绵绵。

不管用什么办法,不管催吐多少次,那东西就是逼不出来。

她叹了口气,素手不禁抚上面颊。

驻颜丸,多少女人梦寐以求的东西。如今,却被她就这样稀里糊涂地给吞了下去。

冷风夹杂着雨丝扑面而来,洛歌不禁打了个寒战。

心老身未老的痛苦,那是怎样的痛苦?

她看着远处迷蒙不清的夜景,蹙紧了双眉。

雨幕中,有一团浅绿的浅影正跌跌撞撞地朝这边奔了过来。洛歌目光一凛。

原来是初晴,她被淋成了落汤鸡,一副狼狈的样子让人忍俊不禁。

"出什么事了？瞧你跑得这样急！"洛歌轻笑。

初晴抹了一把脸上的雨水,急声道:"不好了！昌宗大人,张大人他……他……"

"他怎么了？"洛歌一惊。

"张大人他一直跪在紫宸殿外,从中午一直跪到现在呢！大人,张大人他……他好像快不行了！"

"什么?！"

这个张易之,又在搞什么鬼！

洛歌低低地咒骂了一声,连忙取过油纸伞冲入了雨幕中。

紫宸殿外,白玉石铺就的大道上,白影一撇。

他的面前,是灯火阑珊的巨大宫殿。那些橘黄色的光芒在雨幕中晕起了一层毛毛的光边,从远处看好像是一轮轮橘黄色的月。

风吹雨斜,白衣湿透。

从午时开始跪到亥时,双腿早已麻木,没有任何知觉。

白衣人低垂眼睑,眸光隐于那两排黑翼之后,让人看不清他的所思。

黑色的夜夹杂着轰轰烈烈的雨声,带着冷入骨髓的晚风,将他吞没。

黑色深处,有人正急匆匆地朝这边跑来。

白衣人似毫不察觉。

直到,她走到自己的面前。

雨在身体的四周猛然止住,头顶,是一方晴朗的天空。

"张易之,你又在发什么疯!"洛歌大声地叫着,雨声将她的尾音吞噬。

黑发被雨水润湿,黏黏地贴在额头还有脸上。黑影遮住了他的表情,她没有注意到,他在笑,他笑得是那样苍白而又满足。

"张易之!"洛歌又叫了一声,伸手推了推他那已变得僵硬的肩膀。"怎么了?到底怎么了?"

原本粉润的薄唇此时却泛着淡紫色。他依旧笑着,苍白而又满足地笑着。

"终于又找回这种感觉了。"他低声喃喃,声音小到连他自己都没有听清。"我不想让你死,我宁愿我死,我也不要你死。我想要好好地保护你。"

雨声越来越大,雨点越来越急。

他抬起头看着她,眸中那银白色的温柔被橘黄色的灯光照射得无比美好,美好到似乎可以变成永恒。

他慢慢地向后倒去。

依旧笑着,苍白而又满足地笑着。

"张易之!"

……

"因为你的灵魂永远都不可能是自由的!你只能是肮脏的,肮脏地用身体换取一切你想要的!"

"自由是身体换不来的!"

"你只是一个没有用的男嬖而已!"

……

"你说得对,我的确没有资格了。我不再是我了。我肮脏我卑贱。我只能踩着女人的背脊靠着自己的身体追求一切挥霍一切!我肮脏!我肮脏!"

我肮脏……我肮脏……

洗也洗不掉的永远肮脏着……

天行算

　　仙居殿外有一棵大梨树。这个季节正是青梨成熟的季节。那些青色圆滚的小梨子躲在浓密的树叶中吃吃地笑着，好像一个个顽皮的小孩儿。浓黑的树荫随着风微微晃动。

　　梨树在风中笑。

　　树下的贵妃榻上，有白衣人半卧。他闭上眼睛，风华绝代的脸有些苍白。被树叶筛落下来的阳光洒在他惬意的脸上，一片灿烂。微风拂过，他那垂落在地的袂角微微荡漾了起来。

　　远处灿烂的阳光下，有人正端着一碗浓黑的药汁朝这边走了过来。

　　白衣人皱了皱眉，他慢慢地睁开双眼。

　　"张易之，起来喝药吧！"

　　洛歌面无表情地说着，将药碗递了过去。

　　白衣人翻身坐起，伸手接过。他拿银匙搅了搅，被浓重的药熏得撅起了嘴唇。

　　"喝了它。"

　　"不要……太苦了。"

　　洛歌弯了弯唇角，觉得有些好笑。"喂！张易之，你又不是小孩子，这么点苦都受不了么！"

　　白衣人听了，冲她翻了个大大的白眼。他想了想，伸手指着头顶说："阿洛，你为我摘个梨吧！喝了药再吃梨就不会特别苦了！"

　　洛歌轻轻一笑，她站起身，施展轻功飞到了树上。她坐在树杈上，对着正仰起脸看着自己的白衣人笑了起来。"喂，你接好了！"

　　"嗯！"

　　白衣人站起来，抖开衣服的下摆作兜状。刚准备好，圆圆的小青梨便一个接一个地从树上掉了下来。

　　不一会儿，竟接了满满一兜。

　　"一个两个……六个，张易之，我给你摘了六个梨，这回你该好好地喝药了吧！"洛歌坐在树丫上晃荡着双腿，啃了一口手中的梨子。

　　白衣人抬起头看着她一副悠然的模样，不禁轻轻地扬起了嘴角。他端起药碗，蹙眉将那浓黑苦涩的药汁灌了下去。

远处,停留在檐下的燕子双双飞出,划过夏风,掠过天际。

清风迷人,梨香阵阵。树儿发出一阵阵巨大的沙沙声。

白衣人拂开衣袖,又保持着原来的姿势半卧在了贵妃榻上,他微眯双眼,假寐着,眸中的倒影全都是树上洛歌那张洒满阳光的脸。

她突然低下头看着他。

"虽然我不知道你与陛下到底说了些什么,但我却猜得出来,你们谈论的内容一定有我。"

她说着,又重新仰起脸。清风拂起她的秀发萦绕在她那张洒满阳光的脸上。他的眸中,只有她仰起的下巴与那一双不停晃荡着的脚丫。

他默不作声。

"张易之,你的脑袋被紫宸殿的大门给挤了吗?"她轻轻地说着,不禁弯了弯好看的唇角。

白衣人睁开眼睛,一脸好笑地看着她飞扬的袂角。

洛歌想了想,轻轻一叹:"我虽瞧不起你,但也不愿你因我而受到什么牵连。张易之,以后放聪明点,你还真当我是你那个需要保护的六弟么?我是洛歌,天下第一杀手洛歌!"她垂下眼睑,紧盯着他的脸,牵起唇角:"哪怕你为我做得再多,我也不会感激你的。"

"我知道。"

他笑,笑得自然。

自然中,有一片被阳光照射的明媚的忧伤。

"可是,阿洛,怎么办?"

他冲她摊开双手,一脸无奈的样子。

"怎么办?阿洛,我已经爱上你了。爱你的倔强,爱你的淡漠。爱你的天真,爱你的冷血。哎呀!阿洛,我已经无法自拔地爱上你了,你说,我该怎么办?"

他笑,笑得顽皮,笑得浑身颤抖。

好像清风中微颤的梨花。

一颗被咬了半边的梨子突然飞了过来,擦过了他的鬓角,砸在了他的脚边,溅得他满脚丫子的汁水。

"下次就该砸你的脸了。"

她的声音淡漠冷然,听不出一丝情绪的波动。

白衣人撇了撇嘴,他低下头,唇边泛着苦笑。

"你看,我得鼓起多大的勇气告诉你,我爱你啊!你怎么能这么绝情呢?真是伤我的心。"他仰起脸,故作忧郁地皱着眉。

洛歌瞟了他一眼,从树上落下。她走到他的身边,居高临下地看着他。"你看看你,这儿这儿,还有那儿,哪一块是干净的?伤你的心?别说笑了!"她一边说着一边伸手在他的身上指来指去。

白衣人被点的笑的喘不过气来。

"你根本就没有心,你只有欲望。不然,你早就陷入情网出不来了。"她坐在他的对面淡漠地说着,目光向上,探寻着那片被浓绿掩映住的小梨子。

白衣人停止了笑,他看着她那张被树影遮住有些斑驳的脸,沉默。突然,他云淡风轻地说:"若是我已经爱过一个女子,并且是刻骨铭心地爱过,那你也相信,我会再爱上别人?"

"你还深爱过一个女子?呵,别说笑了!"她低低地嗤笑了一声,根本就不相信。

白衣人看着她的笑容,表情僵住。他垂下头,修长的手指抚上了那些被她摘下的小梨子上。

小小的梨子,像谁的眼泪。

"阿洛,你有心么?"

"什么?"

"阿洛,你也没有心吧!你有的,只是固执只是歉疚而已。因为害怕对不起十三,所以一直不愿意承认自己是爱着平庆王的。因为觉得喜欢平庆王是对十三的一种背叛,所以,一直将这份感情埋在心里,固执地将自己表现得很冷漠。你若是有心的话,就不会看见平庆王那样痛苦而无动于衷,就不会,对他的等待不屑一顾。相反,你会毫不犹豫地跟他走。你也是没有心的人。愚蠢、固执没有心的人。"

"涉江采芙蓉,兰泽多芳草。

采之欲遗谁?所思在远道。

还顾望旧乡,长路漫浩浩。

同心而离居,忧伤以终老。"

清风过,日光斜。碧水清波,粉荷掩映。

身着墨绿长衫的男子微眯起了双眼。清风拾起他的袂角,向远方飘去。翠绿的水波顺风悠悠划开。粉荷在墨绿的荷叶之中,恬静地微笑。

男子那蜜色的眸带着点点的忧愁,澄澈晶亮得如同阳光下的溪水。他叹了一口气,年轻俊逸的脸被淡淡的愁雾笼罩。

已过弱冠之龄的他却依旧美好温暖得让人忍不住去疼惜。

"歌儿,为什么不再见我呢?"

他再次叹气,挺拔的身躯微微一颤。

时光倒流到去年的除夕。

那夜,她在宫中看大傩舞。

那夜,他在下面仰望着她的脸。

冰冷默然却又绝世倾众的脸,被宫中繁华的宫灯照映得微红。她不停地举起酒杯,不停地笑,那笑,艰涩虚假。

他知道,她痛苦。

但他却不知道,她是为了控制住对他的感情而痛苦。

热闹的除夕,热闹的众人。灿烂的烟火,灿烂的笑脸。

太液池上,浓黑一片。只有零星几朵枯黄的荷叶紧紧地蜷合着,冷风呼啸而过,卷起脚底尘沙,空无一人的白玉石拱桥上,她凭栏而望,白色斗篷随着风猎猎作响。

她回头看着他,笑。

她说:"薛崇简,这恐怕是这几年来唯一一次不属于我们两个人的除夕吧!"

他怔愕,点了点头,静静地站在她的身边。

她的指尖被冻得微红,他蹙眉,拉过她的手包在了自己温暖的掌中。她抬起头看着他,眸光忧伤,嘴唇翕合,却没有发出任何声音。

两个人,就这样静默地对立着。

半晌,他对她微微一笑,蜜色的眸温暖澄澈得让人忍不住叹息。他说:"歌儿,你又想推开我么?呵呵,你知道我是越挫越勇的。"

"薛崇简……"她垂下头,从他的掌中抽回了已被捂暖的手,长长的睫毛有些雾气。"你已过弱冠之龄了,也要成家立室了。我不想拖累你。我不爱你,正如我不会对你的等待做出任何回报一样!薛崇简,除了十三,我这一生都不会再爱上任何人了!"

"那……对我……真的一丝一毫的感觉也没有吗?"

"……嗯……"

他笑,笑容明净温柔,温柔到如同月光一般忧伤。

"我不相信。"微微踌躇了一会儿,他笑着说:"就算这样,你又怎能阻止我爱你?这不是拖累,这也并不让我痛苦。相反,我拥有别人不曾拥有的……等待的幸福。"

"等待的幸福?"

"是,等待的幸福。"他对着黑漆漆的湖面长吐了一口暖气,唇齿间逸出的白色雾气在黑夜中缥缈得如同幻影,就好像,他那澄澈温柔的眸。"因为可以等待,所以会活得很充实。如果,不期待点什么,人活着又有什么意思呢?"

"嗯?"

"你就是我活下去的理由。我说过,十三的使命是保护你,那么,我注定是守护你的人,哪怕你对我多么的冷淡,都无法改变我的决心。"

他垂下眼睑静静地说着,语气坚定。

寒风呼啸着扑向他，将他那墨绿色的斗篷席卷着飞舞。他的侧脸在黑暗中明媚，安静美好得让她忍不住想伸手抚摸，静静地端详。

她转过脸，胸腔中，那颗红色的心不停地忧伤哭泣着。她吸了吸被冻得通红的鼻子，转身，什么话也没有说，只沉默着离开。

他转身看着她渐行渐远的白色身影，艰涩地牵起唇角，苦笑。

心，痛得让他难以忍受。

时光慢慢流转，已半年了，他没有见过她一面。

湖水因风皱面。湖畔的临风亭里，他苦笑着叹了一口气。眉目间满是淡淡的忧伤。

远处，灿烂地阳光下，一抹冷峻的青色身影向这边走来。

他丝毫没有察觉。

青衫男子站在他的背后，摄人心魄的王者风范逼得他不禁回过头来。

是三哥，李隆基。

"三哥。"他低低地啜嚅了一声，垂下眼睑。

李隆基上前一步扶住他的肩，满脸的关切。"崇简，你又逃出来了？"

"是啊！"他抬起头，无奈地牵了牵唇角。"二嫂她硬要给我牵红线，我又有什么办法，只得逃咯！"

李隆基听了，不禁弯了弯刀削一般的唇角，他浅笑道："你也知道二嫂的个性，热情过度。不过，恐怕也只有她才治得了二哥吧！"

"是啊！"他忍不住微微一笑。

树荫里，蝉鸣正浓。

"不过，话说回来，连二哥都成亲了，三哥你这儿怎么一点动静也没有啊！"

"我若是成亲了，下一个便是你！再说了，不是还有大哥嘛！大哥都还未娶亲，我又着哪门子的急呢？"

"是啊，二嫂比我们都要急。"

他说着，引来李隆基一阵朗朗的笑声。

风静静拂来，波光潋滟，粉荷轻颤。

李隆基拂衫坐定，他淡漠地看着远方，幽黑的眸深沉得如同子时的夜。

"近来朝廷……人心浮躁啊！"

绿衫男子回过头，有些困惑地看着他。

"三哥，这话是什么意思？难道……"

他抬起头对他一笑，点了点头。"你猜得没错……朝廷会发生一场大变故！这变故或许会扳过全局！"李隆基自信一笑，眸光突然一闪。他牵起唇角，冷冷一笑。"崇简，你我都要好好准备才是。"

"嗯。"

他点头，又像是想起了什么，急声道："那待在宫中的洛歌会不会有事？"

"当然！"李隆基挑眉，他转眸看见他微变的脸，轻轻一笑："你不用担心。洛歌，为兄自会去接应她。"

绿衫少年长舒一口气，他浅浅一笑，年轻俊逸的面庞上有一对酒窝深陷。

远处，阳光流泻于湖畔，激起一片诗意。

热闹的长安街头，人声鼎沸。

人们纷纷侧目于街角闪现的一对白衣人的身上。

他们，一个媚若阳光下的晶雪，一个冷若月光中的寒霜。

洛歌皱紧眉扯了扯白衣人的衣角，低声道："喂，张易之，换一家看看啊！你一个大男人干吗非赖在卖胭脂水粉的摊上啊！走了！走了！"

白衣人不理睬她，又拿起一盒胭脂，浅笑道："我想怎样就怎样，这个多少钱？"

"三文。"

"那这个呢……"

"张易之！"洛歌皱眉低叫了一声，拽住了他的胳膊将他往旁边拖。"大男人买胭脂水粉，你有病啊！"

"我是大男人啊！"他突然诡异一笑，伸手按住了她的肩，在她耳边无限魅惑道："我是大男人啊！可你……"

空气凝固。

半晌，一声惨叫冲破云霄，"阿洛！你又打我的脸！"

洛歌冷笑着看着白衣人捂住脸上跳下蹿的样子，她牵了牵唇角，表情淡然。"张易之，你以后还敢胡说八道，我照样会打你的脸！"

"你……"白衣人气噎。

洛歌瞟了他一眼，说道："这次出宫你不是想购一些药材吗？别浪费时间了！"

"对啊！"他顿悟，拍了拍额头："瞧我，怎么把正事给忘了！"

"我就说你烦！这宫里什么样的好药材没有，还偏偏跑到宫外来买！"

"你不懂！"他对她伸出食指摇了摇，颇有些得意。"有时候啊，越是高贵的东西越是品质差呢！"

"那倒是。"她挑眉，轻轻一笑。"正如某些人啊，金玉其表败絮其中。"

"啊，你拐着弯儿骂我呢！"

"我可没有！"

她轻笑，袂角飞扬。

白衣人翻了个白眼回过头对着那摊上小贩，高声道："你帮我把那几盒胭脂包起来,我待会儿来取!"

"好嘞!"

洛歌回过头蹙眉道:"张易之,你买那么多胭脂干吗?自己擦?"

"喂!我又不是妖精!"他一脸怪相地看着她,想了想,笑得别有深意。"我买来是为了送给一个女子是希望以后即便我不能陪着她了,她也能漂亮快乐地活下去。"

她撇着嘴角看着他的深情模样,不禁用胳膊肘捅了捅他的胸膛。"那女子是你的老相好?"

被她突然打断情绪,白衣人不禁跳起来叫道:"要你管!"

"不管就不管,你激动个屁啊!"洛歌弯下唇角,不再理睬他。

刚往前走两步,便被他一下子拽进了一家药铺。

浓重的药味熏得洛歌皱紧了双眉。她看了看一旁正与掌柜热情交谈的白衣人,一下子了然。

原来,这里就是他口中常提到的那家药铺啊!

"张大人您要的何首乌我们已经备好了。现在就要么?"

"嗯。"

白衣人点了点头,目光随着掌柜进了里间才收回来。他低下头冲着她微微一笑:"这里的何首乌比宫里的还好。"

"你要那么多的何首乌干什么?"她有些困惑。

白衣人听了,不禁抚了抚他那乌黑的墨丝,颇有些得意地说道:"你看我这快奔三十的人了,头发还这么黑这么亮,你难道不觉得奇怪么?"

"……"

"我买这么多的何首乌当然是为了保养头发啦!"

洛歌抽了抽嘴角。"你不会要告诉我,你每天早上喝的那黑糊糊的粥,就是首乌粥啊!"

"正是啊!"

白衣人回答得理所当然,他接过掌柜递来的药包,付了银两,又拉着洛歌风风火火地出了门。

"你以后也要跟我一样,天天吃何首乌!"

"不要。"

"还不要呢!老实告诉你吧!上次晴儿为你梳头时还挑出了一根白头发呢!"

"你瞎说,我怎么不知道?"

"是我让晴儿不要告诉你的。"

"……"

"真的！"

"有也是被你气的！"

"哎……你怎么这么不讲理啊！"

热闹的人群中，两抹白影互相地争论着，引来行人纷纷注目。

白衣人背对着街面，指手画脚地说着，风华绝代的俊颜上满是孩子般的执拗。

洛歌一脸好笑地看着他。

"你真幼稚！"她笑。

白衣人听了，有些气闷地抱住了胳膊肘。他低眸看着她，撇了撇嘴。

洛歌轻笑一声不再理睬他，只一个人向前走去。

身后，白衣人轻轻地微笑了起来。

朱雀大街，热闹非凡。

人流拥挤，洛歌与白衣人并肩慢行。

小巷口，有人捻须轻笑。

洛歌蹙眉蓦然转头，目光凌厉地朝着声源处射去。

巷口，有旌旗在风中飘扬，上书"天行算"三个大字。旌旗下有一道人正捻着络腮浓须冲着洛歌神神秘秘地笑着。

白衣人察觉，扭过头看了看洛歌，然后顺着洛歌的目光看了过去。他轻轻一笑，抓住了她的手，举步朝那道人走了过去。

"喂！张易之！你干什么！"

洛歌轻呼，欲挣脱他的手。

白衣人看了她一眼，轻哼一声，笑道："不就是一个算命的吗？值得你这么看！我倒要看看他有多大的能耐浪费你那么多的目光！"

洛歌有些头痛地揉了揉眉心，任他牵着走到了那道人的面前。

"喂！老道！算命！"

白衣人大大咧咧地坐在那道人的面前。

道人抬眸看了看面前的人，又斜睨了洛歌一眼，浅笑道："测字？看相？抑或……"

道人声音洪亮，中气十足，显然是个练家子。

洛歌的眸中多了一丝戒备。

白衣人不以为意地牵起唇角，指了指他那张倾世魅众的俊颜，云淡风清道："看相！我倒要瞧瞧你到底能看出个什么名堂来！"

道人爽朗一笑，双眉蓦然蹙紧。

"你印堂发黑，眉生戾气，必有一大劫！这位公子，其实，这劫你已知是什么了，那么，也不必贫道挑明。至于这劫的解法，历劫便是破劫。"

白衣人的脸色微微一变,银白色眸倏然变得如一汪深潭般难测。半晌,他轻轻一笑,眸光温柔中又透出了一股让人难以察觉的戾色。"不准啊!老道士!我劝你还是别在这儿信口雌黄,赶紧收拾收拾回家种田吧!"

道士不以为忤,只作淡淡一笑。他突然抬起头,看向了一直静立在一旁的洛歌。"这位公子可愿让贫道看上一看。"

洛歌皱了皱眉,绝美的容颜上划出了一道冷冷的笑容。她摇了摇头,冲他摆了摆右手。"多谢道长,在下还是算了吧。张易之,付钱走人!"

白衣人被她的话突然拉回了神,他"哦"了一声,丢了一锭碎银与那老道士。

洛歌深深地看了老道士一眼,嗤笑一声,抬步欲行。

"公子,巫山云雨付东流,劝君莫忘前世尘。回首自有真人在,何必执著两皆空。"

洛歌的神情微微一滞,半晌,她浅浅一笑,拉着白衣人融入了人流之中。

"他那话是什么意思?"白衣人垂下目光看着她的背影。

洛歌回过头看了他一眼,冷冷一笑,突然,她偏过头,冲出了人群。

白衣人恍了恍神,连忙追了上去。

逼仄的巷子中,洛歌冷冷地看着面前惶恐失措的人。半晌,她逼近了他。

"说!为什么要监视我们?!"

那人被她身体里散发出的肃杀之气逼得一个趔趄,他慌张地看着她,语无伦次:"你要干什么!你……你要干什么!"

"说!你是谁派来的?!"

洛歌微眯双眼,眸中那暗红色的嗜血光芒不断地闪现。

"阿洛!"

暮地一声呼喊,打破了这巷中原有的寂静。

洛歌回头看见白衣人正伸手急匆匆地朝自己走来。

"阿洛!你干什么呢!神神叨叨的!"白衣人走近她,不禁嘟哝了一声。待他看到她身后之人时,不禁轻轻地"咦"了一声。"他是谁?"

洛歌牵起冰封的嘴角,声音冷漠:"他一直在暗处监视着我们。恐怕,也不是什么好人吧!嗯?"洛歌冷冷说完,又朝那人逼近了一步。

"你……张昌宗!你可知我家主人是谁!"那人强装镇定,可双腿却仍如筛糠般抖个不停。

洛歌冷冷一笑,她挑眉看着他:"我怎会不知你家主人是谁?魏元忠他还不能把我怎么样!"

"既然知道,还不……还不放了我!"

"放你?"洛歌轻轻一笑,语气中满是一种邪魅的孤煞之气。她挑了挑眉,食指凌厉地朝那人指了过去。"魏元忠他伤了我的人,我还没有找他算账!当日他能撞死我的人,今日我也能弄死他的人!"话音未落,只见白影一闪,那原本退到墙角的人竟被洛歌掐得凌空而起。

"阿洛!"

白衣人疾呼一声,冲过去扳住她的手臂。他侧头看着她冷酷如霜的脸,厉声道:"阿洛!放开他!快点!不然,你我都得遭殃!"

"你该死!"

洛歌目不斜视,只恶狠狠地吐出一句话。

手中之人已被掐得面色涨红,青筋暴起。一双眼睛凸起得好像快要从眼眶中滚落出来。

"阿洛!"白衣人大呼一声,见相劝无效,便只好用力扳开她的手指。

他一个文弱之人又怎抵得上她一个习武之人的力气。

只一会儿,便听得"咔嚓"一声,她手中那厮已歪过头瞪大眼睛,死相极其恐怖。

洛歌冷哼一声,蓦然甩开手。那人的尸体便随着她的手力甩向了墙壁。"嘭"的一声撞倒在地。洛歌面无表情地拍了拍手,有些厌恶地撇了撇嘴:"竟要我亲自动手!"她侧过头,却发现白衣人神情呆滞。

"喂!张易之?"她伸手在他眼前晃了晃。

白衣人回过神,他看着她轻轻一笑,笑容中竟透着一丝痛苦与一丝悲悯纠缠。他无力地转过身,侧首低声道:"阿洛,你真的被改变得那么彻底啊。"

洛歌愣住。

"你说什么?"

"阿洛,大祸将至啊!"

深巷中,他摇头叹息,颀长的身影竟透着一丝沧桑。

洛歌更加困惑地皱紧了眉。

惆怅客

风雨说来便来。

三日后,凤阁侍郎魏元忠上奏女皇,奏曰:奉辰令二张有谋反之迹。

学士苏恒安更是上奏,曰:奉辰令张易之兄弟,在身无德,于国无功,于民无恩,不逾数年,遂极隆贵。自当饮冰怀惧,酌水思涛,夙夜兢兢,以答思透,不谓豁堅其志,豺狼其心,欲指鹿为马。先害忠而损善,将斯乱代之法。污我明君之朝,云云。

四日后,早朝。

群臣班列其位,三呼万岁。

女皇略显疲惫地坐于殿上,她揉了揉眉心,抬手道:"众卿平身。"

"谢陛下。"

女皇扫了众人一眼,道:"魏卿,你上奏说张易之兄弟有谋反之迹。要知道这谋反之罪当诛其九族。你可不要乱说啊!"凤阁侍郎魏元忠出列垂首,道:"回禀陛下,此事并非下臣血口喷人,乃有实证在此。""何证?""臣已找到张易之兄弟为其算命的道人,他此刻便在殿下候着。"女皇微微迟疑了一下,但只一会儿,她抬手朗声道:"宣!""宣来人上殿——"宫人拉长的声调,尖利而又冗长,回荡在层层宫阙中,有一种说不出来的冷漠。

殿下,群臣不禁小声地议论了起来。

魏元忠自信满满地浅笑着,一张国字脸上满是一股不屈的正气。

"叩见陛下!"一声叩安使得原本有些哄乱的大殿顿时变得安静了下来。群臣纷纷将目光投向了那个跪在大殿中央的道士身上。

女皇微眯双眼,嘴角边的细纹微微牵起:"抬起你的头来,告诉朕,是你为奉辰令张大人占的卦?"殿下之人缓缓抬头,他诚惶诚恐地看了女皇一眼,又连忙垂首,一张白净的脸被吓得苍白。"是……是。"女皇轻轻一笑,她食指敲案,冷然道:"那你告诉朕,张大人找你占的是何卦?""占的是……是……是天子之卦!"殿上一阵冷冷的抽气声。

天子之卦!

二张真的想要造反!

女皇淡淡一笑:"那你告诉朕,他们是不是天命所归的天子?"群臣惊愕得抬起头,齐刷刷地看向女皇。

"这……这……这……"道人连说三个这字竟再无其他言语,他的身体抖得越发的厉害了。

女皇猛然向后一仰,她靠在龙椅上,苍老的眸中忽地闪过一丝酷厉:"魏卿,你……还有何可讲?"魏元忠抿紧双唇,他低头回道:"陛下,臣以为二张确有谋反之心!""陛下!张易之张昌宗兄弟二人惑乱朝纲,扰乱人心,应当伏法以殆!陛下,臣恳请陛下将此案交与刑部审理!"司礼丞高出班上前,低首奏道。

他话音刚落,一干大臣已全部跪下:"臣恳请陛下将此案交与刑部审理!"女皇在这山呼之中皱紧了双眉。

上官婉儿微微垂眼,竟惊骇地发现女皇那苍老如树皮一样的手已紧紧握拳,指关节一片青白!

"陛下……"上官婉儿略倾上身,低低地轻唤了一声。

女皇蓦然放松全身力气,她揉了揉眉心,头痛得弯了弯唇角。半晌,她抬手:"好,准奏!"

"陛下竟没有让你我与那道人当堂对质!"刑部大牢,洛歌蹙紧双眉来回踱步。她看了白衣人一眼,不禁被他那一副悠然自得的模样激怒。她走了过去,摇了摇他的肩。他缓缓地睁开眼睛,看着她略显急躁的脸,微微一笑。

"当堂对质又能如何?魏元忠本就证据不足。陛下只不过迫于群臣压力才将你我关了起来。你以为,只要你有足够的证据就能驳倒众人之口么?群臣如此,只不过是拿你我当借口而相逼于陛下。古有八王之乱,那些反叛藩王打的不就是'清君侧,杀晁错'的旗号。我只怕……只怕你我将要成为今世的另一个晁错啊!"洛歌猛然眯起双眼,她看向他,沉声道:"你说……他们才是想真正的造反?""群臣思唐德久矣!"白衣人轻轻一笑,他翻身坐起,双手垂于膝上。"陛下已快八十了,却仍旧占着皇位不放。太子已过不惑之龄,你说,这群臣该作何思量?"洛歌愣住。

白衣人冲她微微一笑,风华绝代的俊颜被透过天窗洒下来的白色日光笼罩。他拉了拉她的衣角,使她坐下来与自己平视。

"你还不明白?"白衣人问。

洛歌看向他,微皱双眉。

白衣人想了想,半跪在地上找来几颗小石子,在面前摆好。他手执一根干细的木棍指了指左边道:"假设这是以太子为首的拥李党。"木棍转移,移至右边。"而这则是诸武势力!"他说完,又拾起三颗石子摆在了中间。"这是陛下与你我二人。"洛歌抱肘看着他布局。

"你我已随陛下被夹在了两股势力的中间。皇位虽名为传与太子,但诸武的觊觎已是天下皆知之事。太子显软弱无能,他未必敢反。但若一个人被强行推到风口浪尖也只能去面对暴风骤雨。太子身后便是那股推力。朝中大臣我敢说大半都心归太子,更何况太平公主与相王李旦已是李室子弟。而诸武仅仅是仗着陛下的力量扩充自己罢了。你我现在已是两边都不讨好,无论哪一边有所动作,你我都将先受其害!"洛歌危险地眯起双眼,她抬眸看向他那张倾世魅众的脸,不禁一叹:自己到底是小看了他啊!

她轻轻一笑:"那你以为,两方相争,谁将得胜?"白衣人挑起唇角,露出了一丝魅惑的笑容:"群心所向。诸武只不过是没有了利牙徒有虚表的狼而已,而李室则是外表无害实则爪牙锋利的虎!你说,这无牙之狼与利爪之虎,谁胜谁败?"洛歌松眉,了然一笑。

"你倒是将这局势看得很是清楚嘛!"白衣人微微一愣,半响,他讪笑道:"哪里哪里,只不过待在这宫中时日已久,看得比你通透一些罢了。"洛歌偏过头,冷哼一声:"那你说,我们现在要怎么办?既然我们两边都不讨好,陛下又深受群臣压力,那谁来救我们出去?""等着吧!"白衣人吐气轻叹,他站起身,用脚踢乱了地上分列有序的石子,重新躺在了冰冷的席子上。

"等?等谁?"白衣人闭眼,嘴噙一抹淡笑。"等人来救我们啊!陛下虽处于被动,但她毕竟还是一国之君。那高戬曾是太平公主门客。既然他与太平公主有所联系,那就好办了。"洛歌了然地挑了挑眉。

"那……张易之?"面前的人已枕臂沉沉睡去,呼吸均匀。

洛歌弯了弯唇角,他难道是猪吗?怎么说睡就睡啊!

天窗。日光如白色的光柱静静地穿透铁栅栏投洒进来。光芒中,浮尘涌动。

虽已立秋,但日头仍有些刺眼。

厢房中,灰衫男子坐于桌边。他看了看立于窗前的人沉声道:"隆基,这事情我们不能插手。你我虽是王爷却并无实权。若是妄动,必遭圣上猜疑。如此一来,父亲大人多年的心血也就白费了!"窗前之人,身材颀长。他微微侧首,黑眸不起一丝波澜。"大哥,我知道。此事,我已拜托姑母。"桌前身着墨绿长衫的青年男子,急忙站起身,他微微迟疑了一下,蜜色的眸如溪水般澄澈。半响,他钝钝地开口:"那……公主殿下怎么说?"立于窗前的青衫男子,转过身,抬头看了看他低垂的脸,不禁皱了皱眉。

公主殿下……他竟小心翼翼到了如此地步。

"姑母说,她会竭尽所能救出二张。崇简,你不必太过担心。"绿衫男子抬头看向自己的三哥。他牵起薄唇,腮边酒窝深陷,年轻俊逸的脸上满是如春风一般的柔和。

"大哥,如今之势,你怎么看?"青衣男子眸光一转,投向了坐在桌边的人。

灰衫男子蹙眉,淡泊的眉宇间笼罩着一股超脱尘外的光华。他蓦然舒眉,嘴噙一抹淡淡的笑意:"风雨欲来,你我只需留在原地避开即可。"青衣男子微微挑眉,他转过身,目光重新投向窗外。

或许,避开正是他们此时应该做的,只有避开才能安然前进啊!

他了然地牵起唇角,如刀削一般的英俊轮廓泛着点点金色的光芒。

阳光下,入秋以来的第一片枯叶悄然飘落。

绿衫少年微微蹙眉,年轻俊逸的面庞上满是忧色。握紧的拳头蓦然松开,他抿了抿唇,清澈的眸光微微一紧。

"歌儿……"

牢房本就阴暗潮湿,入夜以后更加冷了。

洛歌裹紧了身上那条又潮又冷的被子。

对面,白衣人也是一副狼狈样,他吸了吸鼻子,打了个喷嚏,没有一丝形象可言。

"他们审案子用不着我们吗?"洛歌的声音有些发颤,她耸了耸肩,将滑至背部的被子又往上拉了拉。"刑部的人是吃白饭的啊!两天了,只知道把我们关在这里,并不将我们提出去问话,他们怎么审这案子。""你冷吗?"白衣人答非所问。

洛歌微微一愣。

"你过来。"他冲她展露笑颜。

洛歌微微迟疑了一下,但只一会儿,她便裹着被子走了过去。

"干什么?"她站在他的面前,紧盯着他仰起的脸颊。

遗落下的月光,好像一汪银色的清泉在他的脸上微微晃动。他看着她,眸中是让她呆立住的银白色的温柔,似永恒似千年不变。他扬起唇角,唇形好看得让人忍不住低叹。就是这样完美的唇勾勒出一抹浅浅的温柔的笑意,直逼她的心底,然后狠狠地撞击。

"阿洛……"他轻唤,唇边的笑意越发地深了。

他的声音磁性温柔,别有一番魅惑之意。

洛歌微微愣神。

他轻笑,伸出手突然圈住她的腰,就这样硬生生地将她带入了怀中。

"你干什么!"洛歌惊呼,伸手抵住了他的胸膛,欲将他推开。

白衣人低低的笑声在她的耳边轻拂,呵气阵阵,不禁让洛歌羞红了面颊。她低头挣扎着,却又害怕白衣人看见她那满面的红霞。

"张易之!"她怒嗔。

白衣人收敛住笑,风华绝代的俊颜被一股明晃晃的温柔笼罩。他抱紧了她,柔柔地沉声道:"不觉得这样暖和一点么?"怀中的人不再挣扎,她仰起脸看他。明亮的月光里,她的脸透着淡淡的粉色,显得更加楚楚动人。她沉默不语,放松了全身的气力,靠在了他的胸前。

他轻笑,胸口发震。"不觉得我脏么?""这样就不冷了。"她闭眼轻轻地说着。

白衣人低低一叹,他撑起薄被裹住她,伸手将她紧紧地却又十分轻柔地拥在怀中。

洛歌抱住双膝,蜷缩着,任其紧紧相拥。

"阿洛,我们这样算不算同患难过?"他将头埋在她的肩窝里轻轻地说着,语气中有着浅浅的笑意。

洛歌不答,她只是蜷紧了身体僵硬着背脊,紧闭着双眼。

身后,白衣人的胸膛轻震,震感透过薄衣传上了她僵直的背脊,她睁开眼蹙眉道:"张易之,你笑什么?"身后的人没有立马回答,他只是松开了一只手往上搂住了她的双肩。原本有些寒意的肩膀被他这么一搂渐渐温暖了起来。他将下巴搁在她的肩上，鬓发擦过她的耳朵，他轻叹了一口气，热气扑向她的颈窝，一阵轻痒。

"阿洛，我觉得这样好温暖啊！"洛歌缄默不语。

他轻笑，唇齿间逸出的热气带着一股馥郁的香甜喷洒在了她的脸上。

"阿洛，谁还像我这样拥抱过你？"洛歌淡定的神情微微一滞，她皱了皱眉，长睫翻飞。

"你的十三哥哥还有平庆王，对不对？如此说来，我……真的算是很荣幸了。"他无声地笑了笑，轻闭上眼用额头蹭了蹭她的面颊。

奇怪的是，洛歌居然并不讨厌这种亲昵的感觉。反倒，有一种似曾相识的错觉。

"张易之……"她开口，红唇翕动却没有发出任何声音。

他突然又是一笑，笑声无奈而苍凉。

"阿洛，你可知我的苦？"他轻声问着，俊颜上竟满是柔柔的忧伤。"我恨这个世界，也恨自己的弱小。阿洛，我无法保护自己最爱的女子，以为只有拥有权力就能让她不受伤害。可是我错了，我只是一个无用之人，除了一点姿色竟再无其他长处。深深宫闱，见不到她，我一边忧虑着一边又任由自己的欲望疯狂膨胀。宁愿做一个癫狂之人，我也不愿再面对这个无奈的世界了。"他搂着她，不管她有没有在听，只是一个人絮絮叨叨地说着。

"万岁通天元年，我由太平公主相荐入宫。那一年，是我最难熬的一年。我一边要面对着陛下那苍老的身躯一边又要受着内心狠狠的煎熬。阿洛，你了解那种煎熬吗？唉，你不会懂吧……现如今，早已物是人非。阿洛，如果时间可以倒流那该多好？或者，让一切都回归到原点，那该多好？阿洛，人生几何，我却错过太多。阿洛。我想念那个女子，可今生却再也不能和她在一起了。阿洛……唉……"他伸手扶了扶她歪倒的脑袋无奈一笑。

自己说了这么多，她当真没有听进去啊，居然睡着了。

将她的脑袋扶靠在自己的左肩，他低头，深深地端详着那张熟睡的脸。

绝美中带一丝清濯，柔媚中带一丝轩昂。纯净脱俗，绝世无双，当真如初夏的荷花一般啊！

他笑，看着她泛红的双颊，双眼不禁迷蒙。

宽大的手掌慢慢地小心翼翼地抚上了她的面颊。他忽然全身战栗，心痛得无法自拔。修长的手指轻微地颤抖着细细地抚摸着她那精巧的五官，掌心的滚烫让怀中的人慢慢舒开了双眉。

她已沉沉睡去。

梦里，她被拥入了一个熟悉馨香的怀抱中，她慢慢地抬起头，看见十三正低眉冲着自己微笑,他的眸中那银白色的温柔温柔到能滴出水来。

恍恍惚惚中,她好像听见谁在耳边用无限温柔的声音低喃:"我爱的……一生牵挂的……痴儿啊……"

正如白衣人所料,两日后,他们便被无罪释放,官复原职。

此时已是深秋,仙居殿前的梨树枯黄了满枝的绿叶,秋风急速,那些黄叶打着旋儿飘落白衣人满肩。他立于风中,仰起脸眯着双眼看那枯叶纷飞的高远苍穹。天阴沉沉的,风刮起他的长衫狂舞不止,乌丝飞扬和着枯黄的叶子肆意飞洒。

他突然回过头,发丝遮住了他的俊颜。

十步之外,有白眉老僧站定对他浅笑。

他皱眉垂头,双手合十行了一记僧礼。"大帅别来无恙。"白眉老僧对他微笑,白色的僧袍顺着风的方向飘飞。他侧首,低眉对身边的清俊男子低声道:"熙岚,对面站着的乃是恒国公张易之。"男子蓦然松眉,空洞的眼不起一丝波澜。他上前一步,躬身行礼:"草民长孙熙岚见过恒国公。"白衣人冷冷一笑,他转过身,看着乱舞的枯叶,道:"大师还真是有本事呢!带着这么一个大活人居然能够避过侍卫宫人的眼潜入深宫,不简单啊!"白眉老僧哈哈一笑,声音洪亮,底气十足。"辩机!"身后一声惊呼打断了僧人的开怀笑声。 白衣人回过头,不禁皱了皱眉。 洛歌惊愕地愣了几秒,她疾步走来,认真地看了辩机一眼,又细细地打量了长孙熙岚,才朗声道:"辩机和尚,你怎么会来皇宫?"白眉老僧牵起唇角,纯白的胡须在风中飘曳。他淡淡一笑,眸中别有一番深意。"我来……是为了一位故人。""一位故人?"洛歌蹙眉。"你说的可是高阳公主?""正是。"洛歌直直地盯住老僧人的双眼,欲从其中探求出别的一些东西。可是,无果。她不禁挑了挑眉峰,看了一眼正望向自己的白衣人轻轻点头。"你随我来。""阿洛!"白衣人有些不悦地大喝了一声。

洛歌不予理睬,她弯了弯唇角,伸手淡然道:"请随我来。"话刚说完,她不禁又瞟了长孙熙岚一眼。

老天对他似乎格外的垂怜,快十年了,他竟仍如当年那般清俊,没有一丝改变。

一行三人穿过空荡的大殿,直达密室入口。

洛歌站定,她回过身看着白眉老僧,终于,她将埋在心中已久的疑问说了出来。她深吸一口气,冲着他淡淡一笑:"辩机和尚,你到底……可曾爱过高阳公主?"白眉老僧微微愣住,一直保持着的浅浅笑意一下子凝固在了唇边。

风从窗棂缓缓蔓延,吹掀了浅色的帐幔,吹起了他纯白的僧袍。白须在风中飘曳,他蹙眉,眼中有着一种不知名的情绪在不停地翻涌。

洛歌冷冷一笑,她伸手移开灯架,书柜缓缓向一边移动。

还未完全打开,一股刺鼻的血腥味就扑面而来。洛歌大惊,夺门而入。高阳公主歪倒在床沿,她头偏向一边,身体颤抖,表情痛苦,浓艳的脸上满是一股绝望的悲伤。一支银钗直插在她的胸口,她那黑色的衣襟被大片大片的鲜血染得更加沉郁。殷红的鲜血如汩汩小泉一般不停地往外冒着。"公主殿下!"洛歌惊呼,半跪在她的身边伸出手颤抖着将她抱在了怀中。

高阳公主艰难地皱了皱眉,她轻咳了两声,鲜血顺着她的嘴角不停地流淌,在灯光的映衬下,显得格外的触目惊心。

洛歌抬头看向门口,她蹙眉,目光紧紧地盯在白眉老僧的身上。"高阳……"他轻喊出声,嗓音沙哑艰涩。

怀中身躯闻声一颤,洛歌睁大了眼睛垂下了头。

紧闭的双眼慢慢地睁开了,那张苍白的脸上突然泛起了一层奇异的光彩。毫无焦距的目光,缓缓地来回搜索。

一只苍老却十分修长的手用力地捏住了她颤抖的指尖。

高阳公主突然愣住。

时间静止,那些如流水的回忆在头顶上方的天空慢慢地流淌过去。一点一滴地,清清楚楚地,流淌过去。

她咧开嘴,泪水顺着眼角和着她凄凉哀伤的笑容缓缓地滴落。她睁大了眼睛,艰难地反握住他的手,用力地握住。她启唇,声音虚弱得仿佛虚无的风。她眯起眼,笑得温柔:"辩机,对不起……我……等不下去了。""你该等我的!哪怕再多等一刻!"

他半跪着从洛歌的怀里接过她那被鲜血染遍的身体。他低头看着她,白色的僧袍上鲜血绽放如大朵大朵的红梅。

"那么长的时间你都等过来了,为什么不再多等一刻?高阳,高阳……"他将她拥入怀中,声音低沉凄凉。"高阳,辩机来带你离开,你不是想和辩机在一起吗?高阳……辩机来了!辩机来了!"

洛歌呆坐在一旁,看着老僧人痛难自抑的模样。她错愕地掉转目光,看向立于门口的长孙熙岚。他表情淡定,那微蹙的双眉间竟满是道不尽识不清的浓愁伤。

他也曾说过,他爱上了一个不该爱的人,他也说过,他要打开心门,要放那人自由了。

洛歌的眸光蓦然一凝,定在了长孙熙岚的身后。

他的身后,白衣人微垂眼睑,倏长浓密的睫毛遮挡住了他那银白色的温柔眸子。风灌涌不停,吹掀了他的白衣,吹扬了他的黑发。他双手握拳,似在刻意隐忍着什么,全身上下竟弥漫着一股剧烈又让人难以言喻的寂寞与忧伤。

她的心脏莫名地为之一颤,她连忙收回目光,身体竟不由自主地微微颤抖了起来。

"对不起……"苍白的人伸出满是鲜血的手颤抖而又缓慢地抚上了那张让她朝思暮想的面颊。她轻轻一笑,一串泪珠儿自眼角滚落。"你老了……辩机,你也老了……女为悦己者容,我留有这张永不衰老的容颜又有何用?你总是不来见我……"她的声音越来越低也越来越轻:"韶华难留。我已经没有什么可以用来继续等你了。辩机……"

"高阳……"他那苍老的手轻柔地覆上了那只停留在自己腮边的柔荑上,来回不停地轻抚着。"该说对不起的是我,我终是负你太多啊!韶华难留……高阳,我们背负的太多了……"他睁大了眼睛,可泪水却仍旧固执地涌出。

她无力地眯起双眼,眸光越来越暗。

"好想再为你跳一支舞啊……"她轻轻地叹了一口气,又忽然轻轻地一笑,笑容美丽温柔得仿佛初嫁的新娘。"我不后悔……辩机……我……不悔!"

即使用一生一世的时间来等你,只要爱着你,又有什么可后悔的?

即使背叛了所有,只要你能爱着我,又有什么能让我后悔的?

腮边的手蓦然滑落,她幸福地笑着。那笑容凝固在了唇边,化为了永恒。

"高阳!"

他发出了一声难抑的悲鸣,泪如雨下。

"对不起!对不起!对不起……"他在她的耳边不停呢喃,白色的僧袍与她的黑裙交衬出了一种刺目的凄凉。

"辩……辩机……"洛歌慢慢地伸出手,动作突然滞住。

他抱起她的身体,站了起来。

"辩机!"洛歌反应过来,她连忙起身挡在了他的面前。"你要干什么?!"

白眉老僧看了她一眼,神色恢复如常。仿佛又成了那个不食人间烟火超然世外的得道高僧。

"带她离开这里!她恨这里,她要和我在一起。"

坚决的语气,面无表情的脸,白须微微颤抖。

洛歌偏过头,退到了一边。

他继续向前走去。

"师傅!"长孙熙岚突然伸手挡住了他的去路。"师傅,无爱无恨,无爱不痴!放下吧!"

"我本就是个痴和尚。"

他面如死灰,绕过阻拦他的双臂,径自向前走去。擦过白衣人的袂角,他突然回过头,深深地看了他一眼。然后,脚步依旧向前,渐渐消失不见。

"咚"的一声,洛歌跌坐在床沿。看着地上那一摊刺目的鲜血,身体竟颤抖得难以自抑。她突然无力地垂下头,血色的衣角擦过那些鲜血,染上了一丝红色的长痕。

"阿洛。"

他拥她在怀,狠狠地抱紧了她,闭上了双眼。

"阿洛,阿洛……你这个痴儿啊……"他的声音温柔低迷,透着一丝嗔怪与无限的悲伤。

"她耗尽了一生在等待,是幸福的。他也在等我,他也说这是幸福的。我不懂!我不懂!"洛歌哽咽着,任由他搂着。耳边,是他那有力沉稳的心跳声。

他仰起下巴,双眉忧伤地蹙起。

他知道她口中的那个"他"是谁,那是说要一直等着她守护她的平庆王薛崇简。

身体骤然变冷。

他僵硬着背脊,凄苦一笑,伸出手一下一下地轻拍着她单薄的背,温柔地安抚。

"咳咳"

身后有人在轻咳。

洛歌猛然僵直身体,从白衣人的怀中退了出来。她抬头,看见长孙熙岚正立于门口,抿唇低头。

"你没走?"

洛歌站起身,神色已恢复如常。她抬起手背擦掉了脸上的泪水走了过去。身后,白衣人有些落寞地垂下了眼睑。

"师傅他……"长孙熙岚欲言又止,他轻轻地笑了笑,温润的眉宇间一片宁静。

"你打算去哪儿?"洛歌在他面前站定,抬起头看着他。她想了想,又接着说道:"萤儿她被我安置在了五王府,你要知道,带着她在这宫中生活很不方便。"

"没关系,你不用解释。"

"她很想念你,她告诉我,她很想念她的小舅舅。"她一边说着一边擦过他的肩膀走了出去。

他转身尾随其后。

仙居殿前,梨树下,风舞,衣舞,发舞。

她看着眼前的人,淡淡一笑:"十年了,萤儿已经出落得很美丽了。"

他牵起唇角,露出宁静的微笑:"我知道,她长得很像她娘亲。"

"这十年,你过得怎么样?"

他闻言牵起唇角微微一笑,空洞的眸没有一丝光彩。他侧身,仰起脸让风吹落叶飘零在他的肩头。半晌,他缓缓开口,声音平静:"我随师傅云游四海潜心修佛。自是学到了不少东西,也明白了年轻时所执著的有多么荒唐。韶华已逝,我已过而立之年。我想,我终究学会淡然了吧。"

"是吗？那恭喜。"她轻笑，眸光变得温柔。"熙岚以后……你打算怎么办？还是要和萤儿分开吗？"

他闭起眼，任那枯叶擦过有些沧桑的面颊。他轻笑道："她已经不需要我了。她长大了。萤儿，终究是要飞出我的怀抱的……早一点飞早一点学会坚强。"说到这里，他垂下头轻轻地叹了一口气，面色有些哀伤。"我想，我还会继续走下去，云游四方，天下之间的山山水水大漠草原，我都还没有感受个痛快呢！"

洛歌听到这里不禁蹙眉，她微微踌躇了一会儿，还是小心翼翼地开了口。"可是……你的眼睛……"

"用心看远比用眼看得更清楚。"他长吐了一口气，有些自嘲地笑道："你不必担心我。我孑然一身，没有谁会打我的主意。"

洛歌闻言不禁眯眼微微一笑，她走到他的面前，伸手替他拂掉了落在肩上的枯叶，然后，她捏了捏他的肩。"这么单薄的人说要游历天下，真的是让人很不放心啊！"

"洛歌！"他笑着低唤了一声，秀挺的眉峰微微一挑。"唉！谁会想到天下第一的冷血杀手会跟一个瞎子说笑呢！洛歌，你……"他欲言又止。

"吞吞吐吐的做什么？有什么话就说出来吧！"

他捏了捏她放在自己肩头的手，轻轻一笑："果然是一双用剑的手！洛歌，其实……你心性本善，只是背负太多，也太过执著，放下那些执念，你会不会生活得更快乐一点？"

她抽回手，看了看掌心的老茧轻轻一笑。若不是为了那些执著，这双手原本也应该是秀美娇嫩的，而非现在这模样啊！

"长孙熙岚！"她笑着高喊了一声，可那笑容分明如秋风一样伤冷。"你不懂的！你不懂啊！"

"是啊，我不懂！"他蓦然转身，浅浅一笑，笑容淡定而又平静。"洛歌，我的确不懂你这谜样的人啊！好了，我要走了。"

"哎！熙岚！"

她看着他平稳地走着不禁自嘲地咧嘴一笑。像是突然想起了什么，她突然高声道："那次我差点被淹死，是你入宫救我的吧！"

渐行渐远的人伸出手朝她摆了摆。

她轻轻一笑，双手拢在嘴边，她喊道："江山虽美，切莫忘了故人啊！萤儿还在等着她的小舅舅呢！"

她喊完，蓦然放松了全身的气力。

隐隐约约，她好像听见他那模糊不清的回答声。

韶华已逝……

转瞬之间,她便在这宫中待了十年。

十年……

从十六岁的少女成为二十六岁的老女人。

哈哈。她轻笑,老女人……

如果十三在世,也应该如白衣人那样大了吧!三十二岁,不小了呢。

她猛然回过头,双目迎上了一对悠远淡然的银白色的眸子。

他的发在风中狂舞。

她不禁眯起眼,突然看不清他的模样。只依稀觉得,他眉目忧伤,双鬓似已花白……

两相醉

"你虽是'荞花白幽',但一定对荞花没什么了解吧!"

仙居殿里,白衣人眯起眼,一脸自得的笑意。

洛歌弯了弯唇角。她偏过头看着他,说道:"那又怎样!"

白衣人笑了笑,他站起身走到她的面前,伸手替她拉了拉有些松的斗篷,笑道:"阿洛。不如……我带你去看看真正的荞花吧!"

"真正的荞花?"她有些困惑地看着他,沉默了起来。

他微微一笑,从斗篷里伸出手牵住了她的柔荑,然后,他往殿外走去。

"喂!张易之!你要带我去哪里?"洛歌不禁大喊。

冰凉的手被他握在掌中竟让人生出了一股颤抖的暖意。这种暖意让人多么的熟悉但却又让人觉得是那样的陌生。

她睁大了眼睛,看着他宽阔的背影,鼻尖莫名一酸。

"阿洛,我要带你去看真正的荞花!那世上最美丽的花朵!"他回过头来冲她咧嘴一笑,兴奋得像个孩子。笑容突然凝固在唇边,他看着她忧伤的模样,小心翼翼地问道:"阿洛,你怎么了?不愿意去?"

她艰难地牵起唇角,露出了一丝浅浅的笑意。她摇了摇头,轻声道:"没什么,走吧。"

他回过头,不觉放慢了脚步,有些莫名地皱紧了双眉。

偌大的宫殿在洛歌的眼中就如同没有尽头的迷宫,而在白衣人的眼里却如自己家里那般熟悉自在。

洛歌茫然地被他牵着左拐右拐，相交的双手，引来路边不少宫人的低声猜测。

越往深处走去，人烟越少，破败的宫殿被远远地甩在了身后，展现在眼前的居然是一座不高的山包。

白衣人回过头对着惊愕的洛歌，微笑道："这里是我在初入宫时就发现的！那时候好无趣啊，所以喜欢到处乱跑。"他说着，冲她眨了眨左眼，然后松开她的手，向山包高处跑去。

洛歌愣了愣，立马跟了上去。

高远的天空淡云舒卷，它们自由自在地徜徉，渲染了一大片关于深秋的浅伤悠远。

他站在高高的山顶，深秋的风吹起他的白衣与黑丝狂乱飞舞。粉色的荞花围绕着他跳着最美的舞蹈。他张开双臂，像是迎接她又像是在拥抱这成片成片飞舞的荞花。

荞花仿佛粉雨，浩浩荡荡，飞舞不停！

很多年前，她做过这样一个梦。

梦境里，十三站在高高的山冈上，风吹起他的青丝与白衣，粉色的荞花围绕着他跳起最美的舞蹈。

她突然泪流满面，失声哽咽。

他眯起双眼，朝她伸手："阿洛，来！来陪我一起看荞花跳舞！"

荞花缭绕在他修长的指间，他轻轻地笑着，笑容如玉一般美好。那对银白色的眸温柔得像是仲夏之夜里恬静的月光。

她泪眼婆娑地看着他，双手捂唇，泪水顺着她的脸庞，指间，落进土里，溅碎了片片荞花。

"你哭什么啊？阿洛，你不是最坚强的吗？"他有些困惑地偏着头看着她。

熟悉的景色，熟悉的人，熟悉的话语。

多年前的梦境，真实地将她席卷其中，重演一遍。

她突然垂下手，奔进了他的怀中，紧紧地拥抱住了他。

他有些错愕地睁大了眼睛，僵硬着背脊，举起的手迟迟没有放下。

"我不坚强……我一点也不坚强……"

她将头埋在他的怀里，大声号啕着，声音沉闷悲伤。

心脏突然一阵抽痛，他皱紧双眉，眼中居然一片氤氲。艰涩地牵起唇角，他终于放任自己垂下手紧紧地将她拥抱在怀中，像安抚小孩子一样轻轻拍着她的背脊。

"好，好，是我说错了，你一点也……一点也不坚强，你还没长大呢，你还要让别人保护呢……是我说错话了……"他的脸颊轻轻地贴在她那柔软的发丝上，他闭起眼，居然有泪水顺着眼角滑落。"痴儿啊……你不过是害怕而已……只不过是害怕而已……"

害怕背叛那个你曾刻骨铭心爱过的人。

害怕背叛那个被你亲手了结生命的人。

害怕去爱,害怕再次受到伤害。

你只是害怕,所以假装冷漠,假装很厉害的样子。

脱去这层层包裹着你的甲胄,你也只不过是一个柔软到要人拥在怀中好好呵护的孩子而已。

她搂紧他的腰身,第一次放任自己卸下一直保护着自己的外壳,哭得毫无顾忌。

他偏过头,静静地流泪,轻轻地吻着她柔软的发。

心痛得无以复加,脸色苍白得吓人,唇边慢慢地覆上一层血色,他皱紧眉头,身体颤抖得难以自抑。

"你只是害怕而已……仅此而已……"

他轻轻地笑着,强忍着疼痛,声音温柔低沉。

山冈上,那些纷飞的荞花聚了又散,散了又聚,周而复始,不知疲倦。山风鸣号,吹起他们那胜雪的白衣互相缠绵。

他静默地站立着,眉宇间的忧伤浓郁如同他那痛彻心扉的泪水。

还能这样拥你多久呢?一切,都即将终结了吧!

他垂下头,闭起眼,身体骤然变冷,刹那间没有任何知觉。

入夜,月上树梢。

仙居殿里没有一丝光亮,只有那窗边散落一地如霜般的月光,静悄悄的,没有一丝一毫的声音。

床上的人静静地睁开了双眼,眸光流转,像是寻找着谁。

"阿洛?"

低沉的声音在空荡荡的大殿中回响,有人从窗边走了过来。

洛歌坐在床沿上,她垂下眼睑看着他的脸。黑色掩盖住他的俊颜,只有那一双银白色温柔的眸子仍在这片浓黑中熠熠生辉。

"醒了?"

"嗯。"

他睁大了双眼,却依旧看不见她的模样。皱了皱眉,他不禁说道:"为什么不点灯?"

她偏过头。黑暗中,他看不清她的表情更猜不透她的心思。

"因为害怕吗?"他不禁脱口而出。

话音刚落,他可以感觉到她的身体明显地轻颤了一下。

"因为惧怕黑暗所以才让黑暗吞噬,因为惧怕黑暗所以才去学会习惯黑暗……对不对?"

"别说了!"她有些愠恼地打断了他的话。

彼此沉默了一会儿,她冷笑道:"能说这么多的话,看来,你身体恢复得挺快嘛!"

他弯了弯唇角,表情有些尴尬:"我晕倒了,对不对?"

"嗯。"

"那我是怎么回来的?该不会是……"

"你猜得没错,是我背你回来的。"

空气骤然变冷。

洛歌挑了挑眉,淡然的眸中多了一丝浅浅的笑意。

下一秒,他捏拳大叫了起来:"我一个大男人让你一个小女子给背回来!啊——我好没面子!"

"你叫什么!"她跳起来,连忙捂住了他的嘴。

他的眸中多了一丝狡黠。

"嘿嘿……"他闷声地笑。

洛歌收回手,用力地瞪了他一眼。突然间,她又不禁牵了牵唇角——伸手不见五指的黑暗中,他又怎么会看见自己朝他丢了个大大的白眼呢?

"阿洛……"

白衣人突然伸出手拽住了她的衣角。洛歌有些困惑地回过头看着他那双在黑暗中发亮的眼眸。

他舔了舔干裂的唇,神色有些紧张。"告诉我……告诉我关于十三的事吧!你说我长得很像他,呃……我对他实在是……实在是太好奇了。"

洛歌的神情微微一滞,她挑了挑唇,问道:"你就那么想要知道?"

"嗯。"他紧盯着她。

她转过脸,淡定的目光投向那窗畔白色的月光,竟有些忧伤。

"你和他长得的确很相像,不仅相像,连年岁都一样。有的时候,我甚至产生一种错觉,以为……以为你就是他。"说到这里,她偏过头,蹙眉闭上了双眼。"他是我第一次爱的人,也是……也是我第一次杀死的人。张易之,你说,我是不是很恶毒?很可恶?"她回过头看向他的眸,声音颤抖。

"怎么会呢?"他伸出手抚了抚她的脸颊,轻轻一笑:"若是不得已,你怎么会杀死你最爱的人?"

她艰涩一笑,低低一叹,泪水悄然滑落,浸湿了他的指尖。

"我从未想过去忘记他。我想把他刻在心里面,生生世世都要记得他微笑的模样。他说,他会疼我爱我,不会让我受到一丝伤害。他说,他会用生命保护我。"

"他会为我摘下梨树上的第一颗梨子,他会教我吹笛子。"

"夏天的时候,他会为我摘很多很多的荷花。冬天的时候,他会牵着我看漫天飞舞的雪花。"

"他会搂着我睡觉,会轻轻地吻我的面颊。"

"他说,就这样一生一世吧!"

"可是……我却杀了他。"

光秃秃的梨树上,停驻月的光华。银白色的月光将窗上那镂空的花投射成影。静静的大殿上,她的声音不断地忧伤回荡。

他有些费力地坐了起来,伸出手轻轻地拍着她的背脊,柔声道:"一切都过去了。"

"是啊,都过去了。"她抬起脸看着他那双银白色的眸,抬手慢慢地指向了自己的胸口。"一切都过去了,可是回忆还在啊!"

"阿洛……"他轻叹,再无其他言语。

她闭眼,泪水滑落。

"越试图忘记的东西越清醒地记得,这是最煎熬最痛苦的。"她抬手抚掉泪水,艰涩一笑。"我以为我会变得很冷漠,会变得没有感情,会对别人的等待不屑一顾,会嗤笑那些忘乎所以的感情。可是,我错了。我只是一个人,仅仅只是一个有血有肉的凡人而已。"

"可你不爱他!"他沉默良久,终于开口。

"那不是爱,那只是在无助中获得的依赖而已。你以为你深爱着十三。其实,你只不过是放不开依赖他的那种感觉。真正地爱一个人,会因他的喜而喜,因他的悲而悲。会害怕伤害他而宁愿残忍地伤害自己。阿洛,平庆王的一切都会牵及你的一切,你为了不让他受到伤害,而宁愿将自己逼到痛苦的绝口。其实,冥冥中,你的心里早已做了了断。"

他的声音异常平静,平静得仿如深深的湖泊。

"我想,十三也是愿意让你忘记他的吧!因为这样,你会活得更轻松一点快乐一点。"

他微倾身体,与她靠得更近一些。

"不累吗?这样痛苦艰难地活着,做自己讨厌的事情,不累吗?"

她抬起头看着他,眸光有些错愕又有些茫然。

神情微微一滞,他打了个哈欠用手枕住脑袋,靠在床上。

"如果我是十三,看见你这么辛苦,心里一定会是很难受的。"

他长叹一句,眉眼弯如新月,唇边泛出了一丝莫名的笑意。

"阿洛,能够与你长相守的人注定不是十三。他只不过是过客,只不过是那个让你稍稍加以留意的过客而已。爱你的人,能够和你长相守的人,注定是那个可以一直等待你的男人……"

一只冰凉的手突然抚上了他的面颊,他睁开眼,眸光滞住。

"一样的眼睛,一样的鼻子,一样的嘴唇。可你为什么不是他?他可以温润如玉,为什么你不可以?他可以稳重温柔,为什么你不可以?为什么,你总是像一阵让人难以捉住的风?被锁住的风?为什么你不是他?"

银白色的眸中,有什么慢慢沉淀,化为了一汪沉郁冰蓝的海洋。他皱了皱眉,那些被隐匿的忧伤化成了一层浓厚的白霜。他挥手打掉了她的手,有些愠恼地偏过了头。"阿洛,你今晚是不是犯糊涂了!尽说些胡话!"

她的手僵在半空,久久没有落下。

月光凄凉地散落一地,殿内的黑暗寂静无声。

是犯糊涂了吧!

为什么最近几日老是掉眼泪,为什么最近的心情总是很忧伤,为什么对他不再那么冷冰冰,为什么?

"我困了。"

他躺下,扯过被子盖住了头。

洛歌松眉,机械般地站起身,如白色的幽灵慢踱到了窗边。

月光洒在她那张倾国倾城的脸上,凝固了一脸的凄凉。

枯叶成堆。

槐树下,有人盘腿而坐,他双眼紧盯着面前那难解的棋局不禁微微蹙眉。寒风吹扬起他的发丝和着枯叶飞舞。他摇了摇头,花白的双鬓泛着一阵冷冷的光华。

有小婢低垂首匆匆走来。

"老爷,崔大人已到。"

手中的棋子突然滚落,他抬起头,连忙道:"快请崔大人进来!"

"是。"

弯弯曲曲的石子路上,中书令崔玄暐大步流星昂首向前。转过弯,他便看见了槐树下站立的人,不禁一笑:"张大人好雅兴!"

宰相张柬之闻之不禁捻须一笑,他伸出双手迎了上去,托住了崔玄暐的双臂。"崔贤弟见笑!"

崔玄暐看了他一眼,故作神秘地说:"张兄派人叫我来到底有何事相商?"

张柬之淡淡一笑,他握住他的手,带他进了书房。

关上门,沏了两杯香茶,二人相对坐下。张柬之皱了皱眉,才从书柜中翻出了一张便笺递与了崔玄暐。"贤弟看了便知。"

崔玄暐有些困惑地看了他一眼,便皱眉打开了那张便笺。

"陛下不豫之时,为保太子顺利登基,可做断然决措。"

指尖骤凉,崔玄暐瞪大了眼睛,神色慌乱。

张柬之慢条斯理地坐了下来,他抿了口茶,才悠悠说道:"这张便笺乃是狄公临终时交与在下的。"

"狄公?"崔玄暐的身体突然一震,他连忙垂下眼睑又将那便笺仔仔细细地看了一遍。

"贤弟,你如何看待?"张柬之抬眼,袅袅的白色雾气挡住了他那锐利的目光。

崔玄暐放下便笺皱紧了双眉,他端起茶杯微抿一口,神色恢复如常。

"陛下年事已高,太子也已年过不惑。这江山是时候易主了。"

此言一出立马引来张柬之淡然一笑。

"陛下已是老眼昏花,而二张却是狼子野心。诸武对皇位又是虎视眈眈。太子若想顺利继位,难啊!"张柬之幽幽一叹,轻放下手中茶盏。

崔玄暐对着他神秘一笑,他压低声音缓缓说道:"非常之时当用非常之法,狄公英明。"

张柬之闻言突然一阵仰天大笑,他伸手拍了拍崔玄暐的肩膀,大声道:"英雄所见略同,崔贤弟真乃柬之知己啊!"

崔玄暐闻言微微一愣,但立马,他了然般地畅快大笑了起来。

"此事只有你我二人知道?"

"是,柬之不敢与外人相商,也只有贤弟柬之才放心啊!"

崔玄暐蹙眉,指尖轻叩桌面。半晌,他才缓缓启唇:"我这儿有几个人选,张兄看看可否参知此事。"

"哦?说来听听。"

"御史中丞桓彦范、冬官侍郎朱敬则、中台右丞敬晖、司刑少卿袁恕己,张兄看……"

"桓彦范一直主张恢复唐室,况与我二人甚熟,此人可信。朱敬则早年受高宗提拔,一直对李室忠心耿耿,此人不必怀疑。我与敬晖更是莫逆之交,而袁恕己……此人亦是一身正气,刚正不阿!贤弟举荐的这几人都可参知此事!"

"那就好。"崔玄暐吐了口气,身体微微向后一仰。

书房中,墨香茶香合为一体,熏得人头脑甚是清醒。

张柬之蹙眉说道:"还有一个问题,若是想大事成功,宫中羽林军亦是个问题。"

"张兄不必担心!"崔玄暐淡淡一笑。"我与羽林大将军李多祚有些交情。此人骁勇善战。当年若不是高宗提拔,他也不会掌控羽林军二十多年。李多祚为人豪爽,思唐德久矣！此人就交给我吧！"

"好,如此甚佳！"

"此事还应请相王参与！"崔玄暐想了想,又接着说道:"相王仁厚,智慧非常。若是请得相王,太子那边就不足为虑了。"

"那事不宜迟,你我这就去相王府吧！"

"好。"

偌大的厅堂寂静得令人胸口发闷。

李成义打了个哈欠抬眼看了看端坐在上首的父亲,目光扫了一圈,又逗留在了身边面色严肃的三弟身上。他蹙眉,心中大叹:只过了几年而已,这个三弟倒是越发地内敛成熟了。

"父亲,儿子以为父亲应当参与此事。"李隆基看着自己的父亲,皱起了英气的剑眉。他偏过头,缓缓开口,声音低沉有力:"圣上年事已高,却仍旧霸权不放。诸武蠢蠢欲动,二张扰乱朝纲。群臣已心向我李家,父亲若此时不参与此事,那还要更待何时？父亲乃太子兄弟,若是参与此事不仅可以拉拢群臣所向之心更能安定那些还在动摇的臣子们。父亲参与此事,实乃百利而无一害。"

"儿子也赞成三弟所说。儿子知道父亲一直掩藏锋芒,超脱世外,为的就是可以平安地看到大唐江山的恢复。而这一天不正要到来了吗？江山不仅仅只是太子的江山更是我李家的江山！父亲作为李家的男人,难道不应该拿出勇气与坚决来努力夺回我家的江山？"李成器的语调不急不缓,他轻轻地说着,淡泊的眉宇间笼罩着如雾一般的光华。

李隆范微微一笑,年轻的脸如同被灿烂的阳光笼罩。他微笑道:"父亲等的不就是这一天吗？"

李隆基看了看身边的五弟李隆业,他微微点头,猛然起身走到李旦的面前跪了下来。他双手举过头顶,掌中躺着一枚形状古怪的令牌。

"三郎,你……"

"父亲,儿子与五弟为父亲调教了一批武士,以备父亲非常之需！"

"三郎……"相王李旦瞪大了眼睛,有些错愕地看着自己一直很器重的儿子。

李隆基突然抬起头,目光灼灼地看着自己的父亲,坚毅冷漠的眉宇间迸发出了一种摄人心魄的帝王之气。

李旦骇得张大了嘴,难以发出任何声音。

"父亲！"

五子齐齐跪下,看着一脸惊诧的李旦。

"你们起来！"李旦低低地说了一句,身体微微颤抖。

"请父亲收下此令！"李隆基那幽黑的眸沉寂得有些恐怖。

李旦无奈一笑，他伸出手缓缓地抓住了儿子掌中那小小的令牌，沉声道："你们不愧是李家的好男儿啊，为父收下此令，尔等也要尽力辅佐为父才是！"

此言一出，立刻令众人雀跃了起来。

李隆基露出难得的笑容，他站起身振臂朗声道："我大唐江山必得以千秋万代！"

天仍旧是一团漆黑，冷风微微，落叶萧萧。

洛歌哈了口热气搓了搓手，她转过身低下头有些气闷地说道："张易之，是不是太早了！天这么黑，什么时候才能看到日出！"

白衣人仰起脸托住下巴对她柔柔一笑，灯笼里那微弱的光芒将他的脸照得格外清晰。他拍了拍身边的空位，浅笑道："耐心等会儿！来，坐我身边，喝口酒身子就会暖起来。"

洛歌白了他一眼，却还是依言坐在了他身边那张厚厚的虎皮上。白衣人牵唇淡淡一笑，他抖开宽大厚实的毯子将她与自己包裹在了一起。

他与她，近得能够感觉到彼此温热的呼吸。

"阿洛变得好心了！"他眨了眨眼，有些俏皮地说："这么冷的天阿洛居然愿意陪我看日出，真是想不到啊！"

洛歌闭起眼，默不作声。

不是陪他，仅仅是自己在怀念而已。

怀念与十三看的第一次日出。那一次，是她第一次也是唯一一次看的日出。

她叹气，身体微微发冷。

温暖的气息突然将自己包裹，馨香缭绕于鼻尖，自己的身体被他拥在怀中。

她抬起头看着他的侧脸，愣了愣，又突然很安心地闭起眼靠在了他的肩头。

"你变乖了，不嫌我脏？呵呵……"他的笑声不复往日的魅惑，有的只是一股如清泉一般清澈透明之感。

洛歌不禁牵起唇角。她舒展双眉，轻声道："告诉我关于你的过去吧。"

"我的过去？"白衣人呼吸一滞，他皱了皱眉，神色有些异常。但立马，他又无声地笑了起来。"我是个混血人。我爹是中原文士，我娘却是西域的舞姬。我爹娘在关外成亲并生下了我。所以，我生来便有一双银眸。我娘喜欢荞花。所以，我也爱上了这花朵。娘说，这花是这世间最荒唐的花朵，因为它集邪恶与纯洁于一身。可这并不妨碍我对它的喜爱，因为当娘在这飞花中舞蹈，我觉得这世上没有比这更美的了……后来，我爹娘被强盗所杀，我流落中原……"

"你哥哥弟弟们呢？"她的语气显得有些疑惑。

"哥哥弟弟？"他面色一僵，讪讪一笑。"他们并非我的亲兄弟，我只不过是他们的父亲收留下的。后来,张家衰败,大家都失散了,只有我和六弟还在一起相依为命。万岁通天元年,我投奔太平公主门下,被她举荐入宫。后来的事情……你全都知道了啊。"

"哦。"她应了一声,好像很疲惫的样子。

"告诉我关于你的过去啊!"他推了推她的身体,双眼清亮地看着她。"嗯……从十三死后开始说起!"

"好。"她睁开眼,双眸微明。"其实也没什么可说的。我每天都只是活在杀戮之中。姑姑每天都会送我一个人让我去杀。一遍一遍地杀人,一遍一遍地饱尝那种令人恐惧的畅快之感。姑姑给我玄风剑,教我武功。她让我杀人,让我成为杀手。她叫我去杀谁我便杀谁。我从不忤逆她,因为我需要她。直到某一天她对我来说再无任何用处时,我也会将她杀了。"

她云淡风轻地说着,好像说的并不是自己而是另一个与自己毫不相关的人的故事。

她省略了很多。比如,她每次杀人之后的那种恐惧,比如她练剑之时将手臂划开,差点被玄风剑反噬等等。

那一个又一个惊人胆战的情节好像与她没有任何关系了。

天边渐渐泛白,启明星依旧明亮得如同他那清亮异常的眼眸。

她打了个哈欠抱紧了身体靠在他的肩上轻合起双眼。

他怜惜地抚了抚她那散在自己肩上的发丝,声音微微颤抖:"一定很苦吧!"

"习惯了就好。"她无力地回答,像是呓语。

他搂紧了她的肩膀,无声低叹,眉宇间满是道不完说不尽的温柔与哀伤。

"阿洛……我心疼你……"

他吻了吻她的鬓角,唇边蔓上了一丝凄凉的笑容。

"一切……都已经发生了……迟了……"眼皮沉重,她再也没有力气说出完整的话语。

他抬起头,任那凉风将发丝席卷拍打着自己的面颊,眼角一片湿润,心脏早已痛得无以复加。

"一定很苦……一定很苦……"他低声喃喃,脸色苍白,薄唇却红润得可怕。

天色微亮。

远处,那层层宫阙外的天空有红霞遍布。

他微眯双眼,艰难地抬起手轻轻地拍了拍怀中人儿的肩膀。他微笑,声音虚弱得只剩下一团模糊不清的气音。"太阳要出来了……醒了没? 太阳要出来了……"

天边,一道金光猛然迸现,红日慢慢浮于地平线上。

他笑,笑容苍白澄澈。

"你不是最喜欢日出的吗？这恐怕……是我……最后一次了……"

耀眼的光芒似一道道金色的箭矢射向八方，壮丽而又默然地照亮了所有的暗角。

同样，那金芒亦照射在了她那张倾城倾国的玉颜之上。秀睫沾染着清晨的雾气，迷蒙婆娑得仿佛会舞动的轻云。她微微皱眉，似睡得很沉。

他低首，唇已印上了她的眉梢。

初生的灿烂中，灿烂的阳光中，他的泪水悄然打湿了她的鬓角。

"歌儿啊……"

别相悄

五王府，秋风急速。

"三哥，此事应当让洛歌知道！"

薛崇简看着自己的兄长，微微皱起了英气的眉。他仰起脸，俊逸年轻的面庞闪过了一丝忧虑。

临窗站立的李隆基转过身，原本冷峻的面容一遇到薛崇简那澄澈纯净的眸一下子变得柔和了起来，他走到他的面前，伸出手扶住了他的双肩。"你过虑了，三哥向你保证过洛歌的安全，说到便一定做到！"

"三哥……"他看着他那双坚定幽黑的眸，再也说不出任何话语。

李隆基对他牵了牵刀削般坚毅的唇，像是在安慰他。

"风雨即来，三哥要怎么做？"他抬起头看着他。

李隆基微微蹙眉，幽黑的眸泛着冷冷的光华。他转身，发丝微漾。"父亲既已准备好了，我必会全力相助。"

"那么……公主殿下呢？"

"崇简！"李隆基蹙眉立于他的面前，他伸出手拍了拍他的肩膀，语气轻缓："她明明就是你的母亲，你又何必如此的疏离唤她做'公主殿下'？"

薛崇简低下头，唇边挂着一丝苦笑，澄澈的眸蔓上了一层薄薄的雾气。"即使是亲生母亲那又怎样？她从未将我当做一个至亲看待。而我……却也没有任何资格去做一个儿子该做的。"

"姑母一定有什么难言之隐！我不相信她会这样对待自己的亲儿。"李隆基起身，青色的长衫将他整个人衬托得更加沉静内敛。他叹了一口气，接着说道："姑母必有所行动，你不必过虑。她是武皇最宠爱的女儿，即使出了什么事，她也一定会安然无恙的。"

薛崇简终是不发一言，他侧首放松全身气力，仰靠在红木椅上。

右眼皮跳个不停，也不知是福是祸。

太液池上已是满目萧条，那些枯黄的荷叶蜷成了一团在寒风中微微战栗。阳光洒在平静的湖面上，让原本有些沉郁的湖色多了一点亮光。湖心有画舫一艘，如花般娇嫩的安乐公主李裹儿正靠在窗边，无聊地看着岸边那枯黄的草随风舞动。

"裹儿，在看什么呢！快来陪娘招呼招呼各位舅舅啊！"太子妃韦氏拍了拍女儿的背脊，轻轻一笑。

李裹儿微撅起嘴唇，她扫了母亲一眼，嘟哝道："一点意思也没有！真无聊！"

韦氏无奈地笑了笑，她正准备张口再说些什么，却发现女儿原本黯淡的目光突然变得出奇得明亮。她不禁有些困惑地顺着女儿的目光看了过去。

岸边，一抹白色的身影随风摇曳。那白衣之人微微蹙眉，目光似有些茫然地到处张望，好像是在寻找着谁。她微微偏过脑袋，倾世绝美的脸如同仲夏的清莲，脱俗清丽中又不失一丝轩昂之气。

韦氏微微皱眉，她伸手挡住了女儿的视线，沉声道："那个男人不值得你去喜欢！别看了！"

"娘！"李裹儿娇喊一声，却再也没有任何言语。她转过身，蹙眉叹了一口气。

"傻孩子，天下间那么多好男儿巴不得你去喜欢，你又何必如此固执？"

"娘！你不懂！"李裹儿低下头，姣美的脸闪过一丝落寞与不甘之色。她玩着手指，睫毛微微抖动。"娘不是也很喜欢张易之么？张易之不也是娘不该喜欢的人么？"

"你呀！"韦氏笑嗔，伸手戳了一下她的脑袋，她叹了一口气，脑海里那风华绝代的俊颜一闪而过。"这几日他都没有来，还真是奇怪了！"

"娘，你想他了？"李裹儿一脸坏笑。

韦氏白了她一眼，默不作声，只蹙眉微微叹息。

洛歌有些茫然地看了看四周。

穿过太液池她只走了不到百步就迷了路。

她有些气恼地挥动手中的枯木甩向那一簇簇枯黄的败草。真是奇怪，白衣人只不过比自己早进宫一年而已，却比自己对大明宫熟悉得多。更让人气恼的是，如果不是为了找他，自己又怎会迷路啊！

想想就来气！

她撇掉那些随行的宫人，独自一人来寻他，他竟像是有意躲着她似的，任她将这大明宫翻了个底朝天都寻不到他。

越往深处也就越偏僻。

面前赫然出现了一座衰败的庭院。洛歌有些困惑地睁大了双眼。她这到底是走到哪儿啦!

伸手将那虚掩的门轻轻一推,"吱呀"一声,那门便应声打开了。洛歌朝里看了看,四间厢房,一个院子,好像是民间的房屋布局。这让她更加困惑。抬脚进入院子,洛歌蹙眉环视一周。她朝两边厢房看了看,又朝前走了几步。

一阵冷风吹来,洛歌的脚步突然滞住。

好像有人在低低地谈论着什么。

洛歌警觉地皱紧了双眉。

她想了想,准备开口说话,对面的主厢房的门却突然打开了。洛歌猝然回头,目光紧盯着那扇被打开的木门。

阳光穿透了云层随着春风的脚步以一种永恒的姿态奔向人间,优雅而又多情。秋风本无意,染上了金色的光芒却也生生多出了一抹柔情。枯败的草寂寞摇曳,雪白的衣袂肆意飞扬。

芳草萋萋,白衣胜雪。

那一刹那,仿佛回到了暖春。

因为,入目一片旖旎。

纯白的衣衫松松垮垮地搭在他的身上,他半裸着上身,健硕的胸膛泛着阳光金色的光芒折射出了一种撩人心魄的热情。乌黑墨丝散落在他的肩头胸前,撩起了一抹难抑的风情。他看着她,风华绝代的俊颜上只闪过一秒钟的错愕,妩媚与魅惑糅合,永恒地出现在了他的脸上。

他的身后,是衣衫不整面颊犹留一丝春色的上官婉儿。

洛歌猛地向后倒退了两步,她睁大了眼睛,像是被谁闷揍了一拳,一个趔趄,差点摔倒在地。

白衣人的身体微微一颤,他深吸了一口气,仍旧保持着原来的姿势,云淡风轻地看着她那张有些失措的脸。

洛歌突然挑唇扬起了一抹嘲讽的笑意。她站直了身体,紧盯着他那双无波无澜的银白色的眸,不屈地扬起下巴。突然,她抱拳朝他深深一拜,语气透着无尽的鄙夷与不屑:"抱歉,打扰了。"

白衣人的身体突然一震,他睁大了眼猛然偏过了头。

洛歌蓦然转身,唇边的笑意越来越深。可胸口,那股莫名的疼痛亦越来越深。

他只不过是个男嬖而已。

怎么忘了。他,只是一个依靠着自己的肉体取悦于女人,然后,靠着她们走向权力巅峰的男嬖而已。

她怎么了？

居然将他的怀抱当做了可以暂时躲避风雨的港湾，居然将他的笑容当成了抚慰心灵的良药。

真傻啊！

他，只不过是长着一张与十三一样的脸而已。

他毕竟不是他啊！

阳光突然变得无比刺眼，那惨白的光芒似要将她牢牢围住，困于最孤独的一角，然后，慢慢蚕食她那仅存的意识。

包括，那张风华绝代的脸。

夜寒如水，寒鸦立于枝头，凄声鸣叫。

光秃秃的梨树下坐着身着白衣赤裸双足的她。风扬起她的白衣黑发，她微眯双眼，娇憨地笑着。

月光洒满大地，树影倒映在她的脚边恍若婀娜的舞姿。她忽然抬手接住了银色的月光，如同接住了清澈的溪水。她不禁发出了一阵如银铃般悦耳的笑声。酒坛子散乱在她的四周，浓郁得就像将她包裹。

她突然站起身，舒展双臂，径自舞蹈。

"对酒当歌，人生几何！譬如朝露，去日苦多。慨当以慷，忧思难忘。何以解忧？唯有杜康！"

她笑，笑容纯净而又慵懒。

"青青子衿，悠悠我心。但为君故，沉吟至今。呦呦鹿鸣，食野之苹。我有嘉宾，鼓瑟吹笙！"

一个不稳，她突然坐倒在地。

温柔的月光迷漫在她那张绝美的脸上，她突然抬手，看着手中的玉笛不觉泪流满面。

"十三哥哥……十三哥哥……"她闭上眼睛，将笛子放在脸颊边一遍又一遍不住地磨蹭着，晶莹的泪水随风滴落在笛管上，溅起了一朵透明美丽的花儿。

她将笛子放置在唇边，闭眼轻轻吹奏。

笛音袅袅，动人心弦。如鸣如咽，如泣如诉。枝头寒鸦适时闭嘴，它歪过头睁大了黑漆漆的眼，凝神不动，屏息，聆听。月光温柔地泻落一地，似轻纱笼罩着这片华丽而又沉寂的宫殿。睡着的人，做着相思的梦。未眠的人，泪流满面。

"歌儿，我爱你。"

剑芒锋利，笑容忧伤。语气温柔，血染白衫。

那么永恒的一句话，拼尽了全身的气力，只为了那么一句永恒的话。

人生如此,浮生如斯,缘生缘死,谁知,谁知?

情终情始,情真情痴,何许?何处?

情之至!

注定消逝吧!

即使我站在原地回过头,却依旧不能看见你的身影。

遥远的天边,月亮如同谁的眸,那样迷人那样温柔,好像秋天的海水慢慢地在阳光下进退,在她的心底留下了不可磨灭的银白色的温柔。

她睁开双眼,放下笛子垂下手,难以自禁地低泣了起来。泪水顺着她的脸颊不停地滑落,在月光的照射下就像一粒粒深海明珠。

她猛然抬头,睁大了双眼。

笛声已了,那淙淙流水般的琴音又从何而来!

这音色,这调子,分明就是用古琴弹奏出的《长相思》!

这世上,能与她琴瑟和鸣的人,只有十三!

"十三……十三哥哥……"她伸手扶住树干,有些不稳地站了起来。泪眼婆娑,她看不清眼前的路,只是伸出双手茫然向前,跌跌撞撞地寻着。

碧色长笛被她遗忘在树脚,风儿轻轻抚过。那冬天的第一片枯叶,悄然飘落,覆盖笛身。

她赤裸着双脚,睁大双眼泪流满面地向前。硌脚的石子刺疼了她,她不顾。锋利的草芒割破了她的脚,她不管。她只是固执地寻找,跌跌撞撞地寻找。

"十三哥哥……你在这儿的,对不对?你出来见见歌儿!见见歌儿啊!十三哥哥!"她歇斯底里地大叫着,凄怆的声音不断地回荡在大明宫上那片低沉的夜空中。

她跪倒在地,垂下头,大声地哭泣。

耳边,依旧是那永恒不变的忧伤曲调。"你在哪儿?十三哥哥,你在哪儿啊!"她双手攥拳,身体不停地颤抖。"我很累……很累……十三哥哥,你带我走啊!"

你带我走吧!我真的好累,我好想好好地睡一觉,永远也不要醒来。

十三哥哥,你带我走吧!

雪白的衣裳在黑色的风中飘飞,她的泪溅碎在冰冷的石子路上。冰冷刺骨的空气将她凄凉的哭声冻结。

"你带我走吧……"

她无力地倒下,眼泪滑过眼角,沁湿乌黑的发。

"十三哥哥……带我走啊……"

闭上双眼,唇边的笑越来越忧伤。脑海中,那个白衣胜雪的人立于梨树之下,他突然在粉白的花雨中回过头,冲她微笑,温润如玉的脸上,银白色的眸中,满满的全都是温柔的笑意。他冲她伸手,轻轻地点头。"好啊。"

"不许反悔啊!"

她的笑开始变得幸福,她伸出手,秀睫颤抖。

冰冷的手被一团温暖包裹,紧接着,她落入了一个馨香温暖的怀抱中。

身体猛然一震。

她睁开了眼,看见了他的脸。

他也正低头看着她,风华绝代的脸挂着复杂的柔情。他的眼,迷人忧伤,好像银白色的月光。

"带我走吧……"她轻轻一笑,搂住他的脖子,将脸深深埋进他的怀抱。她轻轻呓语:"带我走吧,十三哥哥。"

抱住她的手暮然用力,他蹙起英挺的眉弯下了好看的唇角。他突然低下头,温柔地吻了吻她的发。她却好像一只受伤的小兽,紧紧地蜷缩着身体。

"要好好照顾自己,不要再喝那么多的酒了。"

"要懂得珍惜身边的人,不要再执著了。"

"即使天塌了,也不用你去顶,所以,不要太累。"

"放任自己自由吧!做自己想做的,爱自己想爱的。"

"即使……我死了,你不也还是要好好地活下去么?"

"快乐幸福地活着吧,好么?"

他吻着她的发,轻轻地说。

她微微点头,抓紧了他的前襟,很小声很小声地说道:"都听你的。"

"好。"他直起身子拍了拍她的背脊,眼角的忧伤越来越深。可他的唇角却挂着如释重负的笑意。

长长的甬道中,他的脚步坚定有力。他的脸上,挂着淡淡的笑意。

那笑意似乎可以撑起一整片天空。

他动作轻柔地将她放在暖暖的床上,她的脸在轻薄的月光中好像沉睡的婴儿。

他轻轻一笑,打了盆热水,为她洗脚。

已经布满伤痕的脚不少地方还在流着血。他小心翼翼地拔掉那些倒刺,拂掉那些细碎的石子,用温热的巾子细细地擦洗。动作那样的温柔那样的小心翼翼。

他低下头,吻了吻她的足,唇边泛起了一丝忧伤的笑。

多傻啊,居然忘了穿鞋。不冷吗?不疼吗?多傻的人啊!

他起身,伸手抚了抚她的面颊,在她的身边安静地躺下。

感觉到温暖,她动了动身体蜷缩在他的身边,吸取着他身上的温暖。他侧过身伸出手揽住她,轻轻地拍着她的背脊,好像在哄着她进入梦乡。他吻了吻她的眉梢,又吻了吻她的鼻尖,最后,他吻了她的唇。

柔软湿润带着酒香的唇,他轻轻地吻着,小心翼翼地吻着,很珍惜的样子。

"本来想陪你一辈子的。"

他伸出手将她拥入怀中,她的耳边便是他那平稳的心跳声。

"歌儿,对不起……"

他无声地笑着,泪水滑落,没入她的发中。

"好好活下去……即使没有我,也要好好地活下去……"

他的笑容逐渐荡漾开去。

那忧伤而又决绝的笑在他的脸上,像是告别的曲调经久不息地演奏。

"我爱你……歌儿……我很爱很爱很爱你……"

容易微笑了,不惧怕死亡了,懂得保护了,去死,也无所谓了。

这一切,只因为,我深深地爱着你。

凄迷的月光中,他闭眼搂着她,温柔地拍着她的背脊。他的唇边,笑容纯净美好。

真希望这样的温暖可以直到永远呢!

晨光透过薄雾穿过窗棂洒了进来。

长衫曳地,光辉阑珊。

初晴纤手慢扬,熟练又轻柔地梳着那三千青丝。

"停下来。"

他启唇,声音淡然。

初晴一愣,她看了看铜镜里的人,乖巧地退到了一边。

白衣人接过她手中的木梳,转过脸来对着榻上之人浅笑道:"阿洛,你来替我梳头吧!"

洛歌揉了揉胀痛的太阳穴,抬头白了他一眼。

白衣人不依不饶道:"阿洛,人家就是要你梳嘛!"

一阵恶寒,洛歌无奈地起身接过他递来的梳子,替他梳起了头发。

晨光洒在她手中的乌发上映射出了一片柔和的光泽。他的发,黑得如墨,手感丝柔如同抚摸上好的丝绸。果真保养得很好啊!

她一下一下地梳着。

铜镜中,他们的脸有些模糊不清。

他正看着她那张神情专注的脸,眸中流露着不舍的光芒。他微微踌躇了一会儿,才慢慢地开口:"阿洛,问你一个问题,好不好?"

洛歌微微一愣,她点了点头。

白衣人一笑:"阿洛以为人活着的意义是什么?"

洛歌微微蹙眉,有些不解地看了他一眼。她咬住下唇,想了一会儿,才松口道:"人活着的意义大概就是为了去保护自己所爱的人吧!"

白衣人转过头看着她的脸,神色有些茫然。半晌,他冲她扬唇一笑,乖乖地保持着原来的姿势。

"你怎么突然问这个?"

"没什么,只是想问而已。"他静静地回答,声音有些颤抖。

洛歌皱了皱眉,她垂下眼睑,却突然睁开了眼。她呆呆地看着手中他的发。

乌黑亮泽的发中蓦然多出了一根刺目的银丝。

"怎么了?"他问。

"没什么。"她牵唇一笑,恍若无事地继续为他梳着头发。

白衣人的手默默攥拳,他忽然一笑。笑容决绝而又冰冷。

东宫。

殿内,韦氏为太子扶正玉冠。她冲他轻轻一笑,淡然的脸终起一丝波澜。她突然扑入他的怀中,紧紧地拥住了她。

太子李显也有些动容,他伸手搂住她的身体,平静而又沧桑的脸带着一丝不舍。

"平安回来。"韦氏的声音沉闷颤抖。

太子点了点头,微微一笑。"是,平安归来。"话音刚落,他猛然推开她,大步朝殿外走去。

阳光如柱,飞尘轻舞。

韦氏垂下头颅,轻轻一叹。

殿外,宰相张柬之,崔玄暐等一干重臣皆兵胄在身。他们跪在冰冷的地上,看着面前的华服太子。

"臣等恭请太子圣安!"

不卑不亢的声音有力地激醒了神志尚有些模糊的太子李显。他睁大了眼睛,看着面前的众人,微微点头。

"请太子上马!"左羽林将军敬晖牵马过来。

枣红骏马有些急躁地踢了踢蹄子,黑鼻呼出来的气在空气中化成了一团白雾。

太子撩衫上马。

"左羽林将军既在我这儿,那左羽林军呢?"

"回殿下,左右两军仍驻扎在东南两地的银台门。为保陛下安全,臣特意将左羽林将军抽调到殿下身边。"张柬之谦恭回答。

太子微微皱眉。"那两军将领分别是何人?"

"左军乃左羽林卫将军桓彦范,右军乃右羽林将军杨元颜。"

"那李多祚呢？身为两军总领,他人在哪儿？"太子的眉皱得更深了。

"李将军带兵正在昭训门等候陛下。"

太子松眉,他扬起马鞭,催马快行。

"此事不会伤及圣上吧！"

"殿下放心,此次我等只是为圣上除去奸逆小人而已,定不会伤及到圣上。"

"很好。"

"殿下可还有什么要吩咐的？"

"尔等一定要确保圣上安全。"

"是。"

仙居殿,阳光斜照在殿内冰冷的地上。

洛歌放下木梳,看了白衣人一眼,轻声道:"梳好了。"

"这么快啊！"白衣人闻言,不禁皱了皱眉。他站起身靠近铜镜左照照右看看,才满意地点了点头。"嗯,不错,没想到你的手比晴儿的还巧呢！"

洛歌闻言不禁好笑地看了他一眼。

白衣人转过脸,对她温柔一笑。他突然对侍立一旁的初晴道:"晴儿,你去替我们找些吃的吧。"

"是。"

空荡荡的大殿中,只剩下他们两个。

他突然抓住她的肩膀,垂下头,对她妩媚地牵起了唇角。

洛歌有些无措地睁大了眼睛。

他忽然一笑,笑容温柔魅惑。

"让我为你梳发,可好？"

魅惑的声音低沉迷人,她好似被蛊惑了一般点了点头。

铜镜里,如缎的秀发垂落了一地,修长的手指在那秀发中穿梭,带着阵阵芳香,盈馨满室。他专注地看着她的发,风华绝代的脸逐渐明净。

模糊不清的镜中,她有些茫然地睁大双眼微微蹙眉。手指微屈,她像是觉得有什么正慢慢流逝,永不回来。

他为她挽了个垂云髻,一根银钗蓦然出现在她挽起的发中,她浑然不觉。

"很美,这样的阿洛很美。"

他轻轻一笑,撤回手背在身后。

铜镜中,她微垂眼帘,贝齿咬唇。雪白的衣将她的脸衬得更加清丽脱俗。她抓住自己的袖口,微微蹙眉,无措地颤抖着睫毛。

他伸手抬起她的下巴,对她轻轻一笑,默默为她描眉。

她睁大了眼,看着他那银白色的眸。他很认真,每描一下便停顿一下,显得格外地小心翼翼。

阳光洒在他的眉间,她的唇角。战抖的秀睫被镀上了一层金边,她的眸纯净得如同晨曦中的露水。他突然转动眼眸,深深地望着她的双眼。那贪恋的目光直达她的心底,像是一粒小小的石子投进深湖,泛起点点涟漪。

猝不及防地,他吻了她。

无数轻尘在温柔的晨光中飞舞,世界是如此寂静。没有风声没有水声也没有人声。这一切,寂静得如同高远的天空中静静的浮云划过平静的湖面,在金黄色的灿烂中轻舞飞扬。

阳光落入她的眼睛。

她睁大了眼,瞳仁蓦然放大。

他闭上了眼,长睫轻轻颤抖。

他的呼吸,像是千年的泉水划过她的心底,留下亘古不变的温柔。

他的吻,是那样的柔和那样平静,如同那落入她眼底的阳光,温暖得让她不禁闭上眼,慢慢回应。

仿佛又回到了那个盛夏。

蓝色的天空中,白色的云朵缓缓浮动。翠绿的树遮住炽烈的阳光。风席卷着梨香围绕着坐在树下的他们。她仰起脸,任那阳光斑驳地洒在脸上。她欢快地笑着,笑容天真而又美好。他静静地看着她,温润如玉的眉宇间满是浓得化不开的温柔。他伸手拥住她,对她展颜一笑,蓦然低首吻住了她的唇。她如一只受惊的小兽,有些惊诧地睁大了双眼。

远处,荷花热烈绽放。

那个盛夏,他第一次吻了她。

那个盛夏,她看清了他那银白色的眸中不舍的浓浓眷恋。

泪水滑过鬓角,没入发中。

她突然伸出手勾住了他的脖子,尽情地吻他。

尽情地,好像花朵只为一个花期,燃尽一切。

一声轻轻的嗤笑突然让她惊醒。

她猛然睁开双眼,落入眸中的,却是白衣人那玩世不恭的笑容。

她羞恐地松开手,向后倒退了几步,一脚不稳,摔坐在了冰冷的地上。

他慵懒地笑着,直起身子,居高临下地看着她。

"你也不过如此。"他戏谑地牵起唇角,摸了摸下巴,看着她嘲讽道:"你也不过是个会心迷意乱的庸俗女人而已!"

她睁大了双眼，蓦然蹙眉，一股无名的屈辱感激得她站了起来。

"难怪十三会与别人成亲。"他轻轻一笑，转过脸不再看她。

她咬紧银牙，忍住怒火，一步一步地走近他。

阳光中，细尘依旧不知疲倦地舞蹈着。

"啪"的一声脆响，他向后踉跄两步，扶住墙，抬头看着面无表情的她。

"你，没有资格说我！"她挺直背脊一字一顿地说着，语气冰冷。

"是吗？"他无畏地笑了笑，抹掉唇边的血渍站直了身体。"你的十三哥哥才是真正的窝囊废吧！"

他向她迈进两步，白色的袂角在晨风中微微飘扬。

"十三他才是真正的窝囊废！他只是一个胆小如鼠的废物而已！他将永远被禁锢！他软弱！他可笑！可笑他不能保护自己最爱的女人！可笑他软弱地向命运屈服！他才是真正的蠢蛋！真正的废物！"

"你闭嘴！"

"那个一无是处的废物，他拿什么去爱人？连自己的自由都没有，他拿什么去履行他的那些承诺？可笑！可笑啊！他一个大男人居然会害怕一个女人！一个让他有饭吃的女人！他怕死！哈哈哈……他怕死！他这个胆小鬼！！"

"你闭嘴！闭嘴！"她扑倒他，捂住他的唇，不停地尖叫。

"你在害怕什么？说中了你的心事？洛歌，我告诉你，你的十三哥哥只不过是个下三烂的废物而已！"

他歇斯底里地说着，全然没有了往日优雅的风度。

她掐住他的肩膀，狠狠地用力。

他看着她血红的眼，不屑地大叫道："怎么？有本事杀了我啊！不敢把剑么？你不是最无情最冷酷的杀手么？你有本事就杀了我啊！胆小鬼！你这个胆小鬼！！"

"别逼我！"她咬破了下唇，满嘴的血腥。

他挣脱她站了起来，不断地大笑道："你和你那个窝囊废十三哥哥一样，全都是胆小鬼！不敢杀我么？你在害怕什么？嗯？"

早晨的风，微凉却柔和，这个世界寂静得可怕。

她沉重的呼吸，一下又一下，像是眸中危险的预告。

锋利的剑芒在惨白的地砖上划出一道道怵目的沟痕。

她挥剑，剑芒直抵他的胸膛。

他停止了叫喊，停止了笑，静静地看着她。

锋利的剑芒，在他的胸前，闪着寒冷的光。

她抬起头看着他，面无表情。

他跳蠢道:"你不敢……"他突然握紧剑身用力地朝前迈出了一大步。"像这样……"

她睁大了眼,瞬间窒息。

粉色的荞花在蓝色的光芒中奋力舞蹈,那些花儿用力地纷飞着围绕在他的周身。风突然鼓噪了起来,玄风剑在低泣,粉色的雨浩浩荡荡,落满她的肩头。

她张大了嘴,全身冰冷,目光僵硬地看着他。

他慢慢地跪了下去,扬起阵阵飘落在地的花儿。

"你不敢……也不想……"

他对她伸出手,温柔地笑。

温润如玉的眉宇间,有什么正慢慢地剥落尘埃,静静地破茧而出。

那是多年前,他的笑。

温柔儒雅的笑,让她安心依靠的笑。

好像沉入了海底,泪水消匿无踪。她睁大了双眼,全身冰冷,无法呼吸。伸手可及处,是他温柔的笑,以及……那刺目的鲜血。

"不——"

她伸出手,想要抱住他,想要好好地问他,认真地问他:你是十三,对吧?

可她只能眼睁睁地看着他跪在原地,只能如同木偶一般被人向暗处拖去。

她的眸中,他的笑,千年不变的温柔的笑。

她的眸中,他的眼,千年不变的银白色温柔的眼。

你不敢……也不想……因为,你怎么会杀掉一个深深爱着你的人。

世界刹那寂静,眼前一片漆黑。

阳光里,梨树下,他轻轻地拥抱她,温柔地说:"让我保护你一生一世,好不好?"

好不好?

即使付出自己的生命也要好好地保护你,好不好?

"好,十三哥哥,歌儿会陪着你,一生一世的。"

刹那的寂静,被"当啷"一声打乱。

她垂下眼睑。

红色的地毯上,静静地躺着一根银白色的钗。

一朵祥云,线条无比流畅,仿佛是从天空之中飘飞而来。一颗明珠,似月般皎洁。它被祥云包裹着,散发着柔和明亮的光泽。银白色的祥云,白色的明珠,相伴无比美好。

"这是祈祯钗,它会保佑你平安。"

"我就是那祥云,你就是那明珠。我永远伴着你,陪着你……"

……

"我们一辈子都在一起,好不好?"

"好。"

"十三哥哥这一辈子都只能喜欢歌儿一个人哦!"

"好。"

"歌儿是你最珍爱的宝贝,是不是?"

"是。"

……

十三哥哥……

十三哥哥……

你又骗了我啊……

你又骗了歌儿啊……

歌儿要怎么办呢?你叫歌儿该怎么办呢?

黑暗中,她睁大了双眼。

明亮处,他被军队包围。

他的笑,终究模糊。

他的眼,终难看见。

阳光明晃晃地刺人双眼。

那些刀迅猛地落下,溅起大片的血花。

他的头颅滚落在地,转了两圈,终究面朝着她。

英俊的脸,温柔的笑,被血色笼罩。

一双手遮住她的双眼。

她突然挑唇,唇角露出了一丝异常温柔的笑意。

原来,死在歌儿的剑下真是好于死在那乱刀之下啊!

黑暗降临,她闭眼,泪水打湿了那些想念着他的千百个日夜。

她笑,轻轻地笑,柔柔地笑,笑到泪流满面。

恍惚中,她看见了他银白色的眼,听见他温柔地说:"歌儿,我爱你。"

第六卷 大漠荒颜

心已伤,
再遇狼。
大漠荒颜何以望。
黄沙飞,
风相随。
嫁衣舞时尽是泪。

心成灰

神龙元年，一场轰轰烈烈的宫廷政变在新一年到来之时，完美结束。

太子显，登基继位，号中宗，复国号唐。

深深的夜里，她睁大了双眼，微微皱眉。

"十三哥哥？"

她小心翼翼地低唤了一声，样子好像一只胆怯的小兽。

灯芯微微一跳，微凉的风穿透了迷离的月光吹了起来。她颤抖着睫毛，轻轻地咬住了下唇，眼珠转了一圈后，她又不懈地低唤了一声："十三哥哥？"

空荡荡的房间里，她的声音回荡。

寂寞而又空旷的回声让她蓦然松开双眉。

"哦，你睡啦！"她有些落寞地撅起唇，睁大了黑白分明的眼。

暖暖的灯光照在她那如白瓷一般的脸上，她想了想，微笑了起来。"明天再来看歌儿吧，歌儿想睁开眼第一个看见的就是十三哥哥呢。"

眼泪慢慢地滑过眼角，她毫不察觉，只微微地笑着。

房间外的院子里，月光凄凉地洒满一地。竹影婆娑舞蹈，夜莺低低歌唱。

院中的一对男子，都皱紧了眉。

"为什么不告诉我，她是个女人！"

李隆基的声音平静冷淡，英俊的眉宇间含着一团复杂的情绪，幽黑的眸被睫影遮挡，深不可测。

"你不全都已经知道了吗？还要再问干什么？"薛崇简微牵唇角，澄澈透明的蜜色眼眸似被大雾笼罩，模糊不清地忧伤着。

"她现在这个样子，你打算怎么办？"

"我不知道……我只知道，我要一直守护她，一直陪着她，让她重新变成那个会真心微笑的歌儿。"薛崇简微微侧过脸庞，月光下的他似那青竹一般消瘦。那一刻，他的眼神是坚定的。

李隆基有些诧异地看着他。

原来，他终究是成长了。终究学会去爱一个人了。或许，更早，他已在自己没有察觉的情况下，学会去爱了吧。

"好好照顾她。"李隆基轻轻一笑，坚毅的轮廓变得异常温柔。

好好照顾那个女子吧!

那个一笑便可让我放弃一切的女子。

他默默转身,挺拔的背影透着孤单的气息。

"谢谢你,三哥。"薛崇简对着他的背影轻轻一笑。腮边,酒窝忧伤地深陷着。"谢谢你救了歌儿,谢谢你把她带回来。"

黑暗中,她闭着眼。

纤手中紧握着的,是一根银色的珠钗。

门"吱呀"一声被打开,他轻手轻脚地走到她的床边。伸出手,慢慢地替她擦掉了眼角的泪。

他站起身,走出去倒了盆热水进来。

"歌儿,我给你擦擦脸,好不好?"他温柔地说着,打湿了巾子挤干水,动作轻柔地为她擦脸。

她的睫毛轻轻地颤抖,沾染着湿气,晶莹得如同露珠。

"好好睡吧,我会一直陪着你的。"

他静静地微笑,伸手拨开了她额上那被润湿的黑发。

灯芯微跳,他的影子在晦暗的墙上晃了晃。

她的模样,让他心疼让他心酸。

他闭眼,想起那个人的脸。

他在阳光中微微一笑,风华绝代的脸恍若阳光一般美好。

他说:"王爷,你所执著的……易之奉劝不要放弃才好。"

他说:"王爷,你想要守护的人终究是会明白你的执著的。"

他睁开眼,低眸看着她的脸,微微一笑。

是的,他明白,从那时起,那个男人便将歌儿托付给了自己。

他伸出手将她的柔荑包在掌中,眸光温柔而又坚定。

那个人,把你托付给了我。那么,接下来,就由我来陪在你身边,好好守护你吧。

墓园,春光依旧。

那些美丽的蝴蝶在娇艳的花上,稍作停歇。春风吹皱了池面,湖水在阳光下潋滟晃眼。夹岸的桃花娇艳欲滴,湖边的柳树,婀娜摇摆。

湖的这边,白衣女子缓步而行。她微微垂首,明眸流转,在春光里熠熠生辉。春风拂过,桃花娇满她的肩头,她忽然轻轻一笑,抬首,任那桃花落满面颊。

春风轻柔而又温暖,天空湛蓝而又高远。

她闭眼,发丝飞扬,粉唇轻启:"十三哥哥,春天到了呢!"

她的身边,薛崇简忧伤一笑。他伸手为她拂去了肩头桃花。然后,他静默地看着她。

女子睁开眼,倾城倾国的脸上,春光明媚。她侧首对着虚无的空气温柔一笑:"十三哥哥,再一个月,梨花就要开了吧!"

又有几朵桃花随风落下,茫茫粉红中,只有寂寞的风在无力地回答。

她弯了弯唇角,泪水随风落下。她毫无知觉,继续向前。

"等夏天到了,梨子就该成熟了吧!你说过,会留下最早的一颗给我。"

她伸出手,攀住桃枝,浅浅地笑开了:"十三哥哥,桃花也很香啊。"

她的身后,薛崇简微微皱起秀挺的眉,他看着她那在风中飞扬的发丝,澄澈透明的眸中有淡淡的白雾。他伸手,扶住她的肩,柔声道:"歌儿,外面风大,我们回房吧。"

"回房?十三哥哥想回房吗?"她睁大了眼睛,侧过脸,轻轻地问着。

过了好一会儿,她才对着身后的人,垂下秀睫轻轻说道:"十三哥哥说了,待会儿再回房。"

"那好。"他伸手替她紧了紧斗篷,温柔地笑道:"那我陪你再向前走一会儿。咱们等会儿就顺着石子路回房吧!"

她面无表情地转过身,默默向前。

湖的这边,李家的几位王爷燃炉品茗。

桃花随风落入茶盏,李隆基微垂眼睑看了看,举杯喝下。

李成义托住下巴,看着湖的对面,有些郁闷地说道:"原来这洛歌是个女人啊!哼,我居然没看出来!喂,三弟,难道你也不知道这洛歌乃是女儿之身吗?"

李隆基默不作声,他抬起头,眯起眼,看着湖的对面,那女子忧伤的笑颜,胸口一阵发闷。

不是这样的笑,不是这样忧伤绝望的笑。

她应该是快乐的,幸福的,应该是那种明镜纯洁的笑,忘记一切烦忧的笑啊!

也只有那样的笑,才能让他倾尽一切去保护啊!

幽黑的眸被湖光笼罩,渐渐升起了一道朦胧不清的光华。

他的手,渐渐成拳。

眼,变得阴翳。

"隆基,张易之他……"李成器慢慢开口,淡泊的眉宇间笼罩着如雾一般出尘的光华。

"乱刀砍死,首级挂于午门,七天七夜。"

淡薄地吐完最后一个字眼,他靠在椅背上,以手抚额,微垂眼睑。

"张易之已死,洛歌又被你带了回来。那张昌宗……如何交代?"

"我自作了周密的安排,大哥不用担心。"他静静地说着,端起茶盏浅抿了一口茶水。

一旁的李隆范突然一扫满脸的阳光，微蹙双眉，他看着湖的对面，低声道："三哥，去将那张易之的首级取回来吧！"

众人齐齐转头，看向他。

"既然三哥收集了张易之的碎尸，不如，再将张易之的首级取回来啊！让它们化作骨灰，陪伴着洛歌吧，好让她，也有个念想啊。洛歌，真的很可怜。"他抬起头看着自己的三哥，英俊的脸上有着淡淡的忧伤。

李隆基微微皱起英气霸道的剑眉，点头道："好，我来想想办法。"

"可是，崇简他要怎么办？"李成义微蹙双眉道："洛歌好像疯了似的。老是说些莫名其妙的话，我知道崇简喜欢那个洛歌，可是，崇简难道真的要一辈子都耗在那个疯女人身上吗？我可不答应！"

"她不会疯！她会好起来的！"

略带怒意的话语引得众人皆是一惊。

李隆基站直了挺拔的身体，他的目光始终锁定湖的对面。

君临天下般的气势，摄人心魄的气质，在这一刻，竟生出了一股前所未有的霸气。

"崇简说过，他会好好守护洛歌。而我，也决不允许洛歌就这样消沉下去。"

他说完，冷冷转身，大步离去。

众人微微一愣，有些不明所以。

李成器像是明白了什么，微微皱起了淡泊的眉。

柳树后，桃花中，身着粉衣的少女咬住下唇，晶莹的泪水在眼眶中转了两圈，终于潸然而下。

原来，她是洛姐姐而非什么她一直爱慕至深的"洛哥哥"啊！

原来，这一切只不过是自己会错了意，在自作多情而已啊！

她终于无力地滑倒在地，闭起眼，又有一串泪珠儿无声坠落。

眼前，雾蒙蒙的白光一片。

她好像看见红色的夕阳，身着白衣的人轻轻地拥抱此时的自己。

那个人，轻轻地说："坚强快乐地活下去啊！"

那个人，坚定地说："我带你回家，洛哥哥再也不让别人欺负你了。"

可是，这一切，只不过是，她一个人的梦而已。

她爱错了人，会错了意，一个人陶醉其中而已。

夕阳西下，她立于窗前，看着天边红色的飞云。

她的身后，是身着墨绿长衫的俊逸男子。

"歌儿，大声地哭出来好不好？你这样憋着，不难受吗？"

他扶住她的肩,声音轻柔。

她回过头来,莫名其妙地看了他一眼,说道:"哭什么啊!十三哥哥只不过说明天再来看歌儿而已啊!歌儿才不会哭呢。"

他叹了一口气,柔柔一笑。

"是我说错话了。歌儿,来吃饭吧!"

她垂下头,不做任何回答。

晚风柔柔地吹了进来,扬起她乌黑的发丝,拂过她有些苍白的脸颊。她微微吸了口气,偏过头,目光重新投向窗外。

"不吃饭的话,十三哥哥也会生气的。"他笑笑,拂开她腮边的发,深深地看了她一眼,才转身走到圆桌旁端起一碗小米粥走了过来。他用银匙搅了搅冒着白气的米粥,舀了一匙吹了吹,凑到她的唇边,笑道:"不烫了,吃吧!"

洛歌看了看他凑过来的还冒着热气的白粥,又抬头看了看他那张微笑的脸,半晌,她有些怯意地张开了嘴。

"这就对了!"他轻轻一笑,腮边的酒窝似忘却了一切忧伤,深深地凹陷。

"这样做……十三哥哥就会很喜欢很喜欢歌儿吧?"

她咽下白粥,小心翼翼地问他。

他笑着伸手揩掉了她唇边残留的米汁,说道:"那是当然了!歌儿只有被养得白白胖胖的才会招十三哥哥喜欢啊!"

她听了,睁大了乌黑的眼睛仔细地盯着他。

他低头搅了搅滚烫的白粥忧伤地浅笑道:"现在的你,这么瘦,连我都不敢抱抱你,生怕一用力,就会揉碎你。"他抬起头,蜜色的眸突然一亮,澄澈如日光下的溪水。"歌儿,我会好好照顾你的。"

"表公子!"

门外的一声呼喊突然打破了宁静的气氛。

薛崇简放下碗,柔声道了句"我去去就来"便转身走了出去。

小丫鬟踮起脚尖,附在他耳边低低地说了几句。他微微蹙眉,连忙关上房门朝着厅堂的方向走了过去。

屋内,洛歌突然抖了一下身子。她微微蹙眉,小声喃喃:"十三哥哥,是你吗?"

大堂之上,李家的几位王爷早已围坐一起,议论着什么。

李隆基放下茶盏,一抬眼,刚好看见了走进来的薛崇简。他站起身,指了指身边小几上的紫檀木盒道:"崇简,我已将张易之的头颅带回来了。"

脚步微微一滞,眸光凝在了那并不起眼的木盒上。薛崇简皱了皱眉,才举步朝着三哥的方向走了过去,他站在他的面前,蹙眉道:"没被人发现?"

李隆基摇了摇头，英俊的脸上一片寒冷。

"火葬吧！"薛崇简叹了一句，背起手，转过身，看向李成器。"大哥看这样可行？"

"我也是这样想的。"李成器低眉，语气轻稳。

一直沉默的方流萤突然出声道："王爷，能否让萤儿看上一眼？"

"萤儿！"李隆范低低唤了一声，伸手拉过她的身体。他低头看着她的小脸，蹙眉道："你大病初愈，怎可再见血光？听话！"

"让萤儿看看吧！"她睁大了眼睛，固执地重复。

"就让她看看吧。"薛崇简偏过头，面无表情地说着。他双手捧过木盒，站在她的面前，缓缓打开。

一股腐臭的味道弥漫了整个厅室。

方流萤睁大了双眼，突然，她捂唇泪流满面。

"真的是你！白衣哥哥，真的是你啊！"

她哭喊一声，突然向后一仰，倒在了李隆范的怀中，不省人事。

"白衣哥哥？"薛崇简有些困惑地皱了皱眉。他抬起头，却发现众人的目光越过他，凝在了门口。

他遽然睁大了双眼，缓缓回头。

当空无月，繁星点点。黑色的夜笼罩住她纤瘦的身体。她扶住门框，任那冰冷的夜风吹散了她的发，凌乱了她的衣。衣带飘飘，衣袂扬扬。她立住不动，只静静地笑着，无力地笑着，笑到忧伤入骨，笑到泪流满面。

祈祷钗在她的发中闪着柔柔的光华，那被包裹住的明珠，像是一滴银色的泪——一滴从银色的眼眸中静静流淌的泪。

"我就知道是你，十三哥哥。"

她轻轻一笑，一步一摇地走了过来。

青色的身影只微微一晃，便被一只修长白皙的手给摁住了。李隆基回过头，看见的，是李成器淡泊的眼。

"歌儿……"

薛崇简低唤一声，纯净澄澈的眸光刹那慌乱。

她静静地走到了他的面前，静静地看着他手中木盒里的那颗头颅，静静地伸出手抚摸着那张已经开始腐烂的脸。

"怎么会有这么多的尘埃呢？"她眨了眨眼，泪水滑落，她的手，抚尽那些铅尘，抚掉那些发黑的血渍。

"你最爱的就是这张俊脸，平时，都舍不得让我掐一下。"她眸光茫然，唇边挂着深深的笑。

"你每天都会喝首乌芝麻粥,最宝贝的就是自己的头发。可是……"她的手抚过那些零星几缕的枯发,眼泪再次滑落。

"你对我笑啊!你对我笑啊!是不是嘴唇烂成这样,就再也笑不出来了?"她的手指点上了那张结痂腐烂的唇。

"你睁开眼睛看着我!你看看我啊!你不知道你的眼睛有多么温柔,银白色的,好像月光一样温柔……"她的手指,慢慢地描绘着他的眼,他的眉,泪水汹涌。

突然,她夺过他手中的木盒紧紧地抱在怀中,冲到了门外,蜷缩在廊柱下。

"谁也抢不走你!谁也抢不走!你是我的,你永远都只是我一个人的。我们打过钩的,说要永远在一起的。"

她垂下头,脸庞紧紧地贴在木盒上。泪水打湿了她贴在颊上的发,打湿了那些曾经许下的诺言。

"十三哥哥,你说过不会让我受到伤害。可是,为什么你总是伤我至深?"

"十三哥哥,你说过会用生命保护我,那一命抵一命,你是不是就可以醒过来?"

"十三哥哥,你说过你会活到一百岁,会陪我看很多很多次的日出,为什么你说话不算数?"

"十三哥哥,我爱你……歌儿爱你。"

无力地吐完最后一个字眼,她流着眼泪满足地笑着,倾国倾城的脸在月光下迷蒙忧伤。那些晶莹的泪珠揉碎了她的心脏,每一滴里,都有那个人微笑的模样。

她从很小很小的时候就很喜欢他啊。

他坐在梨树下抚琴的样子,她喜欢。

他摇楫于碧水粉荷中的样子,她喜欢。

他拿着书卷秉烛夜读的样子,她喜欢。

他提剑旋舞白衣胜雪的样子,她喜欢。

他行,他立,他笑,他嗔。

他坐,他舞,他忧,他乐。

她都喜欢啊!

不管是什么时候,什么地点,什么天气,什么心情。每一个他都是那样迷人。

她知道,她始终无法忘却。

她知道,他始终是那样刻骨铭心。

房内的烛火被外来的风吹得"扑"的一声熄灭了。

黑暗中的墙角,她抱紧了身体,轻轻地皱着眉。

远处,火光映红黑夜。

她将头埋在双臂间,身体兀自颤抖了起来。

"十三哥哥……别怕……只一会儿……不疼的……歌儿会陪着你。"

她轻轻地笑起来,扶墙站直了纤弱的身体,侧过头,她的眸中是那苍穹下炽烈的红光。蓦然垂首,兀自喃喃:"别怕,歌儿陪你。"

点燃了烛火,她坐在铜镜前,慢慢描眉。

烛火摇曳,她的脸映在铜镜中,模糊不清。风静静地灌涌进来,她抬手挽发,将祈祯钗小心翼翼地插于髻上。身穿雪白裙,足蹬鸳鸯履。她有些不稳地站起身,一路拖曳如幽灵般打开房门走了出去。

风变得大了,摇曳的竹影婆娑舞蹈。黑色的天空中,繁星似要垂落下来,近在咫尺,仿佛伸手就能摘到。寂静的墓园没有一个人,只有那廊下一盏盏橘黄色的灯,寂寞孤独地明亮着。

似真似幻的琴声似一双温柔的双臂轻轻地拥抱她,指引着她的方向。

她静静地走,慢慢地行,脸上挂着淡淡的笑。

穿过寂静的花园,穿过幽幽的桃林、柳树,风姿绰约。

站在黑漆漆的湖边,她侧首,似乎听见有人在叫她,声音急切。

她摇了摇头,慢慢地坐在了湖边的大石上,纤手抚过湖面泛起点点涟漪。她的脸倒映在抚皱的湖面上,迷离而又朦胧。夜风大作,吹掀了她的白衣乌发,似要将她托起。纤弱的身体晃了晃,她猛然笑开了。

"我用你留给我的胭脂水粉擦了脸,好看吗?你说两个人相离,谓之相思。两个人相聚,谓之相守。你我离离聚聚,想要相守却偏偏相思。十三哥哥,说好要永远在一起的。"

她站起身,张开双臂,宽大的白色衣袖在夜风中似旗帜一般猎猎作响。

她闭眼,泪水随风凋零。

"十三哥哥……我来了……"

春天的阳光带着花香,照耀在晶莹的水珠上,折射出五彩的光。湖边的杨柳随风摇摆,柳梢拂过水面,牵起湖光潋滟。

他打了个喷嚏,猛地抖了抖身体。

李隆基深吸了一口气,英俊的脸上一对黑眸被覆上了一层金色的光华。

"还要找吗?不顾自己的安危,只为了找到那根珠钗?"他的声音淡然无绪,浓密的睫毛如翼微颤。

薛崇简甩了甩湿漉漉的发,浅笑着轻声答道:"好不容易将她救了回来,如果她看不到那根珠钗,会很难过的。"他低头看了三哥一眼,澄澈的眸在阳光下更显透明。

李隆基微微蹙眉,他站起身,脱掉了外衣。

"三哥!"薛崇简大叫一声,拉住了他的手。

"放开。"李隆基的声音虽轻却带着一股让人不能抗拒的威慑感。他抬起头看了他一眼,慢慢地说道:"你底子向来就薄,一受寒就没完没了地生病,我的身子骨比你硬朗,就让我下水。"

薛崇简淡淡一笑,他轻轻地摇了摇头:"我知道三哥是为我好,可这件事我只想一个人做好。"

李隆基看着他那双带着浅笑的眸,没有说话。他抽回手,面无表情地穿好外衣,淡然道:"那好,我在这儿等你。若真的找不到那根珠钗就上岸。"

"好。"他点了点头,轻轻一笑。

湖边的小亭里,李隆基微微眯起了双眼。他看着薛崇简消失于湖面,目光便投向了遥远的天边。柳条儿被风吹得不停摆动,湖光反射在亭子的顶部为他的脸镀上了一层明晃晃的光芒。他忽然牵起唇角,艰涩一笑。

这算什么!

即便她就是他想要得到的那个人,那又怎样?

他什么也不能做,哪怕连一个能够陪在她身边的理由都没有!他只是将她陷于痛苦境地的罪魁祸首而已。他只不过是与她有着相同目的不同征途的合作者而已。

李隆基的笑容越来越深,他用手撑住额头,幽黑的眸中有着迷离的光在不停地闪烁。

那一天,是他亲手将她拖向了暗处,亦是他亲手捂住她的双眼。可是,他没有想到,是他亲手将她拖向了痛苦的深渊,亦是他亲手捂住了她那双原本可以看清一切的眼。

她昏倒在他的怀中,脸上满是泪水。

他亦明白,或许,那个冷漠淡薄的她,终究,变得不堪一击。

他叹了一口气,剑眉深锁,周身那股让人难近的帝王之气忽然如一对黑翼将他慢慢包裹,收敛冷却。

薛崇简,才是那个真正可以陪伴着她的人吧。

而自己,注定孤独一世。

何茫然

悠扬悦耳的笛声缠绵得好像六月黄昏的夕阳,灿烂而又温柔,那美妙的乐声似幻化成了一双相依相偎的璧人,紧紧相拥,合为一体。粉色的蝶儿随着笛音轻舞,碧色的水波围着笛音漾开,慢慢的,那笛音似乘着风默默微笑,向天空飞去,白色的云大朵大朵在蓝色的空中静静浮动,悠然而又安详,风儿呼啦啦地作响,似幸福地笑过了声。

最后一点乐音在春光中不舍地消散,他放下笛子,对着面前眼神有些茫然的女子,微微一笑,他伸手抚了抚她的面颊,柔声道:"歌儿,好听吗?这是只属于我们两个人的曲子,我们把它叫做《长相守》好不好?"

她偏过头,呆呆地看着岸边柳梢,眼神空洞而茫然。

春风吹来,他忍不住打了个喷嚏,觉得身上微微发冷。

她的眼珠忽然动了动,投向了他。

"歌儿……"他看着她无神的双眼苍白的面容,不禁怜惜地低叹了一声。他站起来,伸过手将她拥在了怀中。

阳光零零落落,被风吹斜。蔚蓝的天空中,白云朵朵,黑色的飞鸟,疾速地划过蓝天,只余留一声尖细的鸣声。

"莫失莫忘,不离不弃。"

他垂下头在她耳边低声说着,蜜色的眸澄澈透明如阳光下的流水,灿烂而又温柔。

"不离不弃……"

她睁大了眼,茫然地重复。

"对,不离不弃。"

他轻轻一笑,放开她,盯着她的双眼,认真而又坚定地接着说:"吾之情护汝之心,吾之心博汝之情。"

他伸手扶正了她那戴斜的祈被钗。清香如莲子一般的气息拂过她的面颊,她突然抖了抖睫毛,垂下了眼睑。

"歌儿,听话,在府里好好等我。"他浅浅地笑着,腮边的酒窝深深地陷着。

她一动不动地坐着,连呼吸仿佛都是机械一般不厌重复。

他直起身子,捏了捏她的肩,柔声道:"舅舅设宴,我去去就回。"他说完,又对身边小婢细声交代了几句,才一步三回头地走出了房子。

上午的阳光并不是特别的炽热,四月的风温柔中又带着一股将至未至的热情。

亭中小婢猝然倒下!

白衣女子茫然看向湖面。

锦鲤在湖底四散逃离。

她的唇边,漾起莫名的笑意。

一团黑布兜头而下!

黑色的飞鸟尖鸣一声,在明晃晃的阳光下猝然划过。

薛崇简猛然蹙眉!

"崇简,怎么了?"李隆基扶住他的肩膀,沉声问道。

"没什么。"他抬起眸,微微一笑。

李隆基松开眉,拍了拍他的肩膀,道声:"快走。"便先行离去。

身后,薛崇简不禁又皱了皱眉。

莫名地,一股十分不好的感觉袭上心头。

阴暗的地牢中,寒风飕飕。

白衣女子被绑在了铁架上,双手被分开牢牢束起。

她的面前,身着翠绿宫裙的李裹儿,蹙紧秀眉。

"禀公主殿下,您要找的人,就是她!"小卒跪倒在地,脸上带着讨好的笑。

李裹儿看了他一眼,皱了皱眉,卷起鞭子,走上前,挑开了她那凌乱的发。

飞眉入鬓,挺鼻秀口,她低垂眼眸,苍白的脸在白色的日光下如同初夏尚未开放的第一朵白莲。寒风扬起她的发,她便如那一朵白莲在风中纤弱地摇摆,娇美清丽得让人忍不住呵怜。

"你是……洛歌?"李裹儿睁大了双眼,声音却格外的谨慎小心。

她抬眸看着她。

黑白分明的眼,疏离淡漠却又空洞得厉害的目光,曾经的骄傲与轩昂早已不见,有的只是伤痕与茫然。

"你是不是洛歌?"

李裹儿大叫一声,揪住了她的前襟,杏目圆睁恶狠狠地瞪着她。

她轻轻一笑,苍白的脸上却没有任何表情。

"贱人!"李裹儿怒得抬手扇了她一巴掌。

深色的血丝在她惨白的唇角蔓延成形,她倔犟地回过头,仍旧淡淡一笑。

这种倔犟,这种永不屈服的倔犟也只有洛歌一人拥有!"果然是你!"李裹儿危险地眯起凤眼。饱满鲜红的唇边挂着一丝狠毒的笑意。

"画虎画皮难画骨,我就是该知道你并非昌宗,哼,这也难怪,你掩饰得太好了!"李裹儿一边说着,一边来回慢踱着。"仙居殿里的那具无头尸我早就知道那不是你!功夫不负有心人,洛歌,我终于找到你了!"

说到这里,李裹儿的脸色陡然一变,她冲到洛歌的面前抬手便给了她一巴掌!

"你当我是什么?是任你戏辱的玩物吗?亏我当初……当初还……洛歌!你这个贱人!"

她不解气地抬手又给了她几巴掌,羞愤的泪光一遇到那张茫然无绪的脸登时火冒三丈!

"贱人！你叫我好难堪啊！"李裹儿跺脚大吼一声，卷起长鞭用力地甩了过去。

"啪"的一声戾响，一切归于平静。

地牢中的烛火微微晃动，灯芯突然一跳。

她大口大口地喘着粗气，抬起头，看着面前已被尽裂的人。

一道触目的血痕从她的左眉一直蔓延到她的右眼上，她抬起下巴，不屈而又倔强。凌乱的发间，一根银钗在昏暗的烛火中闪闪发光，那钗头的一颗明珠尤为耀眼！

"有本事……就杀了我啊！"

洛歌倨傲地看着李裹儿，她咧嘴冷笑，暗红色的血液自她的嘴角慢慢涌出。

李裹儿被她的冷笑惊骇得连连后退，好不容易，她扶住小卒的肩膀才站稳了身体。

"杀了我啊……公主殿下。"洛歌闭眼。唇边的笑意越来越深。"杀了我如同踩死一只蚂蚁那样简单公主殿下，提起你的刀，杀了我啊！"

"我决不会让你死得那样轻松！"李裹儿大吼一声，抬手又甩了几鞭子，她气得抖了抖身体，双眼危险地眯了起来。

她的发间，那根银钗散发着迷人的光芒，那个钗头，明珠泛着银白的温柔，好像谁的眸，她的脸苍白得可怕，嘴角那深色的血迹衬着这张苍白的脸，散发着一种动人心魄的美丽。昏黄的光芒中，她的眉，她的眼，她的鼻，她的脸却愈发的轻灵美丽惹人怜爱。

李裹儿突然一笑，笑容狠毒。

她踮脚伸手拔下了那根银钗。

洛歌惊觉，她睁开眼，急声叫道："你要干什么？把珠钗还给我！"

"还给你？"李裹儿冷冷一笑，她抬起手指尖轻轻拂过那张清丽苍白的脸，娇美的脸上满是深深的狠色。"这张脸不知被这珠钗划上一道会是什么样呢！洛歌你不期待吗？"

"还给我！"她绷紧身体，闭眼一字一顿地说着。

"贱人！"李裹儿抬手用力地扇了她一巴掌，她举起银钗慢慢地靠近洛歌。

"这张脸，如荷花一样好看的脸，被划了一道便也如荷花一样凋零吧！"李裹儿冷冷一哼，抬手慢慢靠近她的脸颊。

钗芒锋利，似隐忍着什么，钗尖微微颤抖。

那些前尘往事，如风一般缚住了她的思想。

他说："歌儿，你是最美的。"

他说："歌儿是莲花，我便是那护花之人！"

他说："歌儿是我心系一生的佳人。"

一滴红色的血自她腮边流下，没有疼没有痛，只有麻木，麻木地接受着这钗入肌肤的疼痛,不会有任何感觉。她的睫轻轻颤抖,泪水潸然而下。

"十三哥哥……"

她啜嚅,泪水流淌过眼睑下的伤口,滴落在地,"吧嗒"一声,缠绵破碎。

"咻"的一声,有什么正破空而来。

"嗒"的一声碎响,李裹儿吃痛,右手随声弹开,银钗猝然落地。

日光穿过冷冷的牢门映出一片刺目的惨白,高大的黑影在这惨白的光芒中闪现,风扬起他青色的斗篷,猎猎作响,他目光如炬,发丝随风乱舞。

"李裹儿!"

沉郁的声音带着一股摄人心魄的帝王霸气,震得众人不禁抖了抖身体。李裹儿闻声大骇,她慢慢地抬起眼睑,机械一般地缓缓回头。

白色的光芒中,李隆基便如那天神临世一般冷酷倨傲,他低眼看着身体不停颤抖的李裹儿,幽深的黑眸中折射出了一股压得人喘不过气来的酷戾之色。他缓缓抬手,食指微屈用力一弹,一枚黑色的石子破过长风凌厉地朝着李裹儿的左肩射了过去。

"扑"的一声闷响,李裹儿吃痛无力地跪倒在地。待她再抬眼时,却看见李隆基正欲斩断洛歌的铁链。

"你敢……"李裹儿按住左肩,身形摇晃地站了起来。

闻言,李隆基不禁挑唇露出一丝狠笑。他不作理会,只打横抱起洛歌的身体,用斗篷小心翼翼地盖住。他的怀中,洛歌艰难地睁开双眼,她缓缓地伸过手,无力地说了声"我的钗"便昏死了过去。

李隆基皱皱眉,他目光环视一周,终于凝于一处,他低身,准备拾起银钗,却不想,让那李裹儿抢先了一步。

"给我。"

他的声音虽低却又带着一股让人难以抗拒的压抑感。

李裹儿大胆地将钗子藏于身后,她昂起头看着他,故作镇定道:"三堂哥,我还道你一声三堂哥!你把洛歌放下!"

"把钗子给我。"李隆基的声音依旧冰冷。

李裹儿的身体轻轻一抖,她偏过头避开他那虽静却冷得可怕的目光,道:"别以为你做的那些事情我不知道,洛歌是被你带出宫的吧!那无头尸亦是你安排的吧!李隆基,你若是不想事情败露,就赶快给我把洛歌放下!"

"威胁我?"李隆基挑眉嘲笑,英俊霸气的眉宇间满是一股沉郁的压迫感。他紧盯着她的脸,嘲讽道:"堂堂安乐公主竟会恋上同为女儿身的女子,得不到她的心,竟会死缠烂打不依不饶,这种有失皇家体面的事情若是传了出去还不为天下人笑话?到那时,公主你的脸又得往哪里搁呢?"

"你……"李裹儿语噎,羞愤得再也吐不出半个字眼。

李隆基冷冷一笑。他伸手夺过她手里的银钗,便头也不回地走出牢房。

四月的天空纯净如水,湛蓝如海。暖暖的风微微拂过,带着花香,沁人心脾。

他怀抱着她,步伐冷静坚定。

英俊的脸,若刀削一般坚毅的面部线条,此刻却如那春风一般带着柔柔的呵怜之意。他垂下眼睑看着怀中的她,深沉的黑眸中带着阳光般星星点点的暖色光芒。

远处,柳枝摇摆,碧水摇晃。

她忽然在他的怀中轻轻颤抖了起来,如同一只受伤的小兽,无助地蜷缩着,秀睫渐渐濡湿。

他抱紧了她,微蹙霸气的剑眉,眸光忽如海上闪电砰然一闪。"你是洛歌,是任何人也不能伤害到的洛歌。是这世上最最坚强的洛歌,所以,你这个样子,我会笑话的。"

前襟突然一紧。他垂眸,看见她那一双苍白纤细的手正狠狠地拽紧他的衣襟。她的脸上,一片拇指盖大小的伤口正不断地往外流着鲜红的血,心脏猛然抽痛!

"你不会有事的。"抱住她的力道慢慢加深,他抬起头,双眉越皱越紧,幽黑的眸中有什么正渐渐凝固成形,化为了坚不可摧的承诺。他启唇,语气霸气而悠长:"我李隆基今日起誓,绝对不会再让任何人伤害你,否则,天可诛地可灭!"

偌大的湖,倒映着春日的旖旎,被风荡起的柳枝在阳光下高高扬起,湖光衬着柳枝儿飘荡出绵绵不绝的情话,湖底锦鲤,穿梭在层层细浪中,自由嬉戏。

微熏的风拂过湖面,小小圆圆的荷叶轻轻颤抖。

亭中,身着绿衫的薛崇简早已急不可待地站起身,奔出了亭子,迎上了湖边的人。

她的白衣迎风微微摆动,青色的斗篷柔柔地盖住她的身体,越发衬得她纤瘦柔弱了。她的发在春风中微漾,让人看不清她的面容。

"三哥,歌儿她……"

薛崇简愣在原地,他微微抬头,看向一脸沉寂的李隆基。

他只是沉默着立住不动,风掀起他青色的衣角,他垂头,看向怀中的她,幽深的黑眸中似起了一层细波,微微晃动。

薛崇简朝他伸出双手。

他抬眸,抿了抿坚毅的唇,极轻柔地将怀中之人递了过去。

一丝血痕在半空中猝然滴落,"叭"的一声,四散成血红的花朵。

薛崇简睁大了双眼,澄澈透明的蜜色瞳仁刹那收紧。

她的眼泪不停地从紧闭的眼中流下,那些晶莹濡湿了她的秀睫,流淌过她的伤口,混着鲜血打湿了他的衣襟!

"她的脸……"

李隆基沉默着伸出手,他的掌中,是犹带一丝血迹的祈祷钗。

"怎么会这样!你说过的,只要你去要人歌儿就不会受到一丝伤害!怎么会这样!"

薛崇简怒不可遏地伸出手揪住了李隆基的前襟,原本温和清澈的眸此时却燃起了不可熄灭的火焰。

"崇简!"

一旁的李成器连忙上前拉开了他。

李隆基面无表情地抬手抚平了弄皱的衣襟,绕过他,径自向亭中走去。

湖中的波光倒映着柳影投洒在那张似被千年寒冰冰封住的俊颜上,他倚着亭中的栏杆,垂下浓密的睫,黑眸被隐藏在了这黑翼之后。

周围一片寂静,只有那柳上黄鹂不时清鸣两声。

半晌,他缓缓启唇,声音低沉而沙哑:"崇简,对不起,我去时已经迟了。"

他抬起头,看着远方的灿烂旖旎,微眯双眼,青衫翻飞。

"我会为她找到长安城最好的大夫,一定不会让她的脸留下伤疤。"

是夜,墓园。

成片的静被夜风吹摆得发出一阵阵骇人的音浪,银色的月光沉淀如霜,风过尘起,独留竹影兀自婆娑。黑色的夜空中,群星摇摇欲坠,似乎伸手便可摘到。远处,布谷鸟那空灵的鸣叫,一声声寂寞荡漾,似唱尽人世间的痴嗔苍凉。

灯火微微一晃,芬芳的氤氲蒸腾起大片的忧伤。

他拿起湿帕慢慢地为她擦洗着身体,动作有些笨拙,却是格外地温柔。

她蜷缩在水中,一丝不挂,面对着他,闭眼流泪。

彼此之间没有任何遮掩,她就这样赤裸裸地将那满是伤痕的身体展露在他的面前,任他擦洗,无关情爱,无关风月,他的眼纯净澄澈如同阳光下的小溪,温柔又温暖。

泪珠儿"吧嗒"一声坠入水中,她吸了吸鼻子,任泪水在脸上肆虐横流。

伤口已被包扎了起来,左脸颊微微泛青并高高肿起。泪水滑过,扯出一丝钻心的疼痛。

他抬手为她揩掉泪水,轻轻一笑,软语安慰:"身上还疼不疼?如果疼的话就忍一忍,这是药浴,洗了对你的伤口有好处。"说到这里,他垂睫轻轻叹气,腮边的酒窝忧伤地浅陷着。"哭出来就好了,歌儿,大声地哭出来吧!憋着泪会很难受的。"

窗外的风更加大了,吹得竹儿摇摆得似要连根拔起,"呼呼"的风声打破了平静,似夜的哀嚎。

"我就该知道,那是他的。"

"第一次见到他时,他眉目儒雅,银白色的眸温柔美好,自那时起,我就该知道那是他啊!"

"总是在那双银白色的眼眸中察觉到孤单与悲伤,为什么我却固执地以为是自己眼花?"

"他用双手为我挡开弯刀,他跪在雨里为我代罪,他也会说,我会好好保护你。"

"喝醉了,他会对我说对不起,清醒时,他也会对我说我爱你,可是,我却以为那只是他的疯言醉语。"

"他装做什么也不知道,可是却那么那么地紧张我。"

"玄风剑因他疯狂,荞花因他飞舞,他就是十三啊!可是,我却是那么地糊涂!"

"若不是当年我刺他一剑,他又怎么落得个心绞痛的毛病?我好笨啊!好笨啊!"

"那夜在嵩山顶,他给过我机会的,他说他要带我走,带我浪迹天涯,可是,我拒绝了他,用最恶毒的字眼羞辱他,他该是怎样的落寞伤心啊!"

她流着眼泪慢慢地说着,浑身颤抖。

"歌儿……"

他伸手抚了抚她的右脸,眸光怜惜温柔。

她突然紧紧地抓住了他的手,抬起头,紧盯着他的双眸,身体剧烈地颤抖了起来。

"我那么残忍!那么残忍!该死的是我!是我啊!"

她歇斯底里地叫喊着,撕心裂肺的声音是那样的绝望那样的无助。

她松开手,抱住双膝,靠在浴桶上,闭眼,泪滑落。

"我再也看不见他了,他死了,被我亲手杀死的!为什么两次,两次他都会死在我的剑下?好残忍!好残忍!"

她伸出手用力地捶打着自己的肩膀,用力地拽着被挽起的秀发,狠狠地,用尽全身的气力虐待自己。肩膀上的伤口被她捶裂,迸出血花,挽起的发髻被扯散,硬生生地拽落了几缕发丝。

"都是我!该死的是我!十三哥哥……十三哥哥……对不起……对不起……"

她大声号啕着,咬破了唇,溅湿了伤口,尽情地流泪。

烛火被水花溅湿,"扑"的一声,断然熄灭。

黑暗中,他紧紧地拥住她。

紧紧地,柔柔地,拥抱她。

"不是你的错……"

他轻轻地拍着她的背脊,轻轻地抚弄她的发,轻轻地吻掉她腮边的泪,轻轻地皱起双眉。

不是你的错。

他正如我一样,甘愿为你献出一切,包括生命。

肩上衣襟被她紧紧地抓住,心脏在她的哭喊中被揪得生疼。

"他死了……他死了……我再也看不见他了！薛崇简,我再也看不见他了！"

我笑的时候,他也不会眼儿弯弯地冲我笑了。

我哭的时候,他也不会轻轻地拥我在怀软语安慰了。

我痛苦着,他也不会皱眉了。

我伤心着,他也不会掉眼泪了。

哪怕将来,我死掉,他也不会动一下眉毛。

因为,他死了,与我再无瓜葛。

那么,谁还会温柔地看着我！静静地微笑,白衣翩翩在树下抚琴。

那么,谁还会宠溺地拍着我的脑袋,荡舟摇橹于盛夏的荷塘。

那么,谁还会笑着说会活到一百岁,陪我看很多次很多次的日出。

那么,谁还会为我摘下初夏的第一颗梨,温柔地拥我在怀,轻声地说着,我爱你。

只有他会懂得这样做对我的含义。

那是幸福。

可是,他却带着幸福去了另一个世界,忘记我,没有任何知觉。

"不要！十三哥哥……求你……求你……求你……歌儿求你……"

她伸出手,企图抓住什么。

可是,什么都消失了,如一场空梦。梦醒后,徒留一场遗憾一场绝望。

窗外的风,渐渐止住。

狂舞的竹影甩开水袖,呢哝清唱。

她垂下手,歪倒在他的怀中。

水温见凉,一点一点冰封住她的心,冻结住她的泪。

她垂头,闭眼,轻轻启唇:"带我回洛阳吧,我要回玖列。"

战洛阳

五王宅前,阳光明媚。

枣红色的马儿"哧哧"地吐着热气,风过无痕,却扬起那光泽的鬃毛在阳光下微扬,马车四角的铃铛,"叮当"作响,如同深山清泉,汩汩流淌,悦耳动听。

李家的五位王爷立于门口,表情不一,目光却齐齐盯住面前的人。

李隆基一脸阳光,他笑了笑,拍了拍薛崇简的肩膀:"一定要照顾好洛姑娘啊！"

"知道。"薛崇简浅浅一笑,点了点头。

李成器松开淡泊的眉，他上前一步，挑唇淡然道："这一路要多加小心，事情办好以后就速速回来，不要惹得大家担心。"

"是。"

"喂！二表弟！"李成义哈哈一笑，爽朗地推了推薛崇简的肩膀，笑道："老哥，我等你回来！一起喝酒！一起打球！"

"好！"薛崇简淡淡地笑，温和的眸澄澈如洗。

他忽然抬起头，掉转目光，看向了一直沉默的青衣人。

角落里的他，抱肘垂头靠在墙上，浓密的睫毛遮住双眸，他微微抿唇，面无表情，不知喜忧。

"……"他欲言又止，只一会儿，他抬头，轻轻一笑，双手抱拳："诸兄，崇简去了。"

话音刚落，他转身，一只手突然按住了他的肩，他回头，温柔却略显失落的眸刹那生辉。

李隆基从怀中掏出一枚形状古怪的令牌交与了他，轻声道："此令一出，天下隐士尽归你用。带着它，我放心一些。"他捏了捏他的肩，坚毅的唇微微扬起一丝暖暖的笑："保重。"

"是。"澄澈的眸同阳光一色，他转身，扶着怀中的人，上了马车。

车轮滚滚，车帘扬起，他冲众人摆手。

微晃的车厢中，洛歌突然睁大了双眼，她趴在窗边，回过头。

远远的日光中，有一抹柔弱的身影正追赶着马车，用力奔跑。

心脏被什么狠狠地撞击。

她掀开车帘，大叫了一声："停车！"

马车停下，好一会儿，后面的人才追了上来。

车帘被一只纤手撩起，苍白了脸色的她正大口地喘气，小小的脸上却挂着甜甜的笑意。

"萤儿……"洛歌睁大了眼，有些诧异地张开了嘴。

方流萤抚了抚胸口，好一会儿才顺过气，她赧然一笑，伸出手将那精美的荷包递与了洛歌。

"夏天到了，这荷包带在身上可驱蚊防虫。"她弯起双眼，又抬起袖子揩掉了额上的汗水。

洛歌避开她那明媚的目光，伸手接过，她偏过头，微蹙双眉，开口到："萤儿……我……"

"什么都不用说了！"

方流萤截住了她的话。

车帘突然被放了下来。

洛歌猛然回过头，有些怔怔地看着微微晃动的车帘。她可以感觉到车帘外方流萤那些不稳的呼吸声。

周围一片寂静。

半晌，她听见帘外的她静静地说："谢谢你，洛姐姐。"

东都洛阳比之长安，别有一番繁华。

自十一年前离开此地后，洛歌便再也没有回过这座牡丹开遍的繁华都城。

自上东门入城，穿过景行坊，路过一片喧闹风光，马车终于停下。

掀开车帘，薛崇简先行下车，他转身，朝车内伸出了修长的手。

洛歌躬身而出，她看着眼前的风光，竟一刹那恍惚，心头突然一酸。她深吸了一口气，稳住了微微有些颤抖的身体，垂下眼睑，握住了面前的手。

薛崇简微微一笑，他回身看了看身后，才柔声对洛歌说道："在客栈先安顿下来，再做打算，如何？"

她点了点头。

薛崇简无声一叹，他松开手向车夫交代了几句，便小心地牵着她进了客栈。

人声鼎沸的客栈热闹得一如楼外街市。

洛歌微微皱了一下眉，她垂下头，发丝被风吹得微微一荡，苍白的脸依旧倾国倾城，如那出淤泥而不染的清莲，于风中漾摆，婀娜出一种惹人怜惜的美丽。

有人咂了咂嘴，有人低低一叹。

风过，无痕。

洛歌却突然抬起头，目光投向了窗外。

熙熙攘攘的大街上，一辆华丽的马车飞奔而过，路人皆躲闪不及，疾风吹掀车帘，一张极尽美丽却带着几分邪魅的脸在那飘飞的车帘中隐隐出现。

洛歌猛然睁大了双眼。

车中之人的眸，她看得清清楚楚！回忆中一样，那眸依旧冰冷邪恶！

"阿洛，怎么？"见她神色有些惊惧，薛崇简不禁绷紧了神经。

洛歌抬头看了他一眼，又有些茫然地摇了摇头。

蜜色的眸光微微一晃，薛崇简有些艰涩地牵了牵唇角，他牵住她的手，说道："别想太多，我们上楼吧。"

临街的窗，框住了天外天楼外楼。浮云朵朵，春色盎然。

见到她该怎样？

平静地叫一声姑姑，抑或拔剑相向？

秀睫微微一颤，苍白的脸越发显得没有血色。洛歌无声叹息，她微眯双眼，发丝被透窗而入的风吹得微漾。

她转身,看向墙上悬挂着的玄风剑,眸光蓦然凛冽。

杀霁曲,焚玖冽。

这是她一直希望做的,不是吗?为了复仇,她失去了太多太多,亦受了太多太多的伤害。

十三未死,她相信霁曲知道,她亦猜测,或许这一切都在那个女人的掌控之中。十三,自己,都只不过是玩弄的棋子而已。

十三……十三哥哥……

她牵唇,无声地笑开了,笑容越来越深,泪水越聚越多。

十三,你看,我回来了。我又回到这个留下无尽遗憾的城池。带着你的微笑,带着一坛白沙,我又回来了。十三,洛阳街头,你的手掌,是永世的温暖。十三,洛水河畔,你的笑,是永恒的温柔。

我都记得。

她无力地滑坐在冰冷的地上,笑容越发凄凉,泪水越发地哀伤。

窗外,燕过屋檐,风箭垂柳。

云,淡淡飞过。

房门被人轻柔推开。

薛崇简那温和的笑刹那凝固唇边。他飞奔到她的身边,半跪着,背脊却突然僵住。

她在笑着流泪。

笑容决绝,泪水哀伤。

他突然抬起头,苦涩一笑,澄澈纯净的眸中是满满的痛楚。风吹得他的发髻微微抖动,他坚忍开口:"你当真要这样做吗?你当真……对我毫不在意?我以为,你对我是有感觉的,我以为,只要等待,你终有一天会回头对我微笑,呵,终究只是我一个人在自作多情啊!"

他垂下头,伸出手,温暖的手掌拂掉了她的泪。

他的脸,变得苍白。

"你知道这样做的后果,若败,我亦不会独活。"

她的身体轻轻一抖,秀睫微闪。

他笑了笑,双眉却是紧蹙着的。忽然,他自嘲地叹了叹,往后一坐,双手垂搭在膝上,他看着她,唇边是淡淡的笑意。

"你会毫无依恋地走,在另一个世界与十三重聚,而我呢?却只能自嘲着遗憾着,死掉。"

她抬起头,看着他的脸,面色有些动容。

他垂下头,双手攥拳。

窗外,春风大作,吹得门前珠帘一阵乱响,好像鼓声,一下一下敲打在他的心口上,让他的眉蹙得越来越深。

他突然抬起头,身向前伸,用力地将她拥在怀中,紧紧地,紧紧地,似要将她拥成自己的骨血,生生世世与之相随。

"我会陪着你,无论你如何选择,无论成败与否。"

她在他的怀中睁大了双眼,泪水蓦然滞住。

他闭眼,唇边的笑容灿烂如落水上穿柳过花的春日阳光。

"我会陪着你,一直陪着你。"

玖冽山庄,天下第一庄。

名为贩茶明铺,实为杀手之庄。

天下第一杀手"荞花白幽"洛歌,便出自此庄,此人身份不明,飘忽不定。一身白衣,如黑夜幽灵。一把玄风剑,见血必见荞花。江湖上,人人闻名便丧胆而逃。

可是,就是这样一个名慑江湖的杀手,却于十年前,在江湖上销声匿迹。

玖冽山庄,从此再无一人如洛歌般,任意叱咤。

阴沉的天,灰蒙蒙的。

本是春意融融,却偏偏黯淡无光。教人何解?教人何叹?

一池碧波被风吹皱,湖边的女子冷漠地看着池中那对鸳鸯。她伸手,接过小婢递来的弓箭,无声抬手,拉紧了弓弦。箭矢破风急速射了出去。湖心的鸳鸯,中箭随力一冲,滑到湖的另一边,然后慢慢沉下。

她冷笑。

湖心的鸳鸯,转首四下望望,茫然若失地独自徘徊。

女子转身,紫色的袂角至冷至深随风猎猎作响。

"她一个人?"女子一边走着一边冷冷开口。

小婢卑恭回答:"薛公子也来了。"

"他?"脚步微微一滞,女子眯眼一愣。但只一会儿,她冷冷地笑开了:"早就察觉他们关系不对,果真被我料中了。"

拂开挡路的翠柳,女子的脚步忽然一滞,她回过头蹙眉道:"他们现在何处?"

"青梨苑。"

梨树已是枝叶茂密,似谁千年不变的俊挺背影,保护着她那几欲倒下的身躯。风轻拂,梨树"沙沙"作响,悦耳如同那人温柔的嗓音。

靠着坚实的树干慢慢滑坐在地,洛歌闭眼轻轻一笑,面颊紧贴着树干粗糙的表皮,却觉得格外的温暖。

"他最喜欢在这棵梨树下抚琴了。白衣翩翩，芳草萋萋，阳光零落，风儿微斜。他笑着对我说，此曲名为相思。"

她笑了笑，泪水无声滑落。

"他也是在这棵梨树下，第一次吻了我。呵呵……他的脸是白的，可我的脸却是红透了。"

她睁开眼，仰起头，泪水浸入双鬓，她伸手指了指茂密的叶儿，浅笑着说："记得是那里结了颗梨子，那可是最先成熟的梨子啊！我逞强，偏要一个人去摘，结果爬上去了却下不来，把他急得脸都皱成一团了。"

她说到这里，仿佛眼前又出现了那张皱皱的俊颜，泪水汹涌，可却仍旧逸出了一阵银铃般的笑声。

"他总是把我带在身边，让我安心地偷懒。我们看着管事老妈子那张敢怒不敢言的脸，都快笑死了。"

她转过头，看着风中长身而立的绿衫男子，柔柔一笑："我总以为在玦列的痛苦回忆太多了，可却没想到，还有这么多温暖。"

薛崇简微笑着望向她，忧伤与无奈，苦涩与失落，复杂与糅合，沉淀在那双纯净温和的蜜色眸中。

洛歌叹了一口气，伸手捋开了落入眼中的发，苍白的脸美得让人忍不住怜惜。风吹起她的白色裙裾。晦暗的天空下，这一缕白，缥缈纤弱得仿佛要随着这风幻化飞逝。

"我都记得的，全都记得。"

她抬起头，苍白的唇勾起一抹邪冷的笑意，目光刹那变得狠戾。

薛崇简微微蹙眉，他转身，看见了面色冰冷却唇带淡笑的洛霁曲。

风渐渐平息，阴沉的天飘过铅色的云，缓缓南移。

身着紫衣的洛霁曲，轻轻一笑，她步履婀娜地走了过来，衣带当风而舞，别有一番妖娆，"看你这副样子，破了相，在外面过得不好啊！"

她的声音一如十年前那慵懒凛冽。

洛歌挺直了腰身，她撩开发，顺带抹掉腮边泪水。面色苍白却冰冷倨傲如同睥睨苍生的女王。

"姑姑这十年过得可好？据歌儿所知，这玦列山庄的名声似大不如前啊。"

"有劳你挂心了。"

洛霁曲冷冷地挑了挑唇角，似有意无意地用手中那柄铜色定波剑轻敲着地面。

洛歌的眸光微微一滞。

定波玄风……相生相克……相生相克……

"姑姑可知歌儿的心愿是什么吗？"她轻轻一笑，风姿绰约，骄傲不屈。

洛霁曲紧盯着她,妖艳的眸却冰冷得没有一丝温度。她挑了挑眉,唇勾一抹冷笑:"洗耳恭听。"

话音刚落,狂风骤起,瞬间,飞沙走石,乌云蔽天!

白云迅速一闪,薛崇简的手中,玄风剑便只剩下剑鞘了。

白衣迎风猎猎作响,洛歌手执玄风剑傲立于乱尘狂风之中,似遗世独立,凛然不屈。

"歌儿……"

身边之人突然低唤,洛歌侧头,对上那双无尘的眸。她深吸了一口气,闭眼,转头,吐气,睁开眼冷冷一笑。

"歌儿所愿,杀霁曲,焚玖列!"

话音刚落,飞沙走石见青锋铜芒在混沌间骤然放出弧状亮光!"铮"的一声,两剑相撞,擦出了一阵巨大刺目的火花。两股内力慑得近旁草木竞相炸断,"轰"的一声,头顶突然一记疾雷,响彻天边,银电突闪,撕破了黑色的天际!

杀霁曲!焚玖列!

这就是她的宿愿!这就是让她放弃了所有情爱尝遍了一切苦痛的宿愿!!!

内力相冲,她被击得向后猛退了几步。一股热辣辣突然至胸直逼上喉头,还未等她反应过来,一阵殷红便自口中喷射出来!

洛霁曲微微皱眉,她稳住身体,不屑一笑:"倒有青出于蓝而胜于蓝之势了,洛歌,你比我想象的要强很多啊!"

洛歌抬头,冷冷一笑。她拂袖擦掉唇边血渍,面色苍白却仍旧不屈倨傲。

风依旧猛烈地刮着,身后的梨树剧烈地摇晃着庞大的身躯,发出一阵阵骇人的音浪,头顶,闪电夹杂着滚滚轰雷,冷笑着划过天际。

她站直了身体,放下捂住胸口的手,冰冷而又傲然地牵了牵唇角。

她的身后,薛崇简那墨绿的长衫夹着飞沙高高扬起,他面无表情地看着,眸光淡如静水。只是,他的掌中,鲜血正一滴一滴地随风而落。

她举起剑,再度冲了上去。

这一次,洛霁曲只是立于原地,冷笑而不屑地看着她朝自己冲来。

剑锋距离面门仅三寸之时,洛霁曲猛然拔剑,气聚丹田,轻喝一声,用力一挡,却未曾想,竟被她逼得身体不稳,连连后退!

洛歌趁机转动手腕,调转剑芒,一路追了过去。洛霁曲微惊,她连忙急速向后退去,却显得有些惊诧无措。一个躬身,躲过狠戾的剑锋,她连忙顺势滚向一边,举剑挡住了随之而来的青芒。"吱"的一声,青锋斩于铜芒,震得洛霁曲的虎口险些裂开!她咬紧银牙,奋力一推,趁青锋离去之时,连忙跃起向后跳去。

洛歌稳稳落于地面,她转过头,看着微喘的洛霁曲,危险地眯起双眼。

七步之外的洛霁曲,调整好有些慌乱的气息,抬眸恶狠狠地盯住了洛歌。

"你竟不顾生死!倒还真想与我同归于尽?!"

她厉声开口,声音冰冷凌厉中犹有一丝掩盖不住的颤抖。

洛歌冷冷一笑,她看着她,淡然地再次提起了剑!

"我就陪你玩个痛快!"

恶狠狠的声音急速落下,洛霁曲提剑迎上了她的剑芒。

这一次,不能再低估了她了!绝不能!

十二分的狠劲与十二分的凌厉聚于铜芒,力量出奇毒辣!

洛歌的手腕突然一软,她猛然蹙眉,心跳骤然加快。

果然,铜芒顺着青锋炽热滑向末端,执剑之人虚接她这一击,已落于她的身后。洛歌睁大了眼,暮然往前滑倒。还未等她有所反应,左肩便一阵剧痛,似有什么温热的液体正濡湿衣衫往外流淌。

"当啷"一声,玄风剑掉落在地,她十分狼狈地趴倒在地上。

身后,有人正冷冷地笑着。

左肩的痛让她微微皱了皱眉,她伸手一抹,果然满手血迹。若非刚才她不稳向前滑倒,这刻,恐怕早就刺穿她的心脏了吧!

她右手撑地,回过头,看向身后之人,却不想,胸口又是一阵火辣辣的疼。一股腥甜直窜上来。她皱眉忍住,腥甜却依旧冲入口中。咬紧牙关,她不想再度喷吐鲜血,只痛苦地抑制着。

"还想斗吗?"洛霁曲将剑背于身后,冰冷不屑地看着地上的人。

钻心的疼痛让身体一阵麻木,眼前恍惚,对面之人的脸一会儿左晃一会儿右晃。她皱紧双眉,猛然摇头,试图让自己更加清醒。

风拂过,一阵莲子的清香随风而来。

她猛然侧首,微眯双眼循香望去。

天地黑蒙。

一棵梨树,随风剧烈摇晃。偶尔划过的闪电,让那翠绿浓密的叶骤然发亮。挺拔不屈的梨树,谁的背影,模糊不清却孤独地伫立一方,为谁撑起一片天空。

树下身着绿衫的人。他静静地看着她,不蹙眉,不咬唇,只静静地淡淡地、目光柔和地看着她。消瘦颀长的身体似在这狂风中化成一尊青岩,坚定地立于那里,不让她一个人孤军奋战。

"……"

"即使没有我,也要好好活下去。"

"……"

"若败,我亦不会独活。"

"……"

"快乐幸福地活着吧,好吗?"

"……"

谁的话语,凄凉温柔得如同月下海洋。

谁的声音,忧伤坚定得如同千年阳光。

她突然笑了,鲜血随着她的笑容滚滚而下。

她突然痴了,仿佛看见白衣男子与绿衫男子正站在自己的背后,各伸一掌,轻柔地却用力地将自己推起。

洛霁曲睁大了眼,看着满身鲜血的她正笑着,坚定地站了起来!

刚才那一刻,必定是令她经脉尽碎的!

怎么可能?! 怎么可能?!

她惊得连退两步!

鲜血顺着唇角不停地涌出,她毫不在意。她在意的,是身后的人。

他们,要自己活!

白衣遍染的鲜血,惊心触目。发丝凌乱,在风中张狂地飞舞。这一刻,她仿佛就是忘川之畔蔓莎珠华,带着血色,冷冷绽放,傲然得令人不敢直视!

她慢慢地举起剑,幽蓝的光围绕着剑芒,浓郁诡异得如同修罗幽光,她借力奔跑两步,猛然跃起挥剑直刺洛霁曲的天灵盖!

"当"的一声,铜芒阻挡住青锋,却阻挡不了急煞的剑气。双手猛然无力,洛霁曲的眸中,青锋竟穿过铜芒直刺过来。

剑,碎了?

碎了吗?

幽蓝的光芒刺入双眼,直冲云霄。

洛霁曲的眸,终究只停留下了剑芒刺向自己的那一刻。光芒在头顶绽放,紫衣女子轰然倒地!

她松手,亦重复地摔倒在地。

意识模糊中,她只知道自己被拥入了一个特别温暖,温暖到让她想安心睡去的怀抱。涣散的视线中,一阵红雨与一阵蓝雨正围绕着幽蓝的光柱,向上延伸,缠缠绵绵,不分彼此。

她认得,红雨是荞花,蓝雨是冥花。

定波玄风……相生相克……

相克……尽碎剑身。

相生……幻化缠绵。

原来,是这样啊……

红豆劫

汝负我命,我还汝债,以是因缘,经百千劫,常在生死。

经百千劫,常在生死……

生死两悯间,若无爱,是否便无生死之遗憾?

从爱生忧患,从爱生怖畏;离爱无忧患,何处有怖畏?是故莫爱着,爱别离为苦。若无爱与憎,彼即无羁缚。

无爱无憎无羁缚。

我佛,无爱无憎当真无羁缚?

我佛,离爱之人旋于风尘何意?

我佛,情爱之债当真缠缚千劫?

我佛,我本是离爱之人,染尽红尘,结万千羁缚于身。

我佛,我愿历千劫,只为爱一场。

……

茫茫白雾,穿梭过指尖发际。本应湿润寒冷的雾气,此时却是异常的轻柔温暖。洛歌一身素白,乌发披肩,双脚赤裸。她茫然地看向四周,一片混沌。

方才刚与一禅意梵音对完话,睁眼便到了这里。

这里……是哪儿?

她伸手挥开眼前的白雾,发现远处有一格外明亮的光点,那里是出口吗?她疑惑地皱了皱眉,慢慢前行。

双足似踩在软软的棉花上,给人一种无法言喻的舒心感觉。

光点越来越近了,洛歌睁大了眼,看向洞外。一片白光,似什么也没有,似是被人猛地一推。她一个踉跄,跌了出去。

洛歌有些愠恼地揉了揉脚,蹙眉回头望去,却发现那洞口消失了,身后便如身前一样,只是片白茫茫的雾。

奇怪,又跌进了另一个雾世界!

洛歌皱眉站起,迟疑地向前迈了一步,遽然抬头,她却发现面前的白雾正慢慢消散,而脚底竟是一片青绿的草地!

她惊得张大了嘴巴。

白雾往两边退去,眼前的景象也慢慢地浮现。

朦朦胧胧的,她好像看见了一棵树,一棵挺拔参天的树。紧接着,她又好像看见了两个人,一个白衣,一个绿衫,一个坐于树下,一个立于树旁。一个伸手抚琴,一个默然吹笛。她看不清他们的面目,只依稀觉得二人身影似有相识之感。于是,她又往前走了几步。

阳光突然洒下,她抬起头,看见的不是白雾,而是一片蓝蓝的天空与柔柔的浮云。她环顾一周,发现湖边垂柳依依,蝶恋百花,春风和煦,日光明媚。更似有一股亲切之感。

她回过头,微眯双眼,望向那树下二人。

乐声戛然而止,他们亦抬头望向她。

白衣男子眉宇温润如玉,唇挑柔情,一双银白色的眼眸就好像仲夏的月光,透着深深的温柔与眷恋。他白衣翩翩,体态优雅,风姿绝代。他看着她,温柔地笑着,眸中一片潋滟。

绿衫男子面目年轻俊逸,一对飞扬的剑眉下,一双眸便如阳光下的溪水,透明澄澈纯净得让人不敢直视。那蜜色的眸又如阳光下的琥珀,透着无限的灿烂。一袭墨绿长衫将他衬得更加丰神俊朗,秀如青竹。他亦看着她,眸光温暖,腮边酒窝深陷。

洛歌有些困惑地看着二人,连彩蝶停在她那白皙娇嫩的玉足上,她都没有发现。

那白衣男子冲她偏头一笑,缓缓开口,声音温柔缠绵:"你我能赋的只有《长相思》罢了,即使没有我,也要好好活下去。"

那绿衫男子朝她扬唇微笑,轻轻启唇嗓音温暖悦耳:"吾之情护汝之心,吾之心博汝之情,我会陪着你,一直陪着你。"

他话音刚落,那白衣男子竟如夏夜萤火,微笑散形,那些白色的小亮点,随风而去,无声无息。

洛歌的心遽然一痛,她捂住胸口蹙紧双眉,茫然不知何事。

耳边,似响起了一段歌声。悠悠然,惨淡淡,满是忧伤与凄凉。她睁大了双眼猛然看向那绿衫男子,他依旧微笑,腮边的酒窝深深凹陷。

耳边的歌声越来越清楚,像叹息,像依恋,像他的声音。

"……死生契阔,与子成说。执子之手,与子偕老。于嗟阔兮,不我活兮。于嗟洵兮,不我信兮……"

所谓的修罗之苦,大概就是这种感觉吧!

洛歌皱眉,全身上下一会儿无知觉,一会儿又剧痛无比,如此反复,不停地折磨着自己。眼皮似千斤重,任她怎么努力,都睁不开。她妄图动动身体,却发现一切徒劳。

耳边的歌声真实而清晰,悲凉的曲调,缠绵的歌词,经那人唱出,别有一番风味。

他的声音本就温暖悦耳,唱这歌时,声音故作低沉,如悠悠长调,又如幽幽叹息,沉寂地拉回了她的意识。

"唱歌啊……"

谁在哼哼？声音又小又弱,恍若无声。

她有些不甘地皱紧眉,用力地睁开眼睛,映入眼帘的,却是一张如阳光般温暖的脸。

"你终于醒了！"

薛崇简大叹一声,仿佛被人抽干了全身的气力似的又倒在了椅子上,他先是微微地笑,再是呵呵地笑,最后他竟哈哈大笑起来。笑声像是宣泄着什么,尽情地放开一切用力笑着。

"薛……"

这又是谁的声音？细细地,弱弱地,明明就是一团气在哼哼啊！

洛歌皱紧了眉。

原本毫无知觉的手此时却被一股烫人的温暖包裹。洛歌蹙眉动了动手指,又引来了薛崇简的一阵笑声。

"叫你你不醒,唱着歌就把你唤回来了,早知这样,我就应该早些对你唱歌！"

他朗朗地笑着,低眸看着她那苍白的指在自己的掌中微微的动。

洛歌转动眼眸,看见了他的侧脸。

他笑着,笑容灿烂温暖,美好阳光。可他的眼,那双蜜色的犹如阳光下琥珀的眼中,是庆幸？是惊喜？是忧伤？还是……

他猛然转过脸,双眸迎上了她的目光。他微微一愣,又灿烂一笑:"你睡得太久了,我以为……还好……阿洛,还好……"

他伸出手,指尖轻轻抚过她苍白的脸,停在了她眼下的伤痕边。

"渴不渴？饿不饿？睡了那么久,应该很饿吧！"

他想了想,拍了拍脑袋自嘲一笑:"瞧我,该喂些水给你喝的！"他说着,站起身倒了杯温茶,托起她的肩,看着她慢慢啜饮。

温热的液体滑过胸腔,带着一股无名的动力,通向四肢百骸。她刚想摇头不喝时胸腔一阵火辣辣的疼,一股腥甜还没等她反应过来就喷了出去。

薛崇简的脸猛然变色。

她的唇、下巴、前襟,全都被染成了大片大片触目的殷红。

她闭上眼,先前那股痛到极致的感觉再度袭来。

"很疼吧……"他的声音格外的轻柔小心,他看着她那强忍着痛楚的目光,怜惜道:"痛就叫出来,不必忍。"

她皱眉睁开眼,毫无血色的目光比先前更加苍白。

薛崇简想了想,抱住她的上身,又接着唱了起来,歌声低沉悠远而又悦耳:

"出其东门,有女如云。

虽则如云,匪我思存。

缟衣綦巾,聊乐我员。

出其闉阇,有女如荼。

虽则如荼,匪我思且。

缟衣茹藘,聊可与娱。"

痛似乎渐散,意识似乎渐渐迷离。她靠在他的怀中,慢慢慢慢地,又睡了过去。

再度醒来,已是翌日黄昏。

房里只有她一人,薛崇简不知哪儿去了。

她皱了皱眉,却忽觉身体变轻了很多,不再似昨日她刚醒来时那种铅重了。她抬了抬手,发现自己的胳膊居然可以灵活活动。吐了口闷气,她用右手扶住床沿,慢慢地坐了起来。双腿亦可活动,只是左肩被包扎了起来,隐隐作痛,整只胳膊都无法活动。

她一愣,又微微转头看向紧闭的房门。一股无名的寂寞之感突然紧抓住她的心脏,让她喘不过气来。她垂下头,眼眶湿润。

她以为自己会死。本来嘛,与洛霁曲一战,她抱的便是必死之心。她以为自己再无牵挂,可是一想起十三的话,与那人的承诺,她的身体里,竟会生出满满的坚不可摧的力量。

她仰起脸,泪水滑过眼角,流进乌黑的发中。

十三,不是一直希望自己能好好活下去吗?

他用自己的生命换来她的余生,最后,也只是温柔一笑。

"十三……你当真……不孤单?"她轻轻一叹,伸出手拔下发中的祈祋钗,泪眼婆娑地仔细端详:"你不孤单吗?不要歌儿陪着你吗?你一直想要自由,一生却被禁锢,十三……十三哥哥……"她低泣着,将那珠钗放在颊边,闭眼轻轻摩挲。

窗外的阳光透着些许春日暖意带着微凉的风吹了进来,血色夕阳如墨在天边晕散。日落西山,洛阳街头华灯初上,那楼外的青山在红色的霞光中只显现出墨色雄壮的身影。余晖入室,在冰冷的地上洒下一片柔柔的凄暖。照射在她的身上,带着轻如风儿的暖意。

她突然睁开眼,泪水滞住。她有些困惑地举起银钗,对住夕阳眯起眼仔细地看着,钗尾的明珠泛着暖色的光芒,原本银白色的珠身此时微晃,那明珠与银钗交界处隐隐有一条微微不可见的细缝。

　　洛歌垂下头,她握紧钗尾,微微蹙眉。冷风忽地一吹,她的手猝然一抖,泪水凝目,指尖一紧,她慢慢地旋转。

　　慢慢地,钗尾与钗身分离,就在那一刹那,暖色的光芒突然让她睁大了眼,忘记了呼吸,心脏似被人狠狠抓紧。

　　三粒干瘪甚至微黄的红豆,在夕阳那温暖却凄凉的光芒中快乐地蹦跳了出来。

　　如钝锯锯过心脏般的疼痛,突然从脚底一直冲到头顶。她极力地睁大眼睛,像是要含住那早已满满的泪水,她的唇,慢慢地抖动,慢慢地,化为了一丝深深的笑。

　　三颗红豆,在暖黄色的夕阳中,泛着淡黄色的光芒,像极了她那将要流出的眼泪。

　　红豆,又名相思豆。乃有情之人至痛至深的相思之泪幻化而来。相思之泪……他的相思之泪吗?

　　她突然捂住唇,却难以自抑地大笑起来。是凄凉的笑?是哀伤的笑?还是那痛到极致无以排遣的笑?

　　延载三年,他离去。

　　万通二年,重相离。

　　三年的离别之期,三年的无尽相思,三颗红如血泪的红豆。在这根不知被他拂过多少遍的珠钗中,痛楚寂寞地等了十年。

　　等了十年啊!相遇却不相认,他该是怎样的痛苦?那是痛的深中更深的感觉吧!

　　"十年……你竟不说……十年!"她大声号啕,泪水像是由着血液经过疼痛的心脏涌入眼眶,无尽地流淌,她的哭声撕心裂肺,凄凉伤痛,仿佛没有了任何依靠一般分离的哭泣,寻找着那已不复存在的力量。"你不脏……我骗你的……十三!十年!你怎么能这样……啊?不痛吗……"

　　她哭到浑身抽搐,哭到双眼酸疼。哭到那泪似已化为鲜血,流淌在她的脸上,流落为那夜色之中,她那无尽的相思,与忧伤的他低叹。

　　相遇却不相认,他低叹,物是人非。

　　相遇却不相认,他以为,配不上她。

　　又何必留一丝遗憾?又何必惹来她的空叹?狠一狠心,折磨的只会是自己,幸福的终究是她。

　　那些个夜晚,没有她的夜晚,他温柔的笑,可眸光忧伤带着痛,更带着那难以抒发的无尽相思。能做些什么呢?抚一抚相思豆,吻一吻祈祓钗,痛,并不减少。

　　那些个夜晚,芙蓉帐暖,当那一具具撩人娇体迎上他的时候,他强颜欢笑,只为了得到那一份可以保护自己最爱之人的权力,可是,他错了,太傻了,不是吗?

　　他害怕她看到自己的肮脏,害怕她看到自己的狼狈。他已配不上她,如此肮脏之人又如何配得上一个清如莲花的女子？他笑，笑叹自己的肮脏；他劝，肃劝她不必执著。

忘了自己，就如同忘记那一份本不该开始的爱。

"你该多寂寞？多寂寞？"她闭上眼，哭声渐渐变小，可心却痛得越来越深。"你怎么可以狠得下心？红豆算什么……算什么！"

"既然要我活下去，便让我陪着你吧！"

她捧着那三粒红豆，戴好发钗，右手用力撑住床榻，缓缓移动，双腿是没有知觉的，全身上下，她只有一只右手可以用力。

"咚"的一声，她栽了下去。

上身倾倒在地，可没有知觉的双腿却仍旧挂在床檐上，她疼得猛皱了一下眉头，却又不知哪来的力气强撑着依靠右臂的力量一点一点地往前爬！

她要找他问清楚，这十年他到底怎样在生活！

她要告诉他，即使阴阳两隔，她依旧要陪着他！

床榻距离房门只不过二十来步的距离，可她却忍受着难以忍受的痛苦，一点一点，朝着那扇门慢慢地爬去。

若这是三年相思的距离，我也定越得过去！

即使没有双腿，我还有双手！爬，也要爬到你的身边！

她的手中，已没红豆。她的眼泪，汹涌滑落。她不相信，三年的相思，十年的相处他竟可以装做什么也没有发生。装作一个局外人，谈笑之间便可将自己那深藏的痛楚埋于心间，独自一人去承担一切！

需要你这么保护吗？这样的保护亦伤我至深啊！

她咬破了唇，满嘴的血腥。胸口一阵火辣辣的疼，好像要让她全身爆裂一股灼人的疼！她强忍着，拖着没有知觉的双腿一点一点地往前爬！

当沉沉的霞光终于照射到她脸上的时候，她竟闭上了眼，忘记了言语，忘记了行动，那墨绿色的身影，在温暖凄哀的橙色光芒中随着晚风晃动。下一秒，她便落入了一个泛着莲子清香的温暖怀抱。

她慢慢地睁开眼，想冲他笑，可眼泪却先行一步润湿满襟。她颤抖着举起手，慢慢张开，三粒干瘪微黄的红豆在她的掌中开心地咧嘴欢笑。

薛崇简的身体遽然一颤！

他面无表情地看着她，可那蜜色的眸中满满的全是怜惜与痛楚。他抱紧她站起身，走出了房门，下了楼。

最后一点红色的余晖终于消失在天的尽头。天空先是深深的蓝色，后又变成了蓝黑相交的沉郁。

玖冽山庄,空无一人。

空荡荡的山庄中,有人的脚步一声一声像是足踩在心房上,揪紧了人的神经。墨绿色的衣衫在夜风中孤寂地飞扬,他面无表情地看着前方,英挺的眉狠狠地皱紧,蜜色的眸中满是沉郁的哀伤。

断情阁,垂柳下。

那人的坟墓在黑色的夜中迷离的月下,倍显凄清与落寞。墓边的荞花凌乱飞舞。

她皱着眉,看着那孤零零的墓碑。

薛崇简就站在她的身后,拥住她,蹙眉看着她泪流满面。

怀抱这骨灰坛的双手轻轻颤抖,她垂下头扶住墓碑慢慢跪倒在地。

月光泻落满湖,和着湖面缥缈的雾,像银色的纱罩住了大片大片含苞欲放的荷花。

她脸贴着冰冷的墓碑,泪水滴落在碑旁的杂草里,在月光下闪着晶晶点点的银光。她挑唇,露出了一丝凄凉的笑,夜风吹过,她抖动着睫毛睁开了眼,抬起手,伸张五指。

"三年的相思不过三粒如血的红豆,那我的呢?对你十三年的思念,你又该怎样还我?"

她凄然一笑,泪水滴落在掌心那三粒似血般通红的相思豆上。

"你叫我怎么办?你叫我背着这么大的债要怎样活下去?是你的残忍还是我的残忍?十三……你叫我怎么办?"

她静静地流着眼泪,唇边的笑越来越苦。

"你为什么那么傻?我为什么那么蠢?若是早一点……早一点……十三……十三……"

她的身体在风中颤抖着,她的眼泪在风中汹涌着。那些晶莹的泪花儿好像永无止境似的从她的眼中不断流下。她咬住唇,抽噎着,心狠狠的痛着。

月光下,衣袂翻飞,发髻微晃,他忧伤一笑,蜜色的眸在月光下如同溪水流淌着透明却忧郁的水波。他别过头,闭上眼皱紧双眉。她的每一声哭泣,都似乎能够将他打入那万劫不复的痛苦境地。

墓碑前,她的抽泣声由小变大,最后竟变成了一声声撕心裂肺的质问。

"你要我如何?!活下去吗?带着这种痛残忍地活下去吗?!"

她瘫倒在地,掌中的红豆滚到草丛中,不见了踪影。

她用额头抵住冰冷的碑,泪水顺着碑文缓缓而下。

那个夜晚,浮上心头。她醉倒在那个人的怀中,听见他温柔地说:"要好好照顾自己,不要再喝那么多酒了。"

"要懂得珍惜身边的人,不要再执著了。"

"即使天塌了,也不用你去顶,所以,不要太累?"

"放任自己自由吧!做自己想做的,爱自己想爱的。"

"即使……我死了,你不也还是要好好地活下去吗?"

"快乐幸福地活下去吧。"

快乐幸福地活下去吧……

你走了,又如何教我快乐幸福地活下去?

她嘲笑着大哭着,胸口似被撕裂般疼痛。

双眼又痛又痒,可泪水却依旧滚滚而下。

她垂下头,睁开眼,眼前却一片白色。

双眼一阵刺痛,这种刺痛又蔓延到脑袋里,她皱着眉,呼吸似被谁生生掐断,快要窒息。

一片金星,她突然向后仰去。

凄迷的月光下,薛崇简的脸瞬间失去了血色。他急忙伸出双臂迎了上去。她倒在他的怀中,唇边带着嘲讽哀痛的笑。

"歌儿!"

薛崇简大叫一声,目光一滞,只觉得被人狠揍了一拳。她睁大了眼,瞳人收缩!

怀中的她,紧闭双眼,脸色苍白,月光在她脸上凄凉地游走,她的眼角,有血泪正不停地流下。

血泪!

刺人双眼,揪人心肺的血泪!

再遇狼

隐隐约约地,她好像听见有人在低低地交谈。

满屋子的淡淡荷香,正是她最喜欢的荷香。她有些贪婪地呼吸了两口。

一股温暖的气息突然笼罩全身,带着莲子的清香。额上突然一阵细碎的温暖,好像是谁的指尖正在她的额上游走,她微微蹙眉。

温暖的气息慢慢清淡,她想伸手抓住,可全身乏力。

"是何原因?"

低沉的声音带着焦急,带着关切,让她心安。

一阵踢踏声,好像有人走了出去。

断断续续的,她好像听见什么"哀极攻心……气血冲顶……"

她动了动手指,皱紧了眉。

眼睛好像被什么蒙住,带着一股淡淡的药草味,让她的头脑格外的清醒。她抬起手,启唇难地唤了一声:"薛……"

"歌儿,别动!"

送走大夫,薛崇简在门外听见一声虚弱的呼唤,便连忙奔了进来。离她一步之遥时,他故意稳下脚步,理顺呼吸,明知她看不见,脸上却依旧带着一丝让人心安的笑容。"我在这儿呢!"他轻轻一笑,伸手抚了抚她的额头。

洛歌皱着眉,慢慢启唇:"我的眼怎么……"

"大夫说了,眼睛没事。"他依旧以最轻松的语气回答她,可脸上却是深深的哀痛与忧虑。她皱了皱眉,握住她的手,接着说道:"大夫说了,按时喝药换药,你的眼睛便会很快好起来的。"

她沉默地抽回手偏过头,声音沉闷:"你又何必骗我?双眼流血……我再也看不见了吧!"

他心中一痛,面色依旧淡然:"怎么会看不见,只是时间问题罢了,大夫说了,你的眼睛或许明日起来就会好,或许后天就会好……"

"或许一年……或许一辈子不好呢?"她叹了一口气,双眉皱得越发紧了。

薛崇简盯着她的脸,好一会儿,才长长地吐了一口气,故作轻松地笑道:"那么好看的眼睛怎么会瞎掉?你别再自己吓自己!不要想那么多,好好地疗养,何必为自己徒增那么多的烦恼?"

洛歌抿了抿唇,艰涩一笑。

"好了……你睡吧!"薛崇简替她掖好被子,正准备离去却听见她在背后低唤了一声。

"怎么,睡不着吗?"他回过头来看着她。

微微迟疑了一会儿,洛歌才松眉轻声道:"我不想再留在洛阳,去江南吧。苏州扬州……都可以……"

薛崇简淡然一笑,神色飞扬,胸中大石似已稍稍落地,他点了点头又连忙道:"好,就依你,不管你去哪儿我都陪着你。"

昏昏沉睡已不知睡到了何时,睁开眼,看见的也只是一片死寂的黑暗。

洛歌突然皱眉,她抓紧了薄被,突然觉得满是冰冷。

"薛崇简?薛崇简!"

没有人回答他,他不在这里!一股无名的恐惧感突然涌上心头,扯痛她的心脏,满室的温暖也似随着那人的离开而消失。

一种空落落的恐惧感，骇得洛歌拼命地睁大眼睛，她伸手掀掉了捂在双眼上的纱布，可眼前依旧黑暗！

无尽的黑暗，让她觉得自己是这样的无助害怕。

她伸出手，是那样迫切地希望会有他的手握住自己，可是……

"薛崇简！薛崇简！"

她的声音颤抖得厉害，可音量却是又小又弱。无奈，她只好强自镇定，掀开被子伸出手，胡乱地摸索着，眼前无路也无他，只有黑暗，只有那让她茫然让她无措的黑暗。

已不知撞倒了多少个椅子，亦不知跌倒了多少次。待她真真切切摸索到房门时，她觉得，仿佛已经耗尽了几百个世纪那样的漫长。

她扶住门慢慢站了起来，可醉麻的双腿依旧不停地打颤。好不容易，她才省出些力气伸出手打开了那两道让她跌得满身是伤的房门。

风，暖暖地刮过。初夏的风本就带着一丝凉凉的温暖。迎面而来，带着洛水河畔的花香，让洛歌紧绷的神经缓缓放松。脚刚向前抬去，却不想撞上了一堵"墙"。

洛歌骇得连忙往后退去，只是当她还没有抬起步子时，手腕便被人生生擒住了！

"大唐女子怎生得如此莽撞！"

低低的咒骂声，带着一丝胡腔，让洛歌猛然一怔，她挣脱着那人的手，皱眉喝道："放开！"

"你这女子……"一阵掌风迎面扑来，还未落下便停住了。

下一秒，一股无名的压迫感便逼了上来，左手突然被人拽住，洛歌又急又气，她正准备大喝一声，却不想被一道冷森的声音截住。

"洛？你姓洛？"

刻意被压低的声音仍透着一种不羁一种狂傲。这声音似曾相识，却又始终模糊不清。

"回答我！你到底是不是姓洛?"

下巴被人紧紧捏住，痛得洛歌咬唇皱紧了双眉。一丝冷气自唇齿间逸出，捏住下巴的那道力气又蓦然放轻了许多。

"我姓不姓洛干你何事！"

"你当真是姓洛的！"冷森的声音中又透出狂笑，下一秒，一声咒骂又平地而起。"该死！我居然不知你叫什么！姓洛的，你……"

姓洛的！

仿佛晴天炸雷，洛歌睁大了眼，身形摇晃。

那个邪恶狂傲的男子！那个如草原苍狼一般的男子！那个似大漠雄鹰的男子！那

个让她害怕让她惊惧的男子！居然此刻毫无预兆地出现在了她的面前。

"姓洛的，你是属于我的，我一定会得到你，我的汗妃！"

当年那如血誓一般的话语再度在耳边炸响。洛歌瞬间苍白了脸色，惊惧地忘记了言语。

"终于得到你了……我的汗妃！我突厥至高无上独一无二的汗妃！"

搂住自己的臂膀将洛歌勒得喘不过气来，她伸出手想推开他，可惜一切徒劳。

"你的脸……"粗糙的手指抚过她脸上的疤痕，那如鹰般犀利的眼睛看着她那黯淡的眸光突然一震。

那双原本灵秀俏皮的眼睛，那双清澈无比的眼睛，此时却是如此的空洞与茫然。

身体突然一颤。

"你的眼睛……"

"放开我！"洛歌强自镇定的冷冷开口。拥住自己的双臂松了些力气，但却仍旧拥着她。洛歌深吸了一口气，冷然道："莫啜，放开我！"

"随我回大漠去吧！"

"做梦！"她想也不想，脱口而出。

面前的人冷冷一笑，双眸竟如草原的狼一般生出了一股誓不罢休的决绝。抬手用力挥下，颈间一痛，下一秒，洛歌软绵绵地倒下。

洛歌再度醒来时，已是三日之后。

摇晃的马车中，她悄然皱眉。双眼被一团黏糊糊的东西给覆住了，一股子淡淡的草药味儿。抬起手又蓦然放下，身体猛然一震。

那个草原之狼般的男子，当真要将自己带去漠北？

她大骇，马车突然一晃，她一个不稳歪倒在了一旁的车壁上。

小小的车厢中，一声轻不可闻的嗤笑声在耳边炸响。

洛歌的背影遽然一僵，她摸索着退到原地，伸手抱住双膝，将脸埋在双臂中。

无名压迫感靠近，洛歌绷紧了身体。

一股强烈的男子气息突然将自己紧紧包裹，身体突然贴上了一具如铜墙铁壁般结实的身躯，洛歌大惊，连忙抬头起身后企图推开他。

"你怕我？"

莫啜低头眯起深邃的眼，轻声嗤笑。他故意加重力道，令她在自己的怀中动弹不得。

胸前的挣扎蓦然停下，洛歌冷冷一笑："是，我怕你。"

"为何？"他来了兴趣，牵起唇角邪邪一笑。

"放开我。"洛歌面无表情淡然开口，她咬紧银牙，全神戒备。

莫啜有些无趣地松开手,退到了车厢的另一边。一双沉默的眼依旧犀利地盯住她。"姓洛的,你让我找得好苦。"

洛歌沉默,将头偏向一边。

莫啜见了,只作淡淡一笑,他抬起手摸了摸下巴,一脸的不羁倨傲。"我在扬州逗留时日,却始终没有找到你,料想,你已离开此地。后来,我又去了湖州、苏州、徽州等你,却依旧无果,真如那无头苍蝇一般。姓洛的,你看,神终究安排你我再次相遇,所以,这次你绝对逃不掉了。"

车厢里蜷缩的身影一动也不动。莫啜蹙眉,正觉怪异,他欲伸手推她,却见那身影猛然弹跳起来冲出了车厢。他大惊之下,连忙伸出双臂抱住了她的后腰。

冷冷的风呼啸着奔腾而过,洛歌一下呆住了。那些夹着沙的风吹打在她的脸上,刺疼却又让她格外清醒。

荒凉的戈壁,寸草不生的戈壁,卷着碎石张狂飞舞的戈壁之风。原来,她早已离开了大唐的旖旎。

泪水突然滚滚而下,双眼又胀又痛。蒙着眼的纱布似勒得越来越紧,紧到让她失去了一切的知觉。她颓然地坐回车厢中,微微张嘴,却没有发出任何声音。

莫啜长松了一口气,目光一凝,又突然跳起来捧着她的脸,怒喝道:"难道你真的不要你的眼睛了!别哭了!"

"这里……是哪里?"她呆呆地问道,泪水却依旧汹涌不停。

莫啜气得双手发抖,他不知轻重地抹掉她的眼泪,没好气地答道:"关外戈壁!你我已出了玉门关!"

"玉门关?"她愣了愣,突然发狂般地推开他的手,挥拳用力地捶打着他的身体,又是满脸眼泪:"我不见了,他该多着急!多着急!莫啜,送我回去!!"

手腕被人擒住,蚀骨地疼痛。

此时的莫啜,脸色异常阴翳,他危险地眯起双眼,手中的力道不觉加重,似要生生地将她的手腕捏断。"你,休想!"

"放开我!"她挣扎着,咬紧银牙,恶狠狠地说道:"你若不放我回去,我今生今世都不会原谅你!"

"那又怎样?我只要你在我身边!"他冷冷一笑,用力揽过她的身体,紧拥在怀中,低首狠狠吻住了她的唇。

大脑瞬间空白。她只觉得唇上一痛,不禁皱紧了双眉。一股腥甜缠绕口中,让她突然清醒。她张口,用力咬住了他的唇,狠狠的,像是要咬烂一般,用尽了全身的力气。

莫啜皱紧了浓黑的眉,强忍着,却又终究放开她,将她推到了一边。

车厢内的空气,冷飕飕的,比那夜幕下的戈壁滩还要寒冷。

莫啜皱眉抹掉了唇边的血迹，又抬眸看向阴暗处那张苍白冷漠的脸，冷笑道："还倒真如当年一般倔犟！越来越狠了！"

洛歌听了，突然牵起唇角笑了起来，她抱紧了双膝，冷冷道："留下我的人在你身边又有何用？我的心不在……"

"留住你的人，自然能留住你的心。"倨傲的笑重新流露在唇角，他的眸光犀利而又不可一世。

车帘被戈壁的大风吹起，她抖了抖身体，蜷缩得越发紧了。

不知那个仍在洛阳的人，此刻该有多么的着急……

天与地

天与地的交界处是什么？是连绵起伏的高山，是成群的牛羊。牧人的歌声直通云霄，嘹亮的马哨声随风传递，炊烟飘向天边，帐篷一朵一朵地散布在这片青绿的草原上，金狼头旗帜迎风飘扬，猎猎作响。

众人欢呼，顶礼膜拜。

他们的汗，至高无上的汗，终于平安归来！

莫啜坐在高高的骏马上，他以一种睥睨众生的姿态俯视着众人，微眯的狭长双眼，深不可测，可那如苍鹰一般犀利的目光又是如此严酷地锁牢着他的臣民，让他们在他的面前，大气都不敢出一下。

"可汗。"身着软甲的赫沙跪在莫啜的面前，谦卑而又畏惧。

莫啜牵起唇角淡淡一笑，他伸出手置于赫沙的头顶上方，微微抬起。"赫沙，抬起头，告诉我，我不在时，族人可好？"

"一切安好。"赫沙抬起头，看着逆光下的尊贵黑影不禁垂下眼睑，不敢直视。莫啜的目光却突然抬起投向了不远处的一座帐篷。

美丽的少女身着胭红的衣袍，俏生生地站在帐篷前，对着他微微地笑，风吹起她的辫子，吹起她的袍子，她只是静静地在那里，任那草原风将她双颊吹红。

犀利的眼神蓦然轻柔。莫啜跳下马，绕过众人朝着少女大步流星地走了过去。

"阿莫依娜，哥哥不在，你可保重了身体？"

"哥哥！"阿莫依娜娇呼一声，立马奔入了他的怀抱，"咯咯"地笑了起来。

莫啜有些宠溺地抬起手摸了摸她的头，唇边那冰冷的笑转瞬化柔。

"哥哥去了好久！"阿莫依娜抬起头看着自己可亲的兄长，假嗔道："那大唐的风光好过我们的草原吗？那大唐的小鸟儿比得过我们的苍鹰吗？大唐的山有我们的天山高吗？大唐的女子有我们草原的女儿豪爽吗？哥哥怎么去了那么久！"

莫啜有些无奈地抱了抱她，轻笑道："傻妹妹说了这么多，哥哥我该先回答哪一句呢？"

"哥哥！"阿莫依娜跺了跺脚，噘嘴看着兄长。

莫啜淡笑着摇了摇头，他牵住她的手，走向了马车。一边走一边回过头对着她说："哥哥带你去见一个人，哥哥要拜托你一定要将她照顾好。"

"呀，谁能让哥哥这么上心！"阿莫依娜不禁好奇地睁大了双眼。

脚步在马车前滞住，莫啜看了妹妹一眼，微微迟疑了一会儿，才伸手将车帘撩起。昏暗的车厢中，一团白色的影子正紧紧地蜷缩着，风灌涌进去，那白影突然一震。

"洛……"莫啜皱了皱眉，"洛……洛儿，到了。"

洛歌有些茫然地抬起头，她皱着眉，弓起背，冷冷一笑："滚开！"

"你……"阿莫依娜气极，居然有人敢这么对待哥哥！

莫啜伸手挡住了阿莫依娜挥起的拳头，他冲她摇了摇头，黑沉的眸中满是无可奈何。

阿莫依娜微微蹙眉，她收回手，又困惑地看向那个白影。

莫啜伸出手将洛歌拉了出来，慌乱间，他突然用力地抱紧了她的身体，让她动弹不得。

"你滚开！滚开！"她徒劳地挣扎，口中大骂。

莫啜只是冷着一张脸，不发一言。他抱紧她，在众人惊愕的目光中大步走向王帐。"嘭"的一声，他将她用力地扔在了榻上，摔得她两眼发花，骨头散架。

"这里是突厥！不是那个可以保护你的大唐！"莫啜冷冷看着那张因疼痛而扭曲的脸，阴翳的脸上终不起一丝波澜。他冷哼了一声，接着说道："在这里，你是异族！而异族在这里注定为奴！洛儿，我劝你好自为之！"

洛歌狠狠地咬住下唇，紧皱双眉，将那声已在唇齿间打转的痛呼声又硬生生地逼了回去。她费力地坐直了身体，不屈地冷笑道："夷狄竖子！"

"你……"莫啜冷冷地吸了口气，俯下身，用力捏住她的下巴，抬起她的脸，眯眼冷然道："我本就是野蛮人，我随你怎样骂！你不可能骂我一生，对不对？我的汗妃。"

他松开手，大笑了起来，笑声邪逆而瑟冷。

洛歌倔犟地偏过头，仿佛是被人戏辱了一般，双颊通红。

莫啜伸出手，小心翼翼地捋开她的发，声音不禁放柔："听我的话，突厥并不比大唐差，你会喜欢上这里宽广的草原和耸入天际的天山，我会医好你的眼睛。"他的手指慢慢下滑，抚上她脸颊上的疤，"以及你的脸。"

"不需要！你滚开！"她像受惊的猫，弓背抱膝退到了角落中。

他的手僵在半空，久久没有收回。狭长黑沉的眼蓦然变冷。他直起背脊，俯视着她挑起唇角，冷冷一笑，转身大步走了出去。

王帐中，突然安静了下来。

洛歌紧紧地皱着眉头，痛苦地将脸埋在双臂中，身体不可抑制地颤抖了起来。双手蓦然攥拳，她突然跳起来，往外冲去。

可她忘了，自己已经瞎了。

脚绊倒了火盆，烧得通红的炭火朝她翻了过来。她已来不及躲开，只能瞬间窒息，等待着那热的疼痛。

黑影闪过，下一秒，她被死死地护在了一个宽大的怀抱中，身后一声闷哼，低沉而又隐忍。洛歌张开嘴，忘了言语，直到身后人带着她滚到一边。

"哥哥！"

阿莫依娜大呼一声，连忙奔到了莫啜的身边，不知所措地睁大眼又急又气。

"我没事。"莫啜摇了摇头，可整个后背都被炭火灼伤了。他松开怀中的人，看了看她，又连忙柔声道："有没有事？烫到你了吗？"

"哥哥！"阿莫依娜蹲下来皱着弯弯的眉毛扫掉了残留在他身上的炭星，急嗔到："这种不知好歹的女人，哥哥何必如此救她！"

莫啜只作没有听到妹妹的话，他皱了皱浓眉，动作轻柔地扶起洛歌，将她打横抱起，重新放回了榻上。

莫啜僵直着背脊坐在榻沿，看着那张毫无波澜的脸，低声说道："去吩咐人，将这里打扫干净。"

阿莫依娜看了看哥哥又看了看洛歌，一跺脚，低身走了出去。

王帐恢复安静，只剩下那散落在地的炭火突然"噼啪"爆响一下。

莫啜终于冷冷一笑，他紧盯着她的脸，冷然道："想逃？"

洛歌咬住下唇，选择沉默。

"我劝你最好想都别想！"他的声音陡然转严，不容侵犯的威严重新回到他的身体里，他扬起脸，垂下眼睑倨傲地看着她缓缓开口，声音狂傲冰冷："如果你还想逃，那我也只能像对待野兽一样将你关在笼子里，缚住你的双脚！"

洛歌的身体轻轻地颤抖，她牵起唇，冷傲一笑。

她不怕。

他是狼，他是鹰，他是人人畏惧的修罗。

可她不怕，她只怕，只怕那个人会担心会着急会找不到她。

她叹了一口气，轻轻皱着眉。

耳边,呢哝软语。

暮春阳光,杨柳依依。湖光潋滟,春风柔柔。 碧绿的树让阳光照射,闪烁一片灿烂星光,风儿路过,激起一片欢快的笑声,西子湖畔,白衣袂随风飘荡。白玉石拱桥上,墨绿色的背影,在斜斜的春光中,温暖而灿烂。

洛歌睁大了眼,默默微笑。她微偏脑袋,眉眼弯弯如新月。

湖中那原本含苞待放的荷花突然绽放,阵阵香气将她笼罩,人比花娇。她将手背在身后,笑喊道:"薛崇简!"

拱桥上,那墨绿色的身影突然一颤。

只是那刹那,天上的云朵竟飞速飘移了起来。昼夜交替,日月生辉。所有的人所有的事都渐渐后退,只她一人仍停留在时间的缝隙中,不知所措。

风停云歇,依旧是春光明媚,鸟语花香。

洛歌有些畏怯地睁开眼,拱桥上,绿影不见。

"洛姐姐……"

清脆的童音响起,洛歌骇得连连后退。

眉清目秀的小男孩伸出手,歪过脑袋对她甜甜地笑着。蜜色的眼眸如那阳光下的溪水,清澈透明。他有些疑惑地皱起了俊秀的眉,腮边的酒窝深陷。

"洛姐姐……洛姐姐……"

他朝她奔来,一边跑着一边喊着,声音又急又脆。

洛歌摇了摇头,有些惊恐地向后踉跄退了两步。

小男孩停下步子,眉目变得忧伤。她突然皱眉轻轻一笑,笑容又苦又涩。他转过身,小小的背影透着无尽的落寞。

"连你也讨厌崇简了,连你也看不起崇简了。"

他低着头,慢慢地走,越来越远,越来越远……

仿佛终于被人遗弃了一般,她突然睁大眼惊恐地大叫,泪水汹涌。

"别走……崇简……别走……!"

"别走!"

眼前一片黑暗,她害怕了,害怕得大叫着,害怕得胡乱摸索着。仿佛全世界就只剩下她一个人了,她孤独无措,她没有任何依靠,就那么一个人面对着这让人恐惧的世界。

"别走!崇简!别走!"

她歇斯底里地哭喊着,几乎发狂。

"别怕。"

一双手突然伸来将她拥进了一个结实的怀抱中。

黑暗里,谁也看不清对方的脸。可他知道,她已泪水涟涟。他动作有些僵硬地拍着她的背脊,笨拙得不知道该如何去安慰她,只是一遍又一遍重复着:"别怕,只是梦而已。"

"我不讨厌你,也没有看不起你,别走,崇简,求你!"

她的声音像在恳求,又像是极力挽留,显然,她仍在梦魇中没有出来。

浓眉皱得越发紧了。俊美冰冷的脸似被雪山的冰雪封住了,让人陡生寒意,莫啜猛然推开她,站了起来,没有丝毫的怜香惜玉。

洛歌吃痛,她皱了皱眉,意识渐渐清晰。

火盆中的火花突爆一下,"噼啪"作响。温暖的王帐中,莫啜的脸越发阴翳。

"既要成为我的女人,就赶快将那男人忘去!"狭长黑沉的眼冷得如同腊月里的飞雪。

洛歌愣了愣,濡染松眉一笑。

莫啜皱眉,有些困惑:"你笑什么?"

洛歌抬起头,苍白的脸因为火光照耀而略显微红,就如那初夏的莲花,洁白却又美丽。

"你知道天与地的距离有多远吗?"

她轻轻地问到,牵了牵唇角。

仿佛看见了江南的六月湖畔,打着苞儿的荷花蓦然绽放,莫啜的眸光,微微恍惚。

"天与地的距离,就像风与阳光的距离,一个极力地奔跑,一个默默地追寻。"

他讷讷不语,只听着她用悠长的声调慢慢说出的话语。

"地,永远都只是默默地遥望着天,大树为何能参天?那好似因为地想拉住天,不让它与自己更遥远。雨水为何能湿润大地?那是因为地包容着天的泪水陪它一起哀伤。天不能说的,地都懂。地所不能言的,天永远也不知道。"

她轻轻地说着,又轻轻地笑着。

"地总是默默仰望着天,张开自己宽大的怀抱,等待着天从高远寒冷的地方回来,回到它的身边。"

"可天却一直热烈地爱着白云,愚蠢而又执著。"

她垂下头,泪水又涌了上来。

火盆里的炭火,跳跃散下星点的光。王帐内,安静得如同帐外那布满明星的夜空。

他伸出手,动作轻柔地为她抹掉泪水。黑沉的眸,倒映着炭火的光芒中,亦是星星点点。

"我不懂什么天与地的距离,我只知道,若我是阳光,我定会将风牢牢地缚在怀中,不让它逃掉。"

她没有躲避他的手，像是毫无感觉，牵起唇角，似嘲讽一般，轻轻叹息："你终究是什么也不懂。"

月下舞

草原上的风，带着一种狂野一种不羁，就如那草原上奔驰的骏马，自由而快乐地迎风驰骋。若说大唐是儒雅多情的文士，那这儿便是那豪放热情的汉子，让人不由为之沸腾。

洛歌站在高高的山包上，迎风面向南方，风吹散了她的发，那乌黑的发便在那不羁的风中涤荡。她突然张开双臂，以迎接的姿态拥抱着正南面那片宽广的碧浪。风悠悠，她似乎听见了长安街头那热闹的叫卖声，似乎听见了洛水路过惠通大桥时的淙淙之音。就在南面，那似乎伸手便可触及的南面！

她突然微笑了，宽大的袍子在风中尽情飞扬，蒙住双眼的纱布，似两只从长安飞来的白蟒在她的发中穿梭。

她看不见，但她听得到感觉得到。

在南面，她可以和他吹着同样的风，喝着同样的水，感受着同样的繁华。

可现在呢？她却独自一人，在这荒凉的北边，独自拥风而笑。

"好了，得回去了！"

阿莫侬娜不忍出声，她站在洛歌的身后，不禁皱起了眉。

草原之风在耳边"轰轰"而过，似拉着千军万马，生生踩过洛歌的身体，奔腾而去。她突然跪倒在地，垂下头，沉默不语甚至连呼吸都变得十分轻微细小。

风中，有谁的歌声渐渐传来。

"催杨柳，催杨柳，昔日春光今在否，乱舞虚度好春秋，相思折为谁人手。"

当年的笑谈风月，当年的俊颜如斯。

当年的凄迷温柔，当年的不懈等待。

在这风中，在这虚渺的歌声中，狠狠地撞击着她的心脏，她突然弓起背跳了起来，张开双臂迎着猎猎狂风向那坡下奔去，向着南边的草原奔去。

阿莫侬娜大惊，她甩开长鞭用力地挥了过去。可是，她跑得实在太快太快，就像风之子，连长鞭都无法伸到。

"你回来！回来！"

阿莫侬娜急着大叫起来，她丢掉长鞭，追了上去。

宽袖在风中飘扬,衣带在风中飞翔,她拼命地跑着,好像要一口气跑回长安似的。前方是黑暗的,可她知道,到了长安世界就会明亮。

可是,就是苍鹰也有飞累的一天。

她跌坐在地,大口大口地喘着粗气,双颊绯红,纤瘦的身体似乎被风一吹就会倒下。

"你怎么跑得那么快!"阿莫依娜双手撑住膝盖,气喘吁吁连眼睛都睁不开了。她倒在地上,平躺着看着蓝色的天空中,大朵的白云缓缓拂动。"你……你跑得简直比我的阿珠还快!"

"阿珠?"

"阿珠是我的马儿啊!它可是哥哥亲自为我挑的一匹好马呢!"

阿莫依娜喘着气,乌黑的大眼睛美丽灵动。

洛歌偏过头,微微皱起了眉,"我问你,如果你和你哥哥失散了,你们还有可能会找到彼此吗?"

乌黑的大眼睛转了两圈,阿莫依娜娇美的脸上突然满是肯定的神色,她撅嘴有些神气地答道:"那肯定是找得到啦!我和哥哥,心连着心,彼此牵挂,不管走到哪里都不会与对方失散!"

"心连着心……彼此牵挂……是不是这样,不管你们是不是兄妹,都会找到对方的,对不对?"

"嗯……可以这么说吧。"

唇边突然起了一丝淡淡的笑意,洛歌脚步有些虚软地站了起来,她拍了拍身上的草屑,淡然道:"回去吧。"

阿莫依娜连忙跳了起来。她伸手牵住她,嗔怪道:"下次你可不许再这样吓我了!若是把你弄丢了,我肯定要被哥哥骂死!"

"……"

"我从未见过哥哥这样看重过一个女子!你也只不过是个普通人而已,更何况你的眼还有你的脸……真是弄不明白……"

"别说了。"洛歌微蹙双眉,打断了阿莫依娜的滔滔不绝。

"不说就不说。"阿莫依娜不以为然地吐了吐舌头,闭上了嘴。

风中有马奶酒的香味,有牧人低悠的琴声,有汉子打铁的声音,有女子欢快的嬉闹声。

"你哥哥难道没有妃子吗?"她心下疑惑,这一个多月来,她除了见过阿莫依娜似乎就再也没有见过其他与莫啜有关系的女子。

"扑哧"一声,阿莫依娜笑出了声,她侧首看着洛歌那张略有些苍白的脸,笑道:"汗庭还在鹰娑川呢！这次出来，只不过是哥哥想要带我散散心罢了！那些女人，哥哥嫌麻烦，又怎会带在身边呢？"

"那些女人？"

"元妃没有，偏妃倒有几个。你突然问这个做什么？"

洛歌摇了摇头。

远处，大风吹响金狼头旗帜猎猎作响。炊烟直，落日圆。天边的云彩烟色红色，重重叠叠。苍鹰在遥远的天空中不知疲倦地盘桓，偶尔会发出一两声空灵却尖利的鸣叫。夜幕即将拉开，风也变得冷了。

"嘚嘚"的马蹄声渐渐靠近，洛歌侧耳，眉头微蹙，阿莫依娜却早已灿烂地笑开了。

"哥哥！"

莫啜坐在高大的骏马上，他垂下眼睑看了看自己的妹妹，微微点了点头。调转目光，他看向了洛歌。

依旧是冷漠的样子，就像高傲的莲花。明明柔弱却依旧倔犟地挺直腰杆，故作坚强。

斗篷兜头而下。

阿莫依娜喜滋滋地将斗篷穿好，看见莫啜的目光，又连忙会意，为洛歌整理好衣衫系上了斗篷。

"见你们迟迟不归，我还以为你们被狼叼走了呢！晚上会有些冷，你们却一个比一个穿得单薄。"波澜不惊的音调却透着他那淡淡的温柔。

阿莫依娜看了看哥哥，又看了看哥哥，轻轻一笑："哥哥何时会娶洛儿姐姐？"

洛歌的身体轻轻一震。

莫啜瞥了一眼她那有些僵硬的表情，转过头浓眉微微皱起，他掉转马头，正准备离去，又突然回过头面无表情地冷然道："我会昭告天下，洛儿将成为我的汗妃。"

洛歌睁大了眼正欲开口，却听见一声鞭响，急急的马蹄声越来越远。

她有些无力地叹了一口气。

远处，倨傲的男子扯起唇角露出了一丝霸道的笑。草原的狂风吹起他的黑衣，在马背上张狂舞蹈。他微眯双眼，黑沉的眸闪着亮光，似俯视苍生。

药草味充斥着整个王帐，洛歌皱眉，满脸的厌恶。

一双苍老的手覆在她的双眼上，反复抚摸，凉凉的药汁从眼角滑到脸庞上，她正准备伸手擦掉，却被人先行一步。

莫啜接过赫沙递来的巾子擦了擦手。他看了一眼正在为洛歌上药的巫医，冰冷道："这药上了都有三个月了，她的双眼怎么还没好？"

年迈的巫医闻言,畏惧地跪倒在地,他额头贴紧地面,极尽恭敬。"回大汗的话,洛姑娘的眼睛不是药物能够轻而易举治好的,这要看时机……"

"那你告诉本汗,除了时机,可还有别的办法能够医好她的双眼。"语气似云淡风轻,面色却如万年之冰。莫啜冷眼看着跪伏在自己脚畔的巫医,微蹙双眉。

巫医身体已经发起抖来,他胆战道:"有……有的……"

"有办法?"莫啜大喜,他连忙弯下身双手扶起巫医,急切道:"有何办法,速速说来!"

"大汗……大汗可知天山女妖?"巫医不敢抬头,依旧小心翼翼地说着。

莫啜皱眉,他想了想,不确定地问道:"你所说的天山女妖是不是那个隐居在天山脚下的老妖婆。"

"正是。"

"难道……她能医好洛儿的眼睛?"

"此事臣不敢确定,但天山女妖擅各类医咒,我想,她应该是有办法的吧……只不过,听闻这天山女妖性情古怪,大汗若是去请她救人,恐怕……"

莫啜舒展双眉,黑沉的眼蒙上了一层轻松的亮光。他偏过头,对着榻上洛歌,轻松道:"你听见了?有人可以医好你的眼睛。"

洛歌沉默,她偏过头,微微弯下唇角。

莫啜见了,只是轻轻皱了皱眉。他转身大步向帐外走去,一边看一边用低沉的声音不急不缓地说道:"你的一举一动都在我的掌控之中,所以,你最好乖乖地待在我的视线之内。"

洛歌不以为然地牵了牵唇角,露出了嘲讽的笑。

"你不知道你的眼睛有多漂亮,像沙漠里的沙子,美丽得让人兴奋。"

他说完,身形微微一顿,才掀开帐帘走了出去。

洛歌微微垂首,苍白的脸不知是不是被那炭火映照,竟泛起莫名的潮红。

赫沙静静地看着她,原本谦卑的眸光此时却满是敌意,他冷冷一笑,用火铲拨旺了炭火。

"赫沙?"洛歌有些不确定地喊了一声。

赫沙抬起头,蓝色的眼眸中闪过危险的讯息,明知道她看不见,可他还是微微收敛了敌意,冷淡道:"有什么吩咐?"

洛歌有些疑惑地皱起了眉:"你不是莫啜的近侍么?怎么会……"

"大汗命我来服侍你。"赫沙的脸被火光映得通红,他微微挑眉,深吸了一口气,轻声回答。

"服侍?"洛歌松眉冷冷一笑,她退到床榻的里面,讥讽道:"所谓的服侍只不过是他的变相监视而已!"

"女人,最可恶的是你才对吧!"

他倏然起身,撞翻了一旁的小马凳。

"大汗不顾突厥诸部的反对,南下数次只为寻你。大汗自登上汗位以来,就没立过一位正妃!为了你,我无上的汗王离开汗庭来到这里。而你呢?你居然对汗王所做的一切不屑一顾,你以为你是谁?是昆仑神的女儿?哼,你只不过是被毁了容的瞎子而已!你有何资格咒骂汗王!"

洛歌咬住下唇,橘黄的火花将她的脸照耀得忽明忽暗。

"说完了?"她轻轻一笑,一脸的不以为然。

赫沙微微愣住,他看着她那张云淡风轻的脸,不禁有些纳闷。

洛歌挑了挑眉,淡然道:"对你来说,他是高贵完美不容亵渎的汗,可对我来说,他什么也不是。"

"你……"赫沙攥紧拳头,强忍着怒气。

洛歌毫不畏惧地牵起唇角,接着说道:"你在乎的是他的身份,因为他是汗,所以他完美所以他高贵,如果他只是一个与你同等身份的人,你还会这样认为吗?"

双拳蓦然放松,赫沙舒张双眉,若有所失地看向洛歌。

"男欢女爱本就是你情我愿,没有身份之间的计较,只有爱或是不爱。而这些,即使是神仙也强求不来,莫啜所做的只是他的一厢情愿,即使他将我锁在身边,我也不可能会爱上他,爱一个人,不是爱他的身份,而是,真正地去用心来换对方的心。"

"心换心?"赫沙扭过脸,有些不甘地问道:"难道你真的对大汗一点感觉也没有?"

洛歌微微一笑,她抱着双膝,缓缓地说:"他为我做的一切,我不是不知道,可是,不爱就是不爱,明明不爱却偏要做出爱的姿态,只会拖累彼此。"

赫沙有些困惑地眯起眼,他想了想,反问道:"那明明爱着却非要做出不爱的姿态,那又是什么?"

洛歌的神情微微恍惚,她叹了一口气,心中蓦然一痛:"那便是无缘,那便是负累。"

"那照你这么说,爱或不爱都是错了!"

洛歌弯了弯唇角,有些头痛地拍了拍额头,她问道:"赫沙,你有妻子吗?"

汉子的脸突然泛红。

洛歌见他许久都没有回答,不禁笑道:"难怪……赫沙,听我一句,将来如果你真的遇见一个能让你倾心的女子,即使她不爱你,你也不要强求,这样,只会伤己至深。"

赫沙听了,不禁笑道:"你这语气倒弄得自己是个情痴。"

洛歌咂咂嘴,笑了起来。

赫沙重新坐了下去,他回过头看着洛歌,眸中的光芒越来越亮,他笑道:"洛姑娘,赫沙我一定会记住你说的这句话,赫沙还会记得'爱一个人,不是去爱他的身份,而是真正地去用心来换对方的心'!"

洛歌扬起唇角,眉宇间丝丝疲惫。她冲他摆了摆手,轻声道:"你出去吧,我要休息了,如果不放心的话你就在外面守着吧。"

赫沙想了想,忙站了起来,他道了声"好好休息"便连忙走出了王帐。

帐内,通红的炭火偶尔"噼啪"爆响,倒让洛歌想起了那一年的除夕,她与十三坐在亭子里围着火炉把酒欢谈。

意识渐渐模糊,洛歌又似乎看见那个眸光清澈的男子站在白玉石拱桥上,背对着满塘荷花,对她灿烂一笑。

似乎,如沐春风。

阿莫侬娜陪着洛歌从南面的高坡回来时才知道,哥哥的偏妃已耐不住寂寞从遥远的汗庭赶了过来。

莫啜面色铁青地看着自己的几个妃子,隐忍着怒气,可身上那股如万年之冰一样的寒冷的感觉越来越重了。他皱起浓眉,目光掠过阿莫侬娜,停在了洛歌脸上。

她面无表情地立在那里,唇边似乎还带着一丝嘲讽的笑意。

身体微微一震,浓眉骤然舒展。莫啜竟牵起薄唇笑了起来,俊美冰冷的脸上带着一种浓烈的邪恶。

"哈多,传下去,为了欢迎本汗的众位王妃,今晚,大家可以尽情地狂欢!"

众王妃不禁齐齐抬头,诧异地望向她们的夫君。

近侍哈多微微一愣,但立马,他应了声"是"便连忙走了出去。

莫啜冷冷一笑,他紧盯着洛歌的脸,紧紧的,好像在等待着什么。

阿莫侬娜被兄长的目光唬了一大跳,她连忙垂下头伸手拽了拽洛歌的衣襟。

洛歌皱眉,她低首小声问道:"怎么了?"

"你看哥哥的目光……好吓人……"

洛歌闻言不禁"扑哧"出声,小小的声音引来众人侧目。似感到数十道目光正火辣辣地盯在自己的身上,洛歌有些不自然地假咳了两声,就在这尴尬之际,一旁的赫沙突然跪下说道:"大汗,洛姑娘换药的时间到了。"

莫啜猛然回神,他转过头,有些疲惫又有些无力地挥了挥手,说道:"带她去换药吧。"

洛歌这才松了口气,她伸出双手拽住杖头,任由赫沙领着,走出了帐子。

帐帘刚一放下,洛歌不禁长吐一口气,唇边泛起了一丝笑意。

赫沙回过头来,有些困惑地问道:"洛姑娘在笑些什么?"

洛歌听了,笑着摇了摇头,说道:"赫沙,我再告诉你一句话,娶妻不要娶多,一个就好,不然,够你头疼了!"

赫沙听了,失足一愣,但又立马反应了过来,他不禁埋怨道:"洛姑娘不仅不生气,还这样挖苦大汗,也真是……"

"真是什么?"

"唉……"赫沙语噎,他想了想,又说:"大唐的男子不也是妻妾成群么?看洛姑娘这样子,似乎很是向往一夫一妻呢!"

洛歌停下脚步,突然沉声冷道:"死生契阔,与子成说;执子之手,与子偕老。倘若真能遇上这样一个人,只要他心里有我,这些,又算得了什么呢?"

赫沙听了,咧嘴一笑,一边走着一边回头看了看她,又一边说道:"姑娘吟的诗是什么意思,我赫沙不懂,但我赫沙如果真的能娶到那个我喜欢的女子,我一定会连看都不看别的女子一眼。"洛歌听了,不禁笑道:"如此说来,那女子是幸福的了!""洛儿姐姐!洛儿姐姐!"阿莫依娜大叫着朝这边跑了过来。

洛歌停下脚步,回过头,静静地等着。

"洛儿姐姐生气了么?"阿莫依娜抬起头看着洛歌那张漠然的脸,像是做错事情一般,小心翼翼地问着。

洛歌听了,终不再绷着脸而是轻轻一笑,她转过身,继续朝前慢慢地行着。"洛儿姐姐!"

阿莫依娜大喊一声,拉住了洛歌的手臂,固执地紧盯着她的脸。洛歌摇了摇头,浅浅一笑:"我没有生气。"

"真的?"

"真的。"

阿莫依娜见到她那肯定的神色,终于长舒了一口气,俏生生地笑道:"姐姐还真是吓死我了!你放心,哥哥都允诺了你元妃的位置,你还担心那些女人能骑到你头上去?"

洛歌正想开口反驳,想了想,却又闭上了嘴,只淡淡地笑着。

"哥哥娶那些女人只不过是为了能够制衡诸部的力量,并非是真的喜欢她们,所以,洛儿姐姐你可千万别介意啊!"

洛歌有些无奈地摇了摇头。

阿莫依娜见了,高兴得拍了拍巴掌。

洛歌伸手抚了抚她的头,笑道:"晚上有节目,不去准备准备?"

"对啊!"阿莫依娜一拍脑袋,这才想了起来,正准备离开,她又突然收回步子,眉眼弯弯地冲着洛歌,笑道:"多谢洛儿姐姐提醒。"

洛歌摇头笑了笑。

草原上的夜，是静谧的，是梦幻的，更是美丽的。

地为床，天为被，果真如此。那黑色天空便如张大大的黑布将辽阔的草原包裹了起来。只寥寥几点星光，明亮璀璨又如宝石，夜风无声而过，草浪翻卷，"沙沙"作响。篝火在风中如杰出的舞者尽情地舞蹈，男男女女手牵着手围着篝火欢歌起舞，火光将每个人的脸都照得红光满面，喜气融融，悠扬的琴声顺着风儿传得很远很远，嘹亮的歌声盘旋在这片热情的草原上，久久不绝。

阿莫依娜身着华丽的长袍，抖动着双肩舒展着双臂，尽情地跳着优美的舞蹈，已有两三个俊俏的小伙子围着她跳着示好的舞步，她只作未见，只享受着一个人舞蹈时的快乐。

莫啜坐在上方，布满星辰的天空是他孤独的背景，他的黑衣在风中猎猎作响，俊美的脸上带着寒意。让人不敢亲近，他倒满了酒，狂饮下咽，目光投向至那空落的座位上，口中微微发涩。

火光跳跃，将他的脸照得格外清晰，诸臣子见到那张如天山冰雪一样寒冷的脸，都不禁变得小心翼翼起来。

"我的汗王，您为何一个人在这里喝着闷酒呢？不如让彩兰珠陪您一起喝吧！"胆子稍大点的妃子彩兰珠倾身而上，赖在了莫啜的身边。

莫啜皱了皱眉，他推开她，漠然到："别来烦本汗！滚开！"

彩兰珠撇了撇嘴，她微微侧目，看见另几个妃子正低声笑看自己。心有不甘，她又准备倾身上前，却见莫啜已放下酒杯，站起身离了席。

脚步有些虚浮，心中苦闷便不自觉多喝几杯。莫啜摇头苦笑，自己这是怎么了，怎么还如年少一般，如此幼稚地借酒浇愁？习惯性地，他走向了王帐，离那帐帘只有一步时，他又突然停了下来。

自从将她带回来了以后，王帐便成了她一个人专用的帐篷。此时他要进去，是不是还要先通报一声？正准备找赫沙问话，却又突然想起他已恩准了赫沙，让他去参加舞会了，他想了想，咬了咬牙，大手掀开帐帘走了进去。

空无一人！

莫啜瞪大了眼，四处看看寻寻，却根本就没有发现她的身影。慌乱使他那原本有些混沌的意识一下子清晰了起来。他危险地眯起眼，愤怒地踢翻了火盆，低声狠狠地咒骂了一声。

转身掀开帘子正准备叫人时，却又突然听见了一阵似有似无的笛声。

急怒的火气因这笛声而突然压了下去。

莫啜有些困惑地循声而去。

一直向南,风凛冽地刮过,他已完全清醒。

过了一个沟,便是高坡,笛声越来越近,越来越清楚,呜呜咽咽的,像是哭泣却偏又是那样的缠绵优美。

月亮似乎离草原很近很近,那银色的月光是那样的迷离凄凉,柔柔的,却很冷,月下之人手执玉笛,面朝南方,轻轻吹奏,夜风吹散她乌黑的秀发,白色的纱布在发中藏匿飞扬。纯白色的衣袍在银色的月光下,被风席卷着向南方飞去。她满面愁绪,静静迎风吹奏。孤独的身影,在那皎皎的月光之下,透着无尽的凄楚与哀伤。

莫啜呆立不动,他静静地看着她,黑沉的眸子比那夜空更加深邃。

笛音即止,她垂下头轻轻一叹,扬起唇角笑了起来。晶莹的液体在月光中泛着幽幽的灿烂,滑过面颊,埋进深草中。

长安,望而不忍却步。

他突然转身,不忍打搅。

心,却空落落的狠狠地疼着。

狼鸣啸

十月,雁向南飞。

突厥可汗莫啜终于下令班师返回汗庭。

一路向西,鹰击长空,草浪翻涌,车轮滚滚,车身摇摇。大风吹起草原上那枯黄的草屑,纷纷扬扬。天空阴沉,放眼望去,天地间绿灰交相辉映,让人觉得格外的诡异。

空气冰冷,莫啜眯起狭长的眼仰起头看了看阴郁的天空,不动声色地皱了皱眉。

马车内,光滑柔软的兔皮在火光的照耀下格外的亮泽温暖。车窗被厚厚的兽皮蒙住,透不进一点风。若有若无的淡淡香气,迷蒙着人的意识,让人想要昏昏欲睡。

阿莫依娜靠在软枕上,惬意地眯起了双眼。她打了个哈欠,懒懒地移了移身子。

"洛儿姐姐?"她轻轻地唤了一声。

四下寂静,只有炭火"噼啪"微响。

阿莫依娜见半天没有动静,不禁有些困惑地睁开眼看了过去。

火光将洛歌的脸照映得分不清喜怒。她靠在车壁上,垂下头,紧咬着下唇,双眉皱起一个深深的"川"字,似乎在极力地隐忍着什么。

"洛儿姐姐,你怎么了?"阿莫依娜爬过去,摇了摇洛歌的手臂。

"松开你的手。"

她淡漠地开口,声音却格外地冰冷瘆人。

阿莫依娜一惊,连忙松开手爬回原位,只睁大了眼睛有些畏惧地看向洛歌。

火盆中的炭火被一股莫名的冷风吹得突然一闪。洛歌的脸骤然变寒。她猛地跳了起来,扶着车壁弓着身子摸索着用力地推开了车门。

寒风暮然迎面,冷透四肢百骸。洛歌的脸被风吹的发麻。

她皱了皱眉,挺直了背脊,鼓起全身的力气,大叫了一声:"停车!"

车轮轧轧的滚动之声,渐渐停止。

队伍最前段的莫啜面无表情地掉转马头,驱马而来。他寒着俊美的脸,犀利的目光紧紧地盯住车上的白衣女子。

一股强烈的压迫感渐渐靠近,洛歌咬了咬牙无畏地挺直背脊,冰冷却斩钉截铁地说道:"放我走!我不想和你去大漠!"

"你再说一遍!"莫啜俯下身,危险地眯起双眼,死死地盯住洛歌那张略显苍白的脸。强烈的男子气息逼迫着洛歌,不禁身形一颤。莫啜见状,不禁牵起唇角邪逆却又十分霸道地笑了笑。他贴近她的耳畔,戏谑道:"我怎会傻到放掉自己命定的汗妃?"

"你!"洛歌气噎,她正准备甩手给他一巴掌时,手腕却被他生生擒住了。莫啜低眼看着她那张怒气冲冲的脸,嗤笑道:"你还是乖乖地给我回到马车里去吧!再过一会儿,我们便要进入大漠了,到那时你若想骑马的话,我也不会反对。"

"莫啜,放我走!"她仰起脸,坚决地说着。美丽的脸上满是寒意。

莫啜冷哼一声,他放开她的手,挺起身子,冷笑道:"你明知这是不可能的事情,又何必说那么多!"

"你纳一个汉人为汗妃,你的臣民会怎么想呢?若是有一天大唐与突厥兵戎相见,到那时你又教我怎么办?莫啜,放了我吧!"

她皱着眉不屈而凛然地说着,纤瘦的身体在料峭的寒风中微微发颤。

莫啜见了,不禁皱紧了眉头。他掉转马头,正欲离去又突然回过头,如苍狼一样的王者霸气中透出了一股让人无法怀疑的坚定:"你若是成了我的女人便也是我突厥一员,与大唐毫无瓜葛,至于那些臣民,我才是他们的天!"他说完,冷冷一笑,拍马扬长而去。

寒风冷彻心扉。

洛歌愣住,她突然凄惨一笑,暮然舒展双眉。回到了马车中。

鼻尖被车厢内那温暖的香气刺激得突然一酸,洛歌仿佛丢了魂儿似的跌坐在了厚厚的兔皮毯上。

阿莫依娜见她神色异样,终于放下顾虑凑过来小心翼翼地问道:"洛儿姐姐,你到底怎么了?"

洛歌仰起脸，牵起唇角，惨淡一笑。她抓紧了袖口，宽袖上那朵纯白色的荷花像在哭泣，微微弯下枝身。身体瑟瑟发抖。她皱紧了眉，缓缓开口："忆君君不至，仰首望飞鸿。飞鸿满西洲，望郎上青楼。海水梦悠悠，君愁我亦愁。南风知我意，吹梦到西洲。"

不知不觉，已泪流满面。

脑海中，那个身着绿衫的男子，那个眸如溪水的男子，那个淡然微笑的男子，那个掌心温暖的男子，他站在春光里，站在柔柔的春风中，唇边是比阳光还要灿烂的笑意。他说，我会陪着你，一直陪着你。

心中蓦然大恸！

她蜷缩着身体，轻轻地哭着，可泪水却汹涌不停地往外奔流。那咸涩的泪水濡湿了纱布，与药汁混为一体，刺得她双眼疼痛非常。"洛儿姐姐。你可不能哭！"

一双柔柔的小手急急地为她擦着泪水，可任她如何努力，那泪水竟止也止不住地流下。阿莫侬娜又急又慌："洛儿姐姐，你再哭眼睛当真要废了！"

洛歌沉默，她只是凄惨的笑，不停地哭泣，心，越来越痛。

"洛儿姐姐！"阿莫侬娜皱紧弯弯的眉毛急呼一声，无奈，只好推开车门去找人求助。

"忆君君不至……忆君君不至……"

洛歌突然呵呵一笑，意识遽然模糊。

漫天飞舞的黄沙，呼啸而过的狂风，沙蔽日光，天空灰白，那本应该是油绿色的沙棘草此时已分不清是什么颜色。悠悠的驼铃声被狂风湮没。一小队商队正艰难的在这风沙中前行。

已不知何时，风渐止，狂沙平息。日头又是火辣辣的照得人头脑发热。高大的骆驼卧在沙堆里，睁着又圆又大的眼睛，表情有些呆呆地看着远方。风过，一阵热浪，卷起一小堆细细的黄沙。

商队中的领头人取下风帽站在高坡上，以手抚额眺望着远方。连绵起伏的沙堆，苍凉却又优美地立在烈日之下。

那些在烈日下艰难跋涉的人，像犬一样吐着舌头，甩着宽大的袖子扇着风。水袋从这个人的手中抛到了那个人的手中，还没有传到尾，就已被众人喝得干干净净。

"哎……你们。"蒙着面的女子看着这些行为有些粗鲁的男子无奈地摇了摇头。她自行李中又摸出一个水袋，向队伍的尾部走了过去。

烈日下，这个男子依旧淡定而悠然。他靠在骆驼的身上盘腿坐着，微眯起双眼眺望着远方。

"公子，给！"

女子微笑，将手中的水袋递了过去。

商队中,有好事之人吹起了口哨,惹来众人一阵嗤笑。女子满面红霞,她回过头瞪了那人一眼,啐了一声。

"多谢。"男子接过水袋,仰起脸冲她道了声谢,尽管风帽将他大半部分的脸都遮了,但以那双温和有礼的眸就可以断定,此人一定是个较有修养的文雅之士。

女子摇了摇头,她豪爽一笑,在他的身边坐下。

"公子是哪里人?"

"长安人氏。"

女子微微有些错愕,她愣了愣,又轻轻笑道:"我看公子也必定是那长安城里某位大官人家的儿子,怎么会不畏艰苦地跟着我们商队去西域?"

男子听了,轻轻一笑。温和的眸在炎炎烈日之下竟化成了那清幽山谷中的一潭溪水,透彻清爽而又纯净明亮。

女子有些痴了。

"我来找我的爱人。"男子脱下风帽,喝了口水。

风帽下原来是这样一张俊逸的脸。

飞扬却又有些秀气的双眉下是一双如琥珀一样蜜色的眸。英挺的鼻梁线条刚毅。腮边会因为他吞咽的动作飞快地深陷出两个又大又深的酒窝。明明俊逸非凡的脸因为这两个酒窝而散发出了一种如同孩童般的单纯与柔和的气质来。

心里有些怅然,女子定了定神,又笑道:"那可就难办了,大漠这样大,找一个人那还不得跟大海捞针一样。"

男子看了她一眼,只低头不语。扬起的唇边挂着一丝自信淡然的笑。半晌,他抬起了头,微眯双眼,轻声道:"从小到大只有我知道她在哪里,只有我可以找到她。"

"那……那女子一定很让公子倾心了?"女子笑问。

男子唇边的笑意,是浓浓的温柔,浓浓的眷恋。他点了点头,说:"是,她很好,她很好很好。"

那痴恋的目光似乎已随着大漠的风飞出了很远很远。漫漫黄沙此起彼伏哪怕再远再远,这目光似乎都能飞到那女子身边。

"薛公子,路我帮你看好了。"

商队的领头人对着那男子恭敬地笑,饱经风霜的黝黑的脸,被漠风吹得遍布皱纹。"多谢。"男子抱拳拱身,微微行礼。他转过身,又朝着那女子拜了拜。他抬起头,笑道:"多谢姑娘一路照顾。"

女子背过身,有些羞涩地笑了笑。

"那么,薛某就在此别过了,诸位,多保重。"男子冲众人弯身一拜,准备离开。

"公子!"

女子急急地看着他，目光真挚不舍。她想了想，终是轻轻一笑，只挥手笑道："公子也要多多保重。"

男子听了，淡淡一笑，他拉起骆驼顺着领头人手指的方向渐行渐远。

沙丘上，一串浅浅的脚印被大风吹乱，黄沙掩埋，再无一点痕迹。

洛歌只觉得身体轻浮，半梦半醒之间，她似乎听见有人正大声地斥骂着谁，乱哄哄的，声音嘈杂。大约过了好一会儿，这个世界才似乎清净了下来。暖暖的液体滑过喉咙激起一阵暖意，似乎那原本丢失得一干二净的力量又慢慢地一点一点钻了回来。

不知是谁，那暖暖的呼吸喷散在自己的耳畔，激得她微微皱眉，握住自己左手的人，身体轻颤，她能感觉到，那人正盯着自己。

"嗯……"

她哼了一声，想要抽回手，却反被对方握得越来越紧。

胸腔之中扯出一丝疼，她虚弱地咳了两声，皱眉有气无力地说："莫啜……放开……"

握住自己左手的那双大掌动作微滞，但那股灼人的滚烫却已离开。

"我带你去天山，我们去找天山女妖，让她治好你的眼睛！"莫啜不禁攥紧了拳头，他紧盯着那张苍白的脸，微蹙双眉，眸光怜惜。

洛歌沉默不语。

"你到底想怎样！"他低沉着声音，语气无奈。

洛歌淡淡牵唇，冷冷一笑，"我要你放我走。"

"不可能！"他倏然站起来，有些愠恼地吼了一声，黑色的衣，无风轻扬，他垂下头，浓眉越皱越深，满身疲惫，满心疼痛。"你知道我找你找得有多苦么？自我十八岁那年见到你以后，就再也忘不了你。我是突厥的汗，我可以给你一个更加宽阔自由的天空！"

像是承诺，更像是他的誓言，他转过身，低眉看着她一人才有的温柔与凄楚。"你看看你现在这个样子，叫我如何再将你交给别人？你只要在我身边，我就会保你一生无虞！洛儿，信我！"

"你能保我一生无虞，也能保我一世快乐吗？"她语气虽无力确实十分坚定，"你所不能给我的，那个人却会拼了命地给我！"

"谁？"他有些无措地抓住她的双肩。

洛歌淡然一笑，她牵起唇角，苍白的脸上蒙上了一层异样的光彩，"我一生能遇上这样的男子，足矣。他们一个为了让我幸福，不惜舍弃自己，一个为了让我无忧，等我多年，你说，你能做到吗？"

他愕然，蓦然松开双手，睁大了眼睛向后踉跄了两步。

洛歌微笑了起来，只觉得全身温暖，似乎眼前，那两个深爱着他的男子正安然温柔地笑看着她。

我早就是个将死之人。生，不是为了我自己，而是为了他们。我知道他们想让我活下去，带着希望活下去。我明白，所以我要坚强，她的语气是从未有过的温柔与轻快，仿佛已经了解了一切那样明快安然。

"我要回去，我要回到那个人的身边，我要告诉他，我想带着希望，带着那个逝去之人的心愿跟他在一起。他太累太苦，就是在我的身后寂静无声地看着我。不管我走多远，他都跟在我的身后，不管我变得多丑陋，他都不会舍弃我。他说'吾之心护汝之情，吾之情博汝之心'，你看，他得有多大的决心才能说出这样的话来。莫啜，你能吗？"

他睁大了黑沉的眼，难以发出任何声音。

"其实，不用他来博我的心了，因为，我早已习惯了有他的目光终日相伴的日子，他不会计较我到底爱不爱他，他只会一直默默地看着我。在我孤立无援的时候，及时地给我温暖。莫啜，你做得到吗？"

她说着，唇边的笑意越来越深，仿佛早已抛弃了人世间的痴怨，只留下那蓦然回首，看三起三落花开花谢的淡定安然。

"我注定不属于这里。所以，莫啜，我也注定不属于你。放我走吧！"

"我不许！！"他突然震怒，不知轻重地抓紧她的双肩。黑沉的眸中早已燃起了熊熊火光。大火之外的是悲凉是凄怆更是失了方向。"我不许你再想他！忘了他！从今以后你只许喜欢我一个人，只许想着我一个人！给我忘掉那个男人！忘掉他！"

她仿佛不知疼痛。自始淡静安然地笑道："至死不忘。"

至死不忘。

怎么能忘？

如此刻骨铭心穿越生死的深爱教她如何忘记？

"砰。"

他踢翻了火盆，那些散落在地的火星闪着微弱的光芒，在晦暗的帐篷内格外明亮，那光芒，将他那冰冷，俊美的脸照耀得异常苍凉。

他垂下头，坐倒在她的榻前，大口大口地喘着粗气。

帐外的士兵听见帐内的巨响，互望了一眼，不敢妄动。

"我问你……你当真没有爱过我吗？"他轻轻地问着，近乎哀求。尊贵如他，倨傲如他，冰冷如他，残酷如他，也只能这样放下一切地哀求着，死囚犯等待着最后的宣判那样，静静地哀求着。

"没有。"她淡淡开口，刹那却已伤得他满身是伤。"亦从未有过。"

一片寂静，除了他那粗重的呼吸声。

一声嗤笑,似自嘲似哀痛的前奏。他扶着榻上的洛歌摇摇晃晃地站起身,看着那张淡静的脸,邪气地笑着,语气冰冷:"很好,既然我已得不到你的爱,那么我更不会让你去爱上别人。我不会放开你,今生今世,永远不会!"

无力的脚步越来越轻,一阵风透过掀起的帐帘涌了进来,洛歌的笑被风凝住,刹那间,身体竟微微颤抖了起来。

夜,悄悄降临。

星斗密布,气温极低。

大漠就是如此,有阳光时,阳光能晒昏人,有夜风时,夜风能冻死人。

这已不知是第几个夜晚。

白天与黑夜对她来说,已没有任何意义。在她的眼里,再美丽的景色也只不过是一团浓黑。

远处大帐内,珍馐酒暖,歌舞升平。突厥各部为迎接可汗归来特派代表前来接风。胡姬摆动腰肢,媚眼撩人。醇香的酒乱人心智。大火烘烤的全羊"吱吱"冒油,一股让人垂涎三尺的香气。

莫啜淡淡地笑着,举起酒杯遮挡了眸中的迷惘。

早已有人按捺不住,伸手捞过离自己最近的舞姬,乐呵呵地闻着美人香。霎时,满帐旖旎。有貌美的胡姬款款而来,一左一右,一人斟酒一人夹菜坐在莫啜的身边,媚眼多情地看着他,撩人的娇躯早已贴了上去。

莫啜微微皱眉,他看了看左右的一双美人,脑海中蓦然出现了那张苍白却不屈的容颜。清丽如初夏荷花,凛冽如深谷飞雪。她就是那出污泥而不染的莲花。虽柔弱却有着一股与生俱来的高傲与倔犟。

那种倔犟,让他觉得清新,如一阵凉爽的风,将那些纸醉金迷混沌脏乱吹散得一干二净。

握住酒杯的手蓦然收紧,他突然站起身,黑沉的眸注上了一层异样的亮光。

众人被他莫名的举动骇得忘记了言语,大殿顿时安静了下来。

他直接跳过矮几,狂奔了出去。

风很冷,天空上的星辰低垂,放眼望去,那些明亮似乎快要坠入这皇皇沙漠中。

洛歌翻了个身,皱紧了双眉。

自她来到这里以后,她便再也没有睡过一次安稳觉。每一次都是在半睡半醒间,天空蓦然放亮。

火盆里的火光微亮,却仍旧照不亮这晦暗的帐子。

赫沙应该还在外面守着吧!沙漠的夜晚气温低,也不知他是不是觉得冷。

"赫沙!"她叫了一声,"赫沙,你要进来烤烤火吗?"

帐帘被人掀起,冷风灌入。

面朝里,微蹙双眉,淡然道:"你烤烤火,暖暖身子吧。今晚就不用出去了,就在这帐内守着。"

许久,都没有声响,气氛有些怪异,洛歌不得不翻过身,叫了一句:"赫沙？"

没有人回应。

一双粗糙的大手突然将她的脸包住。洛歌大惊,她连忙伸出双手拽开那在自己的脸上反复抚摸的手,愠怒道:"滚开！"

强烈的男子气息渐渐压迫过来。洛歌挑起双眉,呵斥道:"莫啜,你干什么！"

身体突然腾空而起,下一秒,她便落入了一个健硕坚实的怀抱中。

莫啜目光环视一周,终于落于一处,他伸出手拽过宽厚的兽皮毛毯将她的身体紧紧裹住。然后,他抱着她不顾帐外赫沙几欲阻拦的目光,跨上骏马,奔驰而去。

冷风大作,明亮却凄迷的月光下,沙丘此起彼伏,如同匍匐在这片土地上的巨兽,只睁大了双眼看着远处那急速的骏马上,飞扬的黑色衣袂。

冷风擦耳而过。她被裹在兽皮毛毯中丝毫不觉得冷。只是在外面的一张脸被风吹得没有任何知觉。她挪动着身体撞向他的胸膛。

他低下头看着她那有些笨拙的动作,不禁失笑,黑色的发在月光下,在狂风中张狂舞蹈。

"你要带我去哪儿？"她冲他吼道。

他俯下身,贴上她的耳朵,先是轻轻一笑,才用低沉却异常温柔的声音说道:"月牙湾。"

洛歌的神情微微一滞,脑海中不禁浮现了当年他对她提起月牙湾时的迷恋与得意。

骏马不知疾奔了多久,才终于停下。

月光下,冷风中。莫啜眯起狭长深邃的眼,牵起薄唇,淡淡一笑。似俯视苍生的神明那样骄傲又得意地看着坡下那片苍郁的绿洲。他突然扬鞭大喝,俯冲而去。

洛歌紧缩着身体,微微有些胆怯的感受着身后之人的疯狂。

狂风呼啸,如巨兽的震天怒吼。卷起的风沙将她裸露在外的脸打得生疼。她正准备将脑袋缩进毯子中,一只手却已托上了她的后脑勺,将她面朝里,生生按在了自己的胸膛上。

鼻尖里是他身上那股浓烈的男子气息。狂野张扬而又不羁。她突然想到了李隆基,这两个男人都是锋芒尖利,气势慑人。而区别就在于他们一个是张扬自信,锋芒毕露;一个是小心谨慎,内敛深藏。

马儿骤然停下,她一个不稳向后仰去。莫啜伸手及时一捞,将她牢牢地拥在了自己的怀中。他抱紧她跃下马，向绿洲深处走去。洛歌心头一颤，她不禁从他的怀中伸出脑袋，用力吸着鼻子，闻着那清凉的香气。

远处，有淙淙流水之声渐渐传来。

月光下，蓝色的湖水倒映着岸边那苍翠的胡杨树，显得格外的幽暗。湖心的圆月含羞浅笑，荡漾出一圈圈银白色的怡静。湖的远处，是一片淡雾，朦朦胧胧的很神秘的样子。

莫啜将自己的长麾铺在地上，他半跪着将洛歌放了上去。

月光下，她那原本苍白的脸上竟被笼罩上了一种纯净迷人的甜蜜，发丝零落，散落在毯子外，随着湖边那轻轻的风微微一漾。

莫啜不禁一笑，心里是从未有过的悠然与淡静。

"如果你能看见这里的景色，那就好了。"他坐在她的身边，轻轻一笑，黑色的发丝吹拂在轮廓分明的俊颜上，使得他微微颤抖起了浓密的睫。

洛歌听了，紧了紧身上的毯子，静静地说："即使看不见，但我可以用心去感受啊，原来熙岚说得没错啊，用心看远比用眼看要清楚。"

"熙岚？熙岚是谁？"他猛地偏过头，有些危险地眯起双眼。

洛歌轻笑出声，笑声让他那紧张的神情微微一滞。"熙岚，他才是真正的智者。"她微微牵起唇角，接着说道："若我能有他一半的心境就好了。"

莫啜弯了弯唇角，转过脸将目光重新投在那迷人幽蓝的湖面。

夜风穿过湖面静静吹来，洛歌的脸被冻得泛红，她吸了吸鼻子，裹紧了身上那厚厚柔柔的毯子。

"冷吗？"他问她。

"不冷。"她摇了摇头。

远处，风吹起沙丘上的细沙在银色的月光下如同舞女舞动的薄纱。寂静的沙漠睡在这片苍凉的大地上，似无声地诉说着绵延千年的悲凉与孤寂。

莫啜抬起头看着那密密相交的树影，看着那树影外的天空，看着那天空里低垂的星辰，静静地开口："兄终弟及，没想到，我接过大哥的担子已历经了这么多年。"

她听着他的叹息，眉尖微微一跳。

"我自以为我做的要比大哥出色，最起码，我能让我的子民衣食无忧……"

"可是……你也为了你的野心而伤害过他们。"她转过脸，面朝着他，淡淡开口："几次发兵侵我大唐土地，也只不过是不愿再屈于大唐的威慑，为了满足自己不断膨胀的野心吧！"

他微微一愣，继而失笑。

"你笑什么？你这样只会为两国百姓带来更多的灾难。"她有些困惑，不禁微微皱眉。

莫啜摇了摇头，唇边虽挂着笑，目光却异常犀利："我跟你说过，我们突厥人的图腾，是那坚韧不屈自由驰骋的狼，所以，我们重战死，耻病终。在那些汉人的眼中，我们是野蛮人。可是，就是我们这群野蛮人才拥有那些汉人所不能有的勇敢与自信。"

洛歌微微有些错愕。

"大唐的确繁华。大唐的子民富庶安逸。他们不用担心突然而至的大雪会将自己的牛羊冻死，也不会害怕狼群将自己的孩子叼走。他们拥有的是小桥流水人家，是百花烟柳春风；而我们有的只是戈壁荒凉，风吹黄沙。为什么我们突厥人一定要活在这样艰苦的环境中呢？"他反问，微微挑起了唇角。"如果你是我，难道不会带领自己的子民去反抗吗？"

她语噎，只得沉默。

"我们突厥的祖先是柔然的锻奴，而开始，祖先不照样反抗成就了今天强大的突厥汗国吗，我不求今生能征服大唐，但我会为我的后人将这条路铺得更平整一些。洛儿，身为他们的汗王，我只是希望带他们过上更好的日子，这是我的使命。"

说到这里，他的唇边终于浮出一丝不再寒冷的笑意。那双黑沉的眸闪着幽幽的光，是自信更是豪情万丈。

"为了自己的国家战死沙场，是所有突厥人的光荣。"

洛歌愣了愣，突然一笑，她回过头，叹了一口气，仰起脸，发丝在微风中荡漾。

他伸出手拍了拍她那露在外面的脑袋，眸中温柔无限。他失笑道："只有看到你，我才会觉得安心，才会觉得这世间当真有纯净存在过。"

洛歌听了，神情突然悲哀。她自嘲地笑道："你可会相信就是这样的我曾血刃千条人命？"

他的手僵在半空。半响，他收回手轻笑道："你可以残酷，可以冷漠，可以嗜血，可以成魔。可是，这都不是真正的你，我莫啜能见过你纯净的样子，便已足够了。"

背脊突然僵硬，她偏过头，心中微暖。"那么，这样通明豁达的你，为何不能放我走呢？"

双手蓦然攥拳，他冷冷地勾起唇角，双眸重又蓄满寒意。"我不会让你受伤，即使你会不开心，但为了保住你安全，我还是要将你禁锢在身边。洛儿，你若是还能试着爱上我，便也不会像如今这样痛苦了。"

她听了，只淡淡地弯了弯唇角，蜷紧了身体沉默着。

"夜已深了，过会儿会更冷，我带你回去吧！"他一边说着一边弯腰将她抱起，收起长麾向林外走去。

流水声渐渐远去，洛歌的心不知何故，早已空落落地疼了起来。

林子外,骏马垂首,打了个响鼻。

莫啜皱了皱眉,将洛歌托上马背,然后翻身坐在了她的身后。

夜深,风冷。

他慢慢地驱马前行,左手紧紧地将她锢在了自己的怀中。

圆月之下,风过无声。只是这安静异常的气氛却被一声苍狼长啸给生生打破。

莫啜猛然蹙眉。他抓紧缰绳警觉地四处观望。

那一声长啸刚一结束,此起彼伏竟是一大片狼啸附和!一声声,叫得人汗毛竖起,怵人心肝!

"怎么了?"洛歌回过头,仰起脸,微微皱眉。

莫啜的脸愈发寒冷,眼中精光四射。他警觉地僵硬住身体,咬牙切齿道:"沙漠苍狼。"

话音刚落,洛歌的身体猛然一震!

这种被突厥人视为图腾的狼,为了捕到猎物会不知疲惫地与之纠缠,大有一股不达目的誓不罢休的个性。沙漠苍狼大都群居,由狼王带领在这茫茫沙漠中觅食。出现时只数都不会低于七只!

"莫啜,快!快走啊!"她不顾寒冷伸出双手用力地抓住了他的手臂。

他低头看着她着急的模样,突然一笑。下一秒,他已奋力地扬起鞭策马狂奔了起来。

狂风萧萧,马儿似与风赛跑。

大漠孤月,星辰如坠。

从远处望去,一匹马急速狂奔,马上之人一个面色苍白一个面色冷峻。骏马扬尘,那飞扬的尘沙中有狼影隐隐可见,竟有十只!

莫啜皱紧了眉。心中已下定决心。他低下头,在她耳边轻声道:"这样跑下去,马儿迟早会累死。到时我们两个都别想活命!"

"那该怎么办?"

"我引开狼群,你骑马回营搬救兵!"他一说完,竟不顾她的阻拦径自拉马。

马后的狼群也蓦然放慢脚步停了下来。幽绿的狼目在银色的月光下闪着可怖的光芒。

莫啜抽出弯刀,低叫了一声:"抓好缰绳!"便挥刀刺向马股,剧烈的疼痛激起骏马再次扬蹄狂奔而去。

此刻沙漠显得格外荒凉,风肃杀,冷彻骨。

莫啜突然邪邪一笑,黑色的长鬈被风吹得猎猎作响。那张冷峻的脸上竟一丝惧意也无。弯刀在月光下泛着青色光芒。他的眸如雄鹰一般犀利狠酷。

十只畜生半围住他,呜呜低鸣,幽绿的眸光此时格外瘆人!

远处,忽听一声长长的呼哨,似悲似怒。

"莫——啜!!!"

引血咒

"莫——啜!!!"

她惊醒,坐直了身体,额冒冷汗。

火盆中,炭火"噼啪"作响。

"洛儿姐姐……"阿莫侬娜低低一叹,她握住那双不停颤抖的手,苍白的小脸上早已不复往日的欢喜。

"阿莫侬娜……"洛歌低声喃喃,她反握住她的手,声音颤抖,亦有些语无伦次:"你哥哥……还有狼……你哥哥他……他……"

"洛儿姐姐,哥哥没事。"阿莫侬娜按了按她的手,似在安慰她。"你放心,我们的人到的时候,哥哥只是被苍狼缠住了而已,并没有受多大的伤。"

洛歌听了,这才长舒了一口气。

阿莫侬娜笑了笑:"姐姐这是在担心哥哥吗?姐姐的心里还是有哥哥的吧!"

洛歌微微愣住,半晌,她神色一凛,淡漠道:"我只是不想欠他的。若是欠了他这样一个人情债,哪怕我一辈子待在他身边都怕是还不了。"

阿莫侬娜听了不禁撅嘴一哼:"洛儿姐姐倒真是能硬下心肠来,哥哥这样拼死救你,你还说出这样的话来。"

洛歌只做不理,她掀开被子,摸索到鞋子套在脚上,就要起来。

"姐姐这是要干吗?"阿莫侬娜神色微乱地按住了她的身体。

洛歌挥开她的手,淡漠道:"我要去看看你哥哥。"

"不可以!"阿莫侬娜急了,连忙将她按倒在了榻上。原本就有些苍白的小脸这下更是慌无血色。她想了想,连说起话来都有些磕磕巴巴:"哥哥……哥哥说他要一个人待一会儿,他不想……他不想被人打扰……"

"够了!你到底还要骗我多久!"她低吼,语调冰冷。

阿莫侬娜被她震得哑口无言,只得垂下头退到了一边。

"赫沙!"她一边说着一边伸出手。

赫沙会意,连忙抬起木杖,让她抓住。他不顾阿莫侬娜不停地眨眼示意,只是一步一步小心翼翼地带她走了出去。

王帐内,仅只莫啜一人。

莫啜皱眉闭上双眼,叹了一口气。

那夜,他也不知与狼群混战了多久,直到只剩下最后一口气时才等到了援兵。

似乎伤得挺重。

他牵起唇角,淡淡一笑,不想扯痛伤口。双眉皱得越发紧了。左眼角好像是被苍狼挠了一下,破了些皮,幸好只是眼角,不然左眼还不得废了?!

他失笑,独眼龙与瞎子,倒是能凑成一对呢!

"大汗,赫沙求见。"

帐帘外赫沙的声沉静谦恭。

莫啜挑了挑眉,有些困惑。他想了想,才道:"你进来吧!"

帐帘被挑起,进来的却不是赫沙,而是洛歌。

莫啜瞪大了黑沉的眼睛看着那清丽冷傲的白色身影,半晌,他偏过头故意冷声道:"你怎么来了,难道阿莫依娜没有告诉你我想一个人静一静吗?"

洛歌弯了弯唇角,她伸出手摸索着,向着他的方向小心翼翼地走了过来。莫啜无奈地摇了摇头,他盯着她的步子,淡漠道:"前三步左两步,前两步,左微斜四步。"

"坐。"他拍了拍榻沿。

洛歌没有说话,亦没有坐下,她只是沉默地站在他的面前,神色淡然冷漠。

莫啜牟唇邪邪一笑:"怕我吃了你?"

"你明知我不想欠你太多,可为何还要这样做?"她肃容冷淡地说着,面无表情。

莫啜微微一愣,他收敛住笑容,目光绕过她投向远处。

彼此都在沉默着。

洛歌倔犟地挺直了背脊,她的手紧紧攥着袖口。宽袖上绣着的两朵荷花,似沉睡了一般,微微垂下头来。

终于,他转过脸,目光又重新投在了她的身上,她,注定吸引了他所有的目光。

"我只是想证明,我也可以像他们一样为了你,不顾一切。"他淡然地开口,好像说出这句话的并不是他。

洛歌的神情微微一滞。

"洛儿,你从未给过我机会,为什么每次都是在快要得到你的时候,你又迅疾地逃开?你为什么那样吝啬?我莫啜自以为并不比那个男人差,你看,我也可以为了你与苍狼搏斗。我也可以为了你,不惜丢弃自己的生命。那个男人做得到的,我同样能做得到。"

他的声音果断地消逝在温暖的帐内,可那余音却依旧萦绕在她的耳边,让她皱紧了秀美的黛眉。

"洛儿,留在我的身边,试着给我也给你自己一个机会吧!"

大帐内,荷香弥漫。

她舒展双眉,轻轻一笑:"你的爱是自私的,自私而又沉重,让我受不起。"她不顾他开口反驳又接着说道:"我也是个自私的人,因为我们彼此都是自私的,都不愿意为别人多着想,所以,我们即使在一起了,也不会幸福。"

"自私?那你告诉我,什么样的爱才是不自私的?"他压低了声音,黑沉的眸,一动不动,只死死盯着她。

洛歌微微一笑,脑海中,那个身着墨绿长衫眼眸纯净如溪的俊逸男子正面容忧伤地看着黑洞洞的湖面。他的侧脸在黑暗中明媚美好。他说:"我拥有别人不曾拥有过的等待的幸福。"

她笑:"你知道等待的幸福吗?"

"什么?"他愣住,有些错愕地看着她。

她笑着转身,顺着原来的方向摸索着向帐外走去。一边走着一边低声道:"你连等待的幸福都不知道,又何来为爱人放弃一切。"

深夜中,浅梦里。

白衣翩翩,芳草萋萋。春风过,雪白的梨花落满他的肩头,微风拂面扬起他那如墨一般乌黑的秀发。春风掀起他白色的袂角在阳光下尽情飘荡。他回过头,对着她微笑,一双银白色的眸终是浓得化不开的温柔。

她呆呆地站在他的面前,有些手足无措。

他轻轻一笑,在飞扬乱舞的梨花中伸出手,那修长宽大的手穿越了时间穿越了生死,抚上了她苍白的脸颊。

眼睑下是拇指盖大小的疤痕。

"歌儿,你幸福吗?"他轻轻地问着,微微地笑着。

洛歌睁大了眼,刹那间是泪流满面。

他为她揩去泪水,为她摘掉了发间的梨花,只温柔地笑道:"你的责任已终结,所以,不用内疚。歌儿,做你想做的,爱你想爱的。十三哥哥一直住在你的心里,看着你幸福。"

"十三哥哥……"她哽咽,呆呆地看着他,泣不成声。

他宠溺地捏了捏她的鼻尖,笑嗔道:"傻丫头,哭什么!你现在所遇到的一切苦难都是为了以后的幸福啊!一切都会好起来,一切都会变得幸福起来的。"

"十三哥哥……歌儿对不起你。"她泪眼婆娑地看着他,心痛得无以复加。

他冲她摇了摇头,发丝在纷飞的梨花中微微漾起。他说:"你记住,我们之间没有谁对不起谁,你要记住,我的使命注定是为了保护你。所以,当使命完成,我也终将离去。那个接替我守护你的人早已出现,我很放心。歌儿,不论以后遇到多大的挫折你都要好好地活下去,坚强地活下去,好吗?"

她不停地点头,泪如雨下。

他慢慢地收回手向后倒退了一步。

一树的梨花,终于飘落尽逝。满地花香似散落的忧伤,厚厚满满地堆积,却簌簌地随风而起。

他微笑着,温润如玉的眉宇间是儒雅是忧伤。那双银白色的眼眸似月下潮汐,涨涨落落却始终温柔,衣袂飞扬,发丝微漾。他笑,温柔寂静。

"听我的话,要坚强地走好每一步路。"

他的身影随风晃动,悦耳乐音中,白衣不见,似化云飞天。

她突然笑了,笑得既悲又喜。

责任结束了,她的责任结束了。

做自己想做的,爱自己想爱的。

她明白了。

行程因突厥可汗受伤而一再拖延。

十月初五,汗王高烧,各部人心浮动。

十月初六,汗王转醒,命其弟柔咄悉匐代为监国。

十月初七,烧退。

十月初八,汗王之侄默矩带领两千兵马去寻天山女妖。

大帐内,众人早已是忙得焦头烂额。

本来已经脱离生命危险的汗王不知何故,病情又突然恶化。被烧得神志不清,一直说着胡话。

王帐内,洛歌唇挂冷笑。她挺直了背脊倨傲地抬起了下巴。

几个妃子正围成半圈,将她远远包围。个个都已是怒气冲冲。

彩兰珠挑起凤目,娇艳的脸上带着一丝不甘与几多愤懑。

她伸出手,突然拽住了洛歌的头发,将她拉了起来。

"放开!"洛歌隐忍着怒气,声音冰冷。她伸出手擒住彩兰珠的手腕,倾国倾城的脸上突然涌上一层杀机。

"你这个贱人!"彩兰珠破口大骂,欲伸过另外一只手挥向洛歌的脸颊。

她不知道,洛歌曾是一个杀手,一个名震中原,威慑江湖的杀手。

下一秒,只听得"砰"的一声,彩兰珠的身体已被狠狠地甩在了地上。

洛歌冷冷地弯下唇角,伸出手理好乱糟糟的发,冷然道:"你们谁还想来试试!"

众人互相看了一眼，都有些胆怯地向后退了一步。另一边，彩兰珠早已痛得说不出话来，只睁大了一双含泪的眼睛，恨恨地紧盯着洛歌。

"都给我出去！"洛歌横臂指向帐外，声音冰冷瘆人。

一阵窸窸窣窣的衣物擦响后，只余一片死寂。

洛歌颓然地跌坐在榻上。一张脸苍白得吓人。一直强憋在喉头的鲜血登时全喷了出来。胸口一阵火辣辣的疼，脑袋昏涨，全身无力。

方才她只不过使了一成的内力而已，却不想换来这样的后果！她微微皱眉，不禁一叹，洛阳一战，玄风剑毁。而她，也早已失去了拿剑的权利。

"洛姑娘，大汗召您。"

赫沙的声音陡然响起，洛歌一惊，她连忙拉过斗篷裹住了自己那已沾染上血渍的衣衫。

"洛姑娘？"

"你进来吧。"她蹙了蹙眉，整理好衣着，淡然道："带我去见他。"

掀起帐帘，迎面扑来一阵刺鼻的药味。

洛歌不禁皱了皱眉，她裹紧了斗篷，翩然而行。

莫啜的目光遽然一亮，但立马，那张潮红的脸上浮现出了一丝不易察觉的愠意。

洛歌站立在他的面前，淡淡道："你找我来有什么事？"

"你的脸怎么这么苍白？"他的声音沙哑无力，可语气却仍是不容抗拒的压迫。

洛歌的神色微微有些不自然，她偏过头，沉默不语。

"既然进帐了为何不将斗篷脱下来？"他眯起双眼，紧盯着她看。

洛歌皱紧了双眉，有些愠恼道："你叫我来到底有什么事？"

"你有事瞒我。"他危险地挑了挑眉，黑沉的眸，冷如万年之冰。"赫沙，将她的斗篷给本汗扒下来！"

她抬手冷漠道："不用，我自己来。"她话音刚落，那雪白的狐皮斗篷便应声滑落。白衣上大片的鲜血触目惊心，让他遽然睁大了双眼。

"这……怎么一回事？！"他压低嗓音，可语气中却仍旧透着一丝慌乱。

洛歌弯了弯唇角，冷然道："我的伤已伤及五脏六腑，只稍一牵力，便会如此。"

他抬起头看着她那张淡然的脸，微微错愕。半晌，他深吸一口气，冷声吩咐道："去请她进来。"

洛歌有些困惑地蹙了蹙眉。

帐帘被再次掀起，似夹杂着几片雪花，带着深山的湿气与微凉扑面而来。

银铃叮当，衣袂飞扬，那银色的发在温暖的空气中微漾。

来人抬头,一双翠绿的眸中带着邪恶与纯净,矛盾却又如此完美地糅合。她似披雪戴霜,小巧玲珑的身上散发着一种不食人间烟火的精怪。她冲他微微欠了欠身,态度不卑不亢。

"你帮我去看看她到底伤在哪里。"莫啜艰难地抬起手,似耗尽了全身的力气。

那如雪的女子弯了弯眉,赤足走到洛歌的面前,执起她的手为她把起脉来。

腕上一片冰冷,洛歌的心不知何故,突然沉寂了下来。

女子蹙眉,神情似了然又似困惑。她想了想,不禁问道:"你是不是吃过什么古怪的东西?比如药丸之类的?"

洛歌的心猛然一颤,她想了想,皱眉道:"不知驻颜丸算不算。"

"驻颜丸?!"本来有些细小的声音突然拔高,惊得帐内之人俱是一惊。

榻上莫啜皱眉道:"不妥吗?"

"天!你真是好运气!"女子拍了拍胸口,一脸羡慕地看着洛歌。一头银白的发随着她的动作晃动了起来。她转过头,对着一脸紧张的莫啜笑道:"若不是有这驻颜丸护体,此女怕已死了不知多少次呢!"

闻言,莫啜放松绷紧的身体,长舒了一口气。

"不过……"女子蹙眉。

"不过什么?"莫啜又是满脸紧张。

"不过据脉象看来,她身体里似有两股相冲的内力。一寒一热,怪!"女子摇头,她想了想又抬手掀开了包住洛歌双眼的纱布,皱眉仔细看了起来。半晌,她轻轻一哼,一脸不屑:"为情所伤!"

洛歌闻言面色一窘,她偏过头,不再言语。

女子转过身面朝着莫啜淡淡道:"她为情所伤,血液不能畅流,再加上她先前所受的内伤导致五脏受损,阴极缺阳。血凝于后脑中,双眼故而失明。"

"为情……所伤?"黑沉的眸闪过一丝不为人察觉的痛苦。莫啜牵起唇角,自嘲一笑:"可有法子医治?"

"心病还需心药医,既是为情所伤,自要找到那个伤她的人来医治。"女子挑眉,她转过身冷冷道:"那男子现在何处?"

洛歌牵起唇清冷一笑,她深吸一口气,才慢慢地说道:"他死了。"

"死了?"细小冷淡的声音再度拔高,女子撇了撇嘴,有些烦厌地皱了皱眉,她转身,淡然道:"大汗,这可就难办了!"

莫啜面色一紧:"可还有别的办法?"

女子低头想了想,眉越皱越深。

大帐内,气氛冷寂。

半晌,她抬头定定地看着莫啜,冷然道:"有,不过这方法我只能告诉大汗一人,请大汗让这些闲杂人等全都出去。"

莫啜皱眉看了洛歌一眼,半晌,他挥手:"你们都出去。"

脚步微微有些迟疑,洛歌皱了皱眉,还是随着赫沙走出了帐子。

大帐内,只剩莫啜与女子两人。

"什么办法,你说吧!"

女子看了看他那张潮红的脸,跺脚嗔道:"大汗大老远将我从天山绑来就只是为了这样一个女人?"

莫啜神色一怔,他点了点头,黑沉的眸死气沉沉。

女子无奈地摇了摇头,走到他的榻前坐了下来。她抬起头看着他,有些心疼地说道:"自己已病成这个样子,把我绑来却是医救另外一个人,唉,大汗也真是……"

"说吧,有什么办法。"他打断她的叹息,面色苍白却依旧冷峻。

女子挑眉,弯了弯唇角道:"你说过的啊,只要我把她医好,你就会给我两百个奴隶的,不许食言。"

"是。"他头痛得喘了口气。

女子淡淡一笑:"若想治好她的伤,只能用引血咒。"

"引血咒?"他不解。

女子深吸了一口气,面色突然变冷,那一头银白色的发曳地而舞,白衣微漾,犹如天山初雪。似下了很大的决定,她睁眼紧盯着看他的脸,说:"要治好她的病,只能要大汗为她引血割肉!"

"引血割肉?"

"是,引血割肉。"她皱了皱眉,转过背,淡淡道:"大汗体内的血液极阳若能分与那女子一点,定能制住她体内的寒气。而饮血咒,只能用施予者身上最嫩的一块皮肉做为引子,大汗,这就是我唯一能想到的办法。"她望着莫啜,又有些担忧地接着说道:"大汗此时身体虚弱,根本就不能用此咒。"

"用了怎样?"他皱眉,抬头紧盯着她。

"你原本就因病气亏,若是为她引血割肉,哪怕恢复得再好,也还是会留下气亏的顽疾。"

"我的病,不会因血液传给她吧!"他松眉,强作镇定地问着。

女子摇了摇头。

他遽然一笑,原本冰冷的面部,线条因这笑容变得异常柔和。黑沉的了无生气的眸在这一笑中蓦然放亮。他笑着说道:"那便用此咒吧!"

"大汗可要思量清楚了!"女子蹙眉,细小的声音蓦然压低。

莫啜淡淡一笑。他点了点头，眼神柔和却又坚定。

"那好。"女子松眉，轻挑唇角，淡淡道："三日之后我便来引血割肉。这三天内你一定要确保自己的健康，尽快康复。"

"好，我等着。"他微微一笑，似放下了一颗久悬的心，轻松一口气。

女子转身，刚行了两步又突然折了回来。她居高临下地看着他。挑眉道："以后别再叫我天山女妖了，我叫飞雪。真是，天山女妖难听死了！"

话音刚落，她便转身掀帘而去。

再抬眼时，却只见那飞扬的白发转而不见。

王帐内，他对她轻轻一笑，手中的羊毫沾染着朱墨在空气中散发出来一股若有若无的清香。

洛歌微微蹙眉，困惑地问道："这是什么？你要干吗？"

他牵起唇角，黑沉的眸中泛上了一层别样的光彩。原本异常潮红的脸经过这三日的调养已经差不多恢复如常。"别动，我来帮你把这疤给去掉。"

身体猛地往后一缩，洛歌推开他的手，冷然道："去疤？怎么去？你以为在我这脸上画朵花就能把这疤给盖住吗？"

他腾出手揽过她的腰肢，将她牢牢地锢在了怀中。

"你……放开！"她推开他，不停地撞打着他的前胸。

脸色登时苍白，他连忙放开她转过背俯身剧烈地咳嗽了起来。

心中陡然一慌，洛歌有些失措。

"你……还好吧？"

"嗯……"

好一会儿才听到他虚弱地回答。洛歌不禁皱起眉，弯下了唇角。

莫啜叹息一声，有些无奈地说道："我这里有飞雪特制的颜料，画上去了，颜料就会融进皮肤中，洗也洗不掉。你坐好，让我来替你画。"

洛歌面色一僵，半晌，她轻声问道："你会画画？"

"你……太小看人了吧！"他有些不服气地挑起了眉，伸出手扳过她的身子，又连忙低头专心地润起笔来。

洛歌想了想，不禁一笑。自己如今这副样子倒不如让他死马当作活马医。

"好吧，你试试吧！"她仰起脸，攥紧了拳。

莫啜轻轻一笑，他捉笔，正踌躇着。不知该为她画上个什么花样好。

被纱布蒙住的左眼下是一块拇指盖大小的疤。那疤透着血红，看上去，仍旧有些触目瘆人。

她的脸在明亮的灯光中微微泛一层橘色的光芒。那如黛秀眉飞扬入鬓，眉角微翘,秀挺的鼻下,一张形状优美饱满的朱唇正因为紧张而被贝齿咬住。

笔尖一颤。

他突然想到了荷花。

想到了那在风雨中仍不屈傲挺的荷花。

出淤泥而不染,高傲清丽,粉白华裳。那个风吹柳絮的江南,那个彩蝶纷飞的江南。他站在西子湖畔,在那个六月炽烈的阳光下静静独立,只半眯着双眼身形孤傲地紧盯着湖心的粉白,双拳攥紧。

那个繁花似锦的江南,那个人声鼎沸的大街。那个路心欢快的手舞足蹈的她,那个一品楼上意气风发带着邪恶的她。那一刻,他便知道,她牵绊了自己,而这牵绊,注定是一生一世。

她的笑,她的怒,她的纯净,她的冷漠,这么多这么多,他只一眼便全部看懂。

似乎,他自前世便一直追逐着她直到今生。

"洛儿,你说得对,我的确自私。"

他静静开口,捉笔触上她的面颊。

"我的确是自私到不愿将自己所爱的人拱手让掉。你是我的,自江南我看见你的第一眼开始,你便是我的了。"

他云淡风轻地说着,黑沉的眸却是满满的柔情。

"我是莫啜,是这个草原沙漠的王,我有能力给你更好的生活。你不是江南的雨燕,你是天空中的鹰,只能是自由自在的才能获得快乐。"

"洛儿,我的爱很多很多,而你却一丝一毫都不肯接受,为什么?"

"洛儿,你到底喜欢谁?难道是那个已经死掉了再也不存在的男子吗?"

"他一直活在我的心里。"

她冷不丁地开口,让他那停滞在半空中的笔尖蓦然一颤。

他艰涩一笑,继续描绘。

"我经历了背叛,经历了战争,经历了硝烟,经历了鲜血。步步为营,步步算计。一颗心总是高高地悬起,不敢有丝毫的松懈。可是,有你在我身边,我会觉得那些风雨根本算不了什么。有你在我身边,我会觉得很安心。"

"洛儿,我会将你留在我的身边,永远。"

他收回笔轻轻一笑:"画好了。"

洛歌蓦然松眉,她正准备抬手向脸上抹去,却被他半路拦了下来。

"还没干,等会儿。"

"你给我画的是什么?"她问。

他笑:"荷花。"

小小的荷花在她的眼睑下怒放,通身雪白,只有那花尖微微吐出一丝淡淡的粉红,花身微微偏向一边,似被风吹拂,栩栩如生。

她微微蹙眉,苍白的脸美丽却又脱俗,妩媚中带着一丝飒爽,清丽中带着一丝甜美。当真如那初夏迎风婀娜的荷花,不用一笑,便足以倾国。

这样的人才配得上这样的花。

那小小的荷花在她的脸颊上突然一笑,满室清香。

"从看见你的第一眼开始,我便觉得你像荷花,在阳光中绽放,在夏风中散香。洛儿,我要你只做我一个人的荷花,只有我一人能赏。"

她闻言,偏过头去不发一言。

他微微一笑,身体散发出的那股压迫感霎时凝固,只余下那春风一般的温柔。

"下个月。我将正式娶你,而你,将成为我唯一的汗妃!"

第七卷 长相厮守

莫相失,
不相弃。
长相守时好时尽。
岁月痕,
霓红章。
半天截成凤已凉。

歌清扬

每日按时敷药。

每日按时喝药。

每日按时换药。

洛歌皱紧了眉,推开了泛着苦香的药碗。

飞雪撇了撇嘴,甩开了胸前的白发,厉声道:"你别以为自己是未来的汗妃就了不起了,你是病人我是医师,病人什么都得听医师的。"

"滚!"她压着怒火沉声一吼,双眉皱得越发紧了。

"你还真是不识好歹了!"飞雪端起药碗,转了两圈坐在了洛歌的身边:"那个大汗也是傻子!你们都是傻子!大老远地把我绑来就是来受气的!哼!"她哼了一声又斜睨了洛歌一眼:"你赶快把药给我喝了,别逼我用强!"

洛歌皱眉,不置一词。

"哎……"飞雪瞪大了眼睛。她站起身将散落一地的白发缠好,一边撸着袖子一边蹙眉道:"是你逼我的啊!要不是为了那两百个奴隶打死我也不会干这事儿!"

"飞雪婆婆……"一直静立一旁的阿莫依娜终于忍不住出声阻止。飞雪扭过脸,瞪了她一眼:"谁叫你喊我婆婆,叫姐姐。"

阿莫依娜满脸委屈:"可你明明都六十多岁了……"

"小姑娘家家的,说这种话真是没礼貌。"飞雪白了她一眼,回过头,又连忙端起药碗伸手捉住了洛歌的下巴。

帐帘被人掀开,黑色的长麾带起的风引得飞雪白发乱舞。药碗被人劈手夺了下来。

"飞雪姑娘只会用强吗?"莫啜端着药挺身看着飞雪,狭长的眼深邃得望不见底。

飞雪一笑,她围着莫啜转了两圈摸着下巴点头道:"嗯,很好,恢复得还不错。"

莫啜弯了弯唇角,不再理会她。只小心地端着药碗走到了洛歌的面前。他垂首看着她,冷峻的唇微微牵起,露出了一丝异常温柔的笑:"荷花很漂亮。"

洛歌微微一愣,她偏过头,面色突然有些窘迫。"我说的是人。"他难得露出一丝大咧咧的笑,黑沉的眸被覆上了一层类似于幸福的金光。"人比荷花美。"

洛歌皱了皱眉,双手攥拳,指关节泛白。

他坐在她身边,用汤匙搅了搅黑浓的药汁,便将碗凑了过去。"喝药啊。"

洛歌皱眉伸手推翻了药碗。那银色小巧的碗"咣"的一声盖在了地毯上。黑色的药汁散发着艰涩的苦味全部洒在地上。飞雪忍无可忍地欺身上前,她拽住洛歌的前襟,大吼道:"你这个不知好歹的女人,你可知这药得耗大汗多少的心血吗……呜……"

嘴被人捂住,飞雪只好瞪大了眼睛紧紧地盯着面色寒冷的莫啜。

"瞎说什么!"他松开手,示意她不必多言。

飞雪悻悻地闭上了嘴,退到了一边。

"我已向各部发函,下个月他们便回来参加你我的立妃大礼。"他一边云淡风轻地说着一边接过哈多递来的巾子擦起了手,微微抬眼,他不动声色地看了看她,然后低眉继续说道:"为了好好筹办你我的婚礼这几日我恐怕会很忙,所以不能来看你。"

洛歌不愿,只固执地偏过头不予理睬。

莫啜不以为意他挑了挑眉,嗤笑道:"眼睛瞎了只会为你自己带来不便,喝不喝药也是你自己的事,该怎么做你自己好好思量思量。"

见她一直沉默,莫啜也只好无声叹息,刚准备转身离去,衣襟却被人拽住,他回过头,看见的却是飞雪皱着眉头的脸。

"大汗,你到底什么时候放我走啊?"她摊开手,又无奈又可怜地看着他。

莫啜弯了弯唇角,轻轻一笑,他想了想,开口道:"我费了那么大的劲才把你绑来,又怎会如此轻易地放你离开?这样吧,等洛儿的眼医好了,你喝了我们的喜酒再走也不迟。"

飞雪听了,跳起来激动地大叫道:"得了吧!她这么不配合,眼睛一辈子也别想好!好吧好吧……算我吃亏,我不要你那两百个奴隶了,你放我走,好不好?"

"不行!"他断然拒绝,丝毫没有商量的余地。

"我不管,我就是要回天山!你们谁也别想拦住我!"

她梗着脖子大叫着,故作镇定的神态中分明流露出了无奈和焦躁:"我就是要走!我就是要走!"

对于她的胡搅蛮缠,莫啜只作淡淡一笑,他挑眉:"有本事你就走啊!"

闻言,飞雪立马就像那泄了气的皮球般瘪了下去,她小声地嘟哝道:"你把那几个老跟在我后面的汉子给撤了,我就走。"

莫啜轻笑:"没门。"

"你……"她跳起来大骂道:"你堂堂突厥可汗居然这么厚脸皮地欺负我一个不会武功的老婆子,你……哼!你等着,我迟早施咒,把你们这些人全都毒死!"

"好,我等着。"莫啜淡笑,转身大步走了出去。

飞雪一脸的颓然。她放松了全身的力气气馁地垂下了头。半晌,她转过身对着面无表情的洛歌哀求道:"洛姑奶奶,你看我都喊你姑奶奶了,你把药喝了吧!算我求你了,你看这么一老婆子这样求你,你不答应也不像话啊,你……"

洛歌猛然起身。

飞雪吓得往后踉跄了两步。

众人屏息。

冰冷的眉目遽然忧伤。洛歌张了张嘴,却没有发出任何声音。只脸上那两行泪无声汹涌。她伸出双手似想要抓住什么,微蹙的双眉间,悲喜参半。

下一秒,白影闪过,她奔了出去。

沙漠狂风如骏马奔腾,狂沙迷眼,撩起她的发,她流着眼泪,茫然的到处冲撞着。

她恼,恼自己双眼失明,什么也看不见。

她恨,恨自己这双瞎眼而不能做出任何反抗。

"汗妃……"

"汗妃……"

此起彼伏的请安声惊得她蓦然顿住身形。

汗妃,多么可笑可恼的字眼!

"薛崇简!薛崇简!"她不顾周遭惊异与鄙夷的目光,只大声地叫着,歇斯底里地喊着。

王帐内,她分明就听见了一阵悠扬的笛声。缥缈却又是如此清晰地回响在她的耳边。依稀记得,那是他为自己谱写的《长相守》。那个灿烂的春光中,他抚摸着自己的面颊微微一笑,澄澈纯净的蜜色眼眸中是同阳光一样美好的温柔。

他说:"莫失莫忘,不离不弃。"

他说:"吾之情护汝之心,吾之心博汝之情。"

那认真的样子,那坚定的话语,深烙在脑海中,挥之不去。

"薛崇简!薛崇简!"她颓然地跌坐在地上,任那黄沙在发中穿梭,在衣袂中飞洒。

她看不见,哪怕他站在自己的面前灿烂地微笑着她都看不见。她的世界是茫茫无际的黑暗。她突然害怕了,怯懦地蜷紧了身体,周身一片冰冷。

她看不见,所以她分不清方向。她不知道长安在哪里,更不知道他在哪里,她只能靠着回忆,寻找着那个繁华的长安,那个纯净的他。

泪水随风沙消逝。

她突然站起身,绝世的容颜如冰封一般。狂风卷着黄沙纷扬扬,她转身,白色的衣履似要被风沙撕裂……

"再为我煎碗药来,我要治好我的眼睛。"

阿莫依娜抬起头看了看被黄沙遮蔽的日头,又低下头眨着圆圆的大眼睛小声道:"长安真有你说的那么美?"

"那是当然了。"薛崇简轻轻一笑,蜜色的眼眸在炽烈的阳光下熠熠生辉。

骏马在他的身后嘶嘶鸣叫,他转身,弓下身抱起了一堆干草一边喂给马儿一边道:"公主整日待在这儿多有不妥之处。公主请回吧!"

阿莫侬娜撅起嘴,她抱着栏杆看着马厩里忙碌的他嗔道:"你陪我说说话吧,哥哥这几天只顾忙着自己的婚事,压根不理我。"

身形微滞,他牵起唇角艰涩一笑。

"薛简,我喜欢听你讲那些关于长安的故事。"阿莫侬娜手点朱唇,歪着脑袋若有所思地扬起了唇角。"薛简,要不……你做我的贴身侍卫吧!这样你待在我的身边,别人也不会再多说什么。"

"公主,我……"

"你不许推辞!你是我找到的奴隶,我说什么你就得做什么!"阿莫侬娜霸道地瞪着他。

薛崇简无奈地笑了笑:"公主既然都这么说了,薛某我还有什么好推辞的呢!"

"这还差不多。"阿莫侬娜俏生生地笑了起来。她想了想,又道:"下次我定要把你引荐给洛儿姐姐,你们毕竟都是长安人,在一起也有话说。她这几天总是冷着一张脸,样子要多恐怖有多恐怖。你陪她说说话解解闷,说不定她的心情就会变好起来的。"

薛崇简脸色一变,摇了摇头,断然拒绝道:"公主这样做只能惹得洛姑娘更加伤心。此时此刻,唯有断了一切与大唐相关的事情才能够了结她的思乡之情。"

阿莫侬娜闻言,想了想,点头道:"嗯,还是你说得对,薛简,没想到你考虑事情如此周详呢!"

薛崇简苦笑。

自从与商队分离之后,他便顺着那商人指出的捷径追上了队伍。却不想被眼前的少女抓住,沦为奴隶。他知道突厥可汗莫啜将迎娶洛歌,可是,他自有他的长远之计,此时断断不能打草惊蛇。

"薛简,你在想什么呢!"

一只小手在眼前晃了晃,薛崇简回过神,不禁对着阿莫侬娜微微一笑。

阳光炽烈,黄沙飞舞。

他的笑不同于突厥男人的狂野与不羁。只淡淡的静静的,却能深深烙入人的脑海。他的眉宇之间似乎隐藏着一种不可名状的忧伤,那挂在唇角的笑容,在金黄色的阳光下突然消逝得难寻踪迹。

这就是长安的男子吗?宁静,儒雅,温和有礼,那长安的男子都会与薛简一样吗?一样拥有一双纯净澄澈的蜜色眼眸,一样拥有一对深陷的酒窝,一样会淡淡露出让人深深铭记的笑容,一样会耐着性子给自己讲故事听吗?

"薛简,长安的男子都同你一样好吗?"她歪着脑袋,无限神往地看着他。

薛崇简听了微微一愣,他被这天真的言语逗得不禁轻轻一笑:"比我好的男子大有人在!"

阿莫依娜双眼一亮:"真的?"

薛崇简郑重地点了点头。

"那太好了……算了吧!"她有些气馁地垂下头,又连忙抬眼紧盯着薛崇简,黯然道:"哥哥肯定不会让我找个汉人夫君。他也更不会让我去长安。"

"那就可惜了。"薛崇简故作惋惜地摇了摇头。

阿莫依娜大胆地看着他,迅即又垂下头来,语带娇羞:"其实薛简长得也很好看,嗯……就和哥哥差不多好看。不如……薛简,你娶我吧!"

两手一松,抱在怀中的干草全都撒在地上。薛崇简有些惊愕地回过头看着那娇俏害羞的小脸,想笑却又只能拼命忍住。

这算什么?求婚吗?一个女子居然要对一个相处不到一个月的男子求婚,还真是……豪放啊!

"自古婚嫁,都是父母之命,媒妁之言……"

"那些虚礼对我们突厥儿女而言,根本没用!"阿莫依娜爬到栏杆上坐了下来,她手中把玩着一根干草,双脚凌空不停地抖动。"若依你而言,哥哥就不会娶洛儿姐姐了!"

"你哥哥可问过洛姑娘愿不愿意嫁他?"他扬起眉头,面色柔和中又带着一丝肃然。"只怕到现在最痛苦的可能是洛姑娘吧!"

"我不管,我只要哥哥幸福!"阿莫依娜撅嘴,小脸被太阳晒得通红。

薛崇简无奈地摇了摇头。他突然挺直了身体,眯起眼看向了远方。金狼头旗帜迎风飘扬,她就在咫尺之处,可他却不能与她相认。

他突然懂得了当年十三那种相遇不相认的痛苦了。

那种无可奈何揪心裂肺地痛苦。

大帐内,阿莫依娜不停地瞟着身侧的薛崇简,娇美的脸上时不时飞上几片红霞。

薛崇简身穿甲胄,腰佩弯刀,乌发被高高束起,原本俊逸清秀的面庞此时却因这打扮而平添了一抹英气!他那颀长的身体在泛着冷光的甲胄包裹下,透出一股无比威严的气势来。

英姿勃发,器宇轩昂。这样形容他应该更准确一些吧!

"公主?"薛崇简有些困惑地唤了一声。

回过神来的阿莫依娜窘地连忙垂下头,满脸通红。

薛崇简轻轻一笑。原本被这一身打扮衬得冷峻的脸因为这一笑又一下子变得温和可亲了起来。

帐帘被人猛然掀开,黑影刮过,薛崇简连忙敛住笑意垂下了头。

莫啜有些阴郁地坐在汗位上,他皱着浓眉,黑沉的眸中有隐隐的怒火,冰冷的脸此时更加阴翳可怖。

阿莫依娜见了,含笑迎了上去:"谁惹哥哥生气了?"

莫啜抬眼看了看妹妹,叹息道:"八部大臣全都反对我和洛儿的亲事,汉人不可成为突厥汗妃……"

"哥哥娶妻他们还要管,也真是!"阿莫依娜气得大叫一声。情绪似比莫啜还要激动。她看了看莫啜,伸手握紧了哥哥的手,坚定地道:"哥哥,妹妹只希望你能快乐,所以,不管别人怎样反对,哥哥都一定要抓住自己的幸福啊!"

莫啜望向妹妹那张殷切的小脸不禁动容,他点了点头,眉宇之间一扫颓丧,重新换上了往日的冷酷与霸气。"你哥哥是那种懦弱的人吗?洛儿只会是我的妻子,我唯一的正妻……对了,你身形和洛儿差不多,你来帮她试试这嫁衣……"

"洛儿姐姐为何不试?"阿莫依娜站起身困惑地问道。

半晌,莫啜都没有回答。他只是冲她苦笑,满眼无奈。

阿莫依娜了然,她不禁悠悠叹息:"洛儿姐姐怎么……"

"好了,不说了!"莫啜挥手制止,笑了一笑,伸手捏了捏妹妹的脸颊,推着她去试嫁衣。

火红的嫁衣上缀满了银色的小珠片,金丝绣边,裙摆招摇,华丽的衣裙上镶着大颗大颗的明珠,放眼望去,银光闪闪,耀人眼目。"好漂亮的嫁衣!"阿莫依娜轻抚那精致的花纹赞道。她抬头看了哥哥一眼,嘻嘻一笑:"哥哥真是花了很多心思啊!"

莫啜弯了弯唇角,伸手取过嫁衣披在了阿莫依娜的身上,"你试试合不合身,如果你真喜欢,那等你嫁人的时候,哥哥再给你做一套。"

"哥哥!"阿莫依娜娇嗔一声。她抬眼望向一旁的薛崇简,发现他也正眼含笑意看着自己时,阿莫依娜一下羞红了脸。

火红的嫁衣衬得那张白皙的小脸更加娇美。阿莫依娜睁大了眼睛看了看身上的嫁衣又抬起头看了莫啜一眼。她原地转了两圈,飞扬的衣袂旋舞起来,她像是在展示给哥哥看却又更像是在展示给一旁的薛崇简。

"好看吗?"她停下来,仰头对着兄长娇俏地笑着。

莫啜神色恍惚,他笑着点了点头:"好看。"

"洛儿姐姐穿了一定更美。"阿莫依娜一边说着一边脱下嫁衣,满眼的赞叹与不舍。

莫啜看着妹妹微微一笑,他揽过她的肩向外走去,一边走,一边说道:"这几日你要帮哥哥好好地劝劝洛儿,她现在已经喝药了,这倒是好事。可是……"目光无意一转,莫啜身形一顿,他皱着眉头看着低垂头颅的男子,问道:"他是谁?"

阿莫依娜微微一惊,她顺着兄长的目光看了过去,不禁展颜一笑:"他是薛简,我的侍卫。"

"薛简?"眉皱得越发紧了。"他是汉人?"

"是啊!"阿莫依娜毫不在意兄长警戒的目光,她回过头笑道:"薛简,快来拜见大汗!"

身体突然一颤,薛崇简稳住稍乱的心绪,走上前拱身行礼:"拜见大汗。"

声音不同于往时的温和悦耳,而是冰冷异常,不卑不亢的态度引得莫啜皱眉更深。他冷冷地道:"抬起你的头来。"

剑眉微蹙,如雄鹰的眸。仿佛只一眼就能震得人原形毕露。那目光又如利剑,直刺人的心底,让人胆生寒意。

他见过三哥寒冷犀利的样子,纯净澄澈的蜜色眼眸淡然无波,看似如溪水清浅实则如海洋般深沉。

他从莫啜的眼中看出了敌意,却仍旧故作友好般的微微一笑。

"你是哪里人?"他问。

"长安人氏。"他答。

他挑眉,收回犀利的目光,冷然道:"长安人怎么流落到我突厥来,有何目的?"

他扬唇,俊逸的脸上笼罩着一层淡薄的寒意:"在下与商队走散,幸得公主相救。若说目的,那倒没有。"

莫啜微眯狭长的双眼,他看了看妹妹那稍有些窘迫的脸,淡然道:"如此最好,你当好你的差,护好公主。"

"是。"薛崇简低头,唇角不期然浮现一丝冷冷的笑。

帐帘掀起,黄沙随风涌入。抬眼望,人已走远。

王帐内,温暖如春。

王帐外,风沙狂啸。

不知是第几个不眠夜了,洛歌辗转反侧,心绪烦乱。眼见婚期越来越近,自己却丝毫不能反抗。反倒无可奈何不知所措。

观前路,叱咤江湖,名播朝野。这样的人生,这世上能有几何?还有那男子,那白衣翩翩风华绝代的男子,他的笑他的怒,他的悲他的喜,以为随着黄沙飞入心底永远深埋。可夜深人静之时却总是让人不由得深深想念。

十三哥哥,歌儿该何去何从?

她苦笑,神志愈发清明。

她会活下去,会带着他的嘱托活下去,可是,如同行尸走肉一般地活着又有什么意思呢?

他说过,自己对他的感情不是爱,只是无助中获得的依赖。只是对待亲人般的依赖而已。无关风月,无关男女之情。只是她的固执她的逃避,禁锢着她的心脏,待一切消失,蓦然回首之时,眼中却只有他。

眸光澄澈纯净、笑容温和灿烂的他。

可是,当这一切都被打乱了,她又该如何?

明夕何夕?何时重见?

意识沉重,她展颜,笑容却苦进心里。

风儿呼呼,沙儿扬扬。不知是谁的歌声低怆沉迷,让她安心,安心地入眠,忘记了一切。

"野有蔓草,寒露清兮。有美一人,清扬婉兮。

邂逅相遇,适我愿兮。野有蔓草,零露瀼瀼。

有美一人,婉茹清扬。邂逅相遇,与子皆臧。"

危旦夕

混沌的世界被日光劈开,刹那,如抽丝剥茧一般,天地分离,格外清晰。远处,沙丘连绵起伏。风扬沙缥缈如孤独的舞者,沙丘之上,紫色的天被日光照亮,渐渐泛白。

风过,无声。

黄沙匍匐在地,倦于飞动。

洛歌不忍打搅赫沙睡眠。她摸索着掀开帐帘,于晨风之中,任那风儿吹动自己的衣衫猎猎作响。

白色的烟直冲苍天,袅袅娜娜带着诱人的奶香。早起的老嬷嬷搅动着大锅里的糊糊,苍老的脸上是宁静与祥和。

她静静地走着,没有别人的帮助,在晨光里摸索在黑暗中行走。

大家都见怪不怪,各自忙着自己的事情。只待她快到自己面前时才会有些倦懒地低声请安。对于这个汉人妃子,大家都是有些鄙夷的。至高无上的汗王在他们心中是不容侵犯的神明。而这个女子定是没人身心的女妖,连大汗也不能避免地受到了她的蛊惑。

而对于"汗妃"这个称呼,这女人似乎也并不太喜欢。只是一味皱着眉,似在排斥。

如果撤去她即将成为"汗妃"的事实,又或者,她不是汉人,那么,大家恐怕也是会心甘情愿地承认她是美丽的吧!

乌发飘飘,白衣翩翩。她在大漠清晨那孤寒的风中,寂寞地行走。脚步小小的,似很是谨慎,她迎着风舒展双眉。眉下是被纱布包住的双眼。不知待纱布除去,这双眼又该是多么的美丽迷人。风儿吹得她的宽袖蓄满了细沙,衣带飞扬。她突然一笑,笑得自由自在而又满是忧伤。忧伤到她那未盛开的荷花的脸也默默垂泪。

脚下的沙,很软,踩上去很舒服。

她突然弯下身除掉了鞋子,只光着一双白嫩的玉足踢着黄沙,像个孩子一般笑了起来。

大漠的尘风凛冷干燥,吹得人双颊麻木,身体发冷。

她笑,笑声引得众人纷纷驻足观看。

破晓,光芒万丈。

她突然倒了下去,就好像深秋的最后一片落叶似的,随着风,飘零。

"莫失莫忘,不离不弃……"

低低的尾音尚未在这晨风中殆尽,一个俊朗的声音却早已奔了过去将她打横抱在了怀中。

寒风遽然闪过!

众人睁大了双眼倒吸一口冷气,纷纷后退,已有人奔向了大帐。

薛崇简抱紧了洛歌。他已无心察看她的伤势,只小心地避过那些迅猛的攻击,找到突破点逃离。

那几个黑衣人见势,只紧紧缠着他痴斗,丝毫不肯松懈。

人群自动分成两拨,杂乱的步伐,粗重的呼吸,让人胆战的冰冷,只有他们的汗。

莫啜看清眼前景象不禁全身一震。待他看清洛歌痛苦的样子时,更是怒不可遏。他拔出弯刀就要攻上,却不想被一旁的哈多拦了下来。

"此事交给哈多来办!"话音刚落,人已跃出。

不知何时,已有大队卫兵冲了上去。将那几个黑衣人团团围住。薛崇简趁他们怔愣的空隙,连忙抱紧洛歌翻身跃出了包围圈。

脚步还未站稳,洛歌便被一双宽大有力的手给夺了过去。薛崇简蓦然抬眼,看见的却是那高大魁梧的身影渐行渐远。

"薛简,你没事吧?"阿莫依娜睁大了圆圆的眼睛紧张地看向薛崇简。

他只作淡淡一笑,轻轻地摇了摇头。

到底是谁想取她的性命? 难道,不会……应该是……

怔怔之间,猛听得身后有人倒下的声音。薛崇简连忙回过头来,入目的却是那几个黑衣人中刀倒地的身影。

双眉蓦然蹙紧！

果然……他牵唇冷冷一笑。

"薛简？"

有人在扯他的衣袖。他吃痛，蓦然低首，看见的却是自己手臂殷红的伤口。

阿莫依娜慌得不知该如何是好，她笨拙地捧起他的手臂，眼泪汪汪，满脸的无措。

薛崇简不禁轻轻一笑，他伸出手动作轻柔地为她揩掉泪水，轻声道："别哭了，这点小伤不碍事的。"

她抬头将信将疑地看了他一眼，撇了撇嘴，大力地抹掉脸上的泪水，故做无谓的说道："我才没有哭呢！一大清早的你就到处乱跑，还把我这个主人放在眼里了没！你……你……走！跟我去飞雪婆婆那儿！"阿莫依娜一边暗自埋怨自己的不争气，一边又拉着他的衣袂往飞雪的帐篷走去。

薛崇简被她逗得不禁一笑。蓦然驻足，双眉紧皱。

但愿那一剑并未刺中她的要害。

大帐帐帘再次被人掀开。

阿莫依娜拽着薛崇简目光环视一周，不禁皱起眉头。越过众人往兽皮屏风后走了过去。

果然，飞雪正坐在榻前蹙眉为榻上之人包扎着伤口。

"飞雪婆婆……"

话还没来得及说出口，嘴就已经被人给捂住了。阿莫依娜回过头，莫名其妙地瞪着身后的薛崇简。他抬眸微微示意，阿莫依娜有些困惑地顺着他的目光看了过去。

此时的莫啜已分不清是怒是忧。那张俊美立体的面庞似被大雪封住被乌云笼罩，格外的冰冷阴翳。他垂下眼眸，目光一瞬不眨地紧锁在那张苍白的脸上，晦暗可怖。

"大汗，我真不懂你到底在搞什么！"这个时候，恐怕也只有飞雪敢开口打破这瘆人的死寂。她面容愠恼地看了莫啜一眼，嗔怪道："她本来就快康复了，这下倒好，这一剑，把她刺回了原点。"

"告诉我，她伤势怎么样？"他终于开口，语气冰冷得让人胆战。

飞雪无畏地弯了弯唇角。她看了她一眼，伸手指向了洛歌的左肩慢慢说道："她左肩本就受过重伤，伤口还未完全愈合又被人刺了这一剑，大汗你应该明白吧……"

莫啜蓦然睁大了双眼，他抬起头看着她，难以自抑地全身颤抖。他压低声音，一字一顿冷然道："照你的意思，她的左臂……废了？"

话音刚落，就已激起一片抽气之声。

薛崇简更是睁大了双眼，心中剧痛！

飞雪叹了一口气,摇了摇头。

"难道就没有别的办法了?"他抓住她的双肩,声音颤抖地低吼着。"你要我引血割肉,可以!要多少血多少肉都可以!你要救她,一定要救她!"

"大汗!"飞雪皱紧眉头大喊了一声,似乎是想将他喊醒。"你清醒点,事情哪是你想的那样!你……唉!"

"飞雪婆婆,你一定要救救洛儿姐姐啊!她要是没了手臂……没了手臂……"阿莫依娜再也说不下去了,只一个人怔怔地哭泣着。

她的身后,薛崇简皱紧了眉,面色悲怆!

他应该一直跟在她身后,保护着她,陪着她的!如果早一点……早一点的话……

"大汗,飞雪姑娘会有办法的。"

清冽的声音蓦然响起,众人侧目望去,却见一身材挺拔身着甲胄的男子正低着头缓缓开口。

莫啜眸光一凛。

男子抬头,不卑不亢地看着高高在上的大汗,蜜色的眸坚定中犹有一丝……悲伤!

莫啜眯起眼,正欲开口,榻上之人却无力地伸出右手,紧闭着眼虚弱而又小声地呼唤着:"崇……简……薛……崇简……"

身形剧颤!这一刻他多么希望奔到她的身边握住她的手,告诉她,他在这儿!可是,他不能,他什么也做不了,只能远远地看着她,无声无息地看着她。

莫啜遽然皱眉。他抬起头看着那男人,冷然道:"为何如此肯定!"

"此时若不相信飞雪姑娘,那大汗以为又能如何。在下以为,大汗还是让飞雪姑娘安安静静地医治汗妃吧!大汗要做的事情还有很多。"

"对对对,大汗,你让我安安静静地想想,让我安安静静地想想。"飞雪也忙不迭地附和着,一边又朝着薛崇简投去了感激的一瞥。

莫啜皱起浓眉,他想了想终究还是沉着面色对着飞雪道:"好,你说怎样就怎样,但前提是你一定要医好她的肩伤。"

"是是是,好好好!"飞雪连连点头说道。

莫啜转过脸,目光牢牢地锁定在了薛崇简的身上,而他,亦毫不示弱地用那双温和纯净的眸迎上了那两道犀利如鹰的目光。

"你告诉本汗,还有哪些事情需要本汗来做?"

薛崇简闻言,不禁淡然一笑,"比如……找出伤害汗妃的真凶!"

黑沉的眸陡然一颤,下一秒,黑色的风已然刮出外帐。

阿莫依娜见了,连忙拉着薛崇简跟了出去。

屏风外，各部大臣全都战战兢兢地匍匐于莫啜的脚边，个个都面如死灰，冷汗交流。

帐帘被人掀起，哈多走了进来。他跪倒在莫啜的脚边，沉声道："启禀大汗，歹人全部歼灭。"

"歼灭？"狭长的眼危险地眯起，莫啜攥紧了拳，气得将哈多一脚踹倒在地："谁让你全部杀掉的！活口！本汗要的是活口！"

震怒的声音大得可怕，匍匐在地的众人个个都被吓得浑身颤抖。

哈多捂住胸口，蹙眉忍痛地奏道："大汗……歹人似是大唐的人……"

"大唐人氏？为何？"莫啜一边问着一边似有意无意地瞟了薛崇简一眼。

"若非大唐人氏，怎么个个使剑？"

众人哗然。

"大汗，咄悉匐以为那洛儿乃大唐奸细！"

一语激起千层浪！

众人纷纷抬起头看向大汗的弟弟——左厢咄悉匐。

莫啜面色冷峻，高大的身体中，散发出一股冷酷嗜血的霸气。"何出此言？"

"自从这洛儿被大汗带回以后，我突厥军队屡屡挫败。若不是这洛儿向唐军泄露军机，我突厥常胜之师又岂会败得如此轻而易举！大汗仔细想想，这洛儿三番两次地想要逃跑不就是希望逃离此地好向那唐军通风报信吗！大汗……"

"左厢察大人，此言差矣！"

清冽的声音再次响起。

莫啜回过头看向一旁的薛崇简，不禁眯起双眼，心思深沉。

薛崇简冲着众人冷冷一笑，他看了看莫啜，受到他眼神默许后，薛崇简淡定地接着说道："会使剑的不一定就是大唐人氏。左厢察大人说汗妃是奸细，那薛某倒是要问问，既是奸细她又该如何向那唐军通风报信？又是何时通风报信？据薛某所知，大汗已派人日夜不寐地保护着汗妃，汗妃若是想通风报信岂会有不为人知之理？"

众人语噎，咄悉匐更是不知该如何应对。

薛崇简见状，只作淡淡一笑。他转过身，面朝着莫啜微微鞠身一拜，接着说道："请大汗命人送一具尸身上来。"

莫啜挥手，只一会儿，就有人抬了一具尸身上来。

"大汗请看。"

薛崇简蹲下来，他执起尸首的左手掌心向上冲着莫啜淡淡地牵起唇角。

莫啜皱眉俯身看去。

那粗糙的手掌，与旁人并无不同。只是那一排排厚厚的老茧泛着白，似在拼死诉说真相。

"这……并无不同之处啊！"

"错！"薛崇简看了看莫啜一眼，目光扫视一周，终是凝在了那粗糙的掌上。他微蹙双眉，提醒道："大汗莫要忘了，这可是左手啊！"

"左手？"双眉蓦然一松，莫啜直起身，目光如炬，牢牢盯在咄悉匐的身上。

"若我猜得没错，哈多的左手上也应该会有同样的老茧吧！"薛崇简一边云淡风轻地说着，一边站了起来。他瞟了面色苍白的哈多一眼，接着说道："早就听闻突厥军中有一支特别的队伍，唐军将其称之为'左撇子军'，因为此军之中人人都是左手使刀。而这'左撇子军'恰恰就是同为左撇子的咄悉匐大人带领的吧！"

"咄悉匐，你还有何可讲！"汗王怒极，瞪大了黑沉的眼一眨不眨地紧盯着自己的弟弟。

咄悉匐倒是异常平静，他抬头看了汗王一眼，目光陡然变冷盯扎在薛崇简身上，眸光狠毒语气冷酷："你说这是我做的，有何证据？"

"在下所说的这些难道不是最有力的证据吗？"薛崇简微微挑眉，纯净的眸中蓦然覆上一层寒意。

"好，那你告诉我，我为什么要这样做？"

众人不解，将目光纷纷投向了大帐中央那个挺拔如松的男子身上。而他，只淡然地牵起唇角，冷冷说道："往浅的来说，你是想阻止大汗迎娶洛姑娘为妃。那几个黑衣人誓死效忠于你，自会全力以赴，若败，则自亡。而哈多的衷心则是最愚蠢的，他为了确保事情顺利竟杀了那几个黑衣人。你为了嫁祸洛姑娘，让那几个死士学会使剑。可你忘了，我本就是汉人，会不会使剑难道我看不出来？大汗看不出来？往深的来说，将自己的耳目安插在大汗身边，你……你说这是什么罪？"

"大汗！大汗，咄悉匐对您的忠心天地可鉴！咄悉匐决无任何歹意！"咄悉匐早已被吓得匍匐在地不停叩首，只叩得满额鲜血。

莫啜厌恶地皱起眉。

"大汗，咄悉匐所做的一切都是为了大汗啊！大汗若是娶了那汉家女自会引起诸部不平，人心涣散啊！咄悉匐所做的一切都是为了大汗着想……"

"还不闭嘴！"莫啜怒斥一声，他抬眸扫了众人一眼，平静地说道："你们还有谁想反对本汗迎娶洛姑娘的！"

大帐内一片寂静，众人连大气都不敢出一下。

"很好，这样便是没人反对了！"他眸光一扫，凝在了哈多与咄悉匐的身上。"将哈多拖出去处以极刑。而咄悉匐，念你一片忠心，平日里治军有道，领军有方的分上，你便领了四十大板断食四天，以示惩戒！"

"谢大汗！"

"你们，全都退出去！从现在起，若还有谁敢多言一句，本汗必将其处以极刑！"

"是。"

一阵杂乱却谨慎的脚步声之后，大帐内，一片死寂。

不知何时，太阳已高高地升起。那炽烈惨白的阳光透过被风吹掀起的帐帘洒了进来。风夹裹着黄沙在这光芒中飞舞，纤弱得惹人怜惜。

高高在上却又孤独至深的汗王坐在王位上，左手撑住额头，容颜隐于黑色的发中不知是喜是忧。

阿莫侬娜的心中蓦然一酸。她奔到汗王身边，握住那只微微发颤的手，哽咽道："哥哥，你还有我。"

莫啜放下手，抬头看着妹妹，艰涩一笑："该信的人能有几个？阿莫侬娜，哥哥在这世上也恐怕只有你一人能让我信赖吧！"

"哥哥，母妃死的早，你我兄妹两个相依为命，早已不分彼此了，哥哥不用伤心，哥哥还有我。"两行清泪自那双原本无邪的眼中滚落。

莫啜有些心疼地为她擦掉了泪水，无奈地笑道："你一哭，我又不能抱怨什么了。"

"哥哥！"阿莫侬娜破涕而笑。她看着可亲的兄长，娇俏的脸上满是幸福的光芒。

暗处，有人轻咳了一声。

莫啜的目光陡然一转，他看向暗处的那个人，黑眸中透着些许的戒备。

阿莫侬娜顺着兄长的目光看了过去，她不禁一笑，连忙跳了起来朝那人奔了过去。

"哥哥，薛崇简还带着伤呢，我带他去包扎一下，可以吗？"

"你去吧！"莫啜挥手，满身疲惫。

挺拔俊秀的背影终于消失在帐帘外，双手亦蓦然攥拳。

惨白的光覆在那眯起的狭长的双眼上，危险得让人胆战。

莫啜终是牵起唇角，邪邪一笑。

你在我身边的，对吗？

我听见了你的声音感受到了你的气息，是如此的真实、如此的清晰。

我多想见你一面啊，我想，你也是同样吧！

可是，为什么不来看看我，告诉我，你就在我的身边呢？

……

左肩剧痛！

她皱眉大叫了一声"薛崇简"后，便如死去了一般，再无声息。

守在一旁的莫啜大骇！他惊得睁大了双眼，一颗心狂跳不止。

飞雪心下也大吃一惊,她稳住神态,开始为洛歌施针。

她好像是真的累了。累得连呼吸的力气都没有了。她想要睡去,沉沉地睡去,做一个有他和他的美梦,久久的,伴着梦永远都不要醒来。

可是……那个白衣男子忧伤蹙眉,他站在春光中,站在梨树下,皱紧双眉眸光忧伤地低声斥责着她:"你答应我会活下去的,你怎可食言?你对得起我吗?你对得起我为你付出的生命吗?你怎么能这么不听话!你怎么可以这样!"

那个绿衫男子微微垂下眼睑,他唇挂一丝苦笑,全身被落寞的忧伤笼罩。他说:"歌儿,你为什么总是那么狠心?你从来没想过我的感受吗?你若是死了,我该怎么办?我活着还有什么意思?你怎么能这么自私,怎么能这么自私……"

我没有……没有……

我累了……真的累了……我累了……

低迷的笛声乘着孤冷的风缓缓吹来,吹进大帐,晃动烛火。那笛声哀伤悲怆,就好像那大漠的月亮,孤独地守着满目的苍凉,忘记了哭泣忘记了叹息。缠绵的笛声钻入了莫啜的耳朵,让他身形不由一颤。他缓缓地垂下眼睑,却蓦然发现那苍白的脸上有红光慢慢浮现,秀睫轻扇。

"别……走……"

她无力地呢喃,双眉皱得越发的深了。

莫啜蓦然松眉,他惊喜地看向飞雪,睁大了眼,黑沉的眸中满是奇异的光芒。

飞雪点头微笑:"放心,这一关熬过去就无生命之忧了。"

帐外之人闻之,亦是长松了一口气。他收起笛子,脚步微微迟疑了一下,但立马便消失在了浓黑的夜幕中。

"这要多谢帐外吹笛之人。"飞雪看了榻上之人一眼,轻轻地牵起了唇角。

莫啜的神情忽然变得有些不自然,他握紧了洛歌的手,轻声道:"那薛简的笛声怕是引得洛儿的思乡之情吧!所以,她才会挺过来。"

"或许吧!"飞雪低低一叹,她看了他一眼,说道:"你三天都未合眼了,去睡一觉吧!这里有我,你放心!"

莫啜低眼看了看榻上苍白的人,终是松眉点了点头:"也好,这里就拜托你了。"他一边说着一边向帐外走去。

飞雪淡淡地笑着。

待人已经离去,她才颓然地倒坐在榻上,怅然叹息。

扬之水

  没有星辰，只有那宛如枯竭的泉眼一般死寂的月亮，低低地挂在沙漠与天际的交界处，微弱而又缥缈的银色光芒照得远方那嶙峋的怪石与苍茫的沙丘露出孤独的身影。有风啸，好像那沙漠中的王者——沙漠苍狼一般高昂悲怆的鸣啸。风卷细沙，吹得金狼头旗帜猎猎作响。

  恍恍惚惚中，悠扬的笛声随风慢慢飘来。好像身着轻衫的女子，婀婀娜娜地踏着轻巧的步子款款而来。 洛歌微微皱眉，她转过身，双眼迷蒙。 这是第几个有笛音相伴的夜晚了？她数不清了，她只知道每当这笛音响起时她从未有过的安心。安心地闭眼，安心地做着有关于他的梦。 她想念大唐的繁华，想念长安的旖旎，想念那些她熟知的一切，更想念那个人。 她仰面躺在床榻上，流着眼泪，咬唇忍住了哭声。"你何苦……"飞雪叹息，她伸手替她揩干了眼角的泪。银白的发丝随着她的动作像珠帘一般微微晃动。洛歌只是一直沉默着。自她醒来以后，她便似忘记了如何说话一般，不管对方是谁，她都不肯开口说出一个字眼。

  "别哭了，你的眼睛最忌泪水。你不是想让眼睛尽快好起来吗？那就别哭了！"飞雪嗔怪，可眉宇间分明是怜惜之意。

  洛歌避开她的手，翻过身，面朝里闭紧了眼含紧了泪水。

  帐外，笛声依旧。

  飞雪抬起头朝着帐帘的方向看了过去，她微眯双眼，似有所思。"这小子的笛子吹得倒是挺好……"说到这里，飞雪又低下头对着洛歌的背影接着说道："你的左臂忌压忌水忌动……唉，你说我怎么就这么倒霉！先是被大汗给绑来，再就跟老妈子似的侍候你，你说我招谁惹谁了！我堂堂天山女妖燕飞雪怎么就落到如今的凄惨地步。我都六十了，我不管，你看在我比你老的分上也不能再折腾我了，好好养伤，算我求你了。"

  她一个人絮絮叨叨地说着，也不管洛歌在不在听。

  "大汗次次来你次次不见，脾气倒是挺大。那个大汗也是傻子，被你这么拒绝还锲而不舍，皮厚得我都佩服。洛儿啊，听阿莫依娜那小姑娘说那个大汗到现在都不知道你名字，嘿！你还真是有本事……"

  "你很吵。"她忍无可忍，冷淡开口。

  飞雪蓦然一笑，银白色的发随着她的笑轻轻颤抖。"你终于肯说话了。我本来还想在你身边唠叨一辈子的，我得告诉那个傻子大汗，气气他……"

"你安静一点行吗？我想睡了。"

"好好好……"飞雪一边笑着一边起身拿着药箱往外走。

帐帘刚被放下，她便猛地坐起身来。

眼前隐隐约约可以看见一丝橘黄色的亮光来，可是只是一瞬，那亮光又被无尽的黑暗给吞噬了。

笛声悠悠，缠绵低泣。

她抬起头，双眉忧伤地蹙起，心，猛然一颤。

她掀开薄被跳下床，来不及穿鞋就奔了出去。

夜晚的风冰冷刺骨，激得洛歌不禁打了个冷战。她茫然四顾，却像是断了牵引一般扶住了帐前的木桩慢慢地滑倒在地。

笛音不见了，不见了。他在逃避什么？

她紧紧地咬住下唇，抑制着眼中的泪。怅然若失地心疼着，那呼之欲出的名字却始终在齿间缠绕不肯从唇中逸出。

"汗妃！"赫沙惊得扶起了洛歌，他低眉看着她，心中有同情亦有怜惜。"外面冷，汗妃快入帐吧！"

她顺从地由他扶着进了暖帐。

帐帘放下的刹那，那身着甲胄的挺拔身影在苍茫的夜色中微微一颤。

翠绿色的玉笛被他捏得快要断成两截。他皱眉看着她那已经消失的背影，心中大恸。纯净澄澈的蜜色眼眸在那凄冷荒凉的月光下越发忧伤，他扬唇露出了一丝苦笑，蓦然转身。

远处，连绵起伏的沙丘映着月光投下巨大的黑色阴影。那黄色的沙在风中翩然舞蹈，如同那繁华的长安城里，红绡不知数，轻纱和幔舞。

烈日下，阿莫依娜看着面前正在忙碌的俊逸男子娇俏地笑着，灿烂的笑颜美好而又天真。"薛简，你上次教我背的诗我还没有记会，你再念一遍给我听听。"她笑，歪着脑袋看着他。天真的大眼睛好像沙漠的天，空旷纯净。薛崇简回头看了她一眼，无可奈何地摇了摇头。他直起身子擦了把额上的汗，笑道："我看公主也不是读书的料子，这诗我都教了多少遍了，你还是记不住。"

"你笑话我！"阿莫依娜叉着腰怒瞪着他。

薛崇简失笑："不敢。"

"那你就再念一遍给我听。"

"好吧……这是最后一遍了啊！"他有些无奈地摇了摇头，直起身子沉住气缓缓开口，声音清冽悦耳。"涉江采芙蓉，兰泽多芳草。采之欲遗谁，所思在远道。还顾望旧乡，长路漫浩浩。同心而离居,忧伤以终老。"

他的神情蓦然忧伤,阿莫依娜不禁一怔。

"那你告诉我,这诗是什么意思。"

"你何时变得如此好学了!"他眼神奇怪地看着她。

阿莫依娜有些愠恼地撅起了嘴唇,她偏过头轻哼了一声,娇嗔道:"要你说你就说,我是你主子!"

"是,遵命!"他弯了弯唇角,接着说道:"踏过江水去采莲花,到兰草生长的沼泽地采兰花。采了花要送给谁呢?想要送给那远在故乡的爱妻。回想起故乡的爱妻,长路漫漫遥望无边无际。漂流异乡两地相思,怀念爱妻愁苦忧伤以至终老。"

"忧伤终老?"阿莫依娜不禁皱起了弯弯的眉毛,她看了他一眼,双眉皱得更紧了。低眉想了想,她不禁开口问道:"你有妻子了?"

薛崇简的表情微微有些错愕,他看着她那张疑惑的小脸,不知该如何作答。"公主怎么突然问这个……"

"你要是没妻子干吗背这种诗!薛简,你答应我的,只娶我一个人的!"

"呃?我什么时候答应的?公主,这种事情开不得玩笑!"

"你答应了!就是答应了!那次啊,那次在马厩外面!"

马厩外面……他失笑:"那次我并没有答应什么啊,倒是公主,紧紧相逼。"

"你……"阿莫依娜气噎,看着那张淡笑的脸,却怎么也发不出脾气来。

远处那炽烈的阳光下,黄沙贴着人的小腿肚子飞扬。放眼望去,连绵无尽的黄沙、连绵无尽的暗黄色沙丘、连绵无尽的荒凉。隐隐,那最高最远的沙丘上,隐隐有商队走过。驼铃悠悠,顺风而来。又好像有笛声,低怆悲凉。

薛崇简脸上的笑容蓦然凝固,他猛然转过身登上高处眯眼看着远方。

小小的黑点在飞扬的黄沙中透出浅浅的身影,极缓慢地移动,似被风缠住了脚步,艰难前行。

双眼蓦然眯紧,他突然一笑,笑得很大声,笑得身后的阿莫依娜满脸的莫名其妙。

"喂,薛简,你笑什么……"

话还没说完,人就已经被他抱了起来。

天地间一片晕眩,只有他那朗朗清澈的笑声格外的清晰。他抱着她在黄沙中转圈,笑得忘乎所以。阿莫依娜早已是满面红霞。她靠在他的怀中闭上眼,感受着他的快乐。

好一会儿,他才停止了旋转。

阿莫依娜纳闷地抬起脸看着他。而他,也正低着头看着自己。

薛崇简讪笑,他放下她,有些不好意思地弯了弯唇角,面色窘迫,说起话来也有点语无伦次:"那个……对不起……我……我只是太高兴了……"

"我又没有生气!"阿莫侬娜眉眼弯弯地看着他笑得格外开心,她伸手抚了抚他有些微红的脸颊,向后退了一步娇笑道:"反正我是你的人了,你要抱多少遍都没关系。"

薛崇简面色有些僵硬地看着那张笑眯眯的小脸,无语。

阿莫侬娜倒是不羞不臊地瞪大了眼睛紧盯着他那张木木的脸,嘻嘻地笑着。

薛崇简伸手拍了拍她的肩膀,摇头笑道:"公主,比薛简好的男子有很多。你又没见过,怎么死咬着我这个不放呢?"

"可他们不会耐着性子给我讲故事,不会安静地听我啰哩啰唆。反正我看上你了,我今晚就要跟哥哥说,把我嫁给你!"

薛崇简觉得天有些热了,他抹了一把额头上的汗,再次无语。

王帐外面,白衣翻飞。面色苍白的女子正蹙眉面向远方,似有浓浓心事。

阿莫侬娜的目光越过薛崇简,落在了远处白衣洛歌的身上。

"洛儿姐姐!"阿莫侬娜大呼一声连忙奔了过去。

薛崇简身形猛滞。

洛歌闻声疲惫一笑,转过脸来对着阿莫侬娜淡淡一笑。笑容苍白,脸色极差。

阿莫侬娜仰起头看着她的脸,轻轻叹息。"洛儿姐姐,你的脸色怎么还这么差?过几日你就要做新娘子了,这样子可不行啊!"

洛歌艰涩弯下唇角,她垂下头,任那黄沙和着自己的乌发飞舞。

"洛儿姐姐!你为什么不说话!你把哥哥急死了,你说话,难道跟我你也要闹到这种地步吗?"阿莫侬娜大叫着情不自禁地拽住了她的手臂。

"嗖……"洛歌猛吸一口冷气,刹那额上布满汗珠。

一双手突然将阿莫侬娜的小手给拉了下来,转而托上了她的手臂。

洛歌猛然抬起头,微张着唇,却发不出一个字眼。

薛崇简冲着阿莫侬娜摇了摇头,温和的脸上刹那布满紧张。他抬眼看着那张错愕苍白的脸,无声一叹,转而收回手,向后退了一步。

"你……崇……"

她开口,眼泪却"刷"的掉了下来。

薛崇简拽紧了阿莫侬娜的手奔逃了起来。

身后,她无声地伸出手,秀眉忧伤地蹙起,纤瘦虚弱的身体在黄沙中翩翩如秋风中的最后一片落叶。

夜。

突厥大汗盛宴款待各部主臣,为十日后的大婚做着商讨准备。

大帐内,风光旖旎,谈笑声声。胡姬扭腰跳着热烈撩人的柘枝舞,酒暖肉香一片热闹。那朗朗的笑声穿过帐帘直飘向低垂的夜空之中,久久不散。

风过,沙舞。

月凉,夜暗。

王帐内,洛歌弯下唇角,腮边犹留一丝泪痕。那眼睑下绽放的荷花被泪光笼罩更显得惹人怜惜。

榻前的灯火微微一晃,帐帘被人掀起。

那永不褪变的清香盈馨满室,那寂静的脚步声轻轻地踏上了她的心脏。

薛崇简默然地看着榻上熟睡的人,蜜色的眸温柔淡然如那暮春湖边的阳光,暖暖地,缠绵着柳条荡漾着春风。他慢慢地走了过去,低下头,仔细地看着她的脸。

那张虽苍白却依旧倾城倾国的脸,宛如初夏的荷花迎风不屈地挺直纤弱的腰杆。那颊上的小小荷花将原有的疤痕完美地掩盖住,不仅不碍眼,还更为她衬出了一丝清丽与柔媚。

他缓缓伸手,小心翼翼地抚上她的面颊。

掌心的温暖将那残留的泪痕化为了一丝忧伤的氤氲在清香的空气中蒸腾。他蹙眉,为她理开了额上的发,手停滞在她的额上,他一瞬不眨地看着她,目光缠绵痴恋。

已不知过了多久。那榻前的光已燃尽了灯油,"噗"的一声王帐陷入一片黑暗之中。

寂静无声,只有那帐外大风呜呜低吼。还有的,就是彼此轻悄细小的呼吸声。

他闭上眼,深吸了一口气。脑海中,那个她渐渐走来。

一袭月白长衫,一把玄风宝剑。她站在婆娑的竹影中,凄迷的月光里,回过头,淡漠疏离地看着他。风吹来,她的乌发飘扬,白色的缎带似蝶翩飞。混沌不清的目光中透着哀伤,像浓浓的大雾,让人双眼氤氲。她垂下头,说,你又何必为我做这么多,你明知道的,我喜欢的是十三哥哥,除了他,我不会再对任何人动感情。

她如此说来,当真也是如此做的。一次一次地将他推开,一次一次地伤害他。

他看着她拿起剑杀人,看着她站在血光中残忍地笑。看着她淡漠地刺穿老人的心脏,看着她冷然地掐死不满周岁的孩童。她在别人的眼中,是"荞花白幽",是冷酷嗜血的杀人狂魔!可是,他不在乎别人怎么看她。他只相信自己眼中那个会在杀完人以后无助低泣的她,那个在月光下吹着笛子思念爱人的她,那个隐忍着一切苦难不叫疼的她,那个坚强却又如此冷酷的她。

即使是现在,他也不在乎,即使她破了相,断了胳膊瞎了眼睛,他也不在乎。

他说过的,自己会一直陪在她的身边,不让她孤单,不让她一回头发现什么也没有时的无助。

他温柔地笑了起来,腮边的酒窝深深凹陷,一如当年初遇她时的那般愉快与纯净。

他低下头,在她的额上印了一记浅吻。

他说:"歌儿,不管你变成什么样我都陪着你。"

你睡不着的时候,我会吹笛子给你听,哪怕外面的风有多冷。

你难忍疼痛的时候,我会轻轻地唱歌给你听,哪怕外面的狂沙有多猛烈。

我要你感觉,我就在你的身边。

"歌儿,好好睡……"

他站起身,准备离去。

寂静的王帐中,谁的眼泪泛着寂寞忧伤的银光顺着眼角悄然滑落。

他的手,被人牵住。

"别走……别丢下我不管……"

她睁开眼,眸光空洞,眼前一片漆黑。

漆黑的世界中,她总能看见一个挺拔修竣的背影。她看见了,就不会害怕了。

"别走……你说的……莫失莫忘……"

"不离不弃。"他轻轻一笑,转过身重新坐在了她的身边抬手为她擦去了眼角的泪水。

洛歌抬头,秀睫轻颤。她牵起唇角,苍白的脸上满是哀求之色。"你别走,好不好?别丢下我。"

"傻啊!"他柔柔一笑,纯净的眸中满满的全都是浓浓的眷恋。"我怎会丢下你不管你呢?我只是怕你再次推开我,再次把我落在你的身后。"

她沉默不语,微蹙的双眉间是如雾一般缥缈的悲伤。

"我只需要在暗处看着你就好啊,你追逐你的幸福你的快乐,我都陪着你。只是,等你累了,我希望你第一个想到的人能是我。"说到最后,他已是低低一叹。

洛歌摇了摇头,语气哀伤:"傻的不是我是你啊,你说我有什么好值得你这样对我?你看,我现在瞎了残了破相了,这等残花败柳你又在执著什么?"

他的指腹划过她眼睑下的那朵荷花又攀上了她那被纱布蒙住的双眼,他笑:"若是瞎了那我就做你的眼睛,若是残了那我就做你的手臂,若是破了相了我就自毁面容,丑男陪着丑女,丑女再不会说些什么了吧!"

她闻言,笑出了声,压积在心中许久的阴郁一扫而光。

"你相信第一眼的感觉吗?我相信。第一看见的都足以让我一辈子去追逐去等待。歌儿,我不求你今生能够爱上我,但我希望你孤单无助的时候允许我陪着你。"他轻轻地笑着,俊逸的脸上带着如释重负的轻松。

洛歌的心中莫名一酸。

第一眼的感觉,她错过了。

第一次见到他时，他穿着墨绿色的长衫踏着晨光而来，就如那神明一般。他向她伸出手，稚嫩的脸上带着关切带着困惑。那双纯净的眸子映着晨光露出诱人的蜜色，清秀干净的小脸上带着单纯带着不谙世事的表情，让她忘记了流泪。

他说，你看看你的鼻涕都掉下来了，还不擦擦？

他说，你本来是这世间最好看的，这一哭倒成了最丑的。

他说，嘿嘿……这嘴撅的，都可以挂一个粪桶了！

他大笑着看着她狼狈的模样，笑声清脆悦耳，好像山谷中溪水涤荡的声音。他的笑容干净清澈，灿烂得好像阳光，好像整个世界都因为他的笑而变得明亮了起来。

虽然，他一直都是孤单落寞的。

"第一眼的感觉……我就是觉得你是一个坏小孩，老是取笑人！"她轻轻一笑，笑容格外的温柔宁静。

他听了，故作沉思状，然后不甘地摇了摇头。"难怪那以后你老是推开我，原来是第一印象没做好啊！"

"是啊，你就是一个坏小孩！居然还取笑我说我差点淹死在自家的澡盆子里！"说到这里，她忍不住再次笑了起来。

可他，沉默了。

风卷着细细的黄沙透过帐帘吹了进来。他握紧了她的手，扬唇露出了一丝明媚的笑。

她吃力地伸出右手，抚上他的面颊，开口轻轻地说："薛崇简，你看，这些我也全都记得。"

你对我的好，我全都记得，从未忘记过。就是这些好才让我在黑暗中勇敢地走下去，就是这些好才让我执著地坚持着自己的路。这些好，太重，我却固执地将它们看得很轻很轻，轻到如同羽毛，招手便来挥手便去。其实，这些好早已铭刻在我的心里，潜移默化地成为了我生命中的永恒。

"歌儿……"他的声音变得喑哑。

她笑，语气疼惜："你变瘦了，瘦了好多好多。"

"能听你说这些话，让我瘦成竹竿我都愿意。"深深的酒窝凹陷，他咧嘴欢快一笑。

她咬住下唇，嘴角却静静地翘起。她说："十三哥哥是对的……他是对的……"

一刹那的怔忪，身体猛然一震。他不敢相信般地睁大了蜜色的眼眸紧紧地盯着她的脸，张大了嘴忘记了言语。

她低低一叹："你知道吗？这些日子我想得最多的还是你。没有你陪着我的日子，我才发现，你在我的心里有多么重要。正如十三哥哥所说，他已成为了我的骨肉至亲，而你的目光却早已成为了我最习惯的一种爱。"

尾音消失在泛着莲子清香的温暖怀抱中,他紧紧地却又是温柔地拥住她,忘情地微笑着,笑到泪水涌出。

男儿有泪不轻弹,可是他流泪了,为了这十几年的执著等待,为了这十几年的无私付出,为了这个终于说爱他的女子。

"薛崇简……"她无奈却又温柔地笑着,忍住了被他碰到伤口的疼痛,只默默地伸出右手拥住了他那不停颤抖的身体。

"我要谢谢十三。"他放开她,快乐地笑着,笑声朗朗清冽悦耳。"谢谢他给我机会,谢谢他如此的相信我,将你交给我。歌儿,我很开心。我想带你回去,我要告诉哥哥们,我的等待终是有结果了!歌儿,歌儿,歌儿……"

他将脑袋埋在她的脖子里,只一遍又一遍低声地不停呢喃,像是得到了一直不敢奢望的宝贝,那样欣喜若狂。

谁也不曾想到,帐外,那如苍狼一般冷酷的男子早已阴翳着脸色,危险地眯起犀利如鹰的双眼,将手中那香喷喷的烤羊腿用力地砸在了沙堆中。

帐帘遽然掀开!

"哪里都不许去!"

狠戾冰冷的声音带着无可比拟的怒气平地响起,荒凉的月光将那高大的黑影投洒在王帐内美丽的兽皮地毯上,格外的黑沉可怖。

薛崇简蓦然蹙眉,原本清澈的眸刹那沉淀如汪洋一般冰冷而又深沉。他抬起头危险地眯起双眼看着门口的人,冷然地站起身将洛歌护在了身后。

"可恶的汉人!"莫啜低吼一声已举拳冲了过来。

薛崇简侧头躲过,跃向了一边。

莫啜咬紧牙关,恶狠狠地盯着薛崇简然后又回过头看着榻上的洛歌,黑沉的眸中不期然地闪过一丝伤痛。他抓住她的右手手腕,低沉着声音问道:"他就是那个人吗?"

"是。"洛歌毫不畏惧,回答得干净利落。

"那我算什么!我也为你做了那么多!你怎能如此残忍地对待我!怎能如此待我!!"他怒吼着,声音如同他的身体一样颤抖得厉害。

洛歌低下头,任由他将自己的手腕抓得生疼。她垂下眼睑,只低低说道:"对不起,我没有爱过你。所以,我不知道自己所做的对你来说有多么残忍。对不起。"

手腕蓦然一松,莫啜突然笑了起来,他看着她那低垂的脸庞带着毫不留恋的冷淡,自嘲似的笑了起来。笑声既苍凉又癫狂。

薛崇简冷冷地看着他,全身戒备,生怕他会伤害到洛歌。

莫啜只是笑着,笑了很久很久,笑到那笑声几近哭声。他忽然抬起头看着那个俊逸的男子,敛住笑,漠然道:"你跟我来,我们好好谈谈关于洛歌的归属问题。"

209

"她不是货物，谈不上归属！"薛崇简冷冷地开口，唇角微微下撇。"她只跟她想跟的人在一起。"

"是吗？她不是货物。"他低低嗤笑，目光哀痛地掠过那张苍白冷漠的脸，接着说道："没有感情的她跟货物不是一回事儿吗？你怕了？"

薛崇简淡淡一笑，温和的脸上早已覆上了一层瘆人的寒意。他回过头，对着洛歌柔声道："歌儿，等我，我去去就来。"

洛歌神情微微迟疑，但立马，她点头微笑，"好，我等你。"

那笑容温柔纯净，毫不防备地相信。刺得莫啜双眼遽然一痛。他偏过头，走了出去。

身后，她的声音蓦然响起："莫啜，你若伤害了薛崇简，我这辈子都会恨你入骨！"

知彼意

大汗王帐，灯火通明。

厚厚的兽皮地毯铺在冰冷的地上，高高的案几上堆着书卷。羊皮地图就挂在案几的左边，一抬眼就能将这地图上的局势看得清清楚楚。案几上的灯因帘外涌入的风突然一晃，差点被熄灭。

莫啜不发一言地坐在了案几后的王位上，他眯着眼看着面前的男子，唇边挂着阴狠邪气的冷笑。

薛崇简依旧淡漠地牵起唇角，温和的脸上已覆上了些许的寒意。他微微挑眉毫不畏惧地迎上了那对阴翳犀利的眼眸。

许久，死寂。

冷冷的风穿梭在二人之间，发出细微的流动之声。气氛倒有些剑拔弩张的压抑感。

莫啜一笑，冷冷开口，声音低沉而又透着一股让人难以抗拒的压迫感。"十二月，我突厥军队攻下鸣沙，那灵武军大总管沙吒忠义率军迎战，军败死三万余人。我突厥乃勇猛之师，乘胜攻下了原、会等州，收陇右牧马万余匹胜利回朝。你如何看？"

薛崇简只冷冷嗤笑："强盗所为。"

莫啜不以为意，接着说道："我突厥军队屡屡寇边，且是屡战屡胜，你如何看？"

薛崇简冷冷答道："小盈小利，你突厥军队根本不成气候。"

"哦？呵呵……"莫啜突然笑了起来，他手指轻叩案面，一下一下节奏规律。"那我突厥军队屠胜、灵两州百姓四万余人,你如何看？"

薛崇简的脸色蓦然一变,他紧瞪着一脸邪魅的莫啜,蜜色的双眸中隐隐有怒火可见。

"本汗再问你,我突厥攻飞狐,陷定州,围赵州,劫掠河北屠城数座,你又如何看待？"

"你到底是什么意思？"薛崇简压住怒火,只眯眼紧紧地盯着他,挺拔的身体散发着一股难以言喻的寒冷。

莫啜淡然一笑,他挑了挑浓黑的眉,举起案几上的酒杯悠闲地抿了两口才缓缓道："我突厥并非仁师,屠城对于我们来讲只不过是习以为常的事情。别忘了,我突厥仍有军队盘踞在你大唐的边界。你若真想带走洛儿,那本汗也就……"

"卑鄙！这是小人作为！"薛崇简深吸了一口气,强忍着怒火,恶狠狠地瞪着莫啜。

"我并非君子,这么跟你说吧,能留下洛儿,我甘愿做小人！"

"你……"

"薛崇简,还有一条路供你选择。"莫啜站起身从身后的小几上拿起了一个小瓷瓶递了过去。

薛崇简微微迟疑,他想了想,终是接了过来。

"你若吞了这药,那本汗就放掉你和洛儿。"他阴恻恻地一笑,犀利的眸光在橘黄色的灯光中被蒙上了一层晦暗的色彩。

薛崇简抬起头看着他,目光冰冷如刃。

"不妨告诉你这药到底有何功效吧！"莫啜邪邪一笑,他看了他一眼,仰头背手缓缓道："若是服了这食气丸你便会慢慢地耗尽精气而死。本汗就是要洛儿看着她自以为最喜欢的人是如何在她的面前慢慢地死去的。"

"若我死了,她也不会回到你的身边。"薛崇简淡淡一笑,蜜色的眸瞬间变柔。他将瓶子重新丢给了他。"这东西,我不会吞的。""你怕了？"他挑眉。"怕？"薛崇简不禁嗤笑一声,他紧盯着那双没有温度的黑眸,淡然道："我答应歌儿,会一直陪在她的身边,若是我死了,那岂不是食言？"

"那你打算以你大唐无辜的百姓做代价?!"莫啜沉声低吼,目光犀利狠毒。"你难道只为了一己之私而使那些无辜的平民百姓流离失所,夫妻仳离吗？薛简,你若真的做出这样的选择,我看洛儿也会瞧不起你吧！"

莫啜自信地看着他,眸光深沉,俊美深邃的脸上带着不可估摸的笑容。

他笃定眼前的男子不会袖手旁观,从阿莫侬娜那里便早已得知了他温和悲悯的性格,这样的人又怎么会因为自己一人而伤天下万人。

薛崇简闻言不禁皱眉思索。

的确,他一路寻来看尽了那些妻离子散无家可归的惨相。这些,都是战争带来的灾祸。若是这世上能少一些战火硝烟,那这天下不也就多一分祥和安定了?

脑海中,那些失去儿女的老人坐在苍凉的大地上睁大了浑浊的眼看着远方,那些失去了父母的孩子怯生生地垂着脑袋到处寻找着娘亲。那些破败的房屋,那些倒在地上饿死的人。那些不堪入目的惨相,那些不忍入耳的呻吟,他都看过听过经历过。

曾几何时,他也想过,身为七尺男儿若是不能为这些人做些什么,那便是有愧于天地的！可是现在,他已然陷入了两难的境地。

"薛简,你到底作何选择？"莫啜冷笑,他看着眼前的人,脸色愈发地阴翳了。

脑海中一片混乱,他只记得他答应过她的,会一直陪着她,不离不弃。况且,他才刚刚知道原来她也是爱着自己的。难道刚要知晓便要分离？

他抬起头对着莫啜扬起唇角淡然道:"抱歉,我不能选择后者。"说完,他正欲离去。

莫啜蓦然蹙眉,他跃到他的面前,拦住了他的去路。

"你可要想清楚了。"

"我想清楚了,若是战,我唐军不一定会败。"

"你当真要拿那些无辜平民的性命做赌注？"

身体遽然一震,薛崇简强自镇定。他看了看他一眼,不作回答只一味向前。

"来人！将那奴隶给本汗拉上来！"莫啜一边固执地拦住他的去路一边高声吩咐。

就在薛崇简困惑之际,已有卫兵绑着一个佝偻老奴走了进来。

"薛简,你看清楚了,他就是战败被俘的无辜汉人。"莫啜一边说着一边伸出脚挑起那奴隶的下巴。

大帐内,灯火微晃。

薛崇简睁大了眼睛难以置信地看着眼前的人。

此人垢面蓬发,那脏兮兮的脸上只有一只眼睛是亮的,而他的另一只眼睛却是完全溃烂,伤痂糊作一团看起来既恶心又恐怖。那花白的乱发中还粘了不少的异物,散发着阵阵恶臭让人避之不及。

"你……"薛崇简怔怔地看着面前的人,忘记了任何言语。

那人见他是汉人竟怔怔流下泪来,他张了张嘴,黑色的牙齿在橘黄色的灯光里散发着令人作呕的怪光。

"公……子……"好不容易开口说话,那声音却又是格外的刺耳难听。

薛崇简心中蓦然一痛,他猛然回过头来狠狠地瞪住一脸悠然的莫啜。"你……魔鬼！"

莫啜无所谓地笑了笑:"胜败乃兵家常事,败了,就只能任人宰割。"

薛崇简气哼一声,他俯下身扶起地上的人,眼神悲悯地望着那面目模糊不清的老汉。心,越来越痛,倒真如让人生生从身上割了一块肉似的疼痛。

"薛简,这就是战争!"莫啜闲闲地笑了起来,那笑容要多冷酷有多冷酷。"你若是选择前者那就会有更多的人似他一般任人宰割,体会战争的残酷。薛简,你还要选择前者吗?"

薛崇简神色一滞,他看了看面前的人又看了看身后的人,心中便如针刺般的疼痛。

他是汉人,洛歌是汉人,那些成千上万死在战火硝烟里的无辜百姓也是汉人!若是一场战争之后受苦的终究是这些手无缚鸡之力的平头百姓,那么,战争越能避免越是给他们造福。

怎可如此自私,为一己之利而伤万人之心!

若是让她选择,她也会支持自己的吧!

"你家住哪里?我带你走,可好?"他躬下身子放下矜贵的身份与那脏臭的老汉平视。他不嫌弃他,他想要帮助他。他就是这样一个善良悲悯的人。

这种善良悲悯让莫啜震惊。

他偏过脸,不再看那男子让他心颤的画面。

薛崇简低低一叹,他伸出手为那老汉将额前的乱发理顺,然后,他脱下身上的外袍为那老汉披上。

"……公子……"老汉错愕地抬起头看着他,睁大了那只混沌的眼,简直不敢相信。下一秒,只听得"嘭"的一声,那老汉已跪倒在地号啕呜咽了起来。

薛崇简转过身,迎上那双黑沉的眸,淡然道:"好,我吞那食气丸。不过,我希望你能答应我将突厥军中这些手无缚鸡之力的俘虏全都放了。"

莫啜闻言,勾唇一笑:"好说。"他伸出手,将瓷瓶又递了过去。

老汉不明所以地看着面前的公子倒出药丸,面色平静地吞了下去。

"公子,没事吧?"老汉关切地问道。

薛崇简摇了摇头淡然一笑,他回过头看着莫啜,神色凛冽,纯净的眸沉淀成海,泛着郁幽的光芒。"你不要食言,七日之后,我要回来带走洛歌。"

莫啜耸肩,轻轻一笑:"随你。"

薛崇简冷冷地牵起唇角,他看了看面前的老汉一眼,柔声道:"老丈人,明日你便可以和你乡亲们一起回家了。我这里有些银子,你拿着,去看看大夫。"他一边说着一边从怀中摸出几锭白银交与了那老人。

然后,他头也不回地掀起帐帘走了出去。

掀开帐帘,扑面一阵暖气。

薛崇简揉了揉眉心,有些疲惫地走了进去。

洛歌一袭白衣乌发披肩,她侧坐在床榻上,微蹙双眉,神情有些担忧。

薛崇简见了,不禁温柔一笑。他悄无声息地走了过去,坐在了她的身边。

"薛崇简?"发觉有人,洛歌不禁又惊觉又疑虑地唤了一声。

"是我。"他轻轻一笑,伸出手揉开了她眉宇间的沟壑。

洛歌抬头冲他微微一笑,才问道:"莫啜有没有为难你?"

"你说呢?"他反问,语气中带着笑意,脸上却满是无奈的忧伤。

洛歌深吸了一口气才缓缓开口:"他向你提了什么要求?"

薛崇简淡淡一笑,面色微微迟疑了一下,他才轻轻一叹,开口缓缓说道:"他给了我两个选择。一是以大唐边界百姓的性命为赌注,我若是输了,赔的便是这些无辜百姓的生命。二是让我吞了食气丸,带你走。我选择了后者。歌儿,你会不会觉得我很残忍?"

洛歌摇了摇头,牵唇一笑,她伸出手摸索着抚上他的面颊,柔声道:"突厥与大唐的战争是不可避免的,而非你我所能阻挡。他这样做,只不过是抓住了你的仁厚,逼你选择第二条路。"

"你不会觉得我是因为怕死才选择第二条路的吗?"他问,眼含淡如溪水的纯净柔情。

洛歌只是沉默着靠在他的怀中,汲取着他的温暖,闻着他胸前那莲子一般的清香。

两个人,无声相依。

"你说你会一直陪着我的,那又怎能比我先死……"

"歌儿……"他一叹,紧紧地将她拥入怀中。"是,我会一直陪着你。"

我会一直陪着你,直到我走到生命的尽头。

"放心,我会等你。"她抬起头对着他粲然一笑。"你都等了我那么长的时间,我怎么可能会不等你。"

薛崇简看着那张微笑的脸,终是了然一笑,轻轻地吻了吻她的面颊。

半晌,他蹙眉说道:"你还记得去洛阳之前三哥交给我的令牌吗?"

"记得啊。"

"若不是那令牌我恐怕还要迟些才能找到你。今日我看见那些隐士了,他们牵着骆驼就在不远的沙丘后驻扎,应该是在等我。歌儿,你放心,我不会有事的。"

"是,我知道。你答应我的事情从未食言过。"

"这个世界上,你能懂我,便足矣!"他轻轻地说着,松开怀中的她,柔声道:"你睡吧。"

"那你呢?"

"我陪着你,看着你睡。"他拉开薄被扶她躺下,为她掖好了被角。

王帐外，犀利如鹰的男子皱紧了眉看着里面的一切。黑沉的眸不起一丝波澜，只是那紧攥的双拳已毫不保留地泄露了他心中的秘密。

"薛崇简，你唱歌给我听吧！"她对他微微一笑，苍白的脸在暖色的灯光中泛起了一阵朦胧的美。

闻言，他点了点头。牵住她放在被子外面的手，打着拍子用着低沉迷人的声音静静地唱了起来：

扬之水，不流束薪。

其之子，不与我戍申。

怀哉怀哉，曷月予还归哉！

扬之水，不流束楚。

彼其之子，不与我戍甫。

怀哉怀哉，曷月予还归哉！

扬之水，不流束蒲。

彼其之子，不与我戍许。

怀哉怀哉，曷月予还归哉！

歌声悠悠，情思绵绵。他看着她熟睡的脸，终于，双眉皱紧全身颤抖了起来。

对不起，我食言了，我终究还是食言了。

他凄惨一笑，心越来越疼。

食气丸，耗尽精气地慢慢死去。如此说来，他还可以陪着她很多年吧！

心中蓦然一动，他低首吻了吻她的额头。

嫁衣舞

黄沙飞飞，狂风萧萧。

她面朝着南方，脸上始终挂着淡然恬静的笑容。衣随风舞，发和沙扬。那些浅黄色的细沙环绕在她的指间，不停地缠绵缭绕，久久都不肯散去。苍茫的天上日头毒辣，听阿莫依娜说，沙漠的南端已经步入冬季，大雪漫漫了。

大雪漫漫，除夕节。

除夕节，有他伴。

她轻轻一笑，收回手拢在唇边大叫道："薛崇简……我等你！"

那久违的喊声让她身后的莫啜全身剧震，他睁大了黑沉的眼心中莫名一酸。

远方,黄沙漫舞。

十几个灰衣之人看着面前的男子,面面相觑不知该如何是好。

"公子,当真不需要我等去救洛姑娘出来?"

男子回过头,蜜色的眸在炽烈阳光下显得格外的明亮。他摇了摇头,转过身继续朝前行走。

他的身后,那些灰衣人各个都困惑地皱紧了眉头。

"他走远了,你还在看什么?"

莫啜终于上前,他侧过头垂下眼睑看着她那张被阳光照得微红的脸,神色微微一动。

未见过这样的她,好像很多年前那个灵秀的小丫头又重新回到了她的身体里面。她不再是忧伤的不再是冷漠的,而是充满希望的充满生命力的。可是,这一切都不是他能赋予的。

洛歌回过头,弯下唇角,冷冷道:"是啊,他走远了,那又怎样!他还会回来带我离开。"

莫啜忽然一笑,像是讽刺她又更像是自嘲。他牵起唇角,将手中的木杖递了过去。"抓住了,我带你回去。"

洛歌神色微滞,她皱了皱眉,终究顺从地握住了木杖的一头任他牵引着往大帐的方向走了过去。

"你的伤还需多多注意,飞雪并没有完全把握你的手臂能复原,但是多注意一点也还是好的。还有你的眼睛,好好配合飞雪换药,不要因为那药有一股怪气味而拒绝……"

"莫啜,你何时变得如此啰唆了!"洛歌皱眉,抬头面向着前头的人。

身形微微一滞。莫啜不禁一笑。是啊!自己何时变得如此啰唆了!

洛歌见他没有说话,便皱眉接着说道:"你答应薛崇简放掉的那些俘虏你可放了?"

莫啜微微蹙眉,他点了点头,含糊不清地答道:"放了放了。"

"那就好。"她默默颔首,苍白的脸上有两朵被阳光晒红的飞霞。

远处,赫沙正朝着这边赶了过来。

莫啜立住不动,他等着赫沙走过来,才将手中的木杖交了过去,并吩咐道:"你送她回王帐,让飞雪替她换药。"

"是。"赫沙谦恭低首,他接过木杖小心翼翼地带着洛歌朝着王帐的方向走去。

莫啜的目光随着那纤弱的背影渐行渐远,直至那背影消失不见。他回过身向着大帐走了过去。

阿莫侬娜早已等候在了大帐中,她看见兄长进来了便连忙迎了上去。

"哥哥,你唤我来到底有什么事情?"

莫啜低头看了妹妹一眼,黑沉的眸中泛起了一丝疼惜,他伸手抚了抚妹妹那消瘦的面颊柔声道:"心里还难受吗?"

阿莫侬娜闻言神色一怔,但立马,她倔犟地咬住下唇摇了摇头:"我才没有难受呢!亏我那么相信他,他还骗我,我一点都不伤心,一点都不会为他难受!"

莫啜叹了一口气,伸手摸了摸妹妹的头顶。"你能这样想很好,哥哥只是不希望你苦了自己。"

"哥哥……"阿莫侬娜鼻尖红红地抬头看了哥哥一眼,伸出手抱住了哥哥,将头埋在哥哥的胸前小声地啜泣了起来。

"傻丫头!"莫啜低低一叹,轻轻地拍了拍那颤抖的背脊。

好一会儿,阿莫侬娜才停止了哭泣。她抬起头看着哥哥,有些不好意思地抬手擦掉了眼泪,小声道:"哥哥叫我来是不是要问问婚礼的事情?"

莫啜点了点头。

阿莫侬娜深吸了一口气,缓缓说道:"哥哥放心,婚礼一定会按时举行。洛儿姐姐目前还不知道这件事情。哥哥托我办的那些东西我都办了,该通知的人我也通知了。一切都按照计划顺利地进行着。"

"很好,三日后你一定要确保洛儿顺利地参加婚礼,知道吗?"

"明白。"

"好,你先去吧!"莫啜对着妹妹轻轻一笑,伸手拍了拍她的脑袋。

阿莫侬娜点了点头,转身飞奔了出去。

大帐顿时安静了下来。

莫啜深深地叹了一口气,他转身走到案边抽出了一面小小的铜镜。

俊美的脸在铜镜中有些模糊,只是那双黑沉的眼却是格外地清晰。那双眸清晰地映射出两道无可奈何的忧伤。他抬手脱掉了长麾翻开了衣领,粗糙的手划过颈畔的伤疤带着凉意激得他猛地打了个激灵。那道疤看似整齐实则狰狞,一大块暗红色的泛着血光的痕迹让他蓦然蹙眉。

飞雪说,侧颈的肉是最嫩的。

于是,他毫不犹豫地拿起匕首割下了一块。当初的痛,他倒是忘了。他只知道,自从他为她引血割肉以后,她的病好了很多,而他,也终能为她做些什么而感到些许的满足了。

衣领蓦然收紧,他皱紧了浓眉。俊美深邃的脸上蓦然闪过一丝狠戾。

他的确嫉妒那个男子,那个可以让她重新获得希望的男子。正因为他嫉妒,所以,他才想要好好地报复。看着自己深爱的女人成为别人的妻子而无可奈何,而自己却又不得不去面对即将到来的死亡,这种感觉应该是很痛苦的吧!

他冷冷一笑,系好长鬈大步走了出去。

人大概都是这样吧,有了希望才会活得快乐。

洛歌轻轻一笑,她也终于明白了当年薛崇简所说的"等待的幸福"。她以为,等待大多是苦涩又难熬的,可是,现在她愿意等,愿意等到那个人来接她离开。

纤细的手捧起一捧黄沙,她面朝着南方轻轻一笑,风吹起她手中的黄沙,向远方飘去,一直飘到天际。

阿莫依娜看了看她,心有不忍小声问道:"洛儿姐姐你不担心薛简吗?"

洛歌闻言,只静静地笑着。她摇了摇头,淡然道:"不是不担心,是愿意相信。他答应我的事情他一定会做得到,我相信他。"

阿莫依娜一脸挫败,她咬住下唇,有些不甘心地接着问道:"洛儿姐姐是真的喜欢薛简吗?难道薛简比哥哥更爱你吗?"

洛歌转过身面朝着她,伸出手拍了拍她的肩膀,浅笑道:"我一直以为自己不喜欢他,一直固执而又懦弱地逃避着这段感情,他在我身边的时候,我感觉不到,心里想的念的反倒是另外一个人。可是,当我离开他的时候,我才发现他对我是多么的重要。"说到这里,她轻轻一叹,脸上的笑容恬静而又温柔。"他给我的爱已融入我的骨血,离不开放不下了。"

"那哥哥呢?哥哥也是爱你的啊!他……他还为你引血割肉……唔。"阿莫依娜惊觉到说漏了嘴,连忙捂唇睁大了眼睛看着洛歌。

"你刚刚说什么?什么引血割肉!"洛歌已然察觉。她不禁用力抓住了阿莫依娜的肩,原本淡然舒展的眉此时已皱得紧紧的。

"没……没……"阿莫依娜不停地摇头,有些心慌地缩了缩身子。

洛歌面无表情地收回手,冷冷说道:"你若不告诉我我便亲自去问莫啜。"

"洛儿姐姐,你又何苦为难我!"阿莫依娜急得跺脚。

洛歌面色寒冷,她举步欲行,右臂已被阿莫依娜抓住。她回过头,说道:"怎么?愿意告诉我了?"

阿莫依娜深吸一口气,咬了咬牙,似下了很大的决心。她抬起头看着洛歌那张淡漠的脸,终于开口:"飞雪婆婆说要治好你的伤和眼睛,就必须用引血咒,而引血咒需用施者身上最嫩的一块肉做咒引然后辅以施者血液,方能成功,你阴盛阳缺,而哥哥则是阳刚血气,用他的血和他的肉才能救你。"

身体陡然一震。洛歌脚步虚浮地往后踉跄了两步,难以置信地张大了嘴。

阿莫依娜低下头,生脆的声音中已多出了一丝哽咽:"哥哥病中为你引血割肉,耗了不止元气,听飞雪婆婆说,哥哥一生都会落下气虚的顽疾,洛儿姐姐,哥哥是真的很喜欢你……"

白影闪过,阿莫依娜猛然抬头,她转过身睁大了双眼看了看那在黄沙中奔跑的身影。

她不想欠他的!因为她知道,这种债永远也还不了!

引血割肉!引血割肉!

怪不得她每次喝药时总闻到一丝血腥,怪不得她每次拒绝喝这药时飞雪的情绪会那样激动!

原来,她喝的是他的血啊!

漫漫黄沙随风扬起,如枯黄色的帐幔阻隔了她的去路。她不知道该往哪个方向奔跑,她的世界是黑暗的。恍恍惚惚,她只看见那个邪魅英俊的人皱紧了坚毅的浓眉,抬起匕首割下自己身上的肉,那血液如小泉一般顺着他的伤口不停汹涌,又如滔滔江河一般叫啸着扑面而来,将她湮没!

她跌倒在黄沙中,全身疼痛,似是被那风沙撕裂了一般。

黑影将她纤弱的身体笼罩。

她蓦然抬头。

身体一阵轻盈,她似被人横腰抱起。耳畔是他那有力的心跳声,那健硕的胸膛坚硬得好像一尊永不被风蚀的墙壁,冰冷而不屈。

她叹了一口气,缓缓开口:"不必再为我引血了,我不要再喝你的血了。"

双手蓦然用力,洛歌疼得不禁皱了皱眉。

黑沉的眸死寂如沙漠之上的夜。他微抿薄唇,狭长的眼轻眯起来,就似那沙漠苍狼一般面对着荒凉与风沙,无动于衷而又镇静非常的样子。他垂下眼睑看了她一眼,深邃的轮廓慢慢变柔。

"七日之后,我便会离开你,你这样做注定得不到我的回报。"

话音刚落,那双黑沉的鹰目中遽然放出两道狠戾的光芒。他抱紧了她,步伐坚定,风沙难挡。

"如果我说,这是我心甘情愿不为回报,你会怎么想?"他冷冷开口,声音低沉有力。

她无语,苍白的脸上波澜不惊。

许久,只听得风沙呼啸之声。

他突然嗤笑一声,大手用力地捏住了她的腰肢,俯身,吻已落上了她的唇角。

洛歌厌恶地偏过头。

狂风吹得他的黑色长氅猎猎作响。她的发在他那宽厚的肩上蔓延如同最陈的墨。

"你想得没错。我的确不会为那些没有回报的事情而付出。所以,洛儿,我要娶你。

我便要宣召各部,你将是我阿史那莫啜的正妃,是我唯一的汗妃!"

手中聚集的力量,越来越重,直勒得她背脊发酸腰肢疼痛。

洛歌大惊失色!

"你……你怎么可以食言!"她大叫着用力推搡着他的胸膛。无奈他的力气太大,不管她作何挣扎,他都是无动于衷。

"莫啜,你放开我!放开!"她怒吼着,用力地捶打着他的双肩他的胸膛,苍白的脸上已被怒气染上了一片浅红。

莫啜冷哼一声,他走进大帐用力地将她掼在了床榻上。"你给我乖乖地待在这里!"他开口,语气冰冷。

洛歌弯下唇角,双眉倔犟地蹙起,背脊不屈地挺直,胸膛起伏,通身冰凉。

莫啜危险地眯起狭长的眼,他咬了咬牙冷笑道:"你别想逃跑!要知道,你现在只是个瞎子,就算逃过了大营也逃不出这无垠的沙漠。我劝你,还是乖乖地做我的新娘吧!"

双手紧紧攥拳指关节已是一片惨白!

洛歌倏然起身,她咬了咬银牙,气得说不出一句完整的话来,只怔怔地吐了三个字:"你……卑鄙!"

"是,我是卑鄙。"莫啜轻轻一笑,黑沉的眸却是从未有过的寒冷。他紧盯着她的脸,嗤笑道:"我早就告诉过那个薛简,为了得到你,我甘愿做一回小人!只是他太过愚蠢,竟相信我的话将你留在这里。"

唇已被咬破,腥甜在口中蔓延。仿佛掉进了冰窖里,连骨头似乎都被冰封住了。可脑袋却是钝钝地火辣辣的疼。洛歌突然一笑,她颓然地倒下,欲哭却未流出一滴眼泪。

是他太过愚蠢,还是眼前这个人太过狡诈?

木已成舟悔时已晚,只能是,欲哭无泪啊!

黑暗中,那个一直闪着微笑的背影也蓦然消失。

无尽的黑暗,她被困在孤岛,四周巨浪拍袭,那些黑色的潮水逼得她抱紧了身体,全身发抖,无措地咬住下唇。冷,刺骨地冷。她害怕了!当最后一丝希望都破灭时她终于感到了一种死灰般地恐惧。

无助,无奈,无可依靠。

这种恐惧让她大脑一阵空白。她仰面倒下,再无任何知觉。

一直向东,过沙漠,越草原。

行了三日,终于到达了目的地。

高高的山脉连绵起伏,林木苍翠,朔风呜呜低咽,纷纷扬扬的雪花自天际静静飞来落在他的肩头染白了他的眉。风尘仆仆的脸依旧俊逸。只是那俊逸中少了往时的一份单纯，多了一份被风雨洗刷的坚毅。他微眯双眼眺望远方，蜜色的眸被漫天大雪笼罩，化成开春后的溪，汩汩流动。

他下马转身，冲身后众人抱拳一拜。

众人一惊，连忙伸手扶住他下拜的身体。

他抬起头，蜜色的眸纯净如溪，灿烂如阳，微微牵起的唇角亦露出了一丝如春日一般明媚的笑容。他朗声说道："崇简多谢各位相助。"

灰衫男子中的领头人连忙躬下身子还了一礼。他面色诚恐，急声道："表公子何必如此客气，这一路我等也并未能帮上什么忙，反倒是让你表公子多加照顾。"

"哪里，若不是你们我又怎么会这么快找到歌儿。"他冲众人微笑，笑如暖阳。

众人面色一窘，也不知该说些什么。倒是那领头人不卑不亢，他摇了摇头，道："我等只是忠于三公子命令，如今令牌在表公子手中，我等也一定会誓死效忠于表公子的。"

"既然如此，那就请你们回去吧！"他面色依旧淡然，双眸依旧温暖，只是那原本清冽温和的语气中多添了一丝威严，他从怀中摸出令牌交给了那人，才慢慢说道："麻烦你替我将这令牌交还给三哥，并告诉他，崇简夙愿已达，再不恋长安繁华，愿携爱人隐居山野，过闲云野鹤的悠闲生活。"

"这……"

"你不必担心，三哥定不会为难于你。"他展颜一笑，转过身牵着马儿向那山林深处走去。

皑皑白雪，朔风凛冽。

那人抬眼看了看那渐行渐远的背影，一时痴了，只待那雪落满了他的双肩，他才幡然醒悟。转过身，他冲众人笑道："我们可以回长安了。"

众人皆是一片喜色。

大雪寂静无声地飘落，很快掩盖了串串紊乱的蹄印。

苍茫之处，两个突厥卫兵莫名一笑，他们翻身上马，扬鞭朝着西方奔去。

净面。敷铅粉。描眉。染朱唇。

铜镜中的她没有任何表情，那张原本过分苍白的脸，此时被浓妆覆盖，看不出一点病态。乌发挽于后脑被金冠束住，那金色的流苏垂于她的额上，越发衬得她仪态万千。红色的嫁衣飘然曳地，一双雪白的柔荑隐于宽袖之中，无力低垂。

妆毕，她突然冷冷一笑，被揭了纱布的眼依旧茫然空洞没有一丝光彩。

飞雪的手因她的笑陡然一颤。

此时的洛歌已然没有了当初的孤傲脱尘，那个如莲一般清丽纯净的人已经被华丽耀眼的嫁衣笼罩，如一朵没了花魂的牡丹，虽艳丽却死去。

"飞雪,你也害我。"她冷淡地牵起唇角,无波无澜的脸上终起一丝痛色。

飞雪有些内疚地垂下了头。若不是为了让婚礼顺利进行,若不是受了大汗的托嘱,她也定不会向洛歌下了散力咒。

立侍一旁的小婢连忙弓下身扶起了全身没有一丝力气的洛歌。她便如木偶一般任由人搀扶,想要反抗,却终究是无能为力。

王帐外,人人面露喜色。

今日乃大汗的大喜之日,八部来贺怎不叫人欢喜。

大帐内,莫啜笑看众人,往时冰冷异常的脸,此时却被一层明亮的喜色笼罩。

八部重臣见大汗如此,心中不由得对那未来汗妃又多了一丝敬重。

吉时已到,大汗应去迎接未来汗妃。

莫啜在众人的簇拥之下大步迈向了王帐。大家还未将帐帘掀起,阿莫侬娜不知从哪儿冒了出来挡住了兄长那双急不可待的大手。

莫啜微微皱眉。

阿莫侬娜抬起娇俏的小脸笑嘻嘻地盯着兄长。她从身后侍女的托盘中端起了一大碗美酒,高举了起来,并说道:"若想接走美丽的新娘,这一关一定得过!"

莫啜咧嘴大笑了起来,他伸手拍了拍妹妹的头顶然后转过脸看着众人,笑道:"这点酒,难不倒我!"话音落,碗已空。人群中爆发出一阵轰然喝彩。

阿莫侬娜笑,又倒了一碗。

莫啜不语,接过就喝。

连喝三碗,他依旧是面不红气不喘,只是那双黑沉的眸中已蒙上了一层模糊不清的亮光。

阿莫侬娜满意地笑了笑,她不等兄长伸手已将那帐帘掀起。王帐内,灯火通明。

那些默默淌泪的蜡烛闪着光寂静无声地看着那邪魅如狼犀利如鹰的男子慢慢靠近。馥郁的香气从兽炉中袅袅升起,盈馨满室。那满地的华光升腾起冷冷的雾,缠住了他慢慢前进的双脚。

相隔五步,他静静地含笑望着她。周围的起哄声与喧闹声早已淡掉不见。他的耳中,眼中,心中,脑中,只有一个她。

她端坐在兽皮大椅上,一身如火的华丽嫁衣将她越发衬托得妩媚多情。金色华冠束住她如缎的发,额前的一束金色流苏让她的脸现出一股无以比拟的华贵。那张原本就倾国倾城的脸,经过一番精心的打扮,自是美得不可方物。

只是,她面无表情,那双让他心醉神迷的双眼此时却是暗淡无光,茫然一片。

他不禁皱眉,心中蓦然生出一丝悲凉。

这种美虽华丽矜贵,但死气沉沉太过沉郁。她如行尸走肉一般默默地接受着这一切,连眉毛都不会皱一下。

她不闹,不吵,不哭,不笑,只是面无表情地坐在那里。好像不能让人靠近的冰冷泥塑,又更像是一个陌生人冷眼看着他一个人为了婚礼忙碌幸福。

莫啜心中遽然一痛。

他静静地牵起唇角,微微一笑。然后,他俯下身执起她的手将她半扶半拉地牵起。她全身无力,靠在他的怀中,红色的嫁衣与黑色的长氅交相辉映,便如一把冷峭的宝剑配上华美的长穗。

王帐之内,众人匍匐在地,山呼"汗王、汗妃。"

洛歌毫不动心。她冷着脸感受这一切,故作平静的样子下是一颗无助恐惧的心。

她的手被他捏得生疼。

他依旧淡淡地笑着,黑色的瞳孔中隐隐又恨又痛。那俊美深邃的轮廓挂着笑透着冷光,不着痕迹。

他牵着她穿过众人向外走去。

阳光炽烈,苍白。高远的天空中,有鹰在盘旋,鸣叫。

帐外众人以额贴地,虔诚叩拜。

莫啜淡漠地看着跪拜的臣民,倨傲的脸终是一片冷色。

他微微垂眼,眸光中的她,妆容虽精致华丽却依旧掩盖不了她的苍白。他不禁用力搂紧她的身体,心中莫名一酸。

"起……"他抬手,淡淡地扬了扬唇角:"今日大家可以尽情狂欢!"

一片欢乐之声震耳欲聋,他不禁抬首微微一笑。

炽烈的日光下,欢呼的人群中,那身着嫁衣的女子突然皱起眉,脱离他的身体,提裙奔跑。

没有力气,真的是没有力气。可是,就算是死了,意念还在啊!她跌跌撞撞地奔跑,黄沙迷住了她空洞的眼。

他暮然蹙眉,眸光如炬。

不知何时,那震天的欢呼之声已经停下,众人呆若木鸡忘记了言语,皆怔怔地看着那奔跑的红影。

像是被谁拉扯住了,她不管怎样努力也再难迈出一步了,火红的裙角随风飘扬,像是无奈的叹息,像是永不改变的哀泣。她的身体纤弱似秋天落叶,轻飘飘地,好像要被那狂风吹去。她终于倒下。

莫啜睁大了眼,他以为她不会再动了,他以为她已经筋疲力尽不会做任何反抗了。

可是,仅仅一秒钟的时间,她竟迎着风沙,朝着南方慢慢爬动!

她的发好像泼在水中的墨,肆意挥洒。她的嫁衣被黄沙吹裂。她,似要被狂风撕开。

在场之人无不震惊得睁大了眼,连呼吸也刹那凝滞。

背脊一阵僵硬,莫啜突然机械一般地牵起唇角,露出了一丝比哭还要苦涩的笑。

他举步,朝那红裙女子奔去。

好痛!好累!

她扑在细细的黄沙之上,泪水混着那些沙汇成两条黄色小溪不停流淌。火红的衣袂顺着风的方向和着乌发高高飞扬。十指用力地抠进细沙之中,磨得掌心伤口火辣辣的疼。

"薛崇简……薛崇简……"

她张口,满嘴都是沙尘。声音被堵在喉中,晦涩喑哑。

她看不见日光,看不见黄沙,看不见自己的泪随风消弭。她的世界是黑暗的,那黑暗中总有一抹身影站在最亮的地方等着她,可是,现在呢?一望无际的黑暗,让人胆战心惊的黑暗,让她孤立无援的黑暗……缓缓缓缓地,将她吞没。

"薛崇简……"

她无力地倒在那漫漫黄沙之中,再也没有任何力气了。

眼前的黑暗遽然变得惨白,只是那一刹那,世界又重归寂静。

巨大的黑暗将那瘦弱的身躯笼罩,那黑色的长氅蓦然打开,为她遮住侵袭的风沙。

他半跪着垂眼看着她。

朱唇艰涩扬起,那笑是如此哀伤悲凉。两行浑浊的泪顺着她的脸颊慢慢流下,打湿了她的发,弄花了她的妆。那低低的呜咽声是如此的无助,似是哀求,似已绝望。

他伸出手,粗糙的指腹划过她的脸颊,揩掉了她的泪水,他面无表情地看着她,黑沉的眸深不见底,只是那眸光之后,闪现的是无尽的哀恸与失望。

他苦笑,问道:"你的心里当真没有我,居然会在这么多人的面前如此羞辱我,洛儿你……从未对我动过心?"

她不答,回答他的只有那风卷黄沙的萧萧哀吼。

他轻轻一叹,颓然道:"我自认为我做得不比那男子少,可是,我终究走不进你的心里,得不到你的回眸。"

他托起她的身体,打横将她抱起。长氅紧紧地裹在她的身上,为她挡住大风黄沙。

"我嫉妒那男子,嫉妒他可以得到你的倾心。洛儿,我也等了你那么久啊,为什么你对我的等待始终都是无动于衷的呢?"

他的脚步似有些疲惫,可是抱住她的那双手却是十分有力。

寂静的人群中没有一个人敢开口说话。

他们匍匐在地,扬起脸看着他们那个至高无上天神一般的汗王。他们或许看过他在沙场上扬戈立马,横扫千军,或许看过他在朝堂之上雷厉风行,叱咤风云,不管何时何地,他都是那样的冷酷,那样的倨傲,那样的坚毅,那样的自信。

可是,漫漫黄沙模糊了他那张哀伤的脸。死寂一般的哀伤,挫败似的绝望。原本犀利如鹰,冷傲如狼一样的眸光,此时盛满深不见底的悲伤。

他紧紧地抱着她,翻身上马。

众人醒悟,不解地望向他们的汗王。

赫沙会意,连忙带着一小列军士,上马尾随其后。

他扬鞭驰骋,迎着萧萧狂风,穿越滚滚黄沙。

很遥远很遥远的从前,他曾拉过她的小手吻过她的唇,他自信地笑,说,你只能是我的汗妃,他也告诉她,突厥人的图腾是狼,他会像狼一样为了自己想要的东西不惜付出一切代价。

他抛开尊贵的身份,抛开臣民的反对,为她引血,为她割肉,为她付出此生唯一的真情。

可是,狼也有累的一天啊!

已不知奔驰多久,不眠不休,骏马换了一匹又一匹。气候由热转凉由凉转热,不知何时,天空竟下起鹅毛大雪,将她的身体冻得僵硬,而他的脸,比冰雪更冰三分。

连绵起伏的山脉卧倒在不远的前方,苍翠的松林披上白色的外衣,祥和地看着这银装素裹的世界。林间朔风凛冽,雪花飞不进山中,只在山外流连徘徊。

他将她放下马,收回了包裹着她的长氅。

冷风袭来,雪花透过她那薄薄的火红的嫁衣冰冷她的身体。她打了个冷战,头脑蓦然清醒。力气一点一点回到身体之中,只是那不停而过的风麻木了它们。

他低下头看着她,黑沉的眸中那无边无际的悲伤已被大雪掩埋,无影无踪。那无波无澜的脸如千年之冰,倨傲与自信重新回来,让他变得尊贵如神。

目光一点一点地收回,她睁大了空洞的双眼,苍白绝望的脸上重新燃起一丝希望之火。

他睁开眼,坐在高大的骏马上握紧缰绳俯下身看着她,冷声道:"你我来做一个交易,如何?"

她遽然抬头,秀眉紧皱。

他直起身子淡漠地嗤笑道:"你不必紧张,我和你的交易是……我放你进这林子,你若是能找到薛简,我便就此放手。你若是找不到……若是活着,你就必须乖乖地跟我回去,做我的女人,若是死了,我来替你收尸。"

身体蓦然一震,她有些不敢相信地面对着他,心已凉透。这么大的林子又下着雪,找一个人谈何容易!更何况……她还是个瞎子。若是找不到他,不是冻死就是被野兽吃掉,这样的下场……

"你后悔还来得及。"他抬眼望着飘然而下的大雪,只是那握着缰绳的手越来越用力,直至指关节泛起一片青白。

记忆中的那个微笑越来越清晰。

好像还是很小很小的样子,她躲在梨苑的一个小角落里偷偷哭泣,她想念十三哥哥,很想很想。她只想待在他曾待过的地方,静静地想念着他。谁也不知道她在哪里,那些老妈子都已急得跳脚了。天黑了,又亮了。她以为自己快要在黑暗中消失时,一大束亮光突然将她包裹。

她抬起头,于是看见了他的笑。

阳光一般灿烂明媚的笑渐渐放大,他俯下身伸出温暖的小手握住了她那冰凉的指尖。他冲她眨眼,纯净澄澈的蜜色眼眸亮的就像阳光下的琥珀。

他说,歌儿,你看,只有我能找得到你。

他说,歌儿,你不管躲到哪里都逃不开我的视线!

他说,歌儿,这个世界上只有我一个人可以感觉到你到底在哪儿!

于是,她涉江湖,他等。她入宫廷,他守。她流落大漠,他寻。

他始终在她的身后,只默默地隔开一小段距离,目光却始终围绕在她的身旁。她一回首,最先看见的亦是他那温暖若春日的笑容。

所以,她也一定可以找到他!

她抬起头对着马上之人微微一笑。然后,她一声不吭提裙朝着林子的方向,一步一步小心翼翼地走了过去。

心中剧痛,可他却依旧淡定地高声道:"若是天黑之前你还未找到他,就等着我来找你吧!"

冷漠洪亮的尾音消失在风雪之中。

红影不见,他终于垂下头,任那大雪覆盖他的全身。

很久很久,他沉默着,不发一语,似乎连呼吸的声音也没有了。

赫沙蹙眉看着大汗,粗犷的脸上多出一抹同情之色。

他抬起头,任马向西慢慢行去。

"大汗,不等洛姑娘了吗?"赫沙连忙出声询问。

他回头看着那片茫茫森林,似是在看着她,只最后一眼,千般不舍万般无奈,那如沙漠般无垠的悲伤在他那黑沉的眸中慢慢凝固。

他叹息:我爱的人,再见了,再见了。

蓦然扬鞭,狠狠挥下,马儿扬蹄,顺风疾奔。

你一定会找到他的,对吧?

因为,你心中有他,他心中有你,心心相通,就不会有任何东西可以阻拦你的脚步了吧!

山风呜咽,雪花很轻很轻地落下。周遭的大树似忠诚的卫士昂首挺立守护着这片宁静。白茫茫的天地之间,一点殷红正在大雪中缓缓移动。

跌倒,爬起,再跌倒,再爬起。

如此周而复始,她早已没有初入森林时的胆怯。单薄的嫁衣上落满了雪花,那炽烈耀眼的火红被大雪掩盖,渐渐变淡。

好冷!

她抱紧了身体,跌跌撞撞地奔跑。毫无目的。

"薛崇简!薛崇简……"她用尽全身气力地呼喊着,口中的白气逃逸到冰冷的空气中凝成了白霜。她跑得上气不接下气,双颊通红。

微弱的声音消散在冰寒的天地之间,连一丝细小的回声都没有。她精疲力竭地倒在地上,再也没有一丝力气可以支撑着自己再爬起来。

耳边,朔风如战马鸣啸。雪花落入她的脖子里,激得她起了一身的鸡皮疙瘩,金冠已不知何时掉落,那被撩起的乌发此时已披散下来,随着寒风和着雪花凌乱飞舞。

快被冻死了吧!

山林间,一声孤凉的狼啸震破寂静,留下一串连绵不绝让人心惊胆战的尾音。

一股扼人声息的恐惧感蓦然漾上心头。

此起彼伏的狼鸣,永不停止的风啸,大片大片的雪花,茫然无际的黑暗。

她该有多无助?

意识渐渐模糊。她好像坠入了永不休止的梦境之中。

那个白衣男子拍着她的脑袋对她温柔地笑着,银白色的眸好像月光下的海洋,翻涌着永不停歇的温柔。他递给她一颗青色的小梨子,笑看着她,温润如玉的眉宇之间满是宠溺。他说,这是初夏熟透的第一颗梨子,我把它留给你了。

他说,我们一辈子都要在一起。

转眼之间白衣染血。他的头颅在华丽的地毯上滚动了两圈,却始终面朝着她。

风华绝对的脸,温柔迷人的笑颜。

美好的一切全都被血雾笼罩。

可是,那一声低喃却已超脱一切。他说,歌儿,我爱你……

无尽的黑夜,那两排长长的灯笼一个接着一个排向那遥远的温暖。他站在黑色的夜风对她微笑,墨绿色的长衫微微摆动。那眸似阳光似琥珀似小溪,澄澈透明,如不容亵渎的神明。千百个夜晚，他就是这样默默地为她点灯指引着她回家的方向。

他被梦魇住，只大声地叫着："我有爹！我有爹！我不是杂种！不是！母亲，别把我送走，好不好？您打我骂我吧，求您别把我送走好不好？"

他的无措，他的落寞，他的孤独，他的忧伤，他可以流着眼泪笑得很幸福。

他说，我的使命是守护你，一直等着你陪着你，不让你一人饱尝孤单。

他说，只要你一回头就会发现我一直都站在原地看着你，等着你。

他说，我会陪着你，一直陪着你。

沧海桑田，起起落落。若是这个世界毁灭，那双纯净的眸坚定而温暖地跟随你的左右，你会觉得幸福吗？若是茫茫草原，你独自一人，他朝你伸手，对你笑，用温暖包裹你微凉的指尖，拽着你离开孤独，你会爱上这种温暖吗？

若是能遇上两个这样的男子，那此生也无憾了吧！

她静静地微笑了起来。

无尽的黑暗中她好像看见十三回过头冲着她笑，眸光温柔。他冲她伸出修长的手臂，柔声道："既然来了，就让十三哥哥带你走吧！"

他看着她的脸，看着他银白色的眸，终于，伸出了手。

白色的光芒蓦然变得耀眼，他的指尖就快要碰上她的手！

可是……

缠绵的笛声在空旷的树林中穿梭。那些纷扬的雪花跟随着笛声的脚步默默前行。天地间，茫茫一片。有什么正渐渐消失，又有什么在渐渐苏醒。

嫁衣火红，在雪中飞舞格外醒目。朱红色的唇颤抖着发不出一个音节。狂风吹起乌发，纷纷扬扬。

她顺着笛音奔跑，精致美丽的脸上，泪水悄然滑落。

……

"我叫薛崇简，你叫什么？"

"崇简也会给洛姐姐很多很多幸福的！"

"你在哪里，我在哪里。"

"不管你身在何方，你只要记住，有一个人他会站在你的身后，一直看着你。如果累了，只要转身伸手，他就一定会握住，让你依靠。"

……

"歌儿，我们都会幸福的……"

"若败，我亦不会独活！"

"我会陪着你，无论你如何选择，无论成败与否。"

"我会陪着你，一直陪着你。"

……

"莫失莫忘,不离不弃。"

"吾之情护汝之心,吾之心博汝之情。"

"这是只属于我们两个人的曲子,我们把它叫做《长相守》,好不好?"

……

长相守……长相守……不离不弃,长相守。

薛崇简,我来了……

她张开双臂奔跑,宽大的袖子蓄风飞扬,火红的裙摆随风摇曳。她笑,流着眼泪深深的笑。宽广无垠的雪地中,那抹殷红随风轻舞。

意绵绵相思弦,相思尽时两心牵。两心牵,隔天远。独与君见长相守。

黑暗的世界隐隐约约释放出一丝光亮。

她上坡,下坡,上坡,下坡。似随着笛声追寻了好几个世纪。

走失的一切,错过的一切,以为不复存在的一切,只待她回首,那些一切依旧坚定不移地守在原点。

薛崇简,如今我才明白,我们的爱有多深。

淙淙的水顺着高出的青石缓缓流过。雪融,蒸腾起大片大片虚渺的白雾。

竹桥上,那人长身而立,手执玉笛,静静吹奏。

山间的鸟鸣,止。山间的风啸,停。天地之间只有那笛音缭绕,久久不绝。

溪上的风静静吹起他那墨绿色的长衫。他微微蹙眉,明媚如春光一般的蜜色眸,此时却满是忧伤。

她终于看清他的模样。

曾几何时,他曾说过,他要盖一座可以遮挡风雨的竹楼,可以与爱人日出而作,日落而息。琴瑟和鸣,长相厮守。

长相厮守……

泪水汹涌。

她静静地站在林子深处看着他那飞扬的眉角,哀伤的模样。

笛声停,吹落了一地的忧伤和雪而眠。

终于,她叫了他的名字,空洞眸刹那覆上了一层奇异的光芒,纯净而耀眼。

"薛——崇——简!薛——崇——简!"

她看见他回过头,看见他神色诧异,看见他微笑,看见他朝着自己遥遥伸手。

于是,她回到了他的身边。

天崩地裂,海枯石烂,如何?

明夕何夕,春光依旧,如何?

闲云野鹤,彼此相依,如何?

不离不弃,长相厮守,如何……

长相守

清晨的第一缕阳光穿透了缥缈的云层洒向了苍翠的树林,林间,鸟鸣空灵,流水淙淙。山间的大雾将这片宁静的树林笼罩,阳光在雾中被风吹斜,漾起大片大片金色的光芒。潮湿的空气中弥漫着草的清香与花的馥郁。放眼望去,便可以看见飞鸟在林间低低飞过,有温驯的小鹿在林间漫步。

晨风吹起白色的帐幔绝尘而舞。竹楼上由小贝壳做成的风铃迎风晃动,发出一阵悦耳的叮咚之声。"吱呀"一声,竹楼上的小门被一双纤纤素手打开了。

竹楼内,香气袅袅如初夏荷香阵阵扑来。

有人伏案,一动也不动,就像是睡着了。

白影默默靠近,身形突然定住不动。

风吹,他的发髻微晃。

她突然抱起他的头,一双纤白的手在那张俊逸的脸上肆意揉搓,只揉搓到那张本来略显苍白的脸一下子变得红彤彤了起来。

"啊……"他大声呼痛。

她收回手,笑眯眯地看着他。

"歌儿,一大清早的……"身着墨绿长衫的薛崇简捂着脸哀怨地看向一旁的"罪魁祸首"。

洛歌抿嘴一笑,随后又捏了捏他的脸,说道:"是啊,一大清早的,昨天是你答应我会带我下山去集市,可是现在呢?你一直躲在这里到底是什么意思啊!"

薛崇简面色一讪,他转过头表情僵硬。

"说啊,你怎么可以食言。"她拍了拍案几。

双眼蓦然放亮,薛崇简指着窗外大叫道:"啊啊,歌儿,你看!外面的天气真好啊!太阳都出来了!"

"你别想给我岔开话题。"她伸手扳过他的脸,紧盯着他咬牙切齿地说道:"薛崇简你上次上上次上上上次都答应了我带我去集市,可你次次食言!我不管,这次我一定要去。你不带我去我就一个人去!"

他仰起头看着她,俊逸的脸上没有表情,他净如溪的蜜色眸中平静得没有一丝波澜。

洛歌被他盯得头皮发麻,她抬手捂住眼睛,叫道:"眼睛已经好了,可以见阳光的。"她放下手睁眼对他一笑:"都快一年了,再难痊愈的伤也都好了啊!"

"是吗?"他轻轻地问着,俊秀的眉微微挑起。

"是,所有的伤都痊愈了。"她肃容微笑,语气肯定。

白色的帐幔在他的背后高高扬起,隐约之间有阳光在他的背后闪耀。他牵起唇角笑了起来,笑容干净灿烂如身后的阳光一般美好温暖。他站起身牵住她的手,向外走去,随手摘下挂在壁上的斗笠扣在她的头上。

"又没下雨,干吗让我戴这玩意儿!"她困惑地看着他。

关上竹门,他回过头对她眉眼弯弯地说道:"眼睛好不容易才复明,还是应该当心一点。"

她不以为然地撇了撇嘴,随手将斗笠挂在了栏杆上。

他停下脚步看着她眼神嗔怪。

洛歌笑了笑,牵住他的手抬起头对他说道:"薛崇简,不需要这样小心的,难道你还打算一辈子不让我见太阳?"

他微微一愣,与她十指相扣,用力地捏了捏她的手。

洛歌皱眉,假装很痛的样子,她抬起头对他叫道:"你还真是……"

"真是什么?"薛崇简俯下身,眯眼看着她。

洛歌"扑哧"一笑,挽住他的手臂,依靠在他的身上,温柔地笑道:"你还真是洛歌的小棉袄。"

"是啊,小棉袄。"他伸手揽过她的肩膀,俊逸的脸异常的宁静祥和。

她突然推开他,向前跳了一步才回过头大声道:"小棉袄放在夏天穿也是会热死人的!"

脚步微微一滞,但立马,他向早已逃之夭夭的她追了过去。

苍郁的树林中,风带着花香吹醒了一路的春色。鸟儿忘记了鸣叫,只安静地立在枝头侧耳倾听着那林间洒下的一路的欢笑。

如此幸福快乐的欢笑。

热闹的集市上,小贩们的叫卖声此起彼伏。各种精致细小的玩意儿直看得人眼花缭乱。商品琳琅满目晃人双眼。茫茫人海之中,身着绿衫的男子伸开手臂护住身边那白衣飞扬的女子,脸上带着纯净温柔的笑容。

洛歌回过头看了看身后的人,笑着拖住了他那伸开的手臂,道:"你怎么像只老母鸡似的,就算你是老母鸡那我也不是需要你这样护着的小鸡仔啊!"

薛崇简闻言失笑,他看了她一眼,说道:"是,你不是小鸡仔,我也不是老母鸡。"他想了想,又接着说道:"你先陪我去布庄上扯些布。"

"扯布做什么。"洛歌困惑地皱了皱眉,又立马笑开了。"你要给我做新衣?"

他瞪了她一眼:"你想得美!家里的那几块白色帐幔太素了,我打算扯些绿布再做。"

"我就知道你不会善罢甘休,绿色的帘子哪里有白色的帘子好看?上次你跟我赌输了,今天又拐着弯子地想换帘子,我不依!"

他看着她那张愠恼的脸,知她是闹着玩而已。于是,他故意板着脸,说道:"竹楼是我盖,竹椅竹桌是我做的,你买东西的银子是我付的,你要的白色帐幔是我买的,还有……"

"还有,你写字用的墨是我研的,你换下来的脏衣服是我洗的,你吃的饭是我做的,你喝的茶是我泡的……"她闭着眼睛得意地反击。

风吹过漾起一片暖色的光芒。

众人纷纷转过头来,含笑看着路中心的一对璧人。

男子身着墨绿长衫,乌发束髻。他长身而立静静地看着面前的女子不发一言,只是那俊逸年轻的面庞挂着纯净的笑意。嘴角扬起,腮边酒窝甜蜜地深陷着。一双蜜色的眼眸透明纯净如山中小溪,灿烂明亮如阳光下的琥珀。那淡淡却温暖的笑,似乎一直蔓延,穿越了一切,一直守候在那女子身边。

那女子白衣飞扬,素净的脸清丽脱俗如初夏绽放的第一朵荷花。她仰起脸对着那男子说话,阳光洒在她的脸上,将她眼睑下面那朵荷花照耀得更加美丽。风过,发随风舞,花随风动,她的笑,似被尘埃掩埋多年,那一刹那的绽放,竟让阳光失色。

人群川流不息,时间只固执地凝固。

她突然停止了声音,只怔怔地看着他。

那眼神,似迷失了很久很久。突然凝眸,看见的却是那依旧存在的平静与温暖。

她挽住他的手臂,将脸上流淌着的泪水全都抹在了他的身上。

他只是静静地看着她这孩子气的动作,淡淡地笑着,伸手抚了抚她的发,默默说道:"这个小镇民风最是淳朴。因为地处特殊,所以很多个民族的人都在此杂居。我们若是能待在山上靠着这个小镇无忧无虑地活一辈子,倒也平静悠然。只是歌儿,你受得了这样平静的生活吗?"

他垂眼看着她,询问道。

她抬头对她温柔一笑,轻声回答:"我若真受不了这种生活,这一年来又怎么会如此幸福地度过?薛崇简,只要有你陪着我,有你陪着我就好。"

他舒然叹气,残留在眉宇之间的忧伤也随着这声叹息消失不见。他牵起她的手,慢慢前行。

"我已想好了，这镇上还缺一个教书先生。我办个学堂来教这里的孩子们学习，你可以教他们习武，和孩子们在一起的生活，一定不会很无聊。"

"你很喜欢小孩子？"

"是啊，很喜欢，很喜欢。"

说到这里，他舔了舔下唇面色有些不自然。

洛歌抬头，有些困惑地问道："你怎么了？脸色有些不对劲啊！"

双手突然被一股灼人的温暖包裹，微凉的指间刹那升起一股暖意。她呆住，只怔怔地对上了那对炽热的眸。

她知道他要说什么了，一颗心高高地悬起，难以抑制的激动促使她全身颤抖。

他闭上眼深吸了一口气："歌儿，嫁给我吧！"他睁眼紧盯着她，一字一顿缓缓地说道，"嫁给我吧，做我的妻子，你我一生一世，长相厮守。"

她呆住，很久很久都没有说出一句话来。

他以为她不会答应，不禁有些颓然地松开双手，转过了身。

可是，下一秒，他便听见她在身后回答："好，我愿意。"

我愿意，做你的妻子，与你一生一世，长相厮守。

他转过身看着她，颓然一扫而光。他咧开嘴快乐地笑着，全然不顾周遭路人惊异的目光。

她伸手捏了捏他那俊逸消瘦的脸，眨了眨眼，笑道："嫁给你可以，但这之前我还要做一件事情。"

"什么事？"

"还十三自由！"

高高的山顶，山风凛冽呼啸而过，从上向下望，轻云缥缈。若隐若现的是那料峭的山崖，是那东流的百川，是那连绵起伏的树林，是那夹杂着花儿的阳光。

她怀抱着骨灰平静地俯视着山底的一切。心，是从未有过的宁静。

身上是他墨绿色的斗篷，他就在身后不发一语只静默地看着她的一举一动。

她回过头来对他微笑。如缎的秀发被巨大的山风吹乱，缭绕在她的面庞上，小小的荷花便在这纷飞的发丝中悄然绽放。

"十三哥哥 一直渴望自由。"

她眯眼看着远方，像是在回想着很遥远很遥远的记忆。

"他十三岁进玖冽山庄，所言所行都遭到了姑姑的束缚。他说，他总有一天会脱离姑姑，带我去寻找自由自在的生活。十三哥哥虽儒雅如文士，可他的愿望却是成为一代游侠。游遍大好河山，看遍奇峰秀水。他说，他要像风一样，自由自在遨游于天地之间，无负累，无牵绊。"

她回过头看着他,眼神突然一黯。她苦笑道:"可我终究成了他的牵绊。"

"所以……"她深吸了一口气,粲然一笑:"所以,他生前不能完成的愿望,死后,我替他完成。"

话音刚落,她举起骨灰轻轻吻了一下,然后,她掀开了盖子。

风,更加大了。像是挽歌,在高高的山顶不停地低吟浅唱。她衣袂飘飘,似随风而翩翩起舞。

她眯起眼,抓了把骨灰扬向了天空。

那白色的粉末随风吹远,缠缠绵绵,不知断绝。

她的眼泪和着安静的笑容默默流下,消散在滚滚而过的风中。

去吧,去江南听丝竹声声,秦女歌喉。

去吧,去漠北看黄沙飞舞,长河落日。

去吧,去蜀中游奇山秀峰,云海翻滚。

去吧,去你想去的地方,看你想看的风景。

再也没有什么可以束缚你的身体,牵绊你的脚步了。

你,自由了。

指缝中的白灰随风尽逝。她的指关节被山风吹红吹冷。

山谷中,她好像看见了那个白衣翩翩,温润如玉的人。

他抬头仰望着她,银白色的眸如同月光下的海洋翻涌着千年不变的温柔。他冲她微笑,笑容释然而忧伤。他抬起手,遥遥地冲她挥了又挥。

他张口,好像在说,我走了,歌儿,再见。

那忧伤的背影终究变得模糊不清。风吹散,笛声起。

像是离别的咏叹调,奏响千年,经久不息。

描黛眉,贴花钿,扑铅粉,点朱唇。

看了看镜中的自己,身着绣蝶粉裙,足蹬丝缕珍珠鞋。

只挽了个飞燕髻。祈被钗没于乌发之中,只余一颗明珠熠熠生辉。因为日子特殊,她又特地为自己别了条粉色的绢丝芙蓉。

举步欲行,可动作却微微滞住。

她回眸再看了一眼镜中的自己,似在回忆似在思量。终于,她微笑着大步朝前,打开了竹门。

竹楼下,他的背影俊秀如竹。墨绿色的长衫将他衬得更加清卓绝尘。

她看着他,在阳光中微笑。

他察觉了,回过头逆光抬眸。

"薛崇简!"她喊了一声,便连忙提起裙摆朝他奔来。

他低头看着她,原本毫无波澜的脸此时却突然漾起了一丝灿烂的笑容。那张俊逸非凡的脸因着这笑更加的清朗卓越了。

他朝她伸出手,她会意,连忙将手搭在了他的掌上。

树林里空气潮湿而清新,空灵的鸟鸣乘风飞扬,阳光零零落落的透过繁枝茂叶细细地洒了下来,大片大片的浮尘在那近乎白色的光芒中,上下来回慢慢翻飞。露珠儿趴在翠绿的叶子上闪着晶莹的光,好奇地看着那林间穿梭的人。

他牵着她的手在林中慢慢前行。

墨绿的衫角和着她的粉裙一齐被林中之风吹扬。那凉凉的风穿透了之间,余留一丝花香。

他回过头看了她一眼蜜色的眼眸中满是浓浓的笑意。

她弯了弯唇角笑道:"好看吗?"

他点头,连忙答道:"好看,你是这个世界上最美的新娘子!"

她白了他一眼左手与他相扣,右手把住他的胳膊,半依半偎地靠着他继续行走。

已不知行了多久,再放眼望去时,映入眼帘的却是一大片盛满鲜花的平原。

她抬起头,有些诧异的看向他。

他耸了耸肩冲她轻轻一笑。然后,他拉着她奔入了那片花海。

一望无际的花海,有彩蝶翩翩起舞。蝶恋花,花亦恋蝶,散发出阵阵迷人的清香。微风拂过,花儿轻轻抖动。顺着风迎着阳光,似已笑弯了腰。

他笑意盈盈的偏过头看着她,她亦欢快的笑着迎上了他那纯净温柔的目光。

彩蝶双双翩翩而过。

阳光穿透那些飘荡在空气中的花香,折射出五彩的光芒。

他的手中,是她的同心玉佩。

"这玉……"她惊诧,说不出话来。

他微笑,目光温柔灿烂。

阳光穿过白玉上的同心二字,刹那分离成千万个在流光矢彩奔跑的暖色光芒。

他收起"同"字玉。她收起"心"字玉。

即使失散,即使分离,即使你在天涯我在海角,同心玉在,心就相通。

不离不弃,长相厮守。

他抬起头,一手与她十指相扣,一手置于脸侧,他缓缓开口,声音清冽动人:

"天地为证,花海为媒,我薛崇简愿娶洛歌为妻,今生今世,不离不弃,若违此誓,天可诛地可灭!"

她的眼中已蒙上了一层泪光。目光还未触及,他的一双手却早已替她拭掉了那含在眼角的泪水。她对着他温柔地笑了笑,亦正过身子目光投向遥远的天际,态度虔诚地立起誓来:"天地为证,花海为媒。我洛歌愿嫁与薛崇简为妻。生老病死,永不相弃。若违此誓……若违此誓生生世世不得好死!"

话音刚落,嘴巴却被一只温暖的手给捂住了。洛歌抬眸,正迎上了那双满是疼惜与爱意的眸子。

他一把揽过她的身体,将她紧紧地拥在了怀中。

"你的誓,立得太重了。"

她伸出手紧紧地回搂住他的身体,一笑,泪却满襟。

这样的誓也永远抵不过你所为我付出的一切吧!

薛崇简,我的夫,我今生今世将唯一爱着的永远相守的夫君啊!

勉分离

朗朗的读书声透过午后薄薄的雾惊起了无数飞鸟,划破长空。"子曰:'君子食无求饱,居无求安,敏于事而慎于言,就有道而正焉,可谓好学也已。'""子曰:'质胜文则野,文胜质则史。文质彬彬,然后君子。'"……洛歌满意地看着竹楼里人影晃动。那个身着墨绿长衫的男子正手捧一卷《论语》用他那独有的清冽柔和之声解析这晦涩难懂的文字。他的面前,十几个垂髫小儿正睁大了圆溜溜的眼一瞬不瞬地盯着他的脸。洛歌一笑,眼中是从未有过的安宁悠然。她要的就是这样的生活吧!虽安安静静平平淡淡,却是如此的温暖贴心。"老师!"衣角突然被人拽住,洛歌只好无奈地收回视线垂下头看着面前的小女孩。"老师,出拳以后再怎么做?"小女孩的马步扎得有模有样,她抬起头看着老师,脸上满是不求甚解的神色。洛歌有些头痛地揉了揉眉心,她拍了拍小女孩的肩膀失笑道:"宁儿,这是你第几次问我了? 老师我早就告诉你出拳以后就是换步了,我都说了多少遍了,你怎么老是记不住!"

"是老师教得不用心!"小女孩宁儿瞪大了乌黑分明的眼紧紧地盯着洛歌,她看了看她又扭过脸看了看竹楼里的那抹绿影,接着叫道:"一天里大部分的时间老师全用来看薛老师了,根本就没用心在教我们练武!"

洛歌讪讪地张大了嘴巴,不知该如何是好。

自己一个快奔三十的大人了,居然被一个七岁的小丫头片子给噎得说不出话来,这未免也太……

"自己不专心学习反倒还怪起了老师来! 宁儿,谁教你这么做的啊!"她横眉,居高临下地看着身高只到她腰际的小女孩。

宁儿不以为然地撇了撇嘴,她看了看洛歌,又看了看竹楼里的那抹绿影,终于,她似下了很大的决心。"早知道是这样,当初我就该拜薛老师为师,学习知识了。今天回家我就要跟我爹说,让他帮我换老师!"

洛歌欲哭无泪。

怎么都这样啊!一开始的时候,她收的学生是薛崇简的好几倍,那时候她还洋洋自得对着薛崇简炫耀个不停。可是现在呢?学生不仅一个一个地减少,就连当初最崇拜她的宁儿也变成了如今的样子。难道说,她真的失败到了这种地步?

是,她承认。她承认薛崇简的确要比自己有耐心多了,不管学生犯了多大的错误,他都是笑眯眯地一带而过,从不轻易惩罚他们。对于学生们问的那些个稀奇古怪的问题,他也总是很耐心很耐心地一个一个解答着,丝毫不觉得烦躁。相比之下,自以为很有耐心的自己倒是变得格外的暴躁了。

脑海中不禁浮出了这样一个画面:

洛歌正在教训着不听话的孩子,大手打在孩子的屁股上疼得孩子哇哇大哭了起来。哭声极其凄惨,以至于将孩子的爹——薛崇简也给招了过来。孩子他爹将孩子从洛歌的手中救了下来,然后,孩子他爹对着孩子谆谆不倦地教诲着,耐心地列举着他从出生以来犯过的所有错误。可是一转身,他又会由着孩子去闯祸了。

背脊一阵发麻,洛歌摇了摇头,翻了个白眼。

"歌儿?歌儿?"

薛崇简伸出手在她眼前晃了晃,神色有些焦急地望着她。

猛然回过神来的洛歌一想到刚刚脑海中的那幅画面,觉得又好气又好笑,嘴角也因此不觉上扬了起来。

"你笑什么?"薛崇简弯下身子坐在了她的身边。

洛歌回过头看了看空荡荡的竹楼,问道:"下学了?"

"嗯。"他轻笑,伸手揽住她的肩膀笑道:"看样子你又受了学生的气了。"

洛歌闻言不禁撇了撇唇角,她看了他一眼,有些挫败地答道:"是啊是啊,你又要多一个学生了,这回你该开心了吧!"

"你还真是失败。"薛崇简毫不留情地嘲讽她,眼中却满是浓浓的温柔。

洛歌气得直翻白眼,她伸手捏了捏那张极近的俊脸,咬牙切齿地说道:"是啊是啊,你比我成功!"

薛崇简哈哈一笑,他向掌中哈了口气就朝着洛歌伸出手去,意欲挠她痒痒。洛歌惊觉,连忙跳到了一边,上气不接下气地笑着他朝自己追了过来。

山林中,夕阳斜照。风由暖变凉,那些原本空灵的鸟鸣此刻已渐渐低沉,化为了时断时续的呜咽。暮色笼罩在这片苍翠的林子中,万籁俱静。天边,红色的云慢慢舒卷,姿态安然闲适。凉风过，灰色衣袂静静飘扬。

洛歌停下了脚步，她蹙眉看着那群由林中走出的灰衣人。

薛崇简有些困惑地看着她皱起的眉，他转过身，飞扬俊眉刹那深拧。

见薛崇简已发现了自己，众人纷纷半跪在地，抱拳深深一拜。

洛歌已然明白来者何人，她有些忧虑地皱深了眉，看向了背对着自己的薛崇简。

"你们怎么来了？是三表哥让你们来的？"

他的声音冰冷得听不出一丝一毫的温度。

来人的态度倒是依旧不卑不亢，低首沉声道："是，三公子命我等来请表公子回去。"

"回去？"薛崇简冷笑，他低头看着跪在地上的人，冷冷地说道："上次不是已经说得很清楚了吗？'崇简夙愿已达，再不恋长安繁华，愿携爱人隐居山野，过闲云野鹤的悠闲生活'。"

"三公子说时势造人，表公子在外游玩总有累的时候，遂命我等来接表公子回去。"

"时势造人？"眼神蓦然变得深沉，语气亦是变得低沉了起来："长安有何变故？"

来人抬头看了看薛崇简一眼，目光又在洛歌的身上转了一圈。思量再三，他还是站起来走到薛崇简的身边附耳低低地说了起来。

而薛崇简的脸，是越来越苍白。

言毕，来人已谦恭退下。

"就这么多？你没有骗我？"他蹙眉，问了起来。

来人摇头，只眼神笃定灼人地看着他。

很久，一片平静。洛歌只听见风儿穿过树林所散发出的低咽声。身体渐渐发冷，心亦是一点一点不停地往下沉去。

"好，你容我再思量两天。三日之后的这个时间，我给你答复。"

"属下告退。"

灰衣之人走得悄无声息，直到那浅浅的身影消失在深深的树林中，他都没有回来，只是一直固执地背对着她，像是在抉择着什么，更像是害怕什么。

洛歌露出了一丝苍白的笑，她伸手扳过他的肩膀，抬头看着那张双眉紧蹙的脸，笑道："李隆基叫你回去一定是发生了什么大事。薛崇简，去是不去，你心里早就有了决断吧！"

他抬眼，眼神忧伤。

她伸手抚平了他眉宇之间的丘壑，微凉的指尖激得他伸手将她的指尖牢牢地包在了温暖的掌中。

"你去吧,我在这里等你。等你事情办好以后,我们就可以再无牵挂无牵绊地在一起了……"

"我不去。"他对她微微一笑,蜜色的眼眸中闪着微光。他冲她摇了摇头,笑道:"你我新婚燕尔怎可说分离就分离。歌儿,我不去,我陪着你哪儿都不去。"

"可是……"

"可是什么啊!"他大咧咧地揽住了她的肩膀将她往厨房的方向拖去,一边拖还一边大声嘟囔:"饿死了,今日那几个小家伙问的问题稀奇古怪可把我给难坏了,你得做些好的给我补补脑,听见没?"

她神色微微一愣,只是下一秒,她已点头,笑容却有些恍惚。

深夜里,枕边无人。

洛歌惊醒,她连忙坐起身到处寻了起来。目光在屋内环视一周却终究没能找到那个熟悉的身影。她不禁有些困惑地穿好鞋子打开竹门走了出去。

黑色的树林里,空气潮湿而冰冷。夜莺在枝头静立,疲于歌唱。风过,卷起的细小绿叶翩翩飞扬,剑气如霜,削碎了绿叶在风中微漾。

她见过他吹笛的样子,见过他撑伞的样子,见过他摇桨的样子,却独独没有见过他舞剑的样子。原来,温和如他,舞起剑来也可以如此风驰电掣,翩若游鸿。

他的心中终究是有抱负的。

是啊,他是李隆基的弟弟,又怎会没有李隆基一般的野心?

他的抱负,他的青春,他的前途似锦,难道真的要陪着自己在这乡野之地慢慢耗掉?那她岂不是要内疚一辈子?

他比自己要小上三岁,还是那样的年轻,既然爱他,又怎可耽误他?

她释然一笑,默默转身回房。心,异常平静。

难挨的三天。

他总是精神恍惚,似是怅然若失的感觉。

洛歌心中了然,却当做一切都未曾看见。三日后的清晨,当阳光穿透一切尘埃,寂静无声地照耀在竹楼的时候,那些浮动在时光中的林木剪影微微晃动,晃过他的脸,她的眼。

他在灰衣人的面前,淡定而疏离。

"请表公子随我等回去。"

无声。

"请表公子随我等回去。"

寂静。"请表公子……""不……"

"他去!"

平地一记女声打断了他拒绝的话语,薛崇简有些诧异地回过头来,映入眼帘的却是她那张笑意盈盈的脸。

"他去,他怎会不去呢?"洛歌微笑着看着眼前众人,然后,她抬起头看着她的夫君,浅笑道:"原谅我擅自做主,我知道,你若是不去可能会后悔一辈子的。"

"歌儿……"

"不用再说那么多了!"她摇了摇头,将手中的包裹递给他,鼻音浓重:"我在这儿等你回来,我哪儿都不去。你放心做你想做的事情,我一个人会过得好好的。"

他仔细地看着她,沉默不语。

她抬起头,嗔道:"你不相信我吗? 我可是……"

"你可是最坚强的歌儿啊!"他动情,伸手将她拥入怀中,吻着她的发香,轻轻叹息。

"既然你知道,那还不放心我吗?"她伸手拍了拍他的背脊,轻轻一笑,笑容忧伤不舍。

他松开她的身体,笑容猝然放大,那笑,纯净依旧,灿烂依旧。

"等我……"

"等你! 一定!"她肯定地朝他点了点头,笑容变得坚定。

清晨林间缥缈的雾被阳光穿透了心脏,那些行走在时光边缘的回忆轻而易举地让她学会了平静地接受一切别离。

她信他,他也信她。

彼此的相信,让别离也变得幸福平静。

林间的风摇摇晃晃地经过,吹散了她的发。

他不知道的是,前路将有多么的艰辛难熬让人悲伤。

她不知道的是,即将展开的路途比任何一次都要苦涩。

他只知道的是,他将要协助三哥参与政变推翻韦氏政权。

她只知道的是,等待他,寂静快乐的生活默默地等待他。

第八卷 王位之争

诉君郎,
别相忘。
执手泪眼秋转凉。
十年红,
转瞬长。
红颜白发为谁想。

恍隔世

再次回到长安,洛歌竟有一种恍若隔世的感觉。

依旧是那个繁华如初的街头,依旧是那个夜夜笙歌的城池。永远川流不息的人海中,她仿佛还能看见那个白衣胜雪的男子姿态优雅地行走着。人声鼎沸的仙食坊里,她似乎还能看见那个风华绝代的男子眯眼魅惑地浅吟小调。

可是,人海依旧,人声依旧,他却早已不见了。

刹那的失落与陌生感侵上心头,洛歌摇了摇头,叹了一口气。

明媚的阳光照在人的身上发热。已是初夏五月,柳絮飘飞的季节。记得她刚下山时,那里还是飘着雪的初春。

两年了,她以为自己还会一味地等下去时,行动却先于思想来到了长安。说好会回去的,可是两年,他竟一点音讯也没有。

风微微扬起帷帽前的白色罩纱,倾城倾国的容颜隐隐可现。洛歌蹙眉想了想,终是举步朝着那个已经变得陌生的地方走去。

微微踌躇了一会儿,洛歌还是抬手叩响了门环。黑色的门始终是寂静无声地拦着她的脚步。眉皱得越发的深了,她有些不甘心地又拍了拍门。

"你是……"

身后蓦然响起一女声。

洛歌回过头,正看见一身着粉红襦裙的女子正有些困惑地看着自己。

洛歌微微一愣,她想了想,指着门,道:"这里面的几位王爷呢?不在府吗?"

那女子的神情显得更加困惑了,她皱起秀眉答道:"姑娘不是长安人氏……又或者,姑娘你并非大唐人士?"

"何出此言?"

"你若是大唐人士就该知道五王宅里的几位王爷已经各立私宅,而三王爷更是入主东宫……"

"什么?!"洛歌惊愕。"现在是什么时候?不是中宗当政么?"

那女子松眉温婉地笑道:"姑娘,现在可是太极元年,睿宗当政啊。姑娘你……"

风吹过,罩纱微微一扬。

女子蓦然蹙眉,她猛然抬手掀开了那不断飘荡的罩纱。

那张脸与记忆中的那个人渐渐吻合。女子全身一震,她哆嗦着唇半天都难吐出一个字眼。

洛歌微微蹙眉看着眼前的女子,亦是十分困惑。脑海中,有一道精光闪过。一张挂着泪珠的小脸蓦然清晰。

她大惊:"萤儿?!"

"洛……洛姐姐!"女子展露笑颜,可泪水却先行一步。她抓住洛歌的手臂激动得难再开口。

洛歌张大了嘴,终是欢快地笑了起来。她握住那双不断颤抖的小手,笑道:"是我,我回来了!"

阳光透过宅前的梧桐树细细簌簌地洒了下来,那些金色的光芒照在那张犹挂着泪珠儿的脸上平添了一抹惹人怜惜的风情。方流萤有些不好意思地抬手抹掉了泪水,腮边却早已泛上了一丝粉红。

洛歌这才注意到方流萤梳的乃是象征已为人妇的半翻髻。心中蓦然一动,她不禁笑道:"萤儿嫁的是谁家公子啊?"

闻言,方流萤的脸更加红了。她抬起头有些窘迫地看了一眼洛歌,见她一副不得答案誓不罢休的样子,只好小声答道:"是岐王李隆范。"

那个满脸阳光的翩翩少年,相貌英俊性格开朗倒足以配得上眼前的少女啊!

洛歌微微一笑,她伸手从腰间拽下一物托在掌中展现给方流萤。"这是你给我绣的香囊,我一直带在身上。果真有很好的驱蚊防虫之效呢!萤儿,谢谢你。"

方流萤闻言,神情微滞。她垂睫看着她掌中那枚精美的荷包,意识恍惚。

她曾经是那样"爱"过她,有些傻气有些固执。可是现在,当她们再度回首时,也能十分坦然地面对那段阴差阳错的岁月。这样,不是很好吗?

她抬起头,对着洛歌微微一笑,娇美的脸上有着与李隆范一样的阳光灿烂。"洛姐姐,跟我去岐王府吧!"

"这里……没人住了?"洛歌指了指身后的大宅子。

方流萤摇了摇头,道:"他们不是经常住这儿,自从各自有了独立的府宅,这儿也就成了他们偶尔聚会的地方。"

"你说李隆基……入主东宫,按理来说,不应该是李成器当太子吗?"

方流萤有些困惑地看着洛歌,说道:"洛姐姐这几年到底是去了哪里,难道连这么大的事情你都不知道?"

洛歌不好意思地笑了笑:"这几年我一直都在漠北,所以不知道的东西有很多。比如,这天下何时易主了,比如李隆基何时当上了太子了,比如……哎呀,太多太多了。"

方流萤不禁轻笑,她伸手挽住洛歌的手臂,带着她在朱雀大街上慢慢地行走。她边行边道:"唐隆元年韦后和安乐公主联手毒害死了先帝,韦后扶幼帝欲学阿武子临朝称制。后来,太子与镇国太平公主发动政变杀了韦后除了安乐,幼帝禅位于当今圣上。立太子一事,圣上也是多费心思。太子既不是最年长的一个,又不是嫡出,况且当年圣上立的太子可是宋王,哦,也就是大哥。就在圣上陷入两难之际,倒是大哥主动提出让位,他以为'天下乱,立贤不立长',说自己在政变当中没有起到一丝一毫的作用,若是当了太子会有愧的。于是,陛下下诏立三哥为太子,令诏曰:'左卫大将军、宋王成器,朕之元子,当践副君。以隆基有社稷大功,人神金属,由是朕前恳让,言在必行。天下至公,诚不可夺。爰符立季之典,庶协从人之愿。成器可雍州牧、扬州大都督、太子太师,别加实封二千户,赐物五千段、细马二十匹、奴婢十房、甲第一区、良田三十顷。'后来,太子再三推让,涕泣于殿,说自己难堪大任,后来还是圣上亲自劝解的呢!"

"再三推让?他?"洛歌冷笑。

这个李隆基戏倒是做得很足。圣上劝解,怕是他的野心圣上亦是心知肚明吧!只是,李成器……

脑海中不期然地浮现出了那张眉目如玉的脸,他总是一副悠然绝尘的模样,对任何事情都看得淡泊,也不知这让掉太子位是不是他真心所为。怕是……怕是被这个锋芒正盛的三弟给逼的吧!

脚步蓦然停下,洛歌抬头,"歧王府"三个大字映入眼帘。

"王妃,王爷找了你好久了!"门内有小厮跑出来,忙不迭地撑伞为方流萤遮挡日头。

方流萤回过头,对着洛歌羞涩一笑。洛歌摇了摇头,跟在了她的身后进了王府。

远远地就看见一身材修长,身着紫色长袍,头戴软翅幞头的男子正穿过阳光朝着这边疾步走来。

"萤儿,你又乱跑了!"李隆范嗔怪,一脸心疼,他扶住那较弱的身躯,低眉柔声道:"大夫说的你都忘了?你身怀六甲,若是在街上被哪个莽撞的人儿撞了怎么办?"

洛歌闻言一怔。

方流萤抬头看了他一眼,如水般温柔的眼中带着娇羞。她扶住他的手臂,低眉嗔道:"哪有你说得那么严重啊,整天憋在府里,也是会憋出病的。"

"萤儿,你已有身孕?"洛歌不禁出声。

李隆范这才注意到身后的人,他微微皱眉,转动眼眸。

身着粉白襦裙,头戴白色帷帽的女子正掀开白色的罩纱,神色急切地看着方流萤。

风过,她的秀睫轻轻抖动。那清丽脱俗的容颜在阳光下就好像仲夏初放的荷花,让人不禁为之眼前一亮。飞眉入鬓,挺鼻秀口。那白皙的脸颊上一朵粉白的荷花正在这清风中默默绽放。倾国倾城,过目难忘。如荷花一样倾世绝众的女子,世上除了她,还能有谁?

"洛歌？"他微惊。

洛歌闻声抬头，不禁对着李隆范展颜一笑。她冲他点了点头："好久不见。"

少了分冷漠，多了分亲和。少了分疏离，多了分温柔。很难想象，这就是那个当年离开长安时心神俱碎绝望悲伤的她。

"……呃，好久不见。"他表情有些僵硬，当年那张阳光却稚嫩的脸，此时却是意气风发更加成熟了。

洛歌弯了弯唇角，道："我来找薛崇简，你知道他在哪儿吧！"

"崇简……"李隆范的神色忽然变得不正常了起来，他偏过头，难再开口。

洛歌望向方流萤，她亦是神色微滞，似乎在隐埋着什么。

心，莫名一颤。

"薛崇简他……是不是出了什么事？"

"不是！"夫妻俩异口同声，将洛歌的担忧一下子吼了回去。

洛歌松眉，长舒了一口气。

"崇简不仅没有事，而且还因参与诛韦宫变，有拥立之功，晋封立节郡王，食邑三千户，加上柱国，拜太仆卿兼太子虞侯。"

"那带我去见他。"

"不……不行。"李隆范突然别过脸，支支吾吾了起来。

"为什么？"

"因为……因为……"

"因为他现在还不能见你！"

一道淡泊温润的声音蓦然响起。

洛歌抬头，看见一身灰袍的李成器正面色淡然地朝这边走了过来。

"他不能见你。"李成器冲她扬起薄唇，露出了一丝淡淡的笑意。他冲她点了点头，轻声道："洛歌，好久不见了，你过得可好？"

洛歌皱眉："为什么他不能见我？"

李成器叹了一口气，眉宇似被大雾笼罩在阳光中泛着缥缈不清的忧伤。"不是不能见，是时机未到。"

"可我就是想现在见他。"她固执地看着他。

李成器微微蹙眉。"若是现在见他，你们将会一辈子分离。"

"为什么？"

"洛歌，你若是真为了崇简好，就不要问那么多个为什么。"他丢下话，便头也不回地离开。

洛歌茫然地看向李隆范，他只是偏过头。而方流萤却早已面色晦暗地垂首，不发一语。

那一刹那，洛歌觉得自己仿佛被卷入了一个深不见底的巨大旋涡中。而所有的人都站在旋涡之外只眼睁睁地看着自己被卷得越来越深，却无可奈何。

月如银钩，夜凉似水。

水榭中，有人正趴在栏杆上怅然叹息。凉凉的夜风吹起她的墨丝在黑色的空气中翻飞，她微眯双眼看着天际的群星，不禁蹙眉。

三年，她一个人守着空谷过了三年。三年，没有他的三年该是多么的艰涩难熬。

寂静的湖面突起一丝波澜，纤弱的身影在湖面微晃。

洛歌回头，看见方流萤正面目忧伤地看着自己。

她轻轻一笑，站起身扶住她笑道："你也没有个当娘的样子，夜这样深了，不怕自己着凉也该为肚子里的孩子想想。"

方流萤面色一红，她微微垂睫，轻声道："应该无碍的吧！"

洛歌轻轻叹息，她转过身又重新趴在了栏杆上，看着无澜的夜空中繁星眨眼。方流萤见了，只静静地坐在她的身边同她一起看着遥远的天边。

许久，她默默开口："萤儿，你是认识十三的吧！"

方流萤神色微滞，半响，她点头，目光缥缈，似在回忆着什么。

"他喝醉了酒，他说他很想念一个女子，他说他再也看不见那个女子了。"方流萤回眸，看见洛歌神色如常便接着说道："他弹《长相思》给我听，他说，这是只能用来相思的曲子注定与相守无缘。我喜欢那调子于是便偷偷学会了。他见我小小年纪还要卖唱，很是同情。不仅给我买了衣服还带我好好地吃了一顿。临了，他又塞给了我很多的银子。他说，他之所以做这些只是因为我的眼睛和那个他深爱的女子很是相像。"

言毕，她对着洛歌轻轻一笑："他一定不知道，就是这些银子才没让我和小舅舅饿死。"

洛歌抬头看着她，眉眼弯弯倒映着天上的月，格外的纯净迷人。她说："他就是那样的痴啊！"她一叹，唇边漾着浅浅的笑："十三哥哥，这会子你正在哪里赏看这明月繁星呢？"

"洛姐姐，你和立节郡王……你们……"

"我们已结为夫妻了。"

话音刚落，方流萤的身体猛然一颤。她抬起头不敢相信似的紧盯着洛歌张大了嘴巴。

洛歌笑着托了托她的下巴，道："你都快成为人母了，难道我就不能嫁人吗？"

"不……不……不是……"方流萤垂下头，浓重的夜色将她脸上那焦急愤然的神色完美地遮掩了起来。

洛歌扬起唇角，伸手拍了拍方流萤的肩，笑道："当初遇见你时，你才只及我胸前那么高。而如今……可见岁月真如白驹过隙啊！"

方流萤抬起头，明亮的眸蓦然一闪，漾起点点波光。

"萤儿，歧王对你可好？"

"好，好着呢！"方流萤羞赧一笑。

洛歌抬眸看了看她，目光滑落，重新置于那平静的湖面上。她叹息，缓缓开口："你还能尝到为人母的快乐，可我……"

"怎么了？"

"我今生都无法为薛崇简生育一个孩子。"她失落地弯下唇角，眸光被蒙上一层灰暗的光芒。"他那么喜欢孩子，可我却不能让他拥有一个只属于我们两个的孩子。"

"孩子……"方流萤如遭雷击，她目光直愣愣地钉着洛歌，张大了嘴却似被人掐住了喉咙难发出一个字眼。

"萤儿！"

平地一声呼唤打破了寂静。

方流萤蓦然回头，看见的却是李隆范微有愠色的脸。

"王爷……"

李隆范蹙眉拽过方流萤的身体半抱半拉将她往水榭外带去。他回过头，看见的却是那个白衣女子对月惆怅的孤独背影。

"王爷，你弄疼我了！"方流萤皱眉，忍不住对身后的人嗔道。

李隆范皱紧了眉，他放松了气力，才略为抱歉地低头冲着怀中的人儿问道："哪里弄疼了？要不要紧？"

方流萤只摇了摇头，她想了想才抬头看着自己的夫君，小声问道："难道就这么一直瞒着洛姐姐吗？"

李隆范蹙眉，他叹了一口气："真不知道崇简到底在搞些什么！明明就已经……唉！能瞒多久是多久吧！"

"你打算怎么办？"

"你不要操心！"李隆范伸手动作轻柔地揉开了怀中女子双眉间的沟壑，缓声道："我已经将此事禀告给三哥了。该怎么做，我们听三哥吩咐吧！"

剪燕影

飞燕双双划过暖风穿梭在翠绿的烟柳之中，那些毛茸茸的金色光芒洒在湖面上泛起一阵耀眼旖旎。水榭四面通风，窈窕身影随风微晃，衣袂飘扬间樱色帔帛顺着风的方向飞翔。乌发轻漾，祈棂钗上的明珠迎着阳光泛着温暖的光芒。

身着青色便服，玉冠素发的储君正微蹙英气霸道的眉，神情有些恍惚地看着水榭中的倩影。英俊倨傲的脸上，那双幽黑如死寂了千年的琥珀的眸子，竟迎着阳光泛着星星点点的柔柔光芒。眉宇之间凌厉的锋芒渐削，那股君临天下般的慑人气魄更盛。

他踌躇，只静默地看着水榭中的人，忘记了开口。

风送一抹寒气而来，洛歌猛然抬起头，她睁大了眼睛，原本恬静安然的脸此时却陡然变冷。她慢慢转身，脸上挂着疏离的笑。

李隆基微怔。

眼眸中，那张本如雪花一样苍白的脸此时却被一股安然如云的光芒笼罩。她对着自己平静地浅笑，发丝撩动，那倾国倾城如莲一般清丽的脸颊上，一朵小小的荷花迎风悄然绽放，不着痕迹地将她的伤疤掩盖。

她朝着自己盈盈拜下："民女洛氏叩见殿下。"

眸光随着她下拜的身躯转动，凝住忘记移开。

许久，他都没有发出任何声音。

洛歌直盯着那双乌皮靴面，不禁有些困惑。她皱眉抬眼，目光却落入了一对深难见底的幽黑中。

如此深沉的幽黑，好像无垠的夜空，包容着一切吞噬着一切，让人深陷其中，难以自拔。风吹过，那幽黑又如死寂的湖泊突然泛起了点点涟漪。

"起。"他的声音依旧淡薄平凉，只是那淡淡的语气中却依旧透着他独有的倨傲与霸气。

洛歌默默起身，她抬起头看着他，绝美的容颜上挂着疏离的笑。

李隆基微微皱眉，他背过手举步向前擦过她的身体，停驻在了栏杆边。

他站在她刚刚站过的地方眺望着远方的景色。

柳拂湖面，带着阳光荡漾起阵阵金芒。五月，天已变得热了，已有蝉蛰伏在那翠绿烟柳中不辞疲惫地鸣叫着。

洛歌静静地站在李隆基的身后，她微抬起头看着他的背影，眉心微蹙。

远处，飞燕划过湖面激起一声透空长鸣，空灵尖利。

"你什么都不想要了吗？"他不回头，只淡然地看着远方。

洛歌深色微滞，她抬起头看着他的背影，愣了愣，终作一笑："不想要了。"

李隆基转过身低下头，只一瞬不眨地紧盯着她的脸，沉声问道："为什么？当初你想要的现在我依旧可以给你。权力？地位？"

"我不想要了，什么都不想要了。"她摇摇头，笑得恬静安然。"我已经找到我想要的了，这次来，我就是来找他回家的。"

"你要找薛崇简？"他问，幽黑的眸微微眯起。

"是。"她答，声音肯定淡然。

李隆基勾唇冷冷一笑，他转过身重又面对着水榭外的旖旎风光。

风寂静地穿梭在彼此之间，蝉鸣浓烈。

"那我告诉你，我永远也不会让他见你呢？"他的声音在这暖暖的风中荡漾开去，却硬生生地透出了一股瘆人的寒意。

洛歌怒瞪着他，叫道："你凭什么不让他见我？李隆基，你以为你是谁！"

"我是太子！"他俯下身紧盯着她，幽黑的双眼泛着冷光像是一把无形的利刃直刺她的心底。"我不仅是太子，更是未来的天子，是整个大唐江山的主人！"

"那又怎样！"洛歌冷笑，她斜睨着他，冰冷道："就算你是大唐天子也无法阻止我去见他！"

李隆基直起身，居高临下地微眯双眼看着她那张冷淡的脸，慢慢地勾起薄薄的唇，露出了一丝毫无感情的笑。

洛歌被他盯得头皮发麻，连忙侧过头，避开了他的目光。

李隆基微微叹息，他转身立于风中，淡然道："洛歌，你知道崇简现在有多么尴尬吗？"

洛歌不解，但目光已经放柔。

"我与镇国太平公主之间的事难道四郎没有告诉你？"他回过头，皱眉看着她。

洛歌摇了摇头，表情有些茫然。

李隆基终是一叹，他面对着湖光，淡淡道："我做太子还未到四个月，太平公主便散播谣言——'太子并非长，不当立'，此事若非大哥出面相助，恐怕很难平息。她以为既然是她扶着我登上太子之位，那我一定会感恩戴德地回报她。她错了，我并非是这种软弱之人。"说到这里，他回过头，嘲讽地微牵唇角："当年情深意厚的姑母为了权势可以废黜我这个太子，洛歌，权力是如此恐怖的东西。"

"我不明白，你和太平公主之间的矛盾又怎会牵扯到我和薛崇简的身上。"她困惑，微微皱起了秀眉。

李隆基垂下眼睑看着那双困惑的双眼,漠然道:"崇简……是站在我这边的。他身为太平公主的儿子却站在我这边,这自然遭到了太平公主的不满。崇简因此……因此还数遭太平公主鞭笞,被斥为不孝竖子。现在的他被迫赋闲在家。洛歌,我告诉你吧。我的身边净是太平公主的耳目,而崇简的身边更是不用说了。你若是去见他,被太平公主得知,害的只会是崇简!所以,你若是为了崇简好,就不要去见他。"

洛歌愕然,只怔怔地看着李隆基那张冷漠的脸。

"有人甚至说'在外只闻有太平公主,不闻有太子',可想,太平公主的势力有多大。"李隆基冷冷地牵起唇角,目光越发地寒冷。"她结党营私咄咄逼人,我是再不去做些什么,那迟早都会被她灭了。"

"那你打算怎么做?"她抬头问他。

此时的李隆基双眼已变得更加阴翳,他低头对她蓦然一笑:"你跟我回东宫,你在我身边我也放心一些。"

洛歌眉尖一挑:"若是带我去东宫,你就不怕太平公主抓到把柄?"

他笑:"你若是想见薛崇简,就只能跟我去东宫。"

仿佛又回到了当年,虽是谈笑之间,但风烟却早已沉淀。

洛歌一笑,那双原本疏离的眸,刹那被阳光照得更加灿烂纯净。

李隆基看得痴了,心中蓦然一动。

那个……那个一笑足以让他倾尽一切的女子,就在眼前啊!怎不叫人动心,怎不叫人动心……

他的手不自觉地抬起抚上了她的脸颊,粗糙的指腹划过那朵小小的莲花,心中便蓦然一痛。

洛歌偏过头,不着痕迹地避开。

李隆基微显尴尬地收回手,轻咳了两声不再看她,转过脸看向湖对面的烟柳。

气氛有些窘迫,李隆基不禁暗自恼怒。

刚刚自己是拿什么样的目光看她的?是沉迷,是爱恋,是怜惜,是不舍吗?也不知她有没有察觉出来,不然……

"你终究还是走到了这一步。"洛歌看着远方,淡淡开口:"你已经成功了,这个天下迟早都是你的。"

"可还是有人虎视眈眈。"李隆基淡漠开口,心中仍旧残留一丝窘迫。

洛歌无声叹息,她仰起脸迎着阳光,闭上眼唇扬一抹浅笑。感受着阳光,似乎就在感受着那个人的微笑。

"你这几年过得可好?"

他看着那张沐浴在阳光中的绝美容颜心神荡漾,竟觉得从未平静安宁过。

洛歌睁开眼偏过头对他淡淡一笑:"除了等待的这两年,除了流落大漠的那两年,我可以很肯定地说,我过得很好。"

李隆基弯唇一笑:"崇简是幸福的,他的等待终究有了结果。"

"不,我才是幸福的。有他的等待,我才是这个世界上最幸福的那一个。"她默默地垂下头,脸上荡漾着的是他从未见过的笑容。

纯净甜蜜幸福安然的笑容。

心中蓦然一涩。

他终究是错过太多了,明明就是身边之人,他竟没有察觉。一直心属于她,却从未争取过她的心。于是,他只能沉默地看着她失去一个人爱上一个人。

她的眼中,却从未有过自己的身影。

到达东宫之时,已近黄昏。

如血的夕阳在这片雄伟辉煌的宫殿群的上方缓缓晕开。一盏盏宫灯沿着甬道逐一排列,照亮了一路的黑暗。宫人伶俐地立于甬道两旁,垂首谦恭地拜见着由远而近的太子殿下。

宫人皆惊。

太子殿下身边的女子居然逾矩与太子殿下并肩行走,而一向注重礼义的太子殿下竟完全不以为忤。

李隆基的脸冷峻倨傲,双目虽向着前方可余光却一直凝在身边那白衣女子的身上。她面无表情,目光淡淡。

唇边不自觉地扬起了一抹浅浅的笑意。

还未到大殿就听见一道清甜稚嫩的童音响起,洛歌蓦然抬眼。

灯火明亮处,一个小小的身影正张开双臂朝这边摇摇晃晃地奔了过来。一边跑着还一边喊着:"父亲大人!父亲大人!"

李隆基早已微笑着迎了上去。

"父亲大人,父亲大人去了四叔那儿怎么这么晚才回来啊!"小小的孩子梳着个小鬏儿趴在李隆基的肩膀上撒着娇,一双小手扶住李隆基那张英俊柔和的脸,大大的眼睛圆溜溜的乌黑分明。

洛歌的眼前突然一阵恍惚。

"琼儿和娘亲还有母妃等父亲大人一起吃饭等得琼儿的肚子都饿扁了!"小孩子皱着淡淡的眉有些埋怨地看着自己的父亲。

李隆基笑着抚了抚小孩子头顶的小鬏鬏,又亲了他一下才笑着将他放在了地上。回过头,却发现灯火阑珊处的洛歌脸色有些不对劲。

"你怎么了?"李隆基走过去低头看着面色怔然的洛歌。

"没什么……"洛歌轻轻一笑,笑容却忧伤。她抬起头看着李隆基,淡淡道:"这孩子长得很像……很像小悌。"

李隆基恍然,他皱了皱眉,正欲再说些什么却被清甜的童声截住了。

"咦?父亲大人,这是谁?"李琮躲在李隆基的身后,小手拽着父亲的玉带只伸出脑袋好奇地看着洛歌。

李隆基笑了笑,伸手将李琮从自己的身后拉了出来。他指着洛歌,柔声道:"这是洛姑姑,琮儿以后看见洛姑姑一定要行礼,要有礼貌!"

"是……"淡淡的眉毛皱得越发深了,李琮跳到洛歌的面前仰头只睁大了一双亮晶晶的眼仔细地看着洛歌,好一会儿,李琮突然拍手跳了起来,他奔到父亲的身边指着洛歌叫道:"这个姑姑我见过的!"

"瞎说什么!"李隆基皱着眉看着自己的儿子。

李琮咬住食指皱紧了眉眼睛一眨也不眨地盯着洛歌,半响,他开口:"我见过这个姑姑,我见过的,是在……是在二表叔的书房见过!"

"二表叔?"洛歌一怔,他的二表叔不就是薛崇简吗?

李隆基面色陡然变冷,他目光寒冷地看着自己的儿子,沉声道:"琮儿,休得胡说!"

许是被父亲的口气吓到了,李琮垂下眼睑,胆怯地缩了缩身子。

洛歌蹲下身子温柔地笑着,她伸手扶住李琮软软的肩,看着那张让她忧伤的小脸,轻轻问道:"琮儿,告诉姑姑,你怎么会在二表叔的书房里看见姑姑了?"

李琮回头看了父亲一眼,见他没有说话,便转过脸小声对着洛歌说道:"琮儿带着玦儿玩的时候看见二表叔的书房里挂着一幅画,琮儿觉得好奇就去看了。姑姑,那画上女子跟你长得一模一样呢!"

闻言,洛歌微微一笑,笑容温柔明净。她伸手抚了抚李琮的头发,笑道:"那就是姑姑啊!"

李琮听了,不禁笑着回头对着父亲说道:"父亲大人,二表叔也认识姑姑吗?"

李隆基微微皱眉,他伸手拉过李琮,将他往前推了推,道:"你先回殿,告诉母妃为父等一下就过去。"

"父亲大人……"李琮看着洛歌,舍不得挪步子。

李隆基不禁沉声道:"还不快去!"

惧于父亲威严,李琮只好不情不愿地跑开了。

洛歌满眼含笑地看着李隆基,说:"听见了?薛崇简他也很想见我。"

李隆基沉默不语。

好一会儿,洛歌才淡淡开口:"我不打扰你们一家子吃饭了,你随便把我安排一个住处吧!"

李隆基这才开口,道:"好,你随我来。"

花伴眠

自从洛歌暂住东宫以来便一直待在李隆基给安排的"碧水阁"中,不曾轻易踏出一步。对于这个由太子殿下亲自带进东宫的女子,众人也多是心中好奇嘴上并不敢说些什么。

碧水阁外,洛歌半卧在槐树下静寐。雪白的槐花垂吊在枝头,六月风过,偶有几片雪白飘落,落在了软绵的贵妃榻上,落在了榻上之人的身上。曳地裙摆随风微晃,甜蜜的槐花香让她睡得更熟了。

天虽热,可浓绿的槐树阴里却是一片清凉。

洛歌微微皱了皱眉,似梦见了什么不好的东西。只一会儿,她又突然微微牵起唇角,露出了一丝纯净安然的笑意。

一旁的宫人瞧见她的睡颜,也不禁有些痴了。

远处,炽烈的阳光下两个宫装丽人正朝着这边走了过来。

来人正是太子妃王氏与偏妃刘氏。

宫人见太子妃驾临正欲摇醒洛歌,却被太子妃伸手拦住了。

她依旧在睡。

王氏看了刘氏一眼,目光又重新投向了那张睡颜之上。

雪白的槐花簌簌往下飘落,风吹起那甜蜜的香味和着她的衣角扫着满地的花儿轻漾。她的睡姿极其优雅自然,乌发似墨在高枕上散开。

目光渐渐上抬,王氏的呼吸突然一滞。

黛眉飞扬,面若桃花。秀口微张,皓齿闪现。

那张脸,那张如初夏荷花一般清丽脱俗的脸。说妩媚却偏又如此纯净,说素雅却偏又格外明丽。柔美不失清濯,张扬而又沉寂。就像……仲夏之夜里悄然绽放的荷花。

如此佳人,难怪太子会不在乎他人舆论将她带回来。

相比之下,自己虽华贵却多了一丝世俗之气,而面前的人仿佛仙人一般不食人间烟火,与世独立。

王氏无声叹息。

就连自己都会被这样一个人迷倒,更何况太子呢?

"姐姐……"刘氏轻轻唤了一声。

王氏醒来,她看了看刘氏一眼,轻轻摇头,又悄无声息地带着众人离去。

风静静地吹过,四周一片寂静。洛歌睁开双眼,唇挑一抹深深的笑意。她拂开掉落在脸上的槐花,转过背,又继续睡去。

已是夕阳尽时。

槐树下,宫人不知该如何是好。她看了看面前那张宁静的睡颜不忍打扰,可是天色将暗,若是这样睡下去迟早是要受凉的。

正欲开口唤醒她,却见远处橘黄色的夕阳中身着朝服的太子正朝这边走来。

宫人动作滞住,连忙垂首退到了一边。

橘黄色的夕阳静静地洒在她的身上,她闭着眼,秀睫被风吹得微微颤抖。许是被阳光照过,那张原本就如莲素雅的脸上多出了两抹桃红。颊上荷花随夕阳入眠。

世界刹那变得安静了起来。

他静静地看着她的睡颜。

王位的纷争,权力的困扰。周旋、伪装、谨慎、小心,在这一刻,这些累人的东西全都消失不见了。眼里心里,只余这张安然恬静的睡颜,无限放大,化为清流洗涤他那早已浑浊的心脏。

风过,她微微蹙眉。

李隆基抬头,宫人会意连忙将薄毯双手递了过去。李隆基动作轻柔地将毯子盖在她的身上,然后,依旧认真地看着她的脸。

夕阳渐渐向山的那边沉去,红红的落日终于在宫殿的那一头坠落。天边,那一抹烟青色的云缥缈飞离。

风带着草的清香慢慢飘过,蝉鸣渐息。

模糊不清的灯光将那坚毅修长的身影照得泛黄,那双幽黑的眸本该是一片死寂没有一丝光亮的,可此时,那眸湖泛着星星点点温柔的亮光,湖面她的脸,格外清晰。

他的手不自觉地抚上了那张睡颜,极轻柔地慢慢地,抚上了那张他一直都想静静端详的脸。

那个黑夜,她身着粉色的绣蝶襦裙,迎着风回过头对他嫣然一笑。那一笑,何止百媚生啊!

他一直苦苦追寻,等待的不就是这一天吗?

你只属于我,你那可以让我倾尽一切的笑容也只属于我。

可是,你我背负太多啊!

你有你舍不得的爱人,我有我放不下的江山。自古以来,江山美人岂有两全?

心中蓦然一痛。

洛歌的睫毛突然一颤,李隆基连忙收回手偏过了头。

这一觉睡得真的是很舒服啊!

洛歌睁开眼不禁一叹,待视线清晰时她才发现面前还坐着一个人。

"李……李隆基?"她揉了揉眼睛坐了起来。

李隆基回过头看着她,面无表情。"你终于醒了,怎么,这两天没睡好吗?"

洛歌摇了摇头,有些倦懒地笑了笑。她伸手掀开了盖在身上的薄毯,站起身伸了个懒腰。

"你不用去陪他们吗?琼儿等会儿又要等你等到肚子饿扁了。"

李隆基缄默不语,他只是看着远方,严峻的眉宇之间犹留一丝疲惫。

洛歌察觉,她坐到他的对面,问道:"今日朝堂之上是不是又发生了一些棘手的事情?"

话毕,李隆基的脸已经变得越发阴翳了起来。他抬起头看了她一眼,说道:"朝中大臣大多站在太平公主一边,外只闻公主而不闻太子。"

"难道她的势力已经大到这种程度了吗?"洛歌的脸也隐隐显出一丝忧色。

李隆基冷冷一笑,道:"忠心效于太平公主的也就只是那几个人,但就是这几个人位高权重才使众人不得不跟在其后。若是除掉这几个人,那太平公主也就不成气候了。"他想了想,又道:"太平公主善于收买人心,故众人多愿随之。"

洛歌蹙眉,不语。

李隆基抬起头,眸光突然变得凌厉。洛歌一惊,连忙顺着他的目光看了过去。

一身着暗色宫装的宫女正朝着这边低首快步走来。行至,那宫女低首小声道:"禀太子殿下,太子妃娘娘让奴婢来问问您什么时候过去。"

李隆基站起身,垂眼一脸冰冷倨傲地看着那宫女,冷然道:"你叫什么名字?"

宫女身形一顿,才小声答道:"回太子殿下的话,奴婢名叫元仙儿。"

"元仙儿……"李隆基蓦然一笑,笑得诡异,笑意复杂。他看了洛歌一眼,道:"今日起你便来伺候洛姑娘。"

元仙儿似乎急了,竟不顾礼法抬起头对着李隆基急声道:"可是……可是奴婢是伺候殿下衣食起居的啊……"

"元仙儿,你逾矩了。"李隆基淡淡地丢下一句话,却让元仙儿一下子苍白了脸色。

"奴婢该死,奴婢该死。"

"好了!"李隆基有些厌烦地皱起了眉,他冷眼看了看不停叩首的元仙儿,又抬眼看了看洛歌,接着说道:"既然派你来伺候洛姑娘,便是希望你能好好照顾你主子。"

"是。"

"好了,我走了。"李隆基直直地看了洛歌一眼,眼神深不可测。

洛歌会意,对他盈盈一笑,拜道:"恭送太子殿下。"

夏风过,荷花摆。

洛歌唇勾一抹笑意看着身后的人。她盯了他半天才问道:"为什么把那个眼线放在我身边?"

李隆基听了,坚毅的唇角不禁挑起。他看了看正在不远处替洛歌采着栀子花的元仙儿,才回过头对她说道:"将这样的人放在你身边我才会更放心。"

洛歌微微撅起了唇,她瞪了他一眼,冷哼道:"那还真是多谢太子殿下抬举我了!"

李隆基被她的表情逗得一乐,冷峻的脸上难得出现了一丝畅朗的笑意。

洛歌看见他的笑容,也不觉一愣。

这笑和薛崇简还真是有那么几分相似呢……薛崇简……

"我到底什么时候可以看见薛崇简。"她走到他的面前皱着眉头看着他,颊上荷花迎着风像是默默绽放开来。

李隆基的神情微变,他不动声色地敛住笑意,眯眼看着远处炽烈阳光下的青翠草木,闲闲道:"你着急什么,我说了,为了崇简你现在还不能与他……"

"若是怕落人口实,我和他可以私下见面。李隆基,带我去见见他,好吗?"她紧盯着他的脸,语气似在哀求。

李隆基的脸陡然转冷,他倏然起身看着洛歌,眉宇间骤然升起一股寒气。他一甩袖,愠恼地沉声道:"你要看清现在的局势,不要给我添乱,更不要给崇简添乱!你的一时任性很有可能会害死几个人!"

洛歌咬住唇,抑制住心中的怒火。她偏过头,冷声道:"那好,我不见薛崇简,那我见见萤儿总没什么问题吧!"

"你见她作甚?"

"这你也要管?!"洛歌皱眉怒瞪着他。

李隆基冷看了她一眼,转身拂袖而去。

刚吃罢饭,方流萤便来了。

一月不见,她人似胖了很多,身形也渐渐看得出来了。

洛歌有些不好意思地笑了笑,待遣退了周遭的下人,她才对着方流萤说道:"这么热的天你又有身子,我还让你来……"

"洛姐姐!"方流萤笑嗔。她伸手拉过洛歌在自己的身边坐下,才笑道:"洛姐姐你还跟我讲这么见外的话,也真是!"

洛歌轻轻一笑,她看了看方流萤的微微隆起的肚子,笑道:"歧王放心你出来?"

方流萤闻言,双颊渐红,她看了一眼洛歌,娇羞道:"来东宫他能有什么不放心的,更何况我是来见洛姐姐啊!"

洛歌闻言，心中一暖。她抬起头郑重地看着方流萤，肃容道："今日我叫你来是想拜托你一件事情。"

　　闻言，方流萤微微皱起秀眉："何事？"

　　洛歌看了看窗外，确认隔墙无耳后，才低声道："我被禁在了东宫，没有办法出去，这里有一封信，我想拜托你帮我把它带给薛崇简。"

　　方流萤面露难色，她看了看洛歌那张有些焦急的脸，神色微微慌乱了起来。

　　洛歌见了，不禁蹙眉小声道："你……不愿意？"

　　"不……不是……"方流萤摇了摇头，握住洛歌微凉的手，摇头道："不是不愿意，洛姐姐拜托萤儿的事萤儿定当竭尽全力去办。可是……"

　　"可是什么？"

　　方流萤咬了咬唇，抬头对着洛歌摇了摇头，笑道："没什么！洛姐姐把信给我吧，我一定会把它交到立节郡王的手中！"

　　洛歌咧嘴一笑，连忙将信交予了方流萤。

　　大约再过了两盏茶的工夫，方流萤才离开。

　　送完方流萤正在回碧水阁的路上，洛歌却见李隆基正送着两个面生的大臣出门，看穿着应当有三品以上。洛歌不禁蹙眉，那两个人与李隆基又嘀嘀咕咕了一阵方才离去。

　　莫名地，洛歌突然觉得心头一紧。

　　风雨欲来……对！风雨欲来！

登帝位

　　七月，有术士进言曰：据天象所显，彗星现即预除旧布新。帝座及前星有灾，皇太子更宜为天子，不合更居东宫。

　　帝闻之，决意将帝位交与太子隆基。

　　太子涕辞，叩曰："臣以微功，不次为嗣，惧弗克堪，未审陛下遽以大位传之，何也？"

　　帝告诫曰："社稷所以再安，吾之所以得天下，皆汝力也。今帝座有灾，故以授汝，转祸为福，汝何疑邪！汝为孝子，何必待柩前然后继位邪！"

　　次日，帝诏天下，将皇位禅于太子隆基。

　　朝上，以镇国太平公主为首，众臣联名上书，言圣上应当继续管理军国大事，三品以上高官的任命和重大的刑狱，要与新帝共同兼理。

八月初三日庚子,睿宗举行了正式传位的大典,被尊称为太上皇,自称曰朕,发布政令曰诰、令。新君隆基即位,大赦天下。

从东宫搬入大明宫,一切都是井然有序。

洛歌也被迫从一个华丽的牢笼搬到了另一个更加华丽的牢笼。

虽未亲眼见证李隆基坐上皇位的那一刻,但洛歌猜也猜得出来那辉煌壮丽的景象。

那景象也不知回绕在李隆基的梦里多少回了吧!他的梦想,他的天下,他隐忍数年也终是得到了!

洛歌轻轻一叹。

她转过脸看向窗外,心中一涩,眼中隐有泪光。

窗外,参天葱郁的梨树随着风发出一阵巨大的"沙沙"声,那些青色的小梨子隐在发亮的树叶后摇晃着圆滚滚的身体欢快地笑着。梨树下的贵妃榻,朽木已烂。是啊,能躺在上面欣赏夏景的人早已不在,那贵妃榻留着又有何用?

洛歌趴在梳妆台上,看着铜镜里面容模糊的自己,泪湿满襟。

那曾经为他梳过乌发的木梳上已落满灰尘,那曾经为他束过发髻的发绳已不知遗失到了何处。这个空荡荡的大殿中,他那魅惑却又晴朗的笑声早已消失在了时间的洪流之中,他那白衣胜雪的风华绝代早已殆尽在了这个宫殿冷冷的空气中。什么,都没有留下。留下的只有一堆没有感情的死物。

泪水滚落溅飞了细细的尘埃。

在这里,他为她流过鲜血,流过热泪。为她洒下无声的温柔,为她挡过死神的魔爪。

在这里,她嗤笑他的肮脏,他的卑贱。用冷淡抹杀了他最后一点尊严,用剑结束了他的生命。

他给她的总是那么多那么多的温柔,而她还给他的却是那么多那么多伤害。

今生,注定欠他太多啊!

心中剧痛,洛歌身形摇晃地站了起来。她泪眼婆娑地看了看四周,这些熟悉却让她心痛的一切都已被蒙上了一层厚重的尘埃。如同他的身影只在这皇皇世界留下一抹并不好看的一笔,然后被历史的尘埃掩埋,难寻踪迹。

人们不会知道他对一个女子至深的爱恋,人们也不会知道他曾经只是为了一个誓言而两次死在最爱的女人的剑下。人们只会记得他利用自己的肉体获得一切,挥霍一切,人们只会记得他是靠着女人得到了那让人沉迷至高无上的权力。他的深情他的温柔,无人知晓。他的魅惑他的耻辱,史书牢记。

这,就是如此残酷的世界啊!

若不是被这个世界的残酷所逼,你会死吗?若不是被这个残酷的世界所逼,你会选择耻辱吗?

十三哥哥……

她流着眼泪苦笑。

她又重新躺在了他曾睡过的床榻上,看着他曾经看过的书,枕着他曾经枕过的枕头,感受着他的气息。

寂静忧伤的空气缓缓流动,一声惊惧万分的尖叫声却将这安宁打乱。

洛歌蓦然回头,看见了大殿门口背光而站的人。

那人穿着一身粗布宫裙睁大了一双有些混沌的眼,手捂双唇只怔怔地看着自己。

洛歌起身,皱眉有些困惑地走了过去。

刺眼的白色光芒渐渐消退,洛歌终于看清了来人的脸。

一双犹含着泪水的大眼睛,一张粗糙而又苍白的脸颊,那涩涩的表情,很熟悉很熟悉……

"晴儿?"洛歌简直不敢相信自己的眼睛,她只睁大了双眼呆呆地看着面前的人。

而面前之人已是惊呆了,忘记了任何言语。

"晴儿,是我啊!昌宗,张昌宗!"洛歌此时已近狂喜。她以为,她还以为晴儿已……

"昌宗大人?"初晴只茫茫然地看着洛歌,仍是不敢相信。

洛歌低首看了看自己的着装幡然醒悟,她抬手擦掉脸上的泪水,镇定道:"晴儿,我是昌宗大人,昌宗大人就是我啊!我是个女子,你看,我是个女子。"

初晴呆呆地抬起头看了看那张脸,好半天,才挤出一句话:"你……不是死了吗?"

洛歌一愣,她笑道:"我没有死,我被人救了。我没死,我一直都活得好好的。"

"昌宗大人……"初晴那茫然空洞的眼里泪水突然汹涌。

洛歌心里一酸,她伸出手拥抱住她已瘦得皮包骨头的小小身躯,忘记言语。

初晴只是不停地哭着,大声地号啕着,呜呜咽咽,隐约只听得清"张大人"与"昌宗大人"这两个异常熟悉的字眼。

洛歌无声叹息,她轻轻地拍着那颤抖不停身体,难再开口。

好一会儿初晴才止住了哭,她抬起头看着洛歌,大半天才问道:"你……你真的是昌宗大人?"

洛歌不禁莞尔,她朝她肯定地点了点头,道:"我是昌宗大人。可现在,我是洛歌。"

"洛……歌?"

"是,洛歌。晴儿就叫我洛姐姐吧!"她对她轻轻一笑,伸手拈起了她额前的碎发。

初晴突然低下头,她小声道:"那张大人呢?张大人也该是活着的吧……"

"他……他死了……"洛歌眸光一黯,她试图摆脱这种压抑悲沉的气氛,于是,她摇了摇头有些艰涩地笑了起来:"我们……事变之后,他们是怎么处置你的?"

初晴闻言只淡淡地笑了笑,那张原本很是稚嫩的脸此刻却遍布沧桑。"我没有事,只是被贬为了浣衣奴而已,没事的。"

"浣衣奴……"洛歌全身一震。

浣衣奴是这整的大明宫中地位最下贱最吃力的活儿,看着这张沧桑的小脸,也可想而知她该吃了多少苦了。

"晴儿,苦了你了。"她皱眉,有些心疼地看着眼前的少女。

初晴摇了摇头,轻轻一笑。她抬起头看着洛歌,道:"洛……洛姐姐,其实晴儿每天都会来这里看看,只是每次这里都是大门紧闭,不然……不然晴儿就可以将这里好好打扫打扫了,也不至于像如今这般萧索了。"

洛歌怅然一叹,她摇了摇头,笑道:"注定破败的始终是要被毁灭。晴儿,不怪你。"她想了想,又道:"从今以后你就跟在我的身边,好不好?"

初晴抬起头看着她,半晌终于点了点头。

即位大典礼毕之后,便是百官朝贺之时。

夜已深,洛歌估摸着麟德殿的百官宴也该散了。于是,她便带着三个小婢赶了过去。

仲夏夜晚的风并不冷,凉凉的,带着一股浓郁的花香暧昧地围绕着洛歌,久久不散。

谈笑声近了,清晰了。那朗朗的笑声中还透着女子的交谈声。洛歌这才反应过来,今日不仅仅是百官朝贺啊,连他们的亲眷都被邀请来了。洛歌微微皱眉,若是这样薛崇简岂不是孤身一人?

眼见着快到麟德殿的门口了,洛歌连忙隐在黑暗中只蹙眉有些紧张地看着外面。

大臣们一个个笑容满面地从殿中走了出来,他们的妻子三五一群聚在一起亦是有说有笑。

眸光一跳,洛歌看见了太平公主也正从殿中走出,她大约走了五六步又突然往回走。不想,被一个大臣拦住。只见那大臣对着太平公主耳语了一阵,又双手比画了几下,太平公主这才又重新折了脚步往外走。

人越来越少了,可依旧不见薛崇简的身影。

洛歌的眉皱得越发深了。

莫不是今日薛崇简有事遂没有来?不可能啊,新帝即位,更何况这新帝还是与他关系最好的三哥,这么大的事情他没有理由不来的啊。

就在洛歌神情恍惚之时,远处,橘黄色的灯火中一袭墨绿色的身影蓦然出现。风吹过,那墨绿色的衣袂静静展扬。那男子,静默地看着远方,蜜色澄澈的眸中翻涌着一种不知名的情绪。那原本挺拔修长的身体似乎显得有些单薄了,那削瘦的肩在那暖暖的灯光中莫名地显示出了一种别样的忧伤。

洛歌心中一动,几欲冲出去,却都被身边的人给绊住了。

他大约站了一会儿才回过身,似在等着谁,他眸光柔和地看向殿内。好一会儿,才有笑声从里面传来。

洛歌循声看了过去,却看见方流萤正与一个面生的女子并肩行走。而宋王李成器与歧王李隆范正跟在她们的身后,一边走一边还在讨论着什么。

目光重新投向薛崇简。

只见他突然牵起唇角温柔地笑了起来,举步迎了上去。方流萤看见薛崇简先是一愣,但立马,她便停住脚步往后退了一步。她身边那面生的女子却迎了上去对着薛崇简微微一笑,然后张口不知说了句什么。薛崇简听了先是一愣,反应过来了不禁莞尔,笑出了声。

那朗朗的笑声欢快得洛歌仿佛都能听见了。可是,她的心,很冰。

因为她看见那女子挽住了薛崇简的手臂,看见了那女子靠在薛崇简的肩上仰头对着他笑。隐隐地,洛歌还能听见那女子唤他"薛郎"。

薛郎……

不对!不是这样!

洛歌摇了摇头揉了揉眼睛,可是待她再次睁开眼时,面前的景象依旧不变。

身形剧颤!

不对,不该是这样的!那女子是谁?!不该是这样的!

身体完全失了控一般往外奔去,洛歌睁大了眼身体剧烈地颤抖着。

方流萤与两个王爷早已惊得脸色苍白,他们只呆呆地看着洛歌,忘记了言语。

而那个人,他只是困惑地看着她,仿佛不认识她一般,困惑疏离地看着她。

"薛……崇简……"洛歌舔了舔干涩的唇,小心翼翼地开口。

那人只松眉一笑,正欲开口却不想被一道凌厉低沉的声音截住。

"洛歌!"

此时的李隆基早已是愠怒万分。已为帝王的他,身上那早已存在的帝王霸气早已由内敛变得张扬。在场诸人,皆垂首不敢直视天容。

洛歌只固执地看着面前谦恭垂首的男子,固执地甚至忽略掉了身后帝王那扼人声息的凌然霸气。

"洛歌!"

手腕被人擒住,帝王那愠恼的声音在耳边炸响。

可她只作不觉,只看着那绿衫男子,涩涩地轻声唤道:"薛……崇简?"

"你们都下去吧。"帝王一挥衣袖,转身紧紧地抓住洛歌将她向殿内拖去。

视线中,他依旧站在原地呆呆地看着自己,薄唇微张,欲言又止。

龙涎香的香气浓郁得让人大脑发蒙。

李隆基皱紧了凌厉的眉,幽深的眸深不见底。他看着她,目光执著。

洛歌回过头,冷冷地看着他,道:"这到底是怎么回事!你们不让我见他是不是就因为……"

"崇简已经娶妻,你去见他又有什么意思!"

刹那晕眩!

洛歌跄踉倒地,睁大了眼睛看着面前脸色冷峻的李隆基,颤声道:"你在说什么?什么娶妻?你怎么能骗人?"

李隆基叹了一口气,他蹲在她的面前,柔声道:"是真的,崇简真的已娶妻了。洛歌,我们就是怕让你受到伤害所以才会瞒住你的。"

"我不相信!"洛歌倔犟地咬住下唇,皱眉紧紧地盯着那张疲惫无奈的俊颜。

李隆基起身,甩袖冷哼:"不管你相不相信,这已成为事实!"

"他怎么会娶别人呢?天地为证,花海为媒。他的誓言……他怎可食言?"她呆呆地喃喃自语,忽然,她抬起头对着李隆基冷冷道:"我要去见他!我不相信他会舍弃我娶另外一个女人!我要见他!"

"你……"李隆基皱眉紧盯着那张执著倔犟的脸,难再开口。

"他这么做,一定有难言之隐!"她低头忽然一笑:"我相信他。"

君不悟

立节郡王府前,夏日刺眼。

洛歌看了看身后那个身穿青色便服的君王,偏过头,目光投向了那扇黑漆大门。

踌躇许久,她终于举步抬手叩响了那扇厚重的门。

"吱呀"一声钝响,大门打开,由里出来了位小厮。他看了看洛歌,皱眉问道:"这位姑娘要找谁?"

洛歌微微蹙眉,她想了想,开口道:"找薛……找立节郡王。"

"你可有名帖?"

"名帖?"洛歌一愣。

"你若是没有名帖就请改日再来吧!"小厮说完,便要关门。

洛歌苦笑，没想到今时今日要见他一面都是如此的艰难。

浓黑的身影将自己包裹，洛歌回头，看见了李隆基那张冷峻的脸。他垂睫看了她一眼，然后抬头对那小厮道："告诉你家王爷，就说他三哥来了！"

小厮虽畏于面前之人的冷峻，但依旧不卑不亢地说道："你是谁，竟敢冒充王爷的三哥……"

"薛重，不得无礼！"

蓦地一声，威严的女音打断了小厮的话语。

洛歌偏过头看了过去，只见阳光下正站着一个身穿鹅黄襦裙的女子，此女赫然就是昨日在宫中那个依偎在薛崇简身边的女子！

洛歌愕然。

"夫人，他们没有名帖却还是要见王爷，我……"

"好了，没你什么事儿了，你下去吧！"女子挥手，虽是少女，可举手投足之间却有着一股不符年龄的老练与成熟。她抬起头扫过洛歌，目光停留在了李隆基的身上。低首垂睫躬身，她轻声请安："非氏叩见陛下。"

"好了，免礼吧！今日我是以崇简三哥的身份而来，故不必如此多礼了。"

"是。"

"崇简呢？他人在哪里？"

非氏抬头，莞尔一笑："他在后院带着玦儿玩耍呢，我领三哥去找他吧！"

李隆基低头看了看身边的洛歌，却发现她正一瞬不眨地盯着非氏，不禁微微摇头，无声一叹："好吧，你带我们去。"

立节郡王府虽比不上皇宫内的巍峨大气，但也别有一番小家碧玉的精致美丽。

穿过花间，走过回廊出了廊门便是一大片清冽明净的池子。池边栽满了各式各样的树，那些树影倒映在池中随风微微晃动。池中央的荷花白里带红迎风摇摆，那些碧绿的荷叶衬着荷花迎着阳光轻笑。荷下锦鲤自由自在地游动着，悠闲无比。

大树迎风哗哗作响，夏风凉爽，刮起了洛歌的袂角。

恍恍惚惚，有几片白色的花瓣随风飘了过来。朗朗的笑声自那大树后传来，越来越清晰。

非氏无奈地摇了摇头，她回头看了李隆基一眼，笑道："三哥见谅。"

李隆基只冷着一张脸，并不说话。

而洛歌早已是全身冰冷，心里荒凉一片。

那些白色的花儿越来越多，到最后竟如雪花一般漫天飞翔。巨大的树影中，那些花儿落满了一地，随风起舞。树荫中的人满身的花瓣，怀抱着小小的孩子不停地在花雨中转圈。他的笑声朗朗，小孩子的笑声清脆。

那笑声让洛歌流泪。

这样的场景她在梦里梦见了多少回?

他怀抱着他们的孩子玩着举高高,在风中笑,在花中笑,在仲夏这明媚的阳光中笑。而她,可以站在很远的地方看着他们,眸光充满爱意地看着他们。

这就是她的梦想,永远也没有办法实现的梦想。

他是那么的喜欢小孩子,那么的喜欢和小孩子在一起。可是,她却没有能力给他一个孩子……

泪水顺着眼角不停地滚落,她已无力站住,只靠着李隆基将自己扶住。

"王爷……"

非氏上前有些嗔怪地拉住了薛崇简的手臂,含笑看着自己的丈夫,伸手抱过了丈夫手中的小孩子。

一家人,其乐融融。夫妻情深,父子亲厚。

薛崇简回过头看见李隆基,满含笑意的脸微微一变。他连忙躬下身,拜道:"臣薛崇简叩见圣上。"

李隆基微微皱眉,他叹道:"崇简,你我怎能如此疏离。这些表面功夫在朝堂之上做做也就罢了。"

薛崇简起身对着李隆基浅浅一笑,那蜜色的眸一如当初般澄澈明净,只是那原本晴朗的眉宇间多出了一抹忧伤与落寞。

洛歌泪水滞住。她突然想到了第一次见到他时,那种无穷无尽无法宣泄的落寞。

情不自禁地,她走上前伸出手抚上了那张日渐成熟的脸。

那双眼,那双纯净的眼,那双给她温暖的眼,为何只剩忧伤?

"姑……姑娘,请自重。"他皱眉,有些窘迫地往后退了一步。

他说什么? 他说姑娘,请自重?

"薛崇简……你……忘记我了?"她涩生生地开口,满脸的惧色。

薛崇简莫名其妙地看着她,摇头道:"在下根本就不认识姑娘,既不认识何来忘记? 姑娘,认错人了?"

他的目光虽温和却疏离得厉害,那陌生的感觉让洛歌心惊。

她转过头,狠狠地盯住李隆基,问道:"这是怎么回事? 他怎么什么也不记得了?!"

李隆基依旧冰冷着脸色,他看了困惑的薛崇简一眼,又看了看洛歌,才道:"我怎么知道! 谁都不知道他怎么变成这个样子!"

洛歌转过脸看向薛崇简,深吸了一口气含住泪水,慢慢地说道:"薛崇简,我是洛歌,我是歌儿啊,你忘了?"

"抱歉。"薛崇简偏过头,冷冷道:"在下真的不认识姑娘。"

洛歌转身仰起头，任那些白色的花瓣飘落在脸颊上，泪水已让风风干。她扬起唇角，微微一笑："你不认识我，可我认识你啊。因为你说过你会陪着我，一直陪着我。因为你说过与我要不离不弃，长相厮守。因为……你等我数年，让我离不开你的目光。"说到这里，她垂下头转过脸对他轻轻一笑，道："这样吧，既然你不认识我，那我们就重新认识一遍，我姓洛，我叫洛歌。"

"洛……歌。"他神色恍惚，似在试图抓住什么，又似在试图看清什么。

洛歌微微扬眉，她眼神一瞥，看见了一旁非氏正也一脸笑意地看着自己。于是，她转身对着李隆基笑道："陛下，我想住在立节王府，您看可以吗？"

李隆基看着她的神色，已然明白她的意思，笑道："立节郡王府可不是皇宫，不是我让住就能住的，这事儿你要问问崇简。"

洛歌回过头，对着薛崇简笑道："王爷，小女子可否在你府上借住一阵？"

"这有何不可。"一旁的非氏悄然上前对着洛歌盈盈一笑。

薛崇简正欲再说些什么，却被非氏一个眼神给阻拦住了。

"那好。"李隆基点了点头，看了一眼薛崇简，笑道："那我就先回宫了。洛歌，你来送我，你们就不用了。"

"是。"洛歌微微低首，轻轻一笑。跟在了李隆基的身后。

几个侍卫隔得很远，周围一片寂静，只有那蝉鸣此起彼伏。

李隆基终于停下了脚步，他看着洛歌，蹙眉道："你是不是看出了什么？"

洛歌转过身看着远方的夏日盛景，轻轻一笑，笑容忧伤而又淡静，"这个非氏是什么时候嫁给薛崇简的？"

李隆基想了想，说："两年前。"

两年前啊……两年前她还在空谷中等待他的归来呢！

"薛崇简不可能忘记我，他也不可能装作不认识我。我怀疑，他被人下了蛊。"话毕，她转过脸看着他，冷然道："忘忧蛊。"

"忘忧蛊？"

"是，忘忧蛊。这种蛊盛产于苗疆，是最难施也是最彻底的一种蛊。我怀疑……"

"你怀疑是非氏下的这蛊？"李隆基大骇！

"是，我怀疑她。"

"为什么？"

"因为……她要报复我。"她展颜一笑，笑容苦涩："因为我曾杀了她的父亲。而那个人，也是我的生身父亲。我们……是同父异母的姐妹。"

夜，波澜不惊。

洛歌静静地站在池塘边，看着池水中心的那几朵夜荷，心，隐隐作痛。

现在的她已经成了一个局外之人，又或者，别人全在局外而只有她一个人还在这局中迷路。

薛崇简……薛崇简，你怎可轻易相信别人呢？仅仅因为你太善良了吗？

手中，是那半截白玉。

同心玉，同心玉。难道你我同心却终究抵不过宿命相欺？

你有妻有子，好像很幸福啊。

你忘了我，就会幸福，是吗？

夜风吹起她的衣袂，她低下头轻轻一叹，满脸忧伤，满心愁伤。

身后，有细小的脚步声传来。

洛歌蓦然回头，目光凌厉地看向身后之人。

月光明亮，月下之人牵起唇角冷冷地笑着，鹅黄色的襦裙在风中微微飘扬。她慢慢走了过来，与洛歌面对着面。

池塘畔，蛙鸣叫。

洛歌冷然道："阿荞，这样做有什么意思！"

"别叫我阿荞！我是非霂！我是非承天的女儿非霂！"非霂怒吼，她冷冷地看着洛歌，笑道："洛歌，你当日杀死我的父亲，我今日便要夺走你的心头挚爱！"

洛歌淡然地看着她，说道："为何不杀了我呢？一命抵一命啊。"

"杀你岂不让你痛快了！"非霂的脸几近扭曲，在她的脸上已完全看不到了当年那个灵秀稚气的模样。

她已早早地学会了仇恨。

洛歌有些无奈地苦笑道："当年将你送往颜山就是为了让你能远离仇恨，没想到……"

"洛歌，你不用在这里给我装好人！"非霂直盯着她的双眼，一张秀美的脸上满是凌厉的恨意。"你看看你的双手沾满了多少人的血腥！你以为你在这里说两句无意的话就能洗脱你的罪恶吗？洛歌，我就是要这样折磨你，用你的爱情折磨你！"

寂静无声，只有蛙鸣阵阵。

洛歌淡静地看着湖中央那静静地睡着的荷花，沉默。

"我现在是薛崇简的妻子，只有我能名正言顺地站在他的身边。而你，只是他早已忘记的陌生人而已。"

月光下，她的身影有些模糊。

非霂只觉心中有一丝钝痛扯过。

洛歌回过头对她弯了弯唇角，然后她走近她，指着自己颊上的那朵荷花，淡然道："你知道这荷花下面是什么吗？是一块疤，一块丑陋无比的伤疤。可是现在，你还看得出来吗？你看得出来它哪里丑陋了吗？我告诉你，这也是一个女子为了报复我才做的，可这个女子后来还是死在了乱刀之下。报复了我她什么也没有得到。非霖，觉得伤害了我对你会有好处吗？你以为我当真会因为你的伤害而痛苦吗？你自以为抢走薛崇简就是对我的伤害吗？我爱的是薛崇简，倘若你能给他幸福，我可以离开。而这，并不是一种伤害。"

她说完，转过身笑道："可是，我不甘心。因为，你是让他忘了我才得到他的。"

身后一片寂静，更深露重，夜越发凉了。

非霖的脸隐在月光之下看不真切。好一会儿，她才浅浅一笑："洛歌，就算薛崇简的记忆恢复了又能怎样？我是他的妻，我为他生下了他的孩子。他不能离开我们，因为，这是他的责任。"

洛歌抬起头，只觉眼前恍惚。好一会儿，她的视线才变得清晰了起来。

远处，橘黄色的灯光有些模糊不清。可是，那唯一能让她看清的却是那一张一直在她脑海中深深印刻的脸。

那样忧伤落寞的脸。

诉君郎

洒满荷香的小道上，洛歌回过头看了一眼身后的夕阳。

那些同血液一个色彩的云朵在遥远的天边蔓延，一缕一缕地覆盖整个天际，又好像红色的海洋。那圆日半沉半浮于这红海之上，光芒温和，让人眼底生辉。

池塘畔，虫鸣声声。

墨绿色的身影被风吹得单薄，单薄得好像一片落叶，随时都能乘风飞走。那些洁白纤弱的荷花披着橘色的余晖在风中轻轻颤抖。荷叶上的露珠儿好像阳光的眼泪，静静地泛着悲哀的光芒随风散去。池中锦鲤安然入睡。

池边之人，微微皱眉。他好像在思考着什么，又好像被自己所思考的东西给难住了。那俊逸却苍白的脸上带着凝重带着困惑。那双蜜色的眸迎着夕阳蒸腾起一片浓浓的悲伤。他不甘心地叹了口气，摇了摇头，满脸的落寞与疲惫。

身后之人静静地看着他的背影，直到他回过身来看见自己。

一瞬的错愕，他突然想到了什么。可是立马，那些亮光在脑海中划过不留一丝痕迹。

洛歌看着他那张苍白疲惫的脸，心头一痛，鼻尖泛酸。她叹了一口气，微微矮身："见过王爷。"

薛崇简闻言,只怔怔地看着她,像是失了魂魄。

洛歌抬起头,对他轻轻一笑,那清丽如同荷花的脸在夕阳中却也是忧伤无比。

她说:"王爷,你过得好吗?"

俊逸苍白的脸越发惆怅,他摇了摇头,转过身沿着池塘慢慢行走,洛歌连忙跟在了他的身后。

"我应该是幸福的啊!我有贤惠的妻子和可爱的孩子。我应该过得很好啊!可是……可是为什么我总觉得我失去了一件非常重要的东西?这种感觉空空的,空得我心里难受害怕。"

他的声音虽清冽却犹存一丝喑哑。

洛歌抬起头看着他单薄消瘦的背影,听着他的话语,泪水静静地滑落。

"我老是梦见一个穿白衣服的人在红色的花雨里吹笛子,可我就是看不清她的容貌,就是靠不近她。她好像伸手可触,又好像遥不可及。这种感觉让我……让我难受。"

"我老是出现幻听,老是听见有人在我的耳边吹着笛子。那调子很熟悉却又很陌生。我想要听得更仔细一点,可那调子又突然断掉。"

"我……是不是脑子有病?"

他转过身,皱着眉说道:"你说说看,我脑子是不是有病……你哭了?"

他错愕地看着满脸泪水的她,心中蓦然一痛。

那痛渐渐穿透了四肢百骸,他痛苦地皱着眉,可目光却依旧舍不得从她的脸上移开。

仿佛是很自然的,他抬起手为她擦着眼泪,那掌心的温暖让洛歌全身颤抖了起来。她抬起头看着他忧伤的眉眼,轻轻地问道:"你……一点都想不起来了吗?"

他静静地看着她,半晌,轻轻地摇了摇头。

"不怕,我们还有信物的。"她说着抬起手,掌中的"心"字玉佩在那暖黄色的余晖下泛着温润的光芒,她看着他的脸,柔声说道:"还记得吗?不离不弃,长相厮守。你还记得吗?"

他怔怔地看着她掌中的半截玉佩,想了想,突然伸出一掌,五指张开,他的掌中赫然就是那"同"字玉佩!

洛歌此时已分不清是喜是忧了。

"我也有一个,我怎么也会有一个?"他问,目光困惑。

洛歌微微一笑,她伸出手抚了抚他那消瘦的面颊,柔声道:"这玉是你亲手雕刻的。我们成亲那日,你以这玉佩为信物。你说,即使失散,即使分离,即使你在天涯我在海角,同心玉在,心就相通。还记得吗?"

"你说……我们成亲了?"他睁大了眼,显得十分震惊。

洛歌温柔地笑着,点了点头。"是,我们成亲了。我是你的妻,你是我的夫。我们说过,相守一生一世的。"

"可是……我不明白……我已经有妻子了,我的妻子是霖儿……怎么……是你?"

她执起他的手,牢牢握住,十指相扣。她说:"吾之情护汝之心,吾之心博汝之情。你不记得这些没有关系,我记得就好。崇简,这是你留给我最宝贵的东西。"

他静静地看着她,尽管困惑却依旧很安心地听着她诉说着一切。

"我们很早就认识了。那时候你老是取笑我啊,说我一哭起来是最丑的,说我嘴一撅能挂粪桶,说我傻说我笨。可是,你知不知道就是你的这些取笑才让我本来就很苍白的人生多添了一抹色彩。后来,我成了杀手,我以为你会离我而去,可是没有,你不仅没有这么做,还夜夜为我点长明灯,替我照亮了回家的路。崇简啊,每次当我走在黑暗中的时候,只要一想到你的身影,心里就一点也不害怕了,满满满满的全是温暖。"

"十三哥哥死了我是多么的伤心啊,每天活得就像是行尸走肉一般。可也就是你,像照顾一个小孩子似的对我无微不至地照顾着。可我却不懂你的痛苦你的累,现在想想,我的心里又懊悔又温暖。"

"崇简啊,直到我流落大漠时我才知道,其实我在很久很久的时候就喜欢你了,你带着你的温暖悄无声息地住进了我的心里,那温暖支撑着我一直走下去。所以,当那温暖突然不见了,你知道我有多害怕吗?"

"你对我一直一直都是那么的重要啊!"

"崇简啊,空谷里的生活是我这一生最快乐的。我可以看着你和那些孩子在一起玩耍,看着你教他们读书写字。我就在想啊,我的夫,真是个很好很好很好的人啊!崇简啊,我多想能为你生一个孩子啊,可是不行,我体内寒气重,根本就不能再生育了。崇简,你会觉得遗憾吗?"

"崇简,在空谷等待你的日子里,我终于明白了你说的等待的幸福。所以,就算我一个人却也总是能感觉到你留下的温暖。贴在身上融在心里的温暖。"

"这就是幸福,对吧!"

……

夕阳下,池塘边。

两个相互依偎的身影。

她静静地说着,她发现自己有好多好多的话要跟他讲,这都是从前她都没来得及开口讲的话。

他静静地听着,全身无力,脸色苍白,意识模糊渐渐睡去。

那天边的红海之上,月已半弯。

当晚,立节郡王薛崇简吐血数升。

帝闻,心痛急之,遣御医数十名前往治疗。

翌日,立节郡王薛崇简再次吐血,群医束手无策。

帝闻亲临立节郡王府。

洛歌遥看着那挤满了御医的房间,静静地流着眼泪。夏风过,又一下子吹干了她的泪水。

李隆基看着面前的人低声一叹,他微微皱眉,幽黑的眸中寂静无波。

那张挂满了泪珠的脸被笼罩了一层深深的悲伤,她的睫被泪水打湿沉重地在夏风之中颤抖。那白皙的脸被日光照得发红,颊上荷花也悲伤地耷拉着。她的双肩因为抽噎而不停地抖动着,那纤瘦的身子此时越发显得虚弱了。

心中不忍一痛,他伸出手将她轻轻地拥在了怀中。

那满是龙涎香的怀抱让她微微蹙眉。

"为什么你每次哭都是极力地忍住哭声呢?你放开哭心里会好受些,也不会……不会太累了。"

洛歌轻轻叹息,鼻音浓重。"都是我害了他……"

"他愿意,就算是伤害他也愿意。"他深吸了一口气,拍了拍她的背脊。"别太自责,这事并不怪你。"

远处,有御医正朝这边走来。

李隆基只好放开怀中的人,整理好了衣襟,面色重新变冷。

御医走到李隆基的面前连忙跪地,诚惶诚恐地说道:"禀陛下,立节郡王已经昏睡过去,今夜应该不会再次吐血了。"

"你告诉吾,立节郡王到底是何病症。"李隆基紧盯着跪在地下的臣子,声音冰冷地问道。

御医的身体明显一抖,他伏在地上诚惶诚恐地答道:"回陛下的话,王爷的病实在离奇,我等一班御医至今还未查出到底是何病症。只不过……只不过据脉象看来,王爷似乎是因为精气所亏而致……"

"精气所亏?!"洛歌睁大了眼,惊呼出声。

那一刹那,她想到了那个男子,那个眼如鹰性如狼的男子。

脚下一软,她不禁向后跄跄了两步,幸得李隆基伸手扶住才没有摔倒。

精气所亏……

……

"他给了我两个选择。一是以大唐边界百姓的性命为赌注,我若是输了,赔的便是这些无辜百姓的生命。二是让我吞了食气丸,带你走。"

……

食气丸!

食气丸……

是啊,他那么一个纯良悲悯的人又怎会以无辜的百姓做赌注?他愿意伤害的始终是自己啊!为什么当初没有想到?为什么?

泪水滚滚而下。

她转过脸看着李隆基,眸光悲伤而又坚定地哽咽道:"我要救他!"

"你要救?你要如何救?"他皱眉。

她抬手擦掉泪水,可又有一波泪水流下。"我要去突厥,去突厥找莫啜,我要他交出食气丸的解药!"

"去突厥!你可知去突厥会有多危险?!"李隆基的脸开始变得阴翳,他紧紧地盯着她的脸,幽黑的眸中寂静得可怕。

她站起身,步子有些不稳地慢慢走远。

"他都可以为我死了,我还在怕些什么?"

发转白

大漠黄沙飞,战马胡不归。

落雁向南去,斯人乘风回。

洛歌眯眼看着远方那连绵起伏的沙丘,心底荒凉。

离开长安时已是九月初了,到达玉门关已是九月末。现在,又是十月初了。

薛崇简……不知他还能否再多等一会儿……

"洛姑娘!"

身后一声呼唤将洛歌的思绪打乱,她回过头看向身后之人,冷然道:"何事?"

几个灰衣之人骑在高头大马之上,一路紧跟着洛歌,生怕将她跟丢了。出长安城时圣上就交代过若是他们没能将眼前之人保护好,便也不可能再活着进长安城了。

"洛姑娘可还记得当年的路?"灰衣人的头领刘青,他紧盯着洛歌,态度不卑不亢。

洛歌微微皱眉。

开玩笑!她怎么知道!当年她是瞎了才被莫啜带回了大漠啊!她怎么知道那个男子现在何处!

"你容我再想想看看。"洛歌掉转马头在高丘之上打起转来。她心中一片茫然。入眼只有那荒凉的黄沙随风起舞遮天蔽日。她都很难分清方向了,更不用提去寻找那路了。

洛歌有些颓然地坐在了马鞍上,她拽紧了缰绳,双眉越皱越深。

远处,梭梭草随着那卷着黄沙的大漠之风微微摆动。呼呼的风声掩盖了一起声响,包括洛歌的叹息。

就当她掉转马头正欲告诉那些人她并没有找到路时,旁边的梭梭草突然诡异地摇摆了起来。洛歌警觉地握紧了长鞭,只等那沙漠野兽出来时用力地给它一鞭子。

好一会儿,梭梭草又突然没了动静。洛歌正自困惑时,那梭梭草又突然被一双大手扒开。座下骏马亦被吓得高声鸣叫了起来。

刘青见势不对,连忙纵马过来将洛歌围在中央保护了起来。

那双手的主人终于从那一簇梭梭草中走出,只见他穿着一件破旧的长衫头发凌乱地伸手整理着自己的衣服。

洛歌不禁有些厌恶地皱了皱眉,待那人抬起头时,洛歌差点惊得从马背上摔下去。

眼前之人分明就是阔别多年的长孙熙岚!

"长……长孙熙岚?!"洛歌睁大了眼睛,不敢相信。

那人闻言身形一震,他猛然循声抬起头皱起温润的眉,有些不确定地叫道:"洛歌?"

"你真的是长孙熙岚!"洛歌大呼一声连忙跳下马奔了过去。

那人只微笑着,不言不语。

洛歌在他面前站定,惊喜道:"怎么是你?你怎么会在这大漠之中?"

长孙熙岚闻言只淡淡一笑,他反问道:"我为什么不能出现在这大漠之中呢?"

洛歌微微一愣,她不禁摇头笑道:"你还是没变!"

长孙熙岚不语,只眉目温润淡雅地立于黄沙之中。

洛歌见他一身狼狈,不禁笑道:"你看看你,混得也挺狼狈的。你怎么会想到来大漠啊!"

"游历四方,便到了沙漠。"长孙熙岚笑道:"那你呢?你又是因为何事而来大漠啊?"

洛歌神色一黯,她牵起唇角艰涩一笑:"我为了救一个人而来。可是,我现在连怎样去那个地方都不知道。"

"你要去哪里?"

"去找突厥可汗——莫啜!"

圆圆的孤月立于远处的沙丘之上,那银白色月光凉凉似水地流淌在那暗黄色的天地间。背风的巨石下,火堆中的火光正旺,耀人双眼。

洛歌丢了根干柴在那火光之中,她抬起头看了看身边的长孙熙岚,有些忧虑地问道:"走这条路真的没错吗？"

"怎么？你不信我这个瞎子？"长孙熙岚灌了口烈酒，挑眉笑对着洛歌。那双空洞茫然的眼在月光下升起了一层暗暗的光辉。

洛歌摇了摇头，笑道:"不是不信，只是觉得不可思议而已。"

"这世上能让你觉得不可思议的事情多着呢！"他牵起唇角，笑着又喝了一口烈酒。

洛歌笑看着他，问道:"你可知萤儿已经嫁人了？"

他低头对着火光，唇边依旧是那淡然的笑意。他点了点，说:"我知道啊！她嫁给了歧王嘛！"

"那她成亲那日你为什么不去看看她？"

"不想去。"他摇了摇头，面色温柔。"她能活得幸福就好，我这个舅舅即使不在她身边也还是会真心祝福她的。"

"熙岚啊！那你可知自己快要当舅公了吗？"洛歌抬眼紧盯着那张宁静淡远的脸。

果然，长孙熙岚的脸色微微一变，他偏过头问道:"你说什么？我要当舅公了？你意思是说……是说萤儿当了母亲？"

"是啊，刚开始我听到这个消息时也同你一样震惊呢！"她抬首望向远处天边的皓月，似在追忆着什么，缓缓说道:"我总以为她长不大呢，没想到转眼之间她都要做母亲了。"

长孙熙岚欣慰一笑，不禁故自喃喃道:"姐姐在天之灵也一定大感欣慰吧！"

洛歌垂手抓起一把黄沙，静静地看着那细柔的沙尘慢慢地在指间流逝殆尽。沙漠那冰冷干燥的风吹扬了她的秀发在这荒凉的空气中。她微眯双眼看着远方那孤独苍凉的景象，呼吸突然一滞。

不知薛崇简现在正在干什么啊。或许是在昏睡着，或许是半偎在床沿看着儿子摇头晃脑地为自己背着诗吧！不知他会不会知道远在千里之外的大漠，有一个女子正为着他不辞劳苦地跋山涉水寻找救他性命的解药呢？

唇边漾起了一抹又苦又涩的笑容，她叹了一口气缩紧了身子靠在厚皮兽毯上，沉入梦乡。

而远处，那苍凉的月依旧明亮。

刺眼的阳光赶走了睡意。

洛歌睁开眼，有些吃力地扶住巨岩站了起来。

刘青正与另外几个灰衣人商量着什么，他见洛歌醒了便连忙走过来，说道:"洛姑娘，据陈三汇报，不远处大约一里之地有突厥人的驻地。您看我们是否需要过去？"

洛歌闻言不禁偏过头看了看站在一旁的长孙熙岚，她见他神色依然，甚至带着一股自信,不禁笑道:"去!我们当然要过去!说不定莫啜就在那里呢!"

没想到,还未靠近那驻地便先碰上了莫啜。

两队人马,只在那黄沙纷飞中静默地对立着。

耳边,是风卷残沙的咆哮声。那声音似狼吼,叫啸着扯得洛歌的耳朵生疼。

许久,她看见他在怒吼的黄沙中下马朝这边走来。于是,她也跳下马背。

他朝她走了过去。

眼见着那男子离自己越来越近,洛歌心下竟不自觉地慌乱了起来。直到那黑沉的眸出现在了咫尺之处,这种感觉始终都没有消退。

莫啜低头微眯起狭长的双眼静默地看着她。

嗯,恢复得不错!看样子她的伤已完全好了吧。既不是为了自己的伤,那么,就定是为那个人。

"莫啜,将那食气丸的解药给我!"她抬起头,瞪着他。

果然……莫啜冷冷地牵起唇角,依旧一瞬也不眨地紧盯着洛歌的脸,不做回答。

洛歌被他盯得面露窘色,她偏过头,咬住下唇有些愠恼地说道:"把食气丸的解药给我!"

许久,都没有听见他的声音。

洛歌不禁有些困惑地抬起头,却看见了那双黑沉的眼,那双黑沉的眼中如沙漠一般,无垠的悲伤渐渐蔓延。那一刹那的恍惚,洛歌的魂魄仿佛被那眸中的沙漠给吸了进去。

只是一秒钟的时间,那广若沙漠一般的悲伤迅速收拢只化为一点黑暗,在炎炎烈日下不起一丝光亮。

"若是那男子死了,你也不会回到我身边吗?"他看着她,眼神淡漠。只是那一双隐于长麾后的手正紧紧攥拳。

洛歌冷冷一笑,她抬头看那黄沙遮盖的日头,缓缓说道:"你以为呢?若是那男子死了你以为我会回到你身边吗?"她侧过头紧紧地盯着他,一字一顿道:"若是如此,我会恨你。生生世世。"

莫啜一笑,笑容悲伤冷酷。

"把解药给我吧!"她朝他伸出手。

莫啜低头看着那只掌纹文明纤长却有些粗糙的手,唇边的笑慢慢凝固。他抬起头淡漠地说道:"若我说我没有解药呢?"

"你骗我!!"她冲上前一把揪住了他的衣领,眼神既悲伤又震怒。"那东西是你给他吃的,你怎么可能没有解药!把解药给我!!"

莫啜看着她的脸,眼神突然变得绝望。他艰涩地牵起唇角,摇了摇头:"我的确没有解药,那食气丸是飞雪所配。你若要也只能去找她要。"

"那她人在哪里?"

"就在营中……"他话还没有说完,她却早已登上骏马扬鞭冲了出去。

莫啜苦笑,他看着那在风沙中飞驰的白影,心是越来越疼。

掀开帐帘,洛歌便看见了那个正在配研药丸的女子。

飞雪赤脚站在兽皮毯子上,白发曳地。她回过头有些错愕地看着门口风尘仆仆的洛歌。

"你……"

"把解药给我!"洛歌放下帐帘冲了过去。她站在飞雪的面前低眼看着她,双眉紧蹙。

"解药?什么解药?"飞雪有些困惑地抬头看着她。

洛歌深吸了一口气才让自己稍稍平复了下来。她冷冷开口:"食气丸的解药。"

飞雪这才了然,她蹙眉看着洛歌,冷哼一声:"我为什么要给你解药!你让大汗那样失颜,我为什么要给你解药让你去救另外一个男子!"

洛歌有些颓然地垂下了头,"砰"的一声,她居然在她的面前跪了下去!

飞雪震愕!

"我求你……将解药给我,好吗?"她低低地说着,声音绝望而悲伤。"我求你,哪怕你杀了我都没有关系。我只求你把解药给我,好吗?"

她的声音,那绝望而悲伤的声音在大帐内暖暖的空气中缓缓流动。那声音好像月下流水,寂寞悲伤地缓缓淹没了所有。

"把解药给她吧!"莫啜靠在帐门口,他声音喑哑地说着,心早已痛得麻痹。

"大汗……"飞雪睁大了眼睛看着门口的人,惊讶得难再开口。

那个倨傲那个犀利那个目无一切的男子何时……何时会变得如此悲伤?

"把解药给她。"他说完,只深深地看了一眼那跪在地上的身影。转身,头也不回地走了出去。

飞雪深深地叹了一口气,她低眼看着地上的女子,冷然道:"你真的想要那解药?哪怕……不惜一切代价?"

"是,不惜付出一切代价。"

"那好,我给你解药!"

洛歌抬头,眸光惊喜望向飞雪。

而那个女子只是冷冷地笑着,一双翠绿的眼眸泛着寒冷的邪光,她的眼在洛歌的秀发之上转了一圈后,终于开口:"我要你的头发。"

铜镜中的女子身着黑色的斗篷,脑袋连着头发全都被斗篷上的帽子给包裹住了。

她眸光淡漠,神色悲伤。

就在她看见铜镜中那个女子的那一刻,她突然释然了。

如果……如果他记不得自己了,也好。毕竟,他已有贤惠的妻子可爱的孩子,若是他的下半生没有她的牵绊,他也许会过得更好吧!或许,他的生命中就不会再有那个名叫洛歌的女子带来的所有烦忧吧!那样的他一定会很幸福会无忧无虑吧!

她握紧了手中的小瓷瓶子转身掀帘走了出去。

她的身后,飞雪抚着胸前的黑发淡淡地笑着。

刘青有些奇怪地看着面前这个被黑色斗篷包裹住全身的女子,他看了看别人,发现众人对洛歌的装扮都有些奇怪,唯独那个双眼失明的长孙熙岚。

"怎么样?解药拿到了吗?"

"拿到了!"洛歌紧了紧身上的斗篷,对着长孙熙岚轻轻一笑。她扫了困惑的众人一眼,笑着说道:"解药已经拿到了,我们可以回长安了。"

众人听了,不禁轻松一笑。

洛歌上马,扬鞭。

黄沙在奔驰的骏马后飞扬,那些存留在这片苍茫大漠上的回忆随着那黄沙在整个模糊的天际中纷纷扬扬。

高丘上,刘青勒马看着洛歌,道:"洛姑娘,突厥可汗追来了!"

洛歌一惊,她连忙回头。

她在高丘之上,他在高丘之下。他们之间是那乱舞的无尽狂沙。

那高大的身影在这乱舞的狂沙之中模糊不清。可洛歌却看见了那双黑沉的眸,那如月下沙漠般泛着无尽荒凉与悲伤的眸。他静静地看着自己,静静地看着好像要将她的容颜深深地刻进心里。黄沙卷起他的长鬓,灌进他的衣领。那侧颈的暗红色伤疤刺得洛歌的双眼蓦然一痛。她转过头,泪水滑落。

马鞭决绝地扬起,打断了他的目光和他依恋的一切。

再见。

伤别离

边关小镇。

大街上,蓝眼睛黑头发,不同的人群混杂在一起却也相安无事。风过,驼铃作响。那些悠悠的长歌夹杂在汉语胡腔中格外清晰。虽地处边界,可这里的民风倒也淳朴。听说,突厥已经很长时间没有寇边了,虽有些反常,但边疆百姓还是乐意见到的。

阳光穿透了厚厚的云层洒了下来,那细细的黄沙在高空中飞舞,遮天蔽日。

酒楼里,人声鼎沸。

洛歌看了看周围,不禁一笑。

回纥人、吐蕃人、突厥人、汉人,他们可以那么和谐地坐在一个桌上喝酒聊天,似乎忘了他们曾在同一场战争中打得你死我活过。不知身为大唐皇帝的李隆基看到这一幕又会作何感想啊!

洛歌偏过头看向一边的长孙熙岚,问道:"药我已取到,不日将回到长安。你打算怎么办?"

执杯的手微微一滞,长孙熙岚抬头转过脸对着洛歌轻轻一笑,缓缓道:"这几年我都已将大唐的锦绣山川看遍了,也是时候回去看看萤儿了。"

洛歌面露喜色,她笑道:"当真想回长安?"

"嗯。"

"唉……分别这么多年,萤儿看见自己的小舅舅一定很开心吧!"洛歌一叹,接着问道:"会常住那里吗?不会……不会再次离开了吗?"

闻言,长孙熙岚不禁笑道:"你觉得我是那种闲得住的人吗?我当然还要出去!"

"那你带我一起吧!"洛歌一笑,笑容哀伤。

长孙熙岚不禁蹙眉困惑地问道:"你不陪着那个你深爱的男子吗?"

洛歌摇了摇头,抿了口烈酒,有些惆怅地笑道:"他……会有人陪的。熙岚,你带我去走那些你曾走过的路吧!或许,只有那样我才可以变成你现在这样的淡泊宁静吧!"

长孙熙岚不语,只又倒了杯酒慢慢品尝了起来。

洛歌裹紧了身上那黑色的斗篷,轻轻一笑:"我这个样子陪在他身边会把他吓着的吧……熙岚,我的双手沾满了血腥,我想,我是时候该为那些亡灵忏悔了。为了赎我的孽,你教我医术吧!前生我杀了多少人,后生我便要救多少人。或许,会永远救不完,但是……"

"好,我答应你。"长孙熙岚微笑,他点了点头面色温润而安宁。放下酒杯,他笑道:"以前你那么固执,为何今日又彻悟了?"

"因为有一个男子教会我去怜悯。"洛歌望向窗外,如莲素丽的脸上挂着淡淡的忧伤的笑容。

刘青走过来躬身禀道:"洛姑娘,马匹已经喂好,可以起程了。"

洛歌点了点头,她抓起桌上的剑,走出了酒楼。

既至长安,洛歌却并未直接去立节郡王府,而是随刘青等人进了宫。

身着冕服的李隆基下了朝便从含元殿马不停蹄地赶了过来,看见身着黑色斗篷的洛歌却也并未多说些什么，只是皱了皱眉在洛歌的对面坐了下来。

"为什么不让我去郡王府？药已经取回来了，何必再让薛崇简多受一天的痛苦！"洛歌看着威严的帝王，有些焦急地说着。

李隆基抬起头看了看洛歌，九旒珠帘将那张原本就深敛冷酷的脸遮掩得更加让人琢磨不透了。他只是静静地看着她，半晌，才开口："我决定——收权！"

端起茶杯的手猛然一抖，滚烫的茶水泼在手背上烫得洛歌一下子就变了脸色。她顾不得痛，只抬起头紧盯着李隆基沉声道："你刚刚说什么？你要收权？"

李隆基皱眉起身，他拉过洛歌的手看了看，一边取过药膏替洛歌抹着一边说道："是，我要收权。如果再这样放任不管的话，我的皇位迟早没了。"

"为何？"洛歌缩回手，抬起头看着李隆基。

他叹了口气，将药膏递给洛歌，只慢慢说道："你也看见了，我的身边到处都是太平公主的眼线。而朝堂之上大多是公主的党羽。太上皇命我八月出宫巡边。你想想，我若真的去巡边了，只怕我前脚出去后脚他们便要拥立新主。所以，我也只能先下手为强。"

洛歌蹙眉："若是杀了太平公主，太上皇那边也不好交代。毕竟太平公主是太上皇唯一的妹妹啊！"

"这个我早已想好了。"李隆基靠在椅背上，轻轻一笑。他伸手有些厌烦地摘掉了头顶的冕冠，眉宇之间全是疲惫之色。他看了看洛歌，弯起了唇角，有些自嘲地笑道："你看，其实做帝王也很累的。"

"可你很喜欢这疲惫之后的快感，不是吗？"洛歌不禁牵唇，露出了一丝淡淡的笑意。

那淡淡的笑意浅浅的如同碧水上的点点波痕，又如夏日里的淡淡清风，慢慢吹过，吹走了李隆基眉宇间的沟壑。

他坐直了身体，对着洛歌笑道："陪我一天吧！过了今天，明天是成是败，是生是死，对我来说也再无遗憾了。"

洛歌沉默，只盯着那双幽黑的眼眸。

如此幽深漆黑的眼眸。幽深得如同千年的湖泊，寂静沉敛，漆黑如同子夜的星空，高远无边。一眼望去，会困惑，会害怕，会被深深地吸引，这样的眼眸是适合那个位子的吧！那个高高在上，寒冷孤独的位子。

心中一动，她点了点头，笑道："好，我陪你。不过……必须得有好酒好菜啊！"

李隆基听了不禁展颜，那坚毅冰冷的脸上露出了难得的笑。那样松快，那样畅朗。

洛歌不禁一叹，坐上那位子的人脸笑一回都是那样的难啊！

"今晚，我们不醉不休！"

"好，不醉不休！"

门口有人影一晃，内给事高力士走了进来，他躬身对着李隆基道："陛下，歧王与薛王还有兵部尚书郭大人正在武德殿候着呢，陛下看要不要宣他们过来啊？"

"不用了，吾这就过去。"李隆基站起身，想了想，又对高力士说道："力士，你带洛歌去蓬莱岛上的沐晨殿等吾。"话毕，李隆基回过头深深地看了洛歌一眼，才在众人的簇拥下离去。

大殿顿时安静了下来。

洛歌叹了一口气，她起身对着那躬身候在一旁的高力士笑道："力士大人不必如此，快带我去沐晨殿吧！"

"是。"高力士起身，他看了洛歌一眼身形蓦然一滞。

洛歌微微一笑，她摇了摇头裹紧了黑色的斗篷走出了大殿，高力士这才反应过来，连忙尾随其后。

阳光静静地洒在这片没有暖意的宫殿上，竟也生出了浅黄色的暖光。那些烟柳拂过的湖面荡漾起层层细波。白玉石拱桥沐浴着余晖泛着柔柔的光辉。桥上那宫装丽人面无表情地看着湖面，眼神哀伤。

"见过皇后娘娘。"

淡淡疏离的声音想起，她偏过头冲着来人微微点头。

夜莺适时鸣叫，空灵低转。

王氏看着那敛眉行礼的女子，眉心微微一蹙。她抬手，淡漠地说道："起来吧！"

洛歌起身抬头望向妆容端丽的王氏。

"既已入了宫，便要习惯这宫中的生活。我看得出来陛下对你有意，但你入宫之后切不可恃宠而骄，要记住你上面还有我这个皇后……"

话还未说完，却只闻洛歌一笑。

王氏回过头皱眉看着她，问道："你笑什么？"

洛歌弯了弯唇角，眼神纯澈地望向了王氏，她笑道："皇后娘娘多虑了，洛歌并不想入宫。"

"那是为何？难道你不愿享受荣华富贵，享受天子的宠爱？"

洛歌摇了摇头，她转过身扶住栏杆深吸了一口那傍晚湖面温暖的湿气，淡然道："洛歌不向往这深深宫闱里的荣华富贵，不向往那被诸多烦事牵绊的宠爱。洛歌想要的，是与最爱的人闲云野鹤，隐居山野。"

王氏听了，神情微微恍惚。她松了一口气，那淡漠的脸色刹那变得忧伤了起来。

洛歌躬身行礼："洛歌告退。"

余晖在这白玉石拱桥上慢慢推移，那入夜的光芒照亮了甬道两边的宫灯。晚风过,灯影晃。

她轻轻开口:"若是皇后娘娘想在陛下身边待得更久一些的话,就不要计较陛下身边有多少个女人,他又宠过多少个女子。皇后娘娘只需记住,你是陛下的发妻,无论世事如何,陛下的心中,始终有你,如若不然……便只会遭到陛下的厌弃。"

低低的尾音消失在这凉凉的空气中,王氏只感觉夏风过,身体陡然一颤。

华灯初上,天色黑暗。

沐晨殿中,洛歌静静地看着宫人们进进出出,满眼珍馐,满鼻酒香。洛歌不禁一笑,不愧是大唐的帝王啊,说好酒好菜,竟似把整个天下所有的山珍海味全给搬来了。议事回来的李隆基只穿了一贯穿着的青色长衫。他对洛歌一笑,便坐在了她的旁边,朗声道:"你要的好酒好菜,如何?"

洛歌轻轻地笑了起来,她看了李隆基一眼,叹道:"怪不得那么多人都想要坐上那个位子,倘若能日日面对这些山珍海味,挤破头都要挤上来啊!"

闻言,李隆基不禁开怀一笑,全然没有了朝堂之上那威严冷酷的模样。他端起酒壶为洛歌斟满了酒,说道:"这可是陈年的竹叶青,你尝尝味道如何?"

洛歌端起酒杯细抿了一口。良久,她浅笑道:"果然是宫廷御酒啊!入口甘洌,入胃润暖。绵绵柔和,一点也不刺喉!"

李隆基低头一笑,他仰头喝下了杯中之酒,然后,他出神地盯着酒杯缓缓说道:"这酒是我亲自酿的,也是自你我初识的第一个除夕夜埋下的。洛歌,我一直盼望着能与你同桌浅酌。今日,终于实现了。"

身体猛然一震,洛歌偏过头恍若未闻,只怔怔地看着殿外池水潋滟。

李隆基艰涩一笑,他故作轻松地朗声道:"好了!不说了,喝酒!你答应我的,不醉不休!"

洛歌转过脸,她举起酒杯,弯起唇角:"不醉不休!"

馥郁的酒香飘荡在整个沐晨殿上,那殿外的池水在月光下泛着银色的光波。整个蓬莱岛被太液池笼罩,岛上白色的雾气萦绕,大有仙岛的意境。殿内,珍馐未动,酒却换了一壶又一壶。

眼见着面前的人越来越醉,洛歌不禁莞尔。

"洛歌……我想跟你琴瑟和鸣一曲……"李隆基的脸惨白,他醉眼醺醺地看着洛歌,坚毅的唇角边挂着深深的笑,他转过头对着一直立侍一旁的高力士吩咐道:"力士,你去把我的琵琶拿来,再为洛歌取一管长笛来!"

洛歌接过笛子,只怔怔地看着李隆基,问道:"你……要我吹什么?"

李隆基不语,只是怀抱着琵琶出了大殿,坐在了殿外池边的巨石上。

月光下,波光潋潋。

一点鸣音突然炸响，刹那间那些惹人心伤的调子便自那人的手下缓缓流淌。

是《伤别离》。

洛歌一叹，她裹紧了斗篷走出了殿站在他的身边，和着琵琶那虽清脆却悲怆的音色吹响了笛子。

空灵的笛音和着清脆的琵琶，自结合成了一种从未有过的奇异感觉，那美妙的音乐随着波光飘得很远很远，直到那波光的尽头上了黑色的天，惹得月落泪，星伤悲。雾渐浓，包围了整个蓬莱岛，整个沐晨殿，包围了他们，那两个琴瑟和鸣的人。

她微微抬眼看向那个怀抱琵琶的人，只见他低垂眼睑，浓密的睫毛遮挡住了他那幽黑的眼眸。大雾里，他的身形看不真切，好像就如那水波一样似微微晃动，刹那便消失了。

洛歌心头一酸，她放下笛子，看向一旁的高力士，冷冷道："陛下醉了，大人还是快扶陛下入殿休息吧！"

她说完，便要离去。

却不想，身后的人突然起身奔过来用力地将她搂在了怀中。

她的后背是他的前胸。

"别走，留下来陪着我吧！其实……我也很孤单啊。这样的位子虽然是我一直梦寐以求的，可是那孤单却是我今生今世都不想要的。洛歌，留下来陪着我，别让我孤单，好不好？"他的声音犹带一丝喑哑与悲怆，那低低的声音回荡在她的耳边，竟是那样的悲伤无助。"洛歌，自从第一次看见你的笑容，我便想，若是能挽留住你的笑容，哪怕让我将整个天下让出去我都愿意。洛歌，别走？好不好？我要你，也要我的天下。"

洛歌静静地笑开了，她闭上眼想要挣脱他的怀抱，可是，他却越搂越紧。

"你知道我有多害怕吗？我总是提心吊胆地过日子，生怕哪一天就会被不明不白地处死。娘亲死了，我连她的尸首都没有看到，你知道我有多害怕吗？这个世界对我的不公，我要统统还给这个世界，所以，我能忍，我要这个皇位，我知道它对我有多重要。因为拥有了它，我才不会继续胆战心惊地度过每一天，再也不会害怕每个夜晚的降临，再也不会……不会看见身边的亲人一个个莫名其妙地离开。有了它，我就可以保护他们了……"

"洛歌，你说，生尽欢，死无憾。可是，为什么我就要背负这么多？洛歌，我求你，陪着我，好不好？我太孤单了，太孤单了……"

他慢慢地说着，让人很难想到这个声音悲伤凄凉的人竟是那个可以在朝堂之上叱咤风云的威严帝王。这一刻，他是如此的脆弱，脆弱得像一个孩子。

"可我不属于你。"洛歌仰起头，轻轻一笑，笑得眼泪滑落。"我不属于你，你也不属于我，你只属于你的天下……李隆基，生尽欢，死无憾……此生，你注定要能够背负，你背负的是整个天下的重量啊！"

"那我不要天下了,可不可以？我想和你在一起……"

她睁开眼,用力地挣开他的怀抱,冷笑道:"你在说什么蠢话！你得到你想要的,又怎么可以如此轻而易举地放弃！李隆基,你太让人失望了！"

"洛歌……"

他伸手,想要拉住她。

可是,她只是后退了两步,放下了一直遮住脑袋的帽子。

刹那,月光无言冻结,忘记了一切。

他忽然笑了,笑得绝望。

"红颜白发……红颜白发……为了他……"

她低下头,转过身又重新戴好了帽子裹紧了斗篷。

"给我一次机会！"他喊,语气伤绝。

黑幕中,什么也没有了。只有那一大团一大团白色的雾气不清不楚地在那黑漆漆的池面上飘荡。

仿佛是从很远很远的地方传来的声音。她说:

"你我十年之约,你治理好你的天下再来找我,若十年无果便是今生无缘。若是找到,我便伴你一世……"先天二年七月初三,玄宗隆基与歧王李范、薛王李业,兵部尚书郭元振、龙武将军王毛仲等将中书令萧至忠等人斩于武德殿。后,玄宗率三百兵士向太上皇禀明事变之因,告罪状窦怀贞等。太上皇下诏大赦天下,唯逆人亲党不赦。由此,太上皇移居百福殿,将所有大权交与玄宗,从此不问政事。寂静的街道上,黑衣女子拾着晨光漫步。她抬起头,远方,金乌已不知何时闪耀,刹那间,天地间一片光亮。脚步突然滞住,她闭上眼睛迎着晨光对着风,凄凉一笑。人们或许不会知道,当他们还在睡梦中时,那个寒冷恐怖的朝堂早已掀起了一番血雨腥风,那成者为王败者为寇的规律根深蒂固慢慢滋长,吞噬着更多无辜人的生命。

晨光寂静,晨风悠悠。

已不知走了多久,脚步终于停了下来。洛歌抬起头,看见立节郡王府大门洞开,微微踌躇了一会儿,她还是走了进去。

幽静的大宅中只余鸟语花香,那淡淡的晨雾在百花之上游移缥缈不定。雾浓处,身着鹅黄襦裙的女子静静地站立。她突然回过头,面无表情地望向身后之人。

"你来做什么？"她开口,声音冰冷彻骨。洛歌牵起唇角,笑容安宁淡静。她伸出手,掌中是一个小瓷瓶子。"这是解药,你给薛崇简服下。"

非霖疑惑地看了她一眼,终是抬手接过。

远处,一身着锦袍的小孩子正跌跌撞撞地跑了过来,一边跑着还一边急急地唤道:"娘亲!娘亲!"

非霖身形一滞,她连忙转过身抱住了那个张口喘着粗气的小孩子,柔柔地嗔怪道:"玦儿跑那么快干吗,娘亲不是就在这里吗?"

"娘亲……"小孩子搂紧了母亲的脖子,只将小脑袋深深地埋进母亲的怀抱中,幸福地笑开了。

那笑容是如此的熟悉。

好像清澈的小溪,好像夏日的清风,好像明媚的春光。

洛歌转过脸,只觉心中一涩,她闭起眼,半响,缓缓开口:"我将薛崇简就托付给你了,希望你能好好照顾他。"非霖冷冷一笑,目光犀利:"什么叫托付!他本就是属于我们母子的!"

洛歌惨淡一笑,她点了点头,似在嘲讽:"是啊,你为他生下了孩子,给了他一个完整的家。他是属于你的……他是属于你所给与纠缠的责任!"

怀中的孩子探出脑袋,一双灵动可爱的蜜色眼眸像极了那个纯净的男子。他紧盯着洛歌,脆生生地问道:"姨娘不是死了吗?姨娘怎么又活了?"

"玦儿!"非霖蹙眉低喝了一声,她抬起头看着洛歌,沉默。

"娘亲!你不是说那幅画上的人是姨娘吗?为什么姨娘又活了?"小孩子困惑地望向自己的母亲,似乎并不畏惧母亲的怒气。

"傻玦儿,姨娘从未死掉啊!"洛歌柔柔地笑着,眸光纯净柔和地看着那小小的孩子。

"那娘亲怎么说那幅画是爹爹为了纪念姨娘的死才画的呢?姨娘?你真的是玦儿的姨娘?"小孩子探出身子,含着食指睁大了圆溜溜的眼睛一眨也不眨地看着洛歌。洛歌一笑,她伸手想要抚摸那个和那男子一个模子刻出来的脸庞,却不想,被他的母亲抱退了一步。

"玦儿,休得胡言!"非霖皱眉看着怀中的小人儿,语气中的怒气震得小人儿的身躯轻轻一抖。

黑色的斗篷在晨光中微漾,洛歌心中一凉,她轻轻地笑开了,可是眉宇间却是深深地浓到化不开的忧伤:"非霖,你也是爱着薛崇简的吧!"

"不!我没有!"非霖猛地大叫了起来,尖厉的声音吓得怀中的孩子不禁缩了缩小小的身体。"我才没有爱上他!我只是想要报复你才会嫁给他!我才不会爱上他!"

"不,你爱他,还爱得很深很深。"洛歌低下头伸手抚过那还沾着露水的花儿,微湿的空气中残留着夜的魅香,淡淡的却足以让她心伤。"你若不爱他就不会如此宠爱这个孩子,你若不爱他就不会在他生病的日日夜夜里陪伴着他。非霖,你只是被仇恨蒙蔽了双眼,却并没有被仇恨蒙蔽了心灵。你若爱他,就请你好好待他吧!"说完,她直起身将手中那纯白的花朵递给了那个睁大了好奇的眼睛看着自己的小孩子。"玦儿,送给你。你要像这花儿一样,像你父亲一样,做一个纯净正直的人,知道吗?"小孩子懵懂地看着那张绝美哀伤的容颜,伸出肉嘟嘟的小手接过了花,轻轻地点了点头。洛歌抬起头看着非霂,双目淡然却又忧伤。她说:"请好好照顾薛崇简。"然后,蓦然转身。

晨光随着那渐行渐远的黑色身影刹那收拢,非霂的眼角终于掉下了一滴泪珠。

她曾问过自己,恨不恨她。

她说,既然恨,就好好活下去,我等着你来报仇。

恨吗? 即使从前恨过现在还恨吗?

她离开颜山去了苗疆,尝遍千般苦难只是为了学会制蛊,只是想要报仇。可是现在呢?她得到了那个女人想要的一切:一个温和可亲的丈夫,一个可爱聪慧的孩子。她以为她会痛苦。可是呢? 她却似释然了……

"娘亲,你哭什么?"暖呼呼的小手慢慢地抚开了腮边的泪水,小孩子困惑地看着自己的母亲,又突然伸出软软的手臂将母亲的肩膀紧紧地箍住了。"娘亲不哭,玦儿再也不会惹娘亲哭了!"

"傻孩子!"非霂温柔一笑,她伸出手拍了拍小孩子的背脊,柔声道:"今日怎么起得这么早? 要不要吃早饭了?"

"不……我要等爹爹! 娘亲,爹爹呢?"

"你爹爹……"非霂叹息,她看着那张急切的小脸,故作轻松地笑道:"你爹爹去看你奶奶了,娘亲还是先带你去吃早饭吧! 玦儿今天想吃什么呢? 是莲子茯苓糕还是清炖荷香粥?"

……

伸出手,推开那扇沉重的门。

似很久很久都没有人来过了。

是啊,他们都已经各立家室,都已经成长了。他们还会怀念曾经在一起的日子吗?一起笑谈风云,一起吹笛抚琴。那些日子还会回来吗?它们又去了哪里?去了哪里了呢?

那阳光下的五个玉树临风的王爷还有那个俏皮可爱喜欢皱着淡淡眉毛的孩子,都只能留在记忆中了吧! 君是君,臣是臣。生的生,死的死。再也不会存在了吧!

在这里,那个清秀稚气的小孩子欢快地笑道,这个哥哥好漂亮啊!

在这里,那个清秀稚气的小孩子神气地张开双臂,叫道,抱我!

在这里,那个孩子说喜欢洛哥哥,喜欢洛哥哥身上那凉凉的荷香,喜欢洛哥哥那凉凉的怀抱。

明晃晃的阳光化为了无数个细小的光点洒了下来,将她笼罩,那些耀眼的光点落在她的身上没有一点感觉,可是融入心里虽暖暖的,却很疼。

在这个采风亭里，五个王爷抚琴吹笛是如此的风雅闲适。也是在这里，孤独卓然的她哀伤地看着圆月，风姿绰约迷倒了骑墙女子，刹那名满长安。

在这片湖上，那个可爱的孩子终究抵不过命运的诅咒。他说，他好想看看这湖上开放的荷花。他说，洛姐姐，我好想化为一片阳光做一件衣裳给洛姐姐，这样，洛姐姐永远也不会冷了。

那时候的阳光有多明媚？那时候的荷花有多香？那时候……即使痛苦即使哀伤的那时候，他们，都还在啊！可是如今，却早已物是人非。

暖暖的风静静地吹过，湖边，她的身影微皱。

这个湖面曾有过那个人的身影。他笑着从那头走来，看着自己说，因为你在这里啊！

因为你在这里我才在这里啊！

这个湖边，他曾陪着自己看夹岸的桃花，思念着另一个风华绝代的男子。

这个湖中，他不畏严寒地潜水寻找她的珠钗，为此病了整整一个月。

这里……这里……都有他的身影。

碧色的湖面，黑色的倒影悲伤孤怆。她的身边，灰影淡薄。

"你也常常一个人来这里吗？"她看着他，轻轻地问。

他点头，说："是，我常常一个人来这里看看，想想从前。想想我们君不为君，臣不是臣的日子，那种安适愉悦的日子。"

"你甘心吗？将皇位让与李隆基，你甘心吗？"

"……"

"你从未在乎过什么吗？"

"……洛歌，我在乎的只是我的心情。人生就像品茶，只有先品完茶的苦，才能品到茶的香。你是如此，我是如此，隆基亦是如此。我不在乎，那些对我无用的东西对隆基却是有用的吧！我是他的大哥，我知道他所想所要。我明白他。"

湖边的垂柳静静地扫过湖面，蝉鸣四起。

她终于一笑，释然地说道："李成器，谢谢你从前对我的照顾。谢谢。"

他不语，淡淡地勾起唇角，仰起脸看向那高远的天空，静静地说道："这些回忆留在记忆之中会更好吧！"像是叹息，他垂下头，如雾笼罩的眉宇之间是淡淡的玉样光华。他抬起头冲着她轻轻一笑，转身离去。

她继续朝前走，慢慢地行着，回忆着，想念着。

即到了墓园，她不禁推开园门走了进去。

一切如旧。

她记得他在那里静静地看着自己，她记得他坐在那个地方喂自己喝药。

她记得他站在那个窗边,对着窗外的明月吹笛。

她记得他在那个屏风后为自己沐浴。

他的笑,哀伤的。

他的笑,伤痛的。

他的笑,慢慢地流淌过那些伤疤让它们迅速结痂,不再疼痛。

他的笑,静静地蒸发那些泪水让它们化为灿烂的氤氲,不再滴落。

他的笑啊,那温暖的笑,那灿烂的笑,那明媚的笑,那快乐的笑。在她的生命中,总是不停地绽放,绽放,绽放……

午后的蝉鸣倦懒,午后的微风凉爽。她靠在那个人曾靠过的地方看着窗外,看着那些残留在记忆中的年少,慢慢地,沉入梦乡。

梦里,他说,你看,你一回头就能看见我了。你一伸手,我就抓住。你一转身,我就拥住。我不让你孤单,不让你无助,我就在你的身边,等你,守护你。

梦里,那个夏天,他立于游弋在碧波之中的小舟上静静地吹着笛子。清秀的眉毛微蹙,宣泄着无尽的悲伤。那小小的影子在阳光中已现沧桑。

梦里,那个冬天,他握紧她的手看着雪花和着烟花飞舞,眉角生霜,唇边挂笑。白气自他的口中逸出,他静静地说着话:歌儿,我们都会幸福的。

梦里,太多时候的他,他静静的样子,他微笑的样子。他喊着洛姐姐,呢喃着歌儿。

歌儿,歌儿,歌儿……我等你,一直陪着你。

再睁开眼时,已经是黄昏了。

凉凉的风吹得人有些冷。她起身,裹好了斗篷深深地看了一眼满室的熟悉,静静地出了房门。

天边,残阳如血。

她转身,关上了门。

她的身后,他的眉目哀伤。那灯笼中的火光微弱,缓缓一跳,不肯熄灭。

"歌儿……"

那苍白的人,那喑哑的嗓音。

她怔住,回过头却是流着眼泪微笑。

"你说什么?"她偏过头,只睁大了眼睛娇俏地笑着,静静地看着他。

"歌儿呀……你是歌儿啊……"他微笑,笑容一如当初那样美好。

脚步虚软无力,脸色惨白可怖。

他静静地走了过来。

她立在原地,直到那个人花了好几个世纪的时间走来,拉住她,坐下。

青石板的阶梯上,灯笼落在地上,滚到了一边。他靠在她的肩上,无力地抬手轻轻地拥住了她的肩膀。那蜜色眼眸中的夕阳黯淡无光,混沌不清。唇,哆嗦着,难以开口。

她伸出手握住他那揽住自己的双手,恬静地笑着。

风柔柔地吹过,吹皱了她眼中的湖水。

"我看着母亲自尽的……她说,她不讨厌我……"

"歌儿,母亲很傻,她爱之切才会恨之深啊……她爱父亲,爱得比谁都要深刻。所以,她恨我,因为,我最像父亲……"

"父亲……是很好的人啊,母亲抚摸着我的头诉说着关于父亲的种种。我终于觉得……不孤单……"

"歌儿……对不起……我居然忘记了你……"

"歌儿,你去没去玖列山庄啊?我把那里改成了难民所,我想……你也是愿意的吧……"

他喘了口气,消瘦的脸庞上没有一点血色。

"我在想啊……我这一辈子能够喜欢过你就很知足了……"

"歌儿啊,我真想陪着你,走完这一辈子……"

"你说,我老了会不会很丑?"

"歌儿……我想着小小的歌儿,想着那个曾被我叫做洛姐姐的歌儿……真的很累,很累啊……"

"歌儿……我一直以为是我陪着你啊……到现在,我才知道……是你……让我不孤单……"

湖水随风流淌,月上树梢,他释然地笑,脸色越来越苍白,意识越来越模糊。那些前尘往事飞速地在脑海中翻涌。那一切,只因这个让他疼惜的女子。

他很轻,轻得像风,马上就要飘离,离开这里,永远也不回来。

他说:"我想说,我爱你……虽然我没有资格……"

他说:"我舍不得……舍不得离开……离开这个有你的世界……"

……

枯瘦如柴的手终于无力地垂下,他靠在她的肩上,慢慢地,慢慢地,合眼,睡着了……

"我也想说,我爱你……"

"我也想说,我愿意一直不让你孤单……"

"我也想说,我累了,可我需要你……"

"我也想说,有你爱着我,我很幸福……"

你听得到吗?

"薛崇简,你能找到我的,对不对?从小到大只有你能找到我的,对不对?我相信你……我相信你……"

风过,帽脱落。

月光凄凉如水,那满头的银丝随着风寂静地舞蹈。

她站起身,抱着他轻若羽毛的身体,慢慢地踏着月光前行。

薛崇简啊,你都等了我那么久那么久。这回,该轮到我了,对吧?

第九卷 十年之约

君追寻,
忘意等。
十年沧桑情更长。
艳冠绝,
倾国恋。
德念彼影恨千绝。

追寻

开元二年,关中久早,人多饥乏,遣使赈给。沙汰僧尼二万余人。以长兄宋王成器、次兄申王成礼、从兄幽王守礼出任外州刺史。

开元三年,突傲十姓降者二千余帐。张孝嵩定西域,大食等八国请降。崔子嵩等暴,旋败。

开元四年,睿宗崩,年五十五岁。回绝、同罗、奋、拔也固、仆固五部来降。

开元五年,中书省、门下省及侍中皆恢复旧名。恢复贞观时谏官、史官参加宰相议率会议。

开元六年,始加税以增官俸。

开元七年,渤海郡王大祚荣卒,子大武艺袭位。是年,置剑南节度使,领益、彭等二十五州。

开元八年,遣使括逃户。枚以府兵役重,六十乃免,宜限以岁晚使百姓轮番负担。

开元九年,置朔方节度,治灵州,领单于都护府、三受降城、丰、胜、灵、夏、盐、银、匡、长、安、乐等州及经略、定远、丰安军。

开元十年,收公廨钱,以所得充百官俸。收还职田,每亩给仓粟二斗。

开元十一年,政事堂改称中书门下,列吏、枢机、兵、户、刑礼五房于后,分掌庶政。

十年一瞬。

轻舟之外,是滔滔江水。

"父亲!"十三岁的少年看着船头站立之人,不禁皱起了秀气的眉,急声道:"父亲!这可是陛下第三次诏您,您无论如何也要跟儿子回去!"

船头之人回过头,蜜色的眼睛中多了几许沧桑,那俊逸的面庞亦被岁月凿刻多了沟壑。他温和地看着少年,不禁笑道:"玦儿,你看你急的。"

"父亲,玦儿请您赶快回长安去吧!"少年走过去,青色的衣衫随着江风飞扬。

那男子看了儿子一眼,淡淡地牵起唇角,回过头,重对着遥遥无尽的长江。

少年有些气闷地跺了跺脚,他偏过头,小声道:"母亲也想见你,父亲,回去吧!我们一家三口在一起,岂不乐哉?"

"你忘了为父告诉你的了吗?"男子回过头,微微蹙眉。

少年用力地叹了口气,道:"父亲交代的玦儿怎能忘记!父亲说,说要找到那个女子……那个为了你红颜白发的女子!可是……可是你都找了十年了!那女子只怕早就……"

"休得胡言！"男子蹙眉低斥。"这些年你娘都是怎么教你的！怎将你教得如此浮躁鲁莽！你忘了那女子对你说的话了吗？"

神情微微恍惚，那是十年前了吧，他好像还很小，大概也就两三岁。那个身着黑色斗篷容颜却倾世绝众的女子送给他一朵雪白的花，并告诉他，你要像这花儿一样，像父亲一样，做一个纯净正直的人。

少年垂下头，沉默不语。他忘不了那个女子，忘不了那女子的容颜，更忘不了那女子温柔忧伤的眼神。

"我要找到她，十年了，十年前的今日她离开了我，十年后的今日我一定能找到她。"

"找到她又怎样？父亲当真还要与她相守？"少年低低地说着，脑海中荡漾的始终是母亲那落泪的模样。

"是，找到她我便要与她相守！"男子的面容忽然变得悲怆了起来，他垂下头，任那江风吹散双鬓花白的发丝。

歌儿，十年了。十年间我从未间断过地找你。大漠、江南、西域、苗疆，我已寻了不知多少遍了，为何总是寻不到你？

"你当真不回去了吗？"

"是。"

"那我和母亲怎么办？"少年急急地看着那船头长身而立的人，静静地问着。

男子轻轻一笑，他叹了口气，对着江风缓缓说道："你已经长大了，为父相信你会好好照顾你母亲的。玦儿，说这些话或许会伤害到你，可是，为父还是不得不说。你是我和你娘亲的孩子，却并不是我们爱情的结晶。我们的无奈，我们的纠缠，我们之间的种种，你全都不懂。所以，玦儿，不要再妄想将我与你娘亲再牵扯到一起了。前方便是码头，你在那儿下吧。回长安，照顾你母亲。"

"父亲！"少年凄楚地喊了一声，蜜色的眼眸中隐隐有泪。

男子回过头，淡然地笑着，那如水的目光是历经沧桑后的坦荡。他伸手，拍了拍儿子的肩膀，缓缓笑道："你可以的，你长大了。"

少年偏过头，泪水顺着风零落。

前方，碧色江水随着风晃，很远。

小镇，祥和。

穿过热闹的人群，走过喧闹的街道，慢慢步入林中。

凉凉的风穿过群树带着清爽的香味让他微笑。

他们说，这里住了个神仙姑姑，治病医人从不收钱。

他们说，这里住了个白发女子，容貌绝世发色全白。

他们说,那个女子喜欢吹笛,喜欢看着山下的孩子在自己的竹楼前玩耍。

他们说,那个女子最是好心,救死扶伤乐于助人很是受大家爱戴。

除了你,还有谁呢?

我居然忘了,忘了这里还有一个我们的家。

林中鸟鸣空灵,日光斜照。五彩的鸟儿掠过枝头带起一阵小小的风,凉住他那花白的发梢。蜜色的眼眸依旧纯净,纯净中带着一丝成熟带着一点沧桑带着一丝历经世事后的淡然。

远处,有小孩子的笑声传来,清冽冽,脆生生。好像这林中的风,凉爽得不掺一丝杂质。

脚步突然一滞,他的身体颤抖了起来,双眼迷蒙,好像……好像快要惊喜得掉下泪来……

歌儿……歌儿……歌儿……

他奔跑了起来,在这荫郁的林中奔跑。那飞扬的墨绿色衣角快乐地和着阳光舞蹈,那消瘦的身形在这密密的林中摇晃。

那些前尘往事,那些爱恨痴嗔,那些乐苦伤痛,那些被牵绊的爱……昨夜……梦尽了……

竹楼前,那个白衣女子悠然地看着眼前那一群调皮玩耍的小孩子们微微地笑着,纯净的眼里满是温柔。

一大群黑色的飞鸟自林中飞起,那些日光更加透明澄亮。

她突然回过头,神情一怔。

林风不尽,草绊花步。那些所谓的长相厮守,生生世世,刹那间,不用开口,却早已实现。蓦然地回首,他就在那里,静静地微笑,灿烂依旧。

即使天崩地裂,即使海枯石烂……

"薛崇简,欢迎回家……"

倾国

北风萧萧,太液池中的池水卷着细浪拍打礁岩。宫灯昏暗。风过,灯灭。沐晨殿顿时陷入一片扼人声息的黑暗之中。落叶一路向北,逶迤而去,带着那绵绵不绝的思念,打乱了风中飞舞的凄色月光。

"陛下?"

尖细的声音冷不丁地响起。

殿内的人终于站起了身。脚步微微一缓,但立马坚定有力地移出了殿外。秋风吹起帝王的袍角,他蹙眉,面无表情地看着跪倒在地的骠骑大将军高力士,冷声道:"朕不是说过,朕在沐晨殿时你们都别打扰。"

威严的声音响起又戛然而止。许久,都没有一丝声响。

帝王有些纳闷,不禁软声问道:"怎么了?"

"陛下!"高力士突然扑过来一把抱住了帝王的双腿大哭了起来,那原本尖利刺耳的声音此时却是格外的悲怆。

帝王有些急了,他弯下身子扶起地上的人,皱紧霸气的剑眉,只说道:"到底出了什么事!快速速禀报!"

"陛下,惠妃娘娘……薨了!"

"什么?!"

一声震吼,惊得殿前寒鸦四散飞离。

惠妃……死了?

那个与她一样淡静适然的女子,死了?

帝王摇了摇头,倒退了两步,颓然地垂下头,又像是被什么惊醒,迅速地奔出了沐晨殿。

长长的甬道中,宫灯忽明忽暗。这晦涩阴沉的夜里,有一个女子死了,带着帝王对另外一个女人的深深眷恋,死了。

秋风扬起了帝王的宽袖,那张英气逼人的俊脸,此时却是悲伤的,两撇美髯迎着风,轻轻颤抖。忽然,他停下脚步,只怔怔地看着甬道另一头,那个穿着素白孝服的女子。

空荡荡的甬道中,宫人们屏神凝息。

好一会儿,才听见那女子悲伤的声音静静地传来。

"臣媳玉环叩见陛下。"

彼时,是开元二十五年。

让时光倒流,牵拉着所有的人与事回到十五年前。

十五年前,探子终于报来她的消息。

她生活在一个很小的镇子里,每日救死扶伤,却从不收钱。当地的百姓很是爱戴她,还为她起了个"神仙姑姑"的爱称。

那一夜,他彻夜无眠。

他想,我的天下,你看见了吗?我很努力地将它打理好了,你看见了吗?这强大的大唐!这富足的大唐!这让八方来贡的大唐!你看见了吗?

次日,天不亮,他便迫不及待地出宫,寻她。

可是,当他到达那里时,他也看见了那个自愿请逐的弟弟,那个他最想保护最是心疼的弟弟。

十年不见,他竟也白了头发,那张原本俊秀清纯的脸,被时光打磨,多了沧桑。他一个人,佝偻着身体,穿梭在林中。那迫不及待的样子,似要忍不住惊喜地大声哭泣。

于是,他跟在他的身后,了无生息,寂静地行走。

终于,那林子的尽头,他看见了她。可她,却并未看见他。她的眼中,只有那个爱她爱了一生一世的男子——薛崇简。

她笑,红颜依旧,白发飞扬。倾世绝众的脸上,那笑容悠然安宁,平静恬适。

林中,风过。她的声音随风而来。

她说,薛崇简,欢迎回家!

欢迎回家……回家……回……家……

就是那一刹那,他选择放手了吧!

时光迅速流逝,回归到正常的开元二十八年,十月。

帝王与百官至骊山温泉宫,令,寿王妃杨氏,随驾。

看着眼前的女子,那个与她有着同样容貌的女子,帝王不觉心神一荡。可她,却倔犟地偏过头,跪下脆声说道:"不知家翁为什么要召见媳妇来此!媳妇要回去!"

家翁,媳妇。呵,分得如此清楚。

帝王不禁一笑,有些苍老的脸上英气不减。他低眼看着跪在地上的女子,笑道:"你还真是倔犟,倒像一只难以驯服的野猫。"

"玉环不是野猫!"女子抬起了头,神气而又倔犟地看着帝王,娇俏地说道:"玉环是孔雀,是可以自在舞蹈的孔雀!"

"哦?既是孔雀,你倒是舞给朕看看!"帝王笑,眼角有浅纹出现。

女子自信地站起身,摆好姿势,便是一舞。

帝王静静地看着,静静地想着,脑海中,那张脸,越来越清晰。他突然起身,搂住了那犹在舞蹈的娇躯,哑声道:"朕可以给你更大的舞台。"

"可是玉环不要,玉环只要和王爷在一起!"女子偏过头,竟是断然拒绝。

帝王轻笑,他松开她,只是取过一旁的琵琶静静弹奏。

正是那首《伤别离》。

独倚窗扉影犹在,倾洒浊酒泪私绝。

我醉有意抱琴来,无人笑看呜何意。

"陛下,在想念着谁吗?"女子小声地问着,慢慢地靠近了帝王。

他轻轻一笑,点了点头。

"陛下……"

"朕……很孤单,你可愿意陪着朕?朕可以保证瑁儿一定会过得很好,只要你能陪着朕。好不好?"

"陛下……"

"朕……很孤单……"

……

芙蓉帐暖,旖旎的风光在那悲伤的声音中慢慢展开,羞得见人……

天宝四年八月,玄宗隆基册封杨氏为贵妃,入主后宫。

从此,后宫日日笙箫,夜夜欢歌。

君王从此不早朝。

夜深人静之时,黑暗中的沐晨殿,他总是一个人慢慢地浅酌抱着琵琶如痴如醉地笑着。

他想着,那时候他还说什么生尽欢,死无憾。

他想着,那时候她吹着笛子,陪着他喝酒。

那永存在记忆中的回眸一笑,那想让他倾尽一切挽留住的笑,他终究没有得到。玉环之貌比之她,更像是一朵娇艳华贵的牡丹,终究不是他想要的淡雅如莲。

可是那笑,她也拥有。

她舞蹈时会笑得很开心,她会说,三郎,玉环为你跳霓裳羽衣舞吧!

她看见花儿开放很兴奋,她会说,三郎,玉环之貌比这花儿有过之而无不及吧!

每当看见那笑容,他总是心神恍惚,总是看见那女子在夜色中,在飞花中,静静地笑着,俏皮地笑着……

那笑,足以倾尽天下。

朝政荒废,权臣作乱。半世明君唐玄宗专宠贵妃杨玉环,倾尽一切。

天宝十四年,安史之乱,爆发……

(全文完)